Vitor mack

MAKE SMART *Dress Fabrics*
...olfing... ...hooti...
an... ...ery-... ...nes.

...S FOR THE SEASON.
They are unaffec... ...ather or climat...

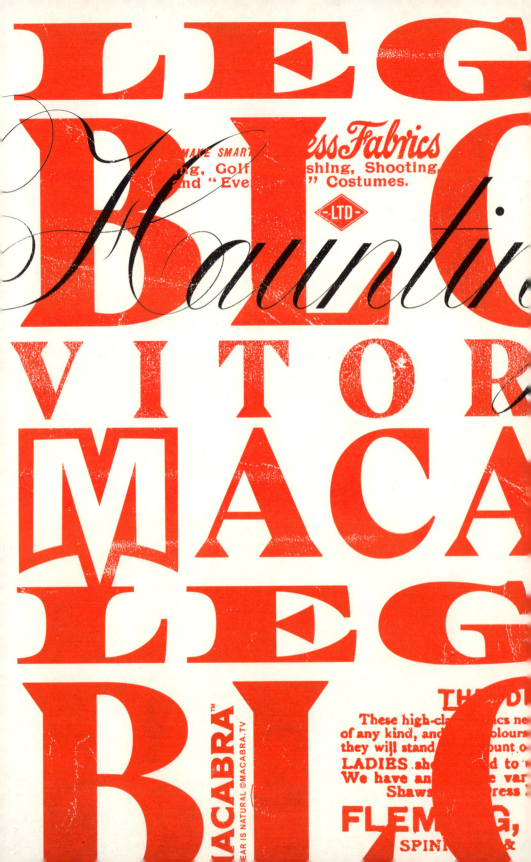

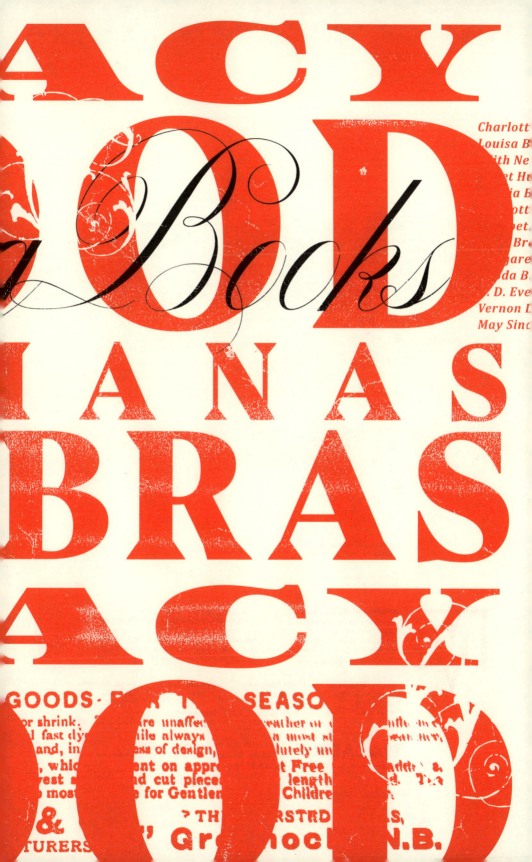

DADOS INTERNACIONAIS DE
CATALOGAÇÃO NA PUBLICAÇÃO (CIP)
Angélica Ilacqua CRB-8/7057

Vitorianas macabras / Charlotte Brontë...[et al] ;
organização e tradução de Marcia Heloisa. –
São Paulo : DarkSide Books, 2020.
384 p.

ISBN: 978-85-9454-193-2

1. Contos de terror - Antologias 2. Histórias de fantasmas
3. Ficção gótica I. Brontë, Charlotte II. Heloisa, Marcia

19-2653   CDD 808.83

Índices para catálogo sistemático:
1. Contos de terror : antologias

Ilustrações macabras
de Jennifer Dahbura

VITORIANAS MACABRAS
Tradução para a língua portuguesa
© Marcia Heloisa, 2020
Tradução dos contos "O Espectro de
Napoleão" e "O Conto da Velha Ama"
© Marina Pereira, 2020

A Fazenda Macabra celebra a primeira colheita de 2020
com seus fiéis herdeiros das sombras. A produção deste
livro forneceu alimento para mente e alma de inúmeras
famílias que abraçaram o sobrenatural e doaram o
próprio sangue para fazer nascer um novo rebanho.
A vida é sobrenatural. A vida é Macabra.

Fazenda Macabra
Reverendo Menezes
Pastora Moritz
Coveiro Assis
Caseiro Moraes

Leitura Sagrada
Alexandre Boide
Amanda Mendes
Luciana Kühl
Tinhoso e Ventura

Direção de Arte
Macabra

Impressão
Gráfica Geográfica

Colaboradores
Dona Júlia
Irmã Martins

A toda Família DarkSide

MACABRA™
DARKSIDE

Todos os direitos desta edição reservados à
DarkSide® Entretenimento Ltda. • darksidebooks.com
Macabra™ Filmes Ltda. • macabra.tv

© 2020 MACABRA/ DARKSIDE

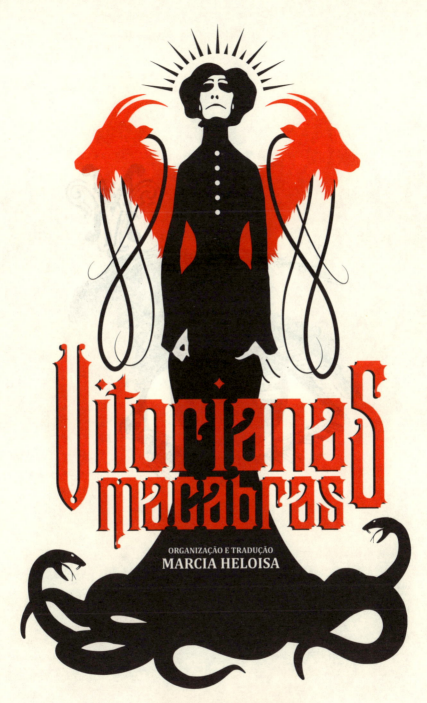

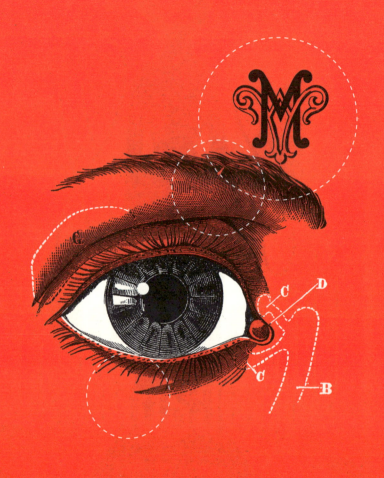

Nenhuma estrela que se vê
É um astro perdido
Sempre podemos vir a ser
O que poderíamos ter sido.

• **ADELAIDE ANNE PROCTER** •

sumário

STRAINED VISION, LONDON

DISTRESSING HEADACHES, Indigestion, Simulated Neuralgia, and Nervous Depression, are frequently caused by some Peculiarity of the Vision, which can at once be overcome by the use of proper glasses.

SEE

"OUR EYES,"

(now in its Sixteenth Edition,) price 1s., by JOHN BROWNING, F.R.A.S., F.R.M.S., President of the British Optical Association, etc.;

Or consult, *free of charge*,

Mr. JOHN BROWNING, Ophthalmic Optician, 63, STRAND, LONDON.

VITORIANAS  MACABRAS

CHARLOTTE RIDDELL
A PORTA SINISTRA

LOUISA BALDWIN
O MISTÉRIO DO ELEVADOR

EDITH NESBIT
MORTOS EM MÁRMORE

VIOLET HUNT
A PRECE

AMELIA B. EDWARDS
O COCHE FANTASMA

CHARLOTTE BRONTË
NAPOLEÃO E O ESPECTRO

SUMÁRIO

Vitoriosas 18	Guia Vitoriano de Londres 308
Casada com Fantasma 32	Cine Macabra 324
Contos 40	Álbum de Família 360
Rainha Vitória 302	Agradecimentos 379

VITORIANAS
sumário

VITORIANAS MACABRAS

ELIZABETH GASKELL
O CONTO DA VELHA AMA

MARY BRADDON
A SOMBRA DA MORTE

MARGARET OLIPHANT
A JANELA DA BIBLIOTECA

RHODA BROUGHTON
A VERDADE, SOMENTE A VERDADE, NADA MAIS QUE A VERDADE

H.D. EVERETT
A MALDIÇÃO DA MORTA

VERNON LEE
AMOUR DURE

MAY SINCLAIR
ONDE O FOGO NÃO SE APAGA

MACABRA *Dress Fabrics*
MAKE SMART
Cycling, Golfing, Fishing, Shooting, and "Every-Day" Costumes.

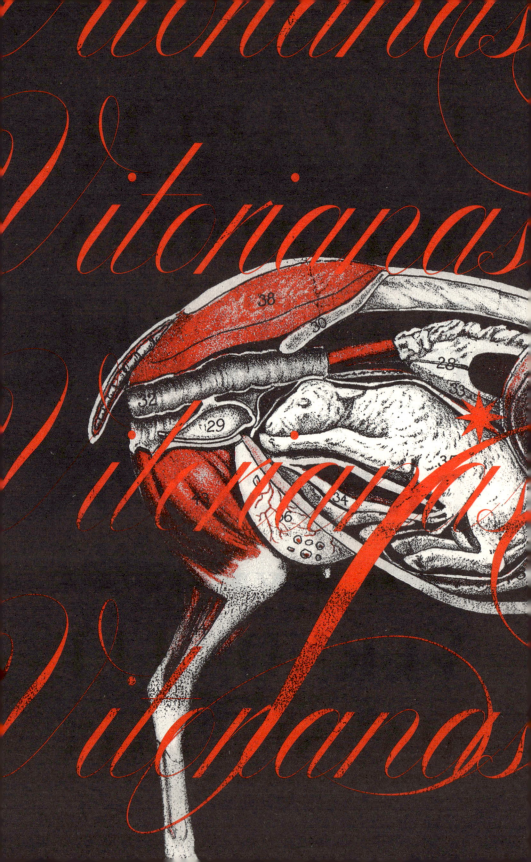

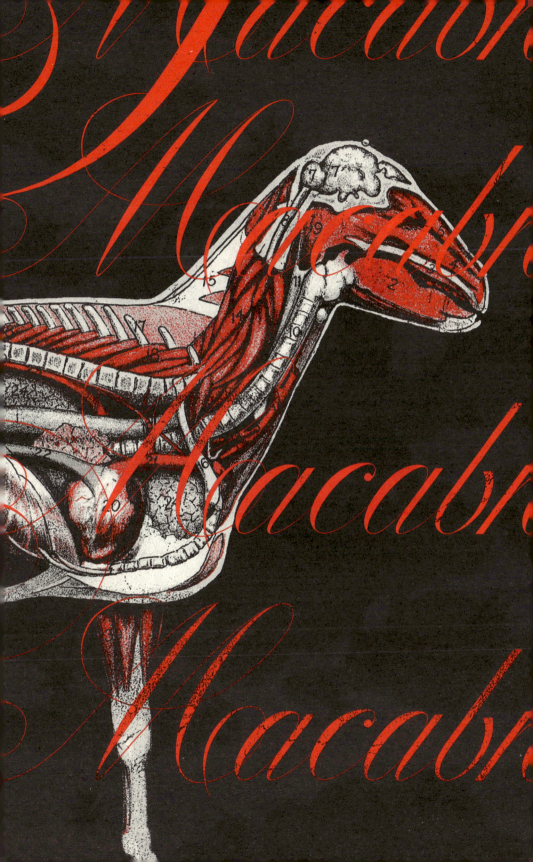

VITORIOSAS

POR
MARCIA HELOISA

Embora o período vitoriano englobe, por definição, apenas os anos da rainha Vitória no poder (1837-1901), a sombra da monarca estende-se por todo o século XIX e paira, inabalável, até os dias de hoje.[1] Somos herdeiros das transformações e contradições vitorianas; adotamos e aperfeiçoamos seus avanços científicos e tecnológicos, exaltamos suas descobertas, apreciamos suas expressões artísticas, reverenciamos suas figuras ilustres. Ainda que nosso olhar contemporâneo identifique a Era Vitoriana como o apogeu do conservadorismo, da pudicícia e da repressão, o período foi marcado por inegáveis conquistas e por um fervoroso entusiasmo pelo progresso. Por que será que escolhemos nos lembrar dos espartilhos e das crinolinas, mas ignoramos a luta e os êxitos das sufragistas? Por que os tachamos de dogmáticos e retrógrados, mas nos esquecemos da transformação operada pelas ideias de Florence Nightingale

---

[1] Por esse motivo, todas as autoras deste volume são vitorianas, mas nem todos os contos selecionados foram escritos dentro do período de reinado da rainha Vitória.

e Ada Lovelace? Por que enxergamos apenas subserviência, quando muitos vitorianos combateram a opressão política e social e provocaram mudanças profundas, na Inglaterra e no mundo? E, em uma era que nos deu tantas mulheres formidáveis, por que reverenciamos apenas os homens?

Este volume busca reparar uma injustiça histórica, trazendo para os leitores brasileiros um pouco da vida e obra de treze mulheres que prestaram uma contribuição extraordinária à literatura. Mulheres que desafiaram as convenções, batalharam contra todo tipo de adversidade e combateram os mais arraigados preconceitos. Mulheres que, escolhendo rumos alternativos aos prescritos pelos ditames do patriarcado, lutaram por independência e autonomia e se dedicaram à arte — sim, a *arte*: viva, pulsante, necessária, insubstituível. E, o mais surpreendente, mulheres que foram, assim como nós, darksiders, cativadas pelo medo.

O ponto de partida da nossa jornada em busca do protagonismo feminino na Era Vitoriana é a biografia da própria rainha Vitória. Um breve panorama de sua vida nos ajudará a compreender melhor o contexto histórico ao qual pertencem as treze autoras deste volume. Com seus complexos paradoxos, Vitória personifica a essência vitoriana e, mergulhada nas trevas de um luto eterno e em diálogo perene com o espectro do marido, foi, sem sombra de dúvidas, a mais macabra das rainhas.

Filha de uma princesa alemã com um dos filhos do rei Jorge III, Alexandrina Vitória perdeu o pai quando ainda era bebê. Na ocasião de seu nascimento,[2] um futuro como majestade parecia distante e improvável: ela era apenas a quinta na linha de sucessão.[3] No entanto, uma série de circunstâncias peculiares culminou na ascensão do tio de Vitória, Guilherme IV. O velho rei teve dez filhos com sua companheira, mas, como não eram oficialmente casados, nenhum pôde assumir o trono. Na ausência de herdeiros legítimos, a honra e o fardo da Coroa couberam a Vitória.

No início, ela sentiu mais o fardo do que a honra. A partir do momento em que ficou claro que a pequena Drina estava destinada a ser rainha, ela foi submetida a uma criação rigorosa, pautada pelo chamado Sistema de Kensington, um conjunto de regras estipulado por sua mãe supostamente para educar e proteger a futura soberana,

---

[2] No dia 24 de maio de 1819, no Palácio de Kensington, em Londres.
[3] Hoje em dia, seria como imaginar a Coroa passando da rainha Elizabeth II direto para o bebê mais novo do príncipe William e Kate Middleton.

mas que tinha como objetivo isolá-la e torná-la dependente.[4] Vitória era monitorada da hora em que acordava à hora em que ia se deitar e foi obrigada a dormir no mesmo quarto da mãe até se tornar rainha. Solidão e privacidade eram sonhos impossíveis: ela não podia sequer descer as escadas do palácio de Kensington desacompanhada. Isolada da família, privada da companhia de outras crianças e desconfiada de que sua própria mãe urdia um plano engenhoso para se tornar regente em seu lugar, Vitória contava somente com a proteção da sua governanta, a alemã Louise Lehzen, e o afeto longínquo de seu tio Leopoldo, rei da Bélgica.

Em 20 de junho de 1837, ela foi acordada às seis da manhã e recebeu duas notícias, ainda de camisola: seu tio estava morto, e ela era a nova rainha do Reino Unido. Após uma sucessão de velhos monarcas do sexo masculino, ascendia ao trono da Coroa britânica uma moça de 18 anos. A reputação da monarquia estava destruída; os reis anteriores eram vistos como irresponsáveis, dissolutos e até mesmo indecorosos. Na melhor das hipóteses, eram símbolos de uma tradição obsoleta e, em vez de gerarem admiração e orgulho em seus súditos, provocavam repúdio, escárnio e indiferença. Cabia à jovem rainha a dificultosa tarefa de restabelecer a glória monárquica dos tempos de outrora. Mas, antes de tudo, ela precisava se emancipar, extinguindo todas as amarras que a cercavam. Sua providência inaugural foi exigir um quarto só seu, primeiro passo rumo a um completo afastamento da mãe. Cumpriu com graça e sobriedade todos os compromissos formais e, na presença intimidadora de nobres, bispos e ministros, presidiu seu primeiro Conselho — a única mulher entre quase 97 homens. Todos ficaram admirados com a confiança da jovem, que não titubeou ao se dirigir aos presentes, nem demonstrou o menor nervosismo. Mais tarde, ela escreveu em seu diário: "Sou muito nova e, talvez, inexperiente em muitas coisas (mas não em todas), mas estou certa de que poucas pessoas têm mais boa vontade e desejo real de fazer o que é certo do que eu".

Vitória ainda estava tentando equilibrar inexperiência com a boa vontade quando uma visita de seus primos alemães Ernst e Albert alterou o curso de sua vida. Ela não os via fazia alguns anos e ficou impressionada com a beleza de Albert. Os dois dançaram, cavalgaram juntos, conversaram. Vitória, que apenas seis meses antes declarara ao seu primeiro-ministro e confidente lorde Melbourne que "se sentia avessa à ideia de se casar um dia", precisou apenas de cinco dias ao lado de Albert para mudar de ideia. No dia 15 de outubro,

---

4   Para isso, a duquesa de Kent (mãe de Vitória) contava com a ajuda de seu assistente particular, Sir John Conroy. Conroy era tirânico com Vitória, contando com a cumplicidade e omissão da duquesa. Vitória sempre se referiu à infância e à adolescência como fases pavorosas. O Sistema de Kensington fez com que ela tomasse horror de Conroy e cultivasse uma mágoa duradoura pela mãe.

pediu o primo em casamento. Quatro meses depois, estavam casados. Vitória engravidou imediatamente após o matrimônio e, após o nascimento da primogênita, vieram mais oito filhos.

Os 21 anos que passou com Albert não só protegeram Vitória da responsabilidade de tomar decisões políticas difíceis sozinha, como a mantiveram em uma atmosfera de proteção constante. Embora tenha sido privado de ser rei e sofrido preconceito por ser alemão,[5] Albert não se contentou com o papel acessório de consorte da rainha. Racional, prático, estudioso e *workaholic*, expandiu ao máximo sua atuação. Serviu como intermediário de Vitória e seus ministros, preservou cruciais relações diplomáticas, tornou a organização dos palácios mais funcional, comprou, projetou e construiu duas residências reais, atuou como patrono das artes, apoiou avanços científicos e até evitou uma guerra.[6] Durante duas décadas, a Rainha considerou suas responsabilidades monárquicas mais palatáveis — quase prazerosas. Ademais, Albert tinha um temperamento mais melancólico, e ela gostava de vê-lo em movimento. De certa forma infantilizada pelo casamento, desenvolveu pelo marido uma idolatria pueril e uma dependência patológica. Em carta a Vicky, sua primogênita, confessou: "Ele é meu pai, meu protetor, meu guia e meu conselheiro".[7] Estava certa de que aquela felicidade beatífica seria eterna. Até que Albert adoeceu, de repente.

Um mal súbito, que rapidamente evoluiu para um quadro grave, levou Albert de supetão. Em 14 de dezembro de 1861, o príncipe consorte morreu de febre tifoide, com apenas 42 anos.[8] Inconsolável, a rainha entregou-se às trevas. "Minha vida de felicidade está terminada! O mundo desapareceu para mim!", escreveu ao seu tio

---

[5] Para desposar a rainha, Albert se naturalizou inglês, mas sua natureza germânica era um de seus traços mais marcantes — e os britânicos nunca o ignoraram. Vitória, também descendente de alemães, tinha grande apreço pela cultura e o idioma de seus ancestrais e, fluente na língua, costumava se comunicar com o marido em alemão.

[6] Albert, mesmo à beira da morte, conseguiu evitar o envolvimento da Inglaterra na Guerra Civil dos Estados Unidos. "Às 7 horas da manhã, Albert levantou-se da cama e, com a mão vacilante, escreveu uma série de sugestões para que se alterasse o teor do documento [...] mantendo aberto o caminho para uma solução pacífica [...] As sugestões foram aceitas pelo governo e a guerra foi evitada. Foi o último memorando do príncipe." (Ver Strachey, *Rainha Vitória*, p. 235.)

[7] Carta a Vicky de 8 de janeiro de 1858. (Ver Muhlstein, *Vitória*, p. 92.)

[8] Ainda existem controvérsias em relação à verdadeira causa da morte de Albert. Especula-se que possa ter sido decorrente de alguma doença crônica ou causada por um câncer não tratado.

Leopoldo.[9] O problema era que Vitória, sempre superlativa e obstinada, não se contentou em vivenciar sozinha a sua tristeza. Ela quis — e *exigiu* — que todos fizessem o mesmo, mergulhando seu reino em uma atmosfera sinistra e fantasmagórica.

Surgia então a nova encarnação de Vitória: a Viúva de Windsor. No dia seguinte à morte de Albert, a Rainha começou a tomar suas providências. Convocou o pintor Edward Henry Corbauld para fazer um esboço do morto e o fotógrafo da família real, William Bambridge, para fotografar não apenas Albert, mas seus aposentos. Era preciso registrar cada detalhe, para preservá-los em permanente exibição. Em seguida, chamou o escultor William Theed para confeccionar a máscara mortuária e tirar um molde das mãos do cadáver. Aquelas mãos acompanhariam Vitória até o fim: dizem que dormia com as mãos do morto ao seu alcance e, quando carecia de uma presença mais concreta do espectro, encaixava sua palma, quente e úmida, na palma de gesso.

Durante os quarenta anos em que sobreviveu ao marido, vestiu-se de preto e guardou rígida etiqueta fúnebre, do luto perpétuo exigido aos membros da corte às grossas bordas negras que emolduravam sua correspondência e seus comunicados oficiais. Nada era mais macabro, porém, do que a rotina dos criados que atendiam ao fantasma de Albert. Levavam bacias com água morna para ele fazer sua toalete, navalhas para sua barba, trocavam roupa de banho e cama, escovavam seus casacos, engraxavam seus sapatos, deixavam seus relógios funcionando, suas bengalas de prontidão.[10] Da escrivaninha, nada foi removido: papéis, pena, tinta, mata-borrão. No castelo de Windsor, até mesmo o copo onde o moribundo sorvera seu derradeiro paliativo permanecia no mesmo lugar, bem como o livro que estivera lendo (um romance de Walter Scott). Não satisfeita em transformar os aposentos reais em mausoléus, Vitória levava o busto de Albert para reuniões familiares e o encaixava em todas as fotos, para o desgosto de seus filhos.

A obsessão pela morte e o culto aos falecidos, no entanto, não eram idiossincrasias restritas à rainha Vitória. A morte rondava os vitorianos: na Londres oitocentista, a expectativa de vida entre homens de classe média girava em torno dos 45 anos; operários e desvalidos mal chegavam aos 30. Doenças, epidemias, acidentes, falta de assistência médica, condições sanitárias precárias — os fatores de risco eram inúmeros. Mulheres e crianças tinham ainda menos chances de sobrevivência: a taxa de mortalidade infantil era dramaticamente elevada. Complicações na gravidez e no parto

---

9   Carta ao rei da Bélgica, de 20 de dezembro de 1861 (Ver Benson e Esher [Orgs.], *The Letters of Queen Victoria, Vol. III*, 1908).

10   Em sua biografia da rainha Vitória, Anka Muhlstein relata que, trinta anos após a morte de Albert, o primeiro-ministro William Gladstone "queixava-se de que um criado, trazendo água quente para o fantasma de Albert, interrompesse as conversações do fim do dia com a rainha." (Ver Muhlstein, *Vitória*, p. 94.)

também ceifavam a vida de mães e filhos.[11] O seguro de vida para mulheres era mais caro dos 20 aos 40 anos, levando em consideração a grande probabilidade de óbito nos anos mais férteis.

Aqueles que podiam arcar com os custos não mediam esforços para eternizar seus mortos. Pinturas, fotografias, velórios, monumentos póstumos — e até mesmo ritos que hoje nos parecem bizarros, como a confecção de bonecas semelhantes a cadáveres de bebês, a serem depostas em berços e reverenciadas por pais, amigos e familiares do infante arrebatado pela morte.[12] Embora já houvesse uma predisposição ao mórbido, porém, o luto da rainha Vitória intensificou ainda mais a aura sombria daquela era. O compromisso da soberana com sua viuvez fez com que a morte, mais do que nunca, estivesse na *moda*.[13]

Era o momento oportuno para que a febre espiritualista que fervia nos Estados Unidos arrebatasse de vez os britânicos.[14] Em meados do século XIX, famosos médiuns norte-americanos começaram a visitar Londres, oferecendo demonstrações de suas habilidades. Fascinados pela possibilidade de se comunicarem com os mortos, os vitorianos participavam de sessões espíritas e nutriam um interesse cada vez maior pelos fenômenos psíquicos e a paranormalidade. Surgiram duas vias paralelas: em uma, transitavam os céticos, cujo racionalismo era nutrido pelo pragmatismo vitoriano e pelo progresso científico; na outra, trafegavam todos aqueles que, tocados pelo mistério, buscavam explicações para além dos limites da razão e da lógica humanas.

A predominância de médiuns do sexo feminino presidindo as sessões espíritas ofereceu uma inesperada alternativa de carreira para as mulheres. Graças aos seus poderes mediúnicos, eram deslocadas do tradicional papel submisso e decorativo e ganhavam centralidade em distintos salões, sendo convidadas para residências nobres e consultadas por vitorianos notáveis, como Sir Arthur Conan Doyle, criador do detetive Sherlock Holmes.[15] No entanto, embora a espiritualidade tenha permitido que as mulheres ganhassem autonomia e respeito (sobretudo em uma época em que as duas coisas raramente podiam

---

[11] Foi esse o triste destino da nossa mais célebre Vitoriana Macabra, a autora Charlotte Brontë. Ela morreu grávida, com apenas 38 anos.

[12] Outro costume peculiar da época era a instalação de sinos nos caixões, para evitar que entes queridos permanecessem enterrados vivos em casos de enterros prematuros.

[13] Mas não *literalmente*: Lytton Strachey, um dos mais renomados biógrafos da rainha Vitória, relata que o luto real exerceu "um efeito altamente deletério sobre as confecções de vestidos, chapéus e meias." (Ver Strachey, *Rainha Vitória*, p. 249.)

[14] A febre começou em Nova York, em 1848, com as chamadas Irmãs Fox, Margaret e Kate.

[15] Doyle escreveu um livro sobre o tema, *A História do Espiritismo* (1926).

ser conquistadas ao mesmo tempo), não tardou para que surgissem as críticas, associando o trabalho mediúnico à falta de decoro. O ambiente à meia-luz das sessões, assim como sua atmosfera intimista, começou a ser visto como possível pretexto para certas licenciosidades — os mais radicais chegaram a sugerir que as sessões mascaravam verdadeiras orgias. Um exemplo foi o caso de Florence Cook, uma das mais célebres médiuns vitorianas.[16] Cook supostamente materializava um espírito chamado Katie King que não só tocava e se deixava tocar pelos presentes nas sessões, como certa vez apareceu nua para uma das participantes.[17] Imaginem o choque dos vitorianos — e também o *frisson*.

Existe toda uma variedade de relatos apócrifos criados para reforçar a crença de que a rainha recorreu aos médiuns e participou de *séances* na esperança de poder se conectar com seu amado Albert. Antes mesmo da morte do príncipe consorte, um deles se tornou popular como endosso do espiritismo na Inglaterra. Dizia-se que a médium Georgiana Eagle possuía um relógio, presente de Sua Majestade, ofertado como agradecimento pelos seus serviços mediúnicos, prestados na residência real de Osborne em 1846. Uma suposta inscrição no objeto exaltava os poderes de Georgiana e eternizava a admiração da rainha e do príncipe consorte. No entanto, ninguém nunca atestou a autenticidade da inscrição, nem a procedência do relógio.

Após a morte de Albert, surgiu uma história mais bem embasada. O protagonista é um adolescente chamado Robert James Lees.[18] O menino, com apenas 13 anos, demonstrou poderes assombrosos e, em uma de suas sessões, encarnou o marido morto da rainha. A presença do editor de um jornal na sessão fez com que a história viesse a público e, segundo dizem, despertasse a curiosidade de Vitória. Com a intenção de investigar discretamente se o menino Lees era uma fraude, a rainha teria mandado dois membros da corte disfarçados para participarem de uma sessão. Instigado a demonstrar suas habilidades, Lees não só encarnou mais uma vez o príncipe como desmascarou os emissários da rainha. Convencida pelos relatos entusiasmados, Vitória teria convidado Lees para uma sessão particular no Palácio de Buckingham e, persuadida de que o menino recebia de fato o seu Albert, solicitado mais nove sessões posteriores. Com o sucesso das *séances*, Lees supostamente foi sondado para assumir um cargo efetivo no Palácio, algo como um "assessor para assuntos do além". O menino declinou, mas

---

16 Doyle a cita diversas vezes em seu livro, reproduzindo o atestado de credibilidade oferecido pelo professor William Crookes: "tendo examinado muito Katie, iluminada à luz elétrica, posso acrescentar aos pontos, já mencionados, de diferenças entre ela e o seu médium, que tenho a mais absoluta certeza de que Miss Cook e Miss Katie são duas individualidades distintas, no que se refere aos corpos". (Ver Doyle, *A História do Espiritismo*, p. 196.)
17 Ver Owen, *The Darkened Room*, p. 227.
18 Lees, já adulto, se tornaria célebre por supostamente conhecer a identidade de Jack, o Estripador. Ele aparece vinculado à rainha vitória em *Do Inferno*, de Alan Moore.

deixou um recado esperançoso, vindo do próprio Albert: havia um médium entre seus empregados na Escócia e, se Vitória fosse atrás dele, poderiam se comunicar sempre que ela quisesse.

Essa tese voltou à baila recentemente, graças ao escritor irlandês J. H. Brennan.[19] Brennan argumenta que o espiritismo oferece explicação para um dos mistérios da rainha Vitória: a natureza de sua relação com seu empregado escocês John Brown. Para o autor, o apego inusitado da monarca por Brown tinha fulcro sobrenatural; por ser médium, o escocês recebia o espírito do falecido príncipe consorte, motivo pelo qual tinha tamanha ascendência sobre Vitória e acumulava regalias materiais e imateriais, como o acesso aos aposentos íntimos da rainha e o direito de dormir em um quarto contíguo.[20] Nenhum desses relatos, no entanto, está alicerçado em evidências.[21] A investigação dos fenômenos paranormais, porém, prosseguiu ao longo da Era Vitoriana, estabelecendo bases que se provaram sólidas nos séculos posteriores.[22]

É de se imaginar que, governados pela mórbida rainha viúva e capturados pelos insondáveis enigmas da morte, os artistas e escritores vitorianos se rendessem ao *Zeitgeist* sobrenatural — em especial da metade para o final do período oitocentista. Embora o encanto da Inglaterra pelo horror fosse ancestral, a Era Vitoriana sedimentou o flerte em um verdadeiro casamento. Pinturas, poemas, contos, romances, peças teatrais — o macabro, o fantasmagórico e o monstruoso vicejavam em todas as expressões criativas, para o deleite do público. O gótico foi prontamente revitalizado, os *penny dreadfuls* ganharam uma legião de leitores, e quase todos os escritores — e escritoras — do período buscaram inspiração nos recantos mais sombrios de suas mentes, onde reinam nossos medos mais primevos. É nesse contexto que encontramos as treze autoras que compõem esta antologia, cada uma delas cruzando indômita a fronteira que separa a vida da morte e nos ofertando vislumbres assustadores de seus piores pesadelos. Mas havia outra fronteira a ser cruzada: a que relegava as mulheres ao silêncio.

---

[19] Ver Brennan, *Whisperers*, 2013.
[20] Helen Rappaport também menciona estas hipóteses em sua biografia *Queen Victoria: A Biographical Companion* (pp. 285-88)
[21] Existe apenas uma carta do Conselho Privado de Vitória para Lees, agradecendo por ter enviado seu livro *Through The Mists* de presente para rainha em 1899.
[22] Entre as inúmeras associações criadas para esses fins, destaco a *Society for Psychical Research*, fundada em 1882 e que teve como membro uma das nossas Vitorianas Macabras, May Sinclair.

É ingênuo pensar que os 64 anos em que viveram com uma mulher no poder possa ter mudado a mentalidade dos vitorianos em relação ao sexo feminino. Para os britânicos da época, a mulher ideal era a que se dedicava integralmente ao lar e à família. Nas classes mais altas, as meninas eram criadas para se tornarem esposas e mães, limitadas ao ambiente doméstico e seus afazeres. As mais ricas eram apresentadas à sociedade e à rainha, debutando em grande estilo na corte. Uma vez que seu maior temor era ficarem solteiras, sonhavam com pretendentes que pudessem desposá-las ainda jovens. Depois de casadas, esmeravam-se para cuidar da casa, do marido e dos filhos. O divórcio não era uma opção, tanto por motivos religiosos como jurídicos. As mulheres eram consideradas propriedades legais dos seus maridos. A esposa sofrida que escapava de um marido abusivo, por exemplo, perdia todos seus direitos, bem como a guarda de seus filhos.[23] Por esse motivo, diversas mulheres se submetiam a casamentos infelizes, maus-tratos, infidelidades e violências sexuais. E mesmo as poucas que conseguiam o divórcio por um ato do Parlamento (opção disponível somente para as extremamente ricas) eram banidas do convívio social. Quando pensamos no limitado escopo de atuação concedido às vitorianas, a trajetória das treze autoras aqui reunidas se torna ainda mais extraordinária.[24]

Se ser mulher na era de Vitória já era uma tarefa difícil, tornava-se ainda mais penosa para as que desafiavam o *status quo*. Um dos traços marcantes do período vitoriano é a luta pela emancipação das mulheres e pelo voto feminino. E, nesse ponto, as mulheres não contavam com aquela que podia ser sua grande aliada: a própria rainha. Embora fosse uma inspiração para as sufragistas, ela se opôs de maneira contundente ao pleito de suas súditas. Em uma carta ao escritor Theodore Martin, definiu os direitos das mulheres como uma "terrível loucura", afirmando que "Deus criou os homens diferentes das mulheres, então deixem-nos ficar cada qual em sua posição".[25] A rainha, para quem sua condição de soberana era "um cargo desagradabilíssimo",[26] julgava inadmissível que uma mulher *quisesse* participar da vida política do país. Para Vitória, o ambiente apropriado para as mulheres era o espaço doméstico, onde podiam cuidar da casa e da família, usufruindo a benção serena da companhia do marido e dos filhos.

---

[23] Vitória, ainda jovem, escreveu em seu diário: "É uma crueldade que a mulher não possa mais ver seus filhos quando é inocente, e o marido, um monstro". (Diário da Rainha, 19 de julho de 1839).
[24] Embora o período vitoriano ostente conquistas e progressos até então inéditos na educação, nas ciências, na tecnologia, na política e nas artes, a maior parte desses novos territórios estava vedada às mulheres.
[25] Ver Strachey, *Rainha Vitória*, p. 319.
[26] Carta ao seu tio Leopoldo, 20 de dezembro de 1861.

Há dois graves problemas nessa visão da rainha. O primeiro é que *nem a própria Vitória* suportava a vida doméstica. Se Deus a tivesse mantido em sua "posição", ela jamais teria alcançado aquilo que a manteve viva: o imenso poder político que gozou ao longo de seu reinado, que lhe facultou emancipação, liberdade, autonomia, possibilidade de ser remunerada pelo seu trabalho e — o mais importante — um nível de respeito em geral negado às mulheres. O segundo problema é que ela não conhecia as reais condições em que viviam seus súditos fora da bolha aristocrática. Se tivesse nascido nas camadas mais pobres da plebe, Vitória decerto engrossaria as estatísticas da época: seria espancada pelo marido, trabalharia em circunstâncias desumanas, sofreria com as condições insalubres de uma casa pequena e superlotada, veria os filhos morrendo de fome, seria explorada pelos patrões, comeria mal, dormiria ainda pior e poderia contar, se tivesse muita sorte, com uma ou duas mudas de roupa. E, claro, não chegaria nem à metade dos seus 81 anos.

Um dos grandes pleitos da Era Vitoriana, o direito ao voto para as mulheres só seria conquistado no século xx, após décadas de dedicação, luta incansável, perseguição, tortura e morte.[27] Quanto à rainha, uma vez superada a dependência doentia do marido (enquanto vivo e depois morto), ela pôde enfim desenvolver sua própria personalidade — e compreender que a vida doméstica que lhe parecia ideal era na verdade uma prisão. Vitória nunca se tornou exatamente uma feminista, mas ao fim da vida descobriu que o melhor destino para as mulheres é sempre a independência.[28]

Esse processo de descoberta foi longo e árduo. Durante muitos anos, Vitória manteve-se tão agarrada à lembrança de Albert que perdeu a capacidade de agir por conta própria. Por um bom tempo, afastou-se de Londres e negligenciou todas suas obrigações, postergando indefinidamente seus compromissos. O Palácio de Buckingham, sem a presença da monarca e sua comitiva, virou motivo de piada. Em 1864, colocaram um cartaz onde se lia: "Imóvel com localização privilegiada a ser alugado ou vendido em

---

[27] É um delicioso tapa com luvas de pelica do tempo que, em sua cidade natal, Manchester, a sufragista Emmeline Pankhurst tenha sido eleita, por *voto popular*, a única mulher além da rainha Vitória a ser homenageada com uma estátua.

[28] Mesmo antes da velhice, em uma de suas confissões à filha Vicky, Vitória declarou: "Todo casamento é, no fim das contas, uma loteria — toda felicidade acaba sendo uma troca, por mais satisfatória que possa ser — mas, mesmo assim, as pobres mulheres acabam sendo física e moralmente escravizadas pelos maridos. Nunca consegui engolir isso. Quando penso nas jovens alegres, contentes, livres e vejo depois o estado deplorável a que em geral estão fadadas, não posso deixar de concluir que o casamento impõe uma espécie de castigo".

virtude da falência de seu último morador". Nem mesmo os casamentos dos filhos, os nascimentos dos netos e os novos rumos do seu reino conseguiam tirar Vitória da apatia. Isolada em suas residências na Escócia e na Ilha de Wight, não pisava em Londres e obrigava seus ministros a se deslocarem por milhares de quilômetros para encontrarem-se com ela.

No entanto, com o passar dos anos, a disposição e o brio foram voltando, e Vitória percebeu que era mais feliz sendo ela mesma. Sem o marido para tolhê-la, sem os filhos para censurá-la, coroou-se finalmente rainha de suas vontades. Um de seus biógrafos resume o processo com perfeição: "à medida que a figura do príncipe desvanecia, seu lugar era inevitavelmente ocupado pela personalidade da própria Vitória. Todo o seu ser, que girara durante tantos anos ao redor de um objeto exterior, agora modificava a sua rotação, fazendo de si próprio o seu eixo".[29] E que eixo monumental, o da princesa que virou rainha, da rainha que virou viúva e da viúva que virou dona de si. Os últimos anos foram os mais gloriosos, os mais divertidos, os mais sábios. Ela engajou-se como nunca na política, retomou os compromissos públicos, aproximou-se dos netos, decidiu aprender hindustani, experimentou novos sabores, voltou a cultivar sua velha paixão pela música e reconciliou-se com Londres. Ao lado do seu *munshi* Abdul Karim, reencontrou a leveza. O luto ganhou adornos, guarnições de renda branca, enfeites. E seus súditos, maravilhados com a mulher que fez as pazes com a vida, fizeram as pazes com ela. Em seu Jubileu de Diamante, em 1897, Vitória percorreu durante horas as ruas lotadas da capital britânica, saudada pela multidão. Seu povo a recebeu com mais do que respeito: demonstrou afeto. Sua vida estava chegando ao fim, bem como a era que leva o seu nome. Mas seu legado estava apenas começando. Vitória e seu século mantêm-se vivos até hoje, e é chegada a hora de reanimarmos também algumas de suas filhas mais desconhecidas, porém não menos ilustres.

Conhecendo um pouco a vida e obra de nossas Vitorianas Macabras, os leitores decerto vão notar alguns pontos de contato. Muitas tiveram infâncias miseráveis, marcadas por abandono, morte, doenças e pobreza. Algumas sofreram com maridos abusivos, outras, com a dificuldade de assumirem seus romances e oficializarem seus relacionamentos. Houve quem fizesse parte de círculos invejados da Era Vitoriana, convivendo com seus artistas mais aclamados. Outras ainda levaram uma vida mais reservada, longe do burburinho das capitais. Umas não tiveram filhos, outras tiveram muitos; algumas viram seus bebês nascendo mortos, outras os perderam ainda na infância. Várias foram politicamente engajadas, aderindo sobretudo à luta pelos direitos das mulheres. Uma se tornou

---

[29] Strachey, *Rainha Vitória*, p. 302

professora de ciências políticas, e outra partiu pelo mundo em expedições arqueológicas; uma se dedicou ao estudo da psicanálise, outra enveredou pela filosofia. Mas o que todas têm em comum é o amor pela literatura. Da mais misteriosa — de quem não se conhece sequer uma imagem — à mais célebre, todas passaram a vida escrevendo, todas *se sustentaram* por e pela arte. Em um mundo que cada vez mais desvaloriza o intelecto, cerceia a criatividade, censura a liberdade artística e tacha de obsoletos os empenhos literários, é um orgulho apresentar treze mulheres que, no século retrasado, ignoraram todos os obstáculos e se dedicaram com afinco à escrita, à reflexão filosófica, ao pensamento crítico.

E o que dizer sobre os contos aqui reunidos? Penso que o mínimo possível, para que possam causar em cada um de vocês o mesmo assombro que causaram em mim. Adianto apenas que são magníficos — e genuinamente assustadores. Os amantes do horror irão reconhecer tramas e sustos reeditados nos séculos posteriores pelos mestres modernos e contemporâneos do gênero. Assim sendo, o admirável "A Prece", de Violet Hunt, é uma espécie de avô de *Cemitério Maldito*; a atmosfera do perturbador "Onde o Fogo Não se Apaga", de May Sinclair, reproduz a tensão persecutória dos *slashers* com a profundidade do terror psicológico; o trágico e fantasmagórico *"Amour Dure"*, de Vernon Lee, combina Hitchcock, De Palma e Mario Bava. Alguns oferecem toques cômicos, como "A Porta Sinistra", "Napoleão e o Espectro" e o delicioso "A Verdade, Somente a Verdade, Nada Mais Que a Verdade". "O Mistério do Elevador", "O Coche Fantasma" e "O Conto da Velha Ama" apresentam fantasmas memoráveis; "A Maldição da Morta" equilibra com maestria horror e humor. "Mortos em Mármore" e "A Sombra da Morte" estão entre os mais sombrios deste volume, e a escrita refinada de Margaret Oliphant faz de "A Janela da Biblioteca" um ensaio melancólico e poético sobre o fantasma da solidão.

Sobretudo, este volume presta homenagem a todas as mulheres da Era Vitoriana que abriram novas sendas para que nós, suas bisnetas, possamos trilhar nossos caminhos — de Vitória às cientistas, enfermeiras, sufragistas, operárias, pintoras, governantas, musicistas, fotógrafas, modelos, costureiras, poetas, médiuns, professoras, atrizes, filósofas. E, é claro, às autoras — em especial às treze reunidas nesta antologia, mulheres que atravessaram tempo e espaço e atracaram seu navio fantasma no porto da DarkSide. Quase posso vê-las, reunidas no convés, com a fronte altiva, os cabelos ao vento e, ao fundo, o pavilhão de sua rainha tremulando no mastro. Foram duzentos anos de travessia, mas elas não estão cansadas.

São mais do que vitorianas. São vitoriosas.

REFERÊNCIAS BIBLIOGRÁFICAS

BENSON, Christopher; ESHER, Visconde de (Orgs.). *The Letters of Queen Victoria: A Selection from Her Majesty's Correspondence Between the Years 1837 and 1861 in Three Volumes.* Londres: John Murray, 1908.
BRENNAN, J. H. *Whisperers: The Secret History of the Spirit World.* Londres: Harry N. Abrams, 2013.
BROWNE, E. Gordon. *Queen Victoria.* Ohio: Pinnacle, 2017.
DOYLE, Arthur Conan. *A História do Espiritismo.* São Paulo: Pensamento, 1960.
GARWOOD, Christine. *Mid-Victorian Britain.* Oxford: Shire, 2011.
JACKSON, Lee. *A Dictionary of Victorian London: An A-Z of the Great Metropolis.* Londres: Anthem, 2010.
MUHLSTEIN, Anka. *Vitória.* São Paulo: Companhia das Letras, 1999.
MURPHY, Deirdre. *Victoria Revealed: 500 facts about the Queen and her world.* Londres: Historical Royal Palaces, 2012.
OWEN, Alex. *The Darkened Room: Women, Power and Spiritualism in Late Victorian England.* Londres: Virago, 1989.
OWENS, Susan. *The Ghost: A Cultural History.* Londres: Tate, 2017.
PICARD, Liza. *Victorian London: The Life of a City 1840-1870.* Londres: Phoenix, 2005.
RAPPAPORT, Helen. *Magnificent Obsession: Victoria, Albert and the Death That Changed the Monarchy.* Nova York: St. Martin's, 2011.
___. *Queen Victoria: A Biographical Companion.* Oxford: ABC Clio, 2003.
STRACHEY, Lytton. *Rainha Vitória.* Rio de Janeiro: BestBolso, 2015.
SWEET, Matthew. *Inventing the Victorians.* Nova York: St. Martin's, 2001.
WILSON, A. N. *Victoria: A Life.* Nova York: Penguin, 2014.
WILLIAMS, Brenda. *Victorian Britain.* Hampshire: Pitkin, 2005.

PHOTOGRAPHIC ARCHIVE · CAMERA OBSCURA STUDIO

CASADA COM FANTASMA

Rainha Alexandrina Victoria

POR
MARCIA HELOISA

Por quarenta anos, rainha Vitória foi casada com um fantasma.

Tudo começou em uma gélida noite de dezembro, após um ensombrado crepúsculo tornar o céu ainda mais soturno, apagando as estrelas. Cientes de que não podiam se fiar na momentânea estiagem, os cavalariços do castelo de Windsor se apressaram para recolher as montarias, e os criados, em justificada azáfama, empenhavam-se para manter os salões e os aposentos reais em prístina ordem. O espectro da morte rondava o castelo, assim como o vento que, murmurando seu sibilante apelo na escuridão, fazia tremer as janelas como se punhos invisíveis as esmurrassem.

No Quarto Azul, a rainha segurava a mão de seu marido, príncipe Albert. A doença não lhe roubara a beleza; em seu leito de morte, continuava tão encantador quanto o rapaz que ela desposara havia duas décadas. Não obstante, o brilho baço de seus olhos azuis prenunciava a morte, na gradual extinção de sua chama vital. Vitória gostaria de estar a sós com ele, mas desde o nascimento da primogênita Vicky vira-se obrigada a dividir Albert com as crianças. Já não bastavam os ministros, os membros da corte, os conselheiros, os criados, os médicos? Ajoelhada à cabeceira do enfermo, beijava suas mãos, orando em silêncio para que o Altíssimo tivesse misericórdia e não a privasse de seu anjo. Guardava uma instintiva certeza de que Deus não haveria de separá-los e de que envelheceriam juntos; agora, via-o sendo arrebatado na flor da idade. Sabia que Albert não lutaria contra a morte. Ele certa vez lhe dissera que não tinha apego à vida e que, no advento de uma doença grave, se entregaria sem resistência — quiçá até mesmo com alacridade. Vitória se ressentia desse desprendimento, que via mais como egoísmo do que abnegação. Mas, naquela hora derradeira, não havia o menor ressaibo de mágoa nas lágrimas que, molhando a mão do marido, provava com seus tristes beijos.

"*Es ist das kleine Frauchen, ein Kuss*",[1] sussurrou ela, aflita com a respiração de Albert, que parecia se esforçar para encher os pulmões. Acaso sentiria seu familiar aroma de flor de laranjeira e se permitiria, no êxtase da memória olfativa, regressar a dias mais felizes? Albert apertou a mão de Vitória e, respirando profundamente, expirou como uma alma fatigada que se entrega ao sono eterno. Morreu às 10h50 da noite. Vitória pôs-se de pé, beijou a testa do morto e deu um grito que, ecoando pelos corredores sombrios do castelo e penetrando seus mais recônditos nichos, fez gelar o sangue de todos os presentes. Depois, tombou de joelhos em um silêncio ainda mais aterrador, lívida e inerte como se possuída pelo próprio Anjo da Morte. O dr. Clark e o dr. Jenner a ajudaram a se erguer e a conduziram, ainda em transe, até o Quarto Vermelho. Ouviram à distância o lamento plangente da pequena Beatrice que, despertando no berçário, já parecia sentir a dor de sua orfandade.

Vitória encostou a cabeça no colo de sua filha Alice. Ainda não conseguia chorar. Simplesmente não existia vida sem Albert. Era como se arrancassem a carne de seus ossos, como se a subtraíssem de sua melhor parte. Rasgada ao meio, dilacerada, estava convencida de que não duraria mais do que algumas horas, talvez alguns dias. A dor que experimentara com a morte de sua mãe no início daquele tétrico ano de 1861 — que na época julgara pungente, incontornável — não era nada comparada ao sofrimento da viuvez. O vívido horizonte do futuro dera lugar às trevas: seu mundo perdera a cor.

Uma a uma, as testemunhas dos últimos momentos de Albert dirigiram-se ao cômodo contíguo e, prostrando-se diante da rainha, beijaram

---

[1] "Sou eu, sua esposinha, dê-me um beijo."

sua mão. Alguns estavam secos de perplexidade, outros vertiam copiosas lágrimas. Vitória, consciente da solenidade da cena e exercendo seu papel de rainha, regozijava-se com a solidariedade piedosa dos presentes. Todavia, como mulher, exasperava-se com a injustiça divina que a privara de um espírito nobre e superior enquanto preservava o sopro de vida de tantas almas medíocres. Seu primogênito, Bertie, acolheu a mão da rainha entre suas úmidas palmas e disse: "Serei tudo para a senhora". Vitória agradeceu, chamando-o de "meu menino querido". Em seu íntimo, entretanto, censurava-o com fervor. Ora, não fora seu comportamento indecoroso que obrigara seu pai a ir ter com ele em Cambridge? Não fora o desgaste mental e físico daquela viagem a causa do adoecimento de Albert? Ele matara o pai, quase como se tivesse o sufocado com as próprias mãos. Jamais o perdoaria. Pedia a Deus que lhe concedesse a graça de ser fulminada o quanto antes, para unir-se ao seu Albert e deixar para trás todas aquelas faces odiosas que tinham a empáfia de permanecerem vivas.

Vinte e quatro anos antes, seu tio, o rei Guilherme IV, morrera naquele mesmo quarto. Aquela morte a tornaria rainha, inaugurando para a jovem Vitória uma nova existência. Oh, cruel ironia! Agora, novamente no Quarto Azul, sentia o despontar — ou seria a *pontada*? — de uma era desconhecida. Ao contrário da euforia que experimentara ao cruzar o limiar da vida de princesa para adentrar na plenitude da majestade, o ingresso no reino dos mortos não lhe prometia senão dissabores. Sim, entrara no reino dos mortos. Não fazia sentido permanecer viva se apartada de seu único amor.

Após os cumprimentos, Vitória regressou para o leito de morte. Os médicos tentaram afastá-la do cadáver, mas ela foi categórica em sua recusa. Dispensando suas damas de companhia, exigiu ficar a sós com o morto. Contemplava-o com imensa angústia e o coração destroçado pela dor. Como suportar o peso da coroa, o abominável fardo a ela imposto, sem o auxílio dele?

Foi quando uma ideia lhe ocorreu. E se a separação fosse apenas física? A matéria perecera, mas acaso o espírito não poderia continuar ao seu lado? Se pudesse preservar a rotina de Albert, se pudesse manter tudo como se ele ainda estivesse vivo, se não alterasse nada... Se cultivasse a ilusão de que ele estava fora, mas poderia voltar a qualquer instante... O pensamento a confortou. Aquele quarto seguiria intocado, bem como todos os aposentos de Albert — não apenas em Windsor,

mas em Buckingham, Balmoral e Osborne. Os criados continuariam a trazer-lhe água morna para sua toalete matinal. Trocariam sua roupa de cama, trariam toalhas limpas. Os vasos seriam sempre ornados com flores frescas. Cuidariam de suas roupas, escovariam seus casacos, engraxariam seus sapatos. Mantendo viva a ilusão de sua presença, haveria de contemporizar sua ausência. Talvez mais do que isso. Talvez pudesse trazê-lo de volta.

Naquela noite, Vitória estendeu a roupa de dormir de Albert ao seu lado na cama. Despedira-se da carne, do belo invólucro inanimado que jazia em seu leito de morte no Quarto Azul, mas acolhera o espírito. Alisando o fino tecido de suas roupas, encostou a cabeça no peito invisível do espectro e, finalmente, conseguiu dormir.

PHOTOGRAPHIC ARCHIVE CAMERA OBSCURA STUDIO

CHARLOTTE RIDDELL

Charlotte Eliza Lawson Riddell

SRA. J.H. RIDDELL

A EDITORA

1832-1906

- Sol em Libra -

Irlandesa. Autora de 56 livros, proprietária e editora da *St. James's Magazine*, respeitada revista literária na Londres vitoriana. Ainda jovem, perdeu o pai e a mãe. Casou-se aos 25 anos com o engenheiro civil Joseph Hadley Riddell. O casal não teve filhos. Charlotte manteve-se como escritora durante toda sua vida e, apesar das dificuldades financeiras, alcançou sucesso e reconhecimento. Famosa pelo talento para engendrar histórias fantasmagóricas, publicou *Weird Stories*, uma antologia de contos de horror em 1882. Já idosa e viúva, em reconhecimento à sua extensa contribuição literária, foi agraciada com uma pensão da Sociedade dos Autores. Morreu de câncer de mama em 1906, aos 74 anos.

A Porta Sinistra
Charlotte Riddell

The Open Door

— 1882 —

"Por dez libras, por até mesmo cinco, teria encarado todos os habitantes dos reinos dos mortos."

Intrépido rapaz, demitido recentemente de uma imobiliária, se oferece para investigar o mistério de uma porta que não fecha em uma mansão mal-assombrada.

Existem pessoas que não acreditam em fantasmas. A bem da verdade, existem pessoas que não acreditam em nada.

Há aqueles que se mostram incrédulos até mesmo em relação à porta aberta em Ladlow Hall. Dizem que não ficava escancarada, que podiam tê-la fechado, que tudo não passou de uma ilusão; alguns afirmam que deve ter sido uma trama conspiratória, outros duvidam até mesmo da existência de um lugar como Ladlow na face da terra e prometem procurá-lo assim que tiverem a oportunidade de conhecer Meadowshire.

Foi assim que esta história, até então jamais publicada, foi recebida pelos meus conhecidos. Como há de ser recebida pelos desconhecidos, são outros quinhentos. Vou relatar o que aconteceu, exatamente como aconteceu, e os leitores podem aceitar minha história como quiserem, seja com credulidade ou escárnio. Não busco fé e compreensão para uma história de fantasmas. Se fosse esse o caso, pararia de escrever.

Talvez, antes de avançar, deva admitir que houve uma época em que eu mesmo não acreditava em fantasmas. Se, ao me encontrar em uma manhã de verão na Ponte de Londres anos atrás, você tivesse me perguntado se eu acreditava que tais aparições eram prováveis ou possíveis, teria recebido um enfático "não" como resposta.

No entanto, com estas digressões a história da Porta Sinistra jamais será contada; sendo assim, com sua permissão, vamos a ela sem delongas.

"Sandy!"

"O que foi?"

"Gostaria de ganhar uma libra?"

"Claro que sim."

Um diálogo um tanto quanto seco, mas éramos bem lacônicos no escritório dos senhores Frimpton, Frampton e Fryer, leiloeiros e agentes imobiliários em St. Benet's Hill, na City.

(Meu nome não é Sandy, nem nada parecido, mas meus colegas de trabalho assim me apelidaram graças a uma semelhança, real ou imaginária, com um sujeito que tinham visto no teatro, interpretando um escocês mal-encarado. Pelo apelido, pode-se deduzir que não me destaco pela beleza. Bem longe disso. Como único espécime feioso da família, sempre soube que minha aparência não tinha nada de atraente. Meu descontentamento com minha sorte também nunca foi nenhum segredo. Não gostava do meu trabalho no escritório, nem dos meus colegas. Somos criaturas deveras contraditórias, pois foi um choque saber que também nutriam uma cordial antipatia por mim.)

"Sendo assim", prosseguiu Parton, um colega bem mais velho do que eu, que adorava me irritar, "posso lhe dizer como conseguir essa quantia."

"Como?", perguntei, já me enfezando, pois tive a impressão de que ele estava se divertindo às minhas custas.

"Sabe aquela casa que alugamos para Carrison, o vendedor de chás?" Carrison era um comerciante que importava artigos da China, dono de frotas de navios e incontáveis armazéns, mas não corrigi Parton, apenas assenti com a cabeça.

"Firmamos um contrato de locação longo, mas ele não consegue morar lá. O chefe disse hoje cedo que não se importaria em pagar as despesas de viagem e dar duas libras a quem conseguisse descobrir que diabos há de errado com o lugar."

"Onde fica a casa?", perguntei, sem virar a cabeça; para ouvir melhor, apoiara meus cotovelos na mesa e minhas mãos no queixo.

"Lá para as bandas de Meadowshire, no meio dos pastos."

"E qual o problema, afinal?", indaguei.

"Uma porta que não para fechada."

"O quê?"

"Uma porta que vive aberta, se você assim preferir", respondeu Parton.

"Você está de brincadeira."

"Se estou, Carrison não está, nem Fryer. Carrison esteve aqui, num estado de nervos, e Fryer ficou furioso, embora tenha tentado disfarçar. Tiveram uma conversa inflamada, ao que parece, e Carrison saiu daqui dizendo que ia falar com o advogado. Acho que não vai adiantar grande coisa."

"Mas me diga", arrisquei, "por que a porta não fica fechada?"

"Dizem que a casa é assombrada."

"Ora essa, que tolice!", exclamei.

"Se acha isso, então é a pessoa mais indicada para lidar com o fantasma. Pensei mesmo em você, quando ouvi o velho Fryer falando."

"Se a porta não para fechada", comentei, seguindo minha linha de raciocínio, "por que não a deixam aberta?"

"Não faço a menor ideia. Só sei que ele ofereceu dinheiro e estou te agraciando com a informação."

Dito isso, Parton fez um cumprimento com o chapéu e partiu, para cuidar de seus afazeres ou do que determinaram seus patrões.

Se há algo que posso afirmar sobre nosso escritório é que nunca nos comportamos de forma sisuda no trabalho. Suponho que seja assim na maioria dos escritórios hoje em dia; no nosso era, com certeza. Estávamos sempre provocando uns aos outros, pregando peças, perdendo tempo com anedotas bobas, procrastinando o trabalho, olhando no relógio, contando as semanas para o próximo feriado e as horas para o sábado.

Apesar disso, nosso desejo de recebermos um aumento era genuíno, e nutríamos a unânime opinião de que nenhum funcionário jamais recebera salários tão miseráveis. Eu ganhava vinte libras ao ano e tinha plena consciência de que isso mal servia para pagar minhas refeições em casa. Minha mãe e minhas irmãs faziam questão de me lembrar e, quando precisava de roupas novas, tinha pavor de tocar no assunto com meu pobre e aflito pai.

Acho que tivemos dias melhores, embora não me recordasse deles. Meu pai era dono de uma pequena propriedade no interior, mas, em razão da falência de um banco — nunca entendi direito qual —, o local teve que ser hipotecado. Como não conseguimos pagar os juros, a hipoteca foi executada e não nos sobrou nada além da pensão militar do meu pai, que era major, e as cem libras ao ano que minha mãe recebia.

Talvez tivéssemos conseguido sobreviver com essa renda, não fosse nossa terrível mania de grandeza. Não vivíamos de acordo com nossas posses e, por conseguinte, as dívidas se acumulavam e os credores eram impiedosos.

Antes do derradeiro baque, uma das minhas irmãs se casou com o filho caçula de uma família muito distinta, mas, mesmo que todos estivessem dispostos a viver de modo confortável e sensato, ela teria insistido em manter certos luxos de suas irmãs. Meu único irmão era oficial, e a família, naturalmente, achava necessário preservar as aparências.

Tudo isso era uma provação e tanto para o meu pai, que precisava suportar as cobranças, as importunações e a eterna escassez de dinheiro. Quanto a mim, teria enlouquecido se não tivesse encontrado um afortunado refúgio na casa da minha tia quando as coisas ficavam muito difíceis na minha. Ela era irmã do meu pai e tinha se casado com um homem tão "indiscutivelmente inferior" que minha mãe se recusava sequer a reconhecer o matrimônio.

Por esses e outros motivos, as palavras displicentes de Parton sobre as duas libras ficaram registradas na minha memória.

Eu precisava, e muito, de dinheiro — nunca havia tido um tostão que pudesse chamar de meu — e pensei que se conseguisse ganhar duas libras poderia comprar umas coisinhas que precisava e presentear meu pai com um guarda-chuva novo. Fantasiar com a realização dos nossos desejos é um perigo, como eu estava prestes a descobrir.

Minha imaginação ficou acesa. Primeiro, pensei nas duas libras; depois, me lembrei do valor que o sr. Carrison aceitara pagar pelo aluguel de Ladlow Hall e pus na cabeça que ele me daria mais do que isso de bom grado se eu conseguisse expulsar o fantasma. Achei que podia me dar até dez libras, quiçá vinte. Pensei no assunto o dia inteiro e sonhei com isso a noite toda e, ao me arrumar para o trabalho no dia seguinte, estava decidido a ter uma conversa com o sr. Fryer.

Foi o que fiz — comentei que Parton havia mencionado o assunto e que, se o sr. Fryer não tivesse nenhuma objeção, gostaria de tentar solucionar o mistério. Expliquei que estava acostumado com casas vazias e que não ficaria nem um pouco nervoso; não acreditava em fantasmas e não tinha medo de ladrões.

"Não faço nenhuma objeção", disse ele, por fim. "Mas a recompensa está condicionada à solução do problema. Fique na casa uma semana; se, ao fim desse período, você conseguir manter a porta fechada, trancada, com trinco e aparafusada, me mande um telegrama e vou ao seu encontro. Se não conseguir, você volta. Pode levar alguém para lhe fazer companhia, se quiser."

Agradeci, mas expliquei que preferia ir sozinho.

"Gostaria apenas de uma coisa, senhor", arrisquei.

"O quê?", indagou ele.

"Uma recompensa um pouquinho maior. Se eu expulsar o fantasma, acho que mereceria ganhar mais do que duas libras."

"Quanto você acha que deveria ganhar?", indagou ele.

Seu tom de voz, educado e bastante sereno, me fez baixar a guarda. Atrevi-me a dizer:

"Bem, se o sr. Carrison não está conseguindo morar na casa, acho que não se importaria em me dar uma nota de dez libras."

O sr. Fryer se virou e abriu um dos livros em sua escrivaninha. Reparei que não olhou para o livro, nem o consultou.

"Você está conosco há quanto tempo, Edlyd?", perguntou ele.

"Amanhã completo onze meses", respondi.

"E nosso combinado, se não me engano, foi de pagamentos quinzenais e um mês de aviso prévio, não é?"

"Sim, senhor." Detectei um tremor na minha voz, embora não soubesse precisar o motivo do meu receio.

"Sendo assim, considere dado o aviso prévio. Passe aqui antes de ir embora hoje, vou pagar três meses de salário e estamos quites."

"Acho que não estou entendendo bem", comecei a falar, mas ele me cortou:

"Mas eu estou, e isso basta. Estou cansado de você, do seu ar de superioridade, da sua indiferença e sua insolência aqui. Nunca tive tamanha antipatia por um funcionário. Vir aqui fazer exigências, era só o que faltava! Não, você não vai para Ladlow. Muitos pobres coitados (ele na verdade disse '"pobres-diabos"') teriam ficado satisfeitos em ganhar meia libra, que dirá duas. Talvez em breve você descubra o que é isso."

"Quer dizer que vai me mandar embora, senhor?", perguntei, desesperado. "Não tive a intenção de ofender. Eu"..."

"Não precisa dizer mais nada", interrompeu ele, "não vou discutir com você. Desde que começou a trabalhar aqui, nunca soube se colocar no seu lugar e parece não saber até agora. Não sei onde estava com a cabeça quando o contratei; fiz isso por causa dos seus contatos, mas eles não me beneficiaram em nada. Nunca recebi um tostão dos seus amigos — se é que você tem amigos. Você não vai fazer nada de bom no mundo do trabalho, nem para si mesmo nem para os outros, e o quanto antes for para Austrália (aqui ele foi bem enfático) e sair daqui, melhor."

Não respondi nada — nem poderia. Àquelas alturas, ele estava fervilhando, e seu desejo de me expulsar de lá naquele mesmo minuto era claro. Contou cinco libras do seu cofre e, rabiscando um recibo, empurrou o papel e o dinheiro sobre a mesa, pediu que eu assinasse e saísse imediatamente.

Minha mão estava trêmula e mal consegui segurar a caneta, mas tive a presença de espírito de devolver uma libra de ouro, três xelins e quatro pence que, por pura sorte, tinha no bolso do colete.

"Não posso aceitar pagamento por um trabalho que não fiz", disse, lutando contra o pesar e a indignação. "Passar bem", me despedi, saindo do escritório e passando pelos outros funcionários.

Apanhei alguns dos meus pertences na minha escrivaninha, deixei os documentos em ordem e depois, trancando-a, pedi a Parton que me fizesse o favor de entregar a chave para o sr. Fryer.

"O que houve?", perguntou ele. "Está indo embora?"

"Estou", respondi.

"Não me diga que foi demitido!"

"Foi exatamente isso que aconteceu."

"Ora essa!", exclamou o sr. Parton.

Não fiquei para ouvir mais nenhum comentário sobre o assunto. Despedi-me dos meus colegas e deixei para trás a Agência Imobiliária Frimpton.

Não queria ir para casa e contar que tinha sido dispensado. Pus-me a andar sem direção e, quando dei por mim, estava na Regent Street. Encontrei meu pai, que parecia mais preocupado do que o habitual.

"Você acha, Phil", disse ele (meu nome é Theophilus), "que conseguiria duas ou três libras com os seus chefes?"

Mantendo um silêncio discreto sobre o que acabara de acontecer, respondi: "Sem dúvida."

"Vou ficar feliz se conseguir, meu filho", prosseguiu ele, "pois estamos mais do que precisados."

Não perguntei qual era o problema especificamente. De que teria adiantado? Havia sempre algo: gás, água, impostos, despesas no açougue, no padeiro, no sapateiro.

Não fazia muita diferença, pois estávamos todos acostumados com aquela vida. Mas sempre pensava: "se um dia me casar, eu e minha esposa vamos viver de acordo com nossa renda." E então via diante de mim a imagem da minha prima Patty — a moça mais alegre, bonita, prestativa e sensata que conhecia, o mais brilhante raio de sol que já iluminara a casa de um pobre.

Despedi-me do meu pai e continuei vagando sem rumo até que, de repente, ocorreu-me uma ideia. O sr. Fryer não me tratara de forma educada ou justa. Eu retribuiria na mesma moeda. Iria até o escritório central e tentaria negociar diretamente com o sr. Carrison.

Tão logo tive a ideia, decidi colocá-la em prática. Fiz sinal para um ônibus que estava passando e logo cheguei ao coração da cidade. Como outros homens importantes, o sr. Carrison não era muito acessível — na verdade, era tão inacessível que o funcionário a quem solicitei uma audiência informou-me com todas as letras que era impossível ser recebido pelo chefe. Eu poderia mandar um recado se quisesse, acrescentou ele com condescendência, que seria sem dúvida entregue. Retruquei que não mandaria um recado, e ele então quis saber o que eu faria. Minha resposta foi simples. Disse-lhe que estava disposto a esperar até que pudesse vê-lo. Ele retorquiu que não podia permitir que ficassem aguardando no escritório daquela maneira.

Respondi que não me incomodava em ficar na rua. "A rua não pertence a Carrison", provoquei.

O funcionário aconselhou-me a não insistir, sob risco de ser preso.

Respondi que não me incomodava em correr o risco.

Continuamos debatendo a questão por um tempo e estávamos no meio de uma acalorada discussão — que atraiu a atenção de vários autoproclamados "jovens cavalheiros" da firma — quando fomos interrompidos por um sujeito circunspecto, que indagou com ares de autoridade:

"Que algazarra é essa?"

Antes que alguém pudesse responder, eu disse:

"Quero ver o sr. Carrison e eles não estão deixando."

"O que quer com o sr. Carrison?"

"Isso só falo com ele."

"Muito bem, pode falar. Eu sou o sr. Carrison."
Por um instante, fiquei sem jeito, quase constrangido com minha insistência. No entanto, logo fui tomado pelo que o sr. Fryer teria chamado de minha "audácia inata" e, aproximando-me dele e tirando meu chapéu, disse:
"Gostaria de falar com o senhor a respeito de Ladlow Hall."
Na mesma hora, sua expressão se modificou, e sua aparência impassível se transformou em uma carranca de irritação; ele contraiu as sobrancelhas, e a raiva desfigurou seu semblante.
"Ladlow Hall!", repetiu ele. "E o que você tem a dizer sobre Ladlow Hall?"
"É sobre isso que quero conversar com o senhor", respondi. Um silêncio sepulcral dominou o escritório.
O silêncio pareceu atrair a atenção dele, que fitou os funcionários com aspereza, embora não estivessem fazendo nada.
"Acompanhe-me, então", disse o homem, abruptamente. No instante seguinte, estávamos em seu gabinete particular.
"Do que se trata, afinal?", perguntou ele, atirando-se na cadeira e se dirigindo a mim. Eu estava parado, com o chapéu na mão, diante da ampla escrivaninha no meio do cômodo.
Comecei pelo início — devo dizer que ele foi um ouvinte paciente — e contei a história toda. Não omiti nada. Não floreei. Coloquei-me diante dele como um funcionário demitido e, nessa condição, expliquei tudo o que tinha a dizer. Ele me ouviu até o final, depois ficou calado, refletindo.
Por fim, se pronunciou.
"Imagino que tenha ouvido muitas conversas sobre Ladlow."
"Não, senhor, não ouvi nada além do que acabo de relatar."
"E por que deseja se empenhar para solucionar esse mistério?"
"Se existe a possibilidade de ganhar algum dinheiro, gostaria de fazer isso, senhor."
"Quantos anos você tem?"
"Fiz vinte e dois, janeiro passado."
"E quanto ganhava na Frimptom?"
"Vinte libras ao ano."
"Humpf! Mais do que merece, diria."
"O sr. Fryer, ao que parece, concordava com o senhor", lamentei.
"E qual é a sua opinião a respeito?", indagou ele, deixando escapar um sorriso.
"Acho que eu trabalhava tanto quanto os demais funcionários", respondi.
"Isso talvez não queira dizer muita coisa", observou ele.
Por dentro, concordei, mas não disse nada.
"Receio que nunca vá ser um bom funcionário", prosseguiu o sr. Carrison, lançando suas observações desabonadoras sobre mim como se eu

fosse um manequim de loja. "Não gosta muito de trabalhar em escritório, não é mesmo?"

"Não muito, senhor."

"Acho que a melhor solução para você seria se mudar para outro país", continuou ele, examinando-me com atenção.

"O sr. Fryer disse que eu deveria ir para a Austrália ou...", calei-me a tempo, recordando a alternativa que ele me oferecera.

"Ou...?", perguntou o sr. Carrison.

"Para um lugar não muito agradável, senhor", expliquei em tom discreto e envergonhado.

Ele deu risada — recostou-se na cadeira e riu — e eu fiz o mesmo, não sem um certo pesar. Afinal de contas, vinte libras não era uma quantia de se jogar fora, muito embora eu nunca tivesse considerado um bom salário até perdê-lo.

Continuamos conversando por mais um tempo; ele quis saber detalhes sobre meu pai e minha infância; como vivíamos, onde, quem conhecíamos. Na verdade, fez tantas perguntas que sequer me recordo de todas.

"Parece loucura", disse ele por fim, "mas me sinto inclinado a confiar em você. A casa está vazia. Não consigo morar lá, tampouco me livrar dela. Tirei todos os meus móveis do local e não sobrou muita coisa, a não ser algumas velharias que pertenciam a lorde Ladlow. Foi um grande prejuízo para mim. De nada adianta tentar alugá-la e, para ser sincero, estamos num beco sem saída. Não creio que você vá ser capaz de encontrar algo, pois naturalmente outros já tentaram solucionar o mistério, sem sucesso. Mas, se quiser tentar, tem minha permissão. Vamos combinar o seguinte: se você for até lá, pagarei as devidas despesas por quinze dias. Se conseguir me ajudar, posso lhe dar uma nota de dez libras, desde que me convença de que não está mentindo e de que é mesmo quem diz ser. Existe alguém na cidade que possa confirmar sua identidade?"

Só consegui pensar no meu tio. Dei a entender ao sr. Carrison que meu tio não era um homem importante ou abastado, mas que não conhecia outra pessoa que pudesse passar referências minhas.

"Ora!", exclamou ele. "Robert Dorland, da Cullum Street? Ele faz negócios conosco. Se atestar seu bom comportamento, não preciso de mais nenhuma garantia. Vamos."

Para meu imenso espanto, ele se levantou, colocou o chapéu e, conduzindo-me para fora do escritório, caminhou comigo até a Cullum Street.

"Conhece este rapaz, sr. Dorland?", perguntou ele, parado diante do balcão do meu tio, com a mão no meu ombro.

"Mas é claro, sr. Carrison", respondeu meu tio, um tanto apreensivo; mais tarde, ele me contou que temia que tivesse me metido em alguma encrenca. "É meu sobrinho."

"E o que acha dele? É um rapaz em quem posso confiar de olhos fechados?"
Meu tio sorriu e respondeu:
"Depende para quê."
"Uma equação matemática, por exemplo."
"Seria melhor dar a tarefa para outra pessoa."
"Ah, tio!", reclamei, pois tinha me empenhado de verdade para superar a antipatia pelos cálculos — trabalhando às duras penas, e contra minha vontade.

Meu tio levantou-se do seu banco e, dando as costas para a lareira vazia, disse:
"Diga-me o que quer que ele faça, sr. Carrison, e lhe direi se estará apto ou não a realizar a tarefa. Creio conhecê-lo melhor do que ele conhece a si mesmo."

Portando-se de maneira natural e afável para um homem tão rico, o sr. Carrison apossou-se de um banco vago e, apoiando a perna direita sobre o joelho esquerdo, respondeu:
"Ele quer ir até Ladlow, fechar a porta aberta para mim. O senhor acha que ele consegue?"

Fitando-o fixamente, meu tio comentou:
"Ora, sr. Carrison, pensei que já estivesse convencido de que ninguém seria capaz de fechá-la."

O sr. Carrison remexeu-se um tanto desconfortável no banco e respondeu:
"Não fui eu quem ordenou a tarefa que seu sobrinho crê ser capaz de executar."

"Não se envolva nisso, Phil", aconselhou meu tio, peremptório.

"O senhor não acredita em fantasmas, não é mesmo, sr. Dorland?", indagou o sr. Carrison, com um leve desdém.

"E o senhor, acredita?", retorquiu meu tio.

Fez-se uma pausa — uma pausa desconfortável — durante a qual vi a nota de dez libras, que em minha imaginação eu já até gastara, escapando por entre os meus dedos. Não estava com medo. Por dez libras, por até mesmo cinco, teria encarado todos os habitantes dos reinos dos mortos. Queria ter dito isso aos dois, mas o modo como se entreolhavam fez com que eu me calasse.

"Se você me pergunta isso aqui, no coração da cidade, sr. Dorland", disse por fim o sr. Carrison, fazendo uma pausa compenetrada, "minha resposta é 'não'. Mas, se me fizer a mesma pergunta em uma noite escura em Ladlow, serei obrigado a reconsiderar. Não acredito em fenômenos sobrenaturais, mas... a porta em Ladlow está ao alcance da minha compreensão tanto quanto o movimento das marés."

"E o senhor não consegue mesmo morar na casa?", indagou meu tio.

"Não consigo e, o pior, não arranjo quem queira ficar lá."
"E quer se desfazer do aluguel?"
"Quero tanto que ofereci uma quantia generosa a Fryer se ele conseguisse convencer alguém a solucionar o mistério. Deseja mais alguma informação, sr. Dorland? Se quiser saber mais alguma coisa, é só perguntar. Nem parece que estou em um prosaico escritório em Londres, e sim numa audiência na corte."
Meu tio não prestou muita atenção ao elogio velado. Quando a pessoa costuma ser honesta em sua fala e seus pensamentos, não carece de reconhecimento.
"Acho que não", respondeu ele, "quem deve decidir é o garoto. Meu conselho é que se atenha às funções no escritório de seu patrão e deixe de lado esta história de caçar fantasmas e expulsar espíritos."
O sr. Carrison relanceou em minha direção; um olhar que, por sugerir cumplicidade secreta, poderia ter influenciado meu tio, caso eu estivesse tramando tapeá-lo.
"Não posso mais me ater às minhas funções por lá", expliquei. "Fui mandado embora hoje."
"O que você andou fazendo, Phil?", quis saber meu tio.
"Pedi dez libras para expulsar o fantasma!", respondi com tamanha lástima que o sr. Carrison e meu tio caíram na gargalhada.
"Dez libras!", exclamou meu tio, quase chorando de tanto rir. "Ora, meu filho, apesar de pobre, eu mesmo te daria as dez libras para tu não teres que partir numa caçada a fantasmas."
Quando falava sério, meu tio sempre recorria ao *tu* e o *vós* de seu antiquado dialeto nativo. Eu apreciava essa "vulgaridade", como chamava minha mãe, e sabia que minha tia também adorava ouvir o marido falando daquela maneira.
Ele não começara propriamente de baixo, mas, se um dia existiu alguém que já nasceu cavalheiro, esse homem era Robert Dorland, a quem todos pareciam depreciar na minha casa.
"E então, Edlyd?", perguntou o sr. Carrison. "Você ouviu o que disse seu tio, 'desista dessa ideia', e o que eu disse. Não quero suborná-lo ou manipular suas intenções."
"Quero ir, senhor", respondi com firmeza. "Não tenho medo e gostaria de provar...". Calei-me a tempo. Estava prestes a dizer: "provar que não sou o idiota por quem vocês me tomam", mas senti que passaria dos limites e decidi ficar quieto.
O sr. Carrison me encarou com curiosidade. Deve ter completado minha frase por conta própria, mas ele disse apenas:
"Gostaria que você me mostrasse a porta bem fechada; mas, de qualquer forma, se ficar sozinho na casa por quinze dias, vai receber o dinheiro."

"Não estou gostando disso, Phil", disse meu tio. "Não estou gostando nada desta extravagância."

"Sinto muito, tio", retruquei, "mas estou decidido a ir."

"Quando?", quis saber o sr. Carrison.

"Amanhã cedo", respondi.

"Dê-lhe cinco libras, Dorland, por gentileza. Vou lhe mandar um cheque. Você vai me prestar contas dos gastos, está ouvindo?", acrescentou o sr. Carrison, virando-se para mim.

"Duas libras bastam", sugeri.

"Vai levar cinco libras, sim, e me prestar contas dos gastos", repetiu o sr. Carrison, categórico. "Quero que escreva todo dia para meu endereço pessoal. E, se sentir que não está suportando mais, volte de imediato. Boa tarde", disse ele e, sem mais nenhuma despedida formal, partiu.

"Imagino que seja inútil tentar te convencer, Phil", disse meu tio.

"Sim", respondi. "O senhor não vai comentar nada lá em casa, vai?"

"Não creio que eu vá ter oportunidade de encontrá-los", respondeu ele, sem nenhum traço de amargura — apenas sendo realista.

"Acho que não nos veremos mais antes da minha partida", disse eu, "então já vou me despedir desde agora."

"Adeus, meu jovem. Gostaria de te ver numa condição mais sensata e estável."

Não respondi; senti uma pontada no peito e meus olhos se encheram de lágrimas. Eu me esforçava, mas o trabalho em escritório não combinava comigo, e sentia que era tão inútil pedir que me sentasse em um banco para lidar com escrita e cálculos quanto exigir de alguém desprovido de talento musical que compusesse uma ópera.

Naturalmente, fui direto até a casa de Patty; embora ainda não fôssemos casados — e às vezes eu temesse que nunca chegaríamos a nos casar — ela já era minha companheira naquela época, assim como continua sendo até hoje.

Ela não jogou um balde de água fria no projeto, nem me desencorajou. O que disse, com seu adorável rostinho radiante de alegria, foi: "Queria tanto poder ir com você, Phil". Só Deus sabe o quanto eu também gostaria de poder levá-la.

Na manhã seguinte, acordei antes da chegada do leiteiro. Tinha avisado à minha família que precisaria me ausentar da cidade a trabalho. Patty e eu bolamos minuciosamente um plano, e fiquei de tomar café da manhã e me vestir na casa dela, pois pretendia viajar para Ladlow com minha farda de voluntário. Esse era um assunto sobre o qual meu pai e eu nunca concordamos; ele se referia ao voluntariado como "brincadeira de criança" e outras expressões igualmente duras, enquanto meu irmão — do meu ponto de vista, um combatente que nunca pisara no campo de batalha — não se cansava de ridicularizar a força voluntária e vivia me caçoando por eu me considerar "um soldado".

Patty e eu conversamos e decidimos, como disse, que eu me arrumaria na casa do pai dela.

Um conhecido meu tinha ganhado um revólver em um sorteio e estava disposto a me emprestá-lo. Com o revólver e meu rifle, sentia que podia vencer qualquer exército.

Foi em uma tarde das mais agradáveis que me vi andando pelos caminhos verdejantes do coração de Meadowshire. Com cada fibra do meu ser, eu adorava a zona rural, e a paisagem estava particularmente bela naquela época: grama no ponto para ser cortada, grãos aguardando a colheita, rios em doce sussurrar, antigos pomares, chalés pitorescos.

"Ah, se eu não precisasse nunca mais voltar para Londres", pensei, pois sou uma das poucas pessoas no mundo que adora o campo e detesta a cidade. Continuei andando — uma longa caminhada — e, sem saber ao certo o trajeto, perguntei a um cavalheiro montado em um cavalo robusto sob as árvores inclinadas, acompanhado por uma mocinha em um pônei branco, como fazia para chegar em Ladlow Hall.

"O senhor já está em Ladlow Hall", respondeu ele, apontando para a cerca à minha esquerda com seu chicote. Eu agradeci, e já estava partindo quando ele disse:

"Não tem ninguém morando lá."

"Eu sei", respondi.

Ele não disse mais nada, apenas me desejou um bom dia e partiu. A moça inclinou a cabeça em resposta ao meu cumprimento com o quepe, abrindo um sorriso afável. Fiquei contente, essas pequenas gentilezas sempre me alegram. Foi um bom começo — meio caminho andado para um bom desfecho!

Quando cheguei à entrada da propriedade, mostrei a carta do sr. Carrison para a caseira e ela me deu a chave.

"O senhor vai ficar na casa sozinho?", perguntou ela.

"Vou, sim", respondi categórico, com tamanha ênfase que ela não disse mais nada.

A alameda conduzia direto à casa, erguendo-se em uma ladeira flanqueada por fileiras das mais magníficas tílias que já tinha visto. Uma delgada cerca de ferro separava a alameda do campo de caça e, entre os troncos das árvores, avistei os cervos e o gado pastando. De vez em quando, o som do sino de uma ovelha chegava aos meus ouvidos.

Após uma considerável caminhada, finalmente cheguei a Ladlow Hall — uma construção quadrada, de aparência firme e antiquada, com três andares de altura, sem porão. Um lance de escada conduzia à entrada principal; havia quatro janelas à direita da porta e quatro à esquerda. A casa era ladeada por árvores. Todas as venezianas estavam cerradas, e um silêncio profundo predominava: o sol se ocultava atrás das portentosas árvores que contornavam o campo de caça. Observei tudo isso enquanto me aproximava, parado por um instante na ampla varanda; depois, lembrando-me do motivo que me levara até ali, encaixei a chave na fechadura, virei a maçaneta e entrei em Ladlow Hall.

Por um instante — tendo deixado para trás a intensa luz do sol — o lugar me pareceu tão escuro que mal pude distinguir os objetos ao meu redor; mas meus olhos logo se acostumaram à relativa penumbra e me vi em um imenso salão, iluminado a partir do teto, onde uma magnífica escadaria antiga de carvalho conduzia aos aposentos superiores.

O piso era de mármore preto e branco. Havia duas lareiras, resguardadas com tela protetora. As paredes eram adornadas com quadros e chifres de animais e, em alguns nichos e cantos, havia um apanhado de estátuas e figuras de homens trajando armaduras completas.

A julgar pela aparência externa da casa, a elegância do salão era surpreendente. Surpreso e admirado, fiquei um pouco sem ação, mas logo me pus a examinar o ambiente com mais atenção.

O sr. Carrison não me dera nenhuma indicação para identificar o cômodo assombrado, mas concluí que era provável que estivesse localizado no primeiro andar.

Desconhecia sua história, se é que havia uma. Saíra de Londres tão desprovido de bagagem mental quanto física — na verdade, até mais, pois aguardava chegar da estação uma cesta, preparada por Patty, e uma pequena bolsa; em relação ao mistério, porém, estava completamente desamparado. Não fazia a menor ideia sequer do local onde se encontrava a porta.

Ora, em breve, eu haveria de descobrir por conta própria.

Olhei ao meu redor — portas, portas e mais portas — nunca tinha visto tantas portas de uma só vez. Duas estavam abertas: uma escancarada e a outra, entreaberta.

"*Vou começar fechando todas*", pensei, "*antes de subir.*"

Eram portas de carvalho, pesadas, bem ajustadas, fornidas com boas fechaduras e maçanetas firmes. Depois de fechá-las, testei uma por uma. Estavam bem trancadas. Subi a imponente escadaria sentindo-me um invasor, passei pelos corredores, entrei nos quartos — alguns vazios, outros com mobílias antigas e, sem dúvida, valiosas; cadeiras, penteadeiras, guarda-roupas e demais móveis. As portas, em sua maioria, estavam fechadas. Fechei as que estavam abertas antes de prosseguir para os sótãos.

Eram fascinantes. As janelas que iluminavam os cômodos não davam para a frente da casa, como de costume, oferecendo ampla vista para a floresta, o vale e o prado. Debruçando-me sobre uma delas, pude ver que, à direita, o solo cultivado desembocava em um riacho que, à luz do dia, parecia próximo da plantação e serpenteava pelo campo de caça dos cervos. Nos fundos da propriedade, não se via nada além de uma densa floresta e parte do pátio dos estábulos. Já no lado mais próximo do local por onde eu tinha entrado, havia jardins floridos, cercados por firmes sebes de teixo, e hortas protegidas por muros altos; mais além, um terreno onde distingui vacas e bois e, à distância, prados exuberantes e campos repletos de milho.

"Que lugar magnífico!", exclamei. "Carrison foi muito tolo por deixá-lo."

E então pensei que era uma casa assustadora para morar sozinho.

Depois de ter esquentado o corpo em minha longa caminhada, devo ter me resfriado, pois estremeci ao recolher a cabeça da janela, pronto para descer novamente.

Nos sótãos, assim como nas demais partes da casa já exploradas, cuidei de trancar todas as portas que tinham chaves; em sua ausência, fechava-as, me certificando de que estavam bem presas.

Quando cheguei ao térreo, já estava anoitecendo, e senti que, se quisesse explorar a casa toda antes que escurecesse de vez, teria que me apressar.

"Vou verificar as cozinhas", decidi, dirigindo-me para uma imensidão de aposentos domésticos aos fundos do vasto salão. Corredores de pedra, amplas cozinhas, uma espaçosa área para os empregados, despensas, copas, depósitos de carvão, adegas de cerveja, lavanderias, cervejarias, aposentos da caseira — inútil deter-me em tais detalhes. Era improvável que o mistério que incomodava o sr. Carrison estivesse alojado entre cinzas e garrafas vazias, e não parecia restar muito mais do que isso naquela parte da casa.

Resolvi verificar as salas de estar e depois decidir em quais aposentos iria me instalar.

As sombras da noite se aproximavam, então voltei depressa para o salão, experimentando uma certa estranheza ao ficar sozinho com figuras fantasmagóricas de soldados de armadura e estátuas banhadas pelo brilho frio do luar. Decidi passar pelos aposentos inferiores e depois acender a lareira. Tinha visto generosos estoques de lenha em um armário próximo e imaginei que, perto do fogo e após uma boa xícara de chá, conseguiria espantar aquela solidão opressora.

Àquelas alturas, o sol já mergulhara no horizonte — para chegar a Ladlow, fui obrigado a trocar de trem algumas vezes e, além disso, aguardar composições que aceitassem transportar passageiros de terceira classe —, mas ainda havia luz suficiente para que distinguisse todos os objetos. Vi então, nitidamente, que uma das portas que eu tinha fechado estava escancarada!

Virei-me para a porta do lado oposto. Estava como eu a deixara — fechada. Era então aquele o aposento: o cômodo da porta sinistra. Por um instante, permaneci imóvel, perplexo; bem assustado, confesso.

Mas minha inércia teve curta duração. Ali estava o trabalho que desejava executar, o inimigo que me oferecera para combater. Sendo assim, sem delongas, fechei a porta e testei para verificar se estava bem fechada.
"Agora, vou até o outro lado do salão, para ver o que acontece", planejei. Foi o que fiz. Caminhei até a escadaria, voltei, e olhei.
A porta estava escancarada.

Entrei no recinto, após um instante de hesitação — entrei e abri as cortinas: era um cômodo amplo, seis por seis (sei disso porque medi o local caminhando ao longo de sua extensão), iluminado por duas grandes janelas.

O assoalho, de carvalho polido, estava parcialmente coberto por um tapete turco. Havia dois nichos ao lado da lareira — um servia como estante de livros, o outro alojava um velho e elaborado armário de palha. Fiquei surpreso por encontrar um estrado de cama em um cômodo tão pouco reservado do resto da casa; havia também algumas cadeiras de modelo obsoleto, cobertas, até onde pude distinguir, com uma tapeçaria desbotada. Ao lado do estrado, localizado na parede oposta à entrada, notei outra porta. Estava trancada, a primeira porta trancada com a qual me deparava no interior da casa. Era um recinto bastante sombrio: o revestimento escuro das paredes; o reluzente assoalho negro; as janelas muito altas; o mobiliário antigo; o esmaecido estrado com suporte para dossel, de onde pendiam cortinas de veludo encardidas; a chaminé aberta; a colcha de seda que parecia uma mortalha.

"Um quarto assim pode ter sido cenário para todo tipo de crime", divaguei. Então observei a porta com minuciosa atenção.

Alguém tinha tido o trabalho de aparafusá-la com trincos, pois lembrei-me que, em minha ronda, não só a fechei, como tranquei.

"Vou buscar lenha e depois volto para verificar", pensei com meus botões. Quando voltei, estava escancarada de novo.

"Pois que fique aberta, então!", gritei, furioso. "Não vou mais me preocupar com você esta noite!"

Assim que pronunciei tais palavras, soou uma campainha na porta da frente. Ecoando pela casa deserta, e no estado de nervos em que me encontrava, o som me provocou um susto aterrador.

Era apenas o sujeito que ficara de trazer meus pertences da estação. Pedi que os colocasse no chão e, enquanto procurava uns trocados no bolso, perguntei onde ficava a agência postal mais próxima. Não muito distante dos portões do campo de caça, respondeu ele, acrescentando que se eu quisesse enviar alguma carta, ele a colocaria na caixa para mim; o coche dos correios recolhia o malote às dez horas.

Expliquei que ainda não tinha nada pronto para mandar. Talvez o dinheiro que lhe dei tenha sido mais do que o esperado, ou talvez estivesse tão impressionado quanto eu perante minhas soturnas circunstâncias, pois parou com a mão na maçaneta e perguntou:

"O senhor vai ficar aqui sozinho?"

"Sem mais nenhuma alma viva", respondi, tentando soar o mais espirituoso que podia.

"O quarto é aquele ali", disse ele, apontando em direção à porta aberta, com um fiapo de voz.

"Sim, eu sei", respondi.

"O senhor já andou tentando fechar a porta, não é mesmo? É um sujeito brioso!" Com esse elogio um tanto quanto desrespeitoso, ele partiu depressa da casa, deixando claro não ter a menor intenção de oferecer seus serviços para a solução do mistério.

Olhei de relance para a porta — continuava bem aberta. Pelas janelas que deixei descobertas, o luar deitava sua luz fria e prateada. Antes de fazer alguma outra coisa, senti que devia escrever para o sr. Carrison e para Patty e, sendo assim, segui direto em direção a uma das grandes mesas no salão. Acendi uma vela, fornecida, entre diversas outras coisas, pela minha atenciosa garota, sentei-me e redigi depressa as duas cartas.

Depois desci pela longa alameda — com suas misteriosas luzes e sombras, e os cintilantes raios de luar se escondendo pelos troncos das árvores e perpassando a trama das folhas e os caules trêmulos — como se estivesse correndo contra o tempo.

A noite exalava uma deliciosa fragrância, mesclando os odores estivais com o cheiro da terra; não fosse pela porta, eu teria me sentido extasiado. "Olhe aqui, Phil", falei para mim mesmo, de repente; "a vida não é brincadeira de criança, como bem diz o tio. Essa porta é o problema que você precisa enfrentar agora, e deve ser encarado! Não fosse por ela, você jamais teria vindo parar aqui. Espero que não se acovarde logo na primeira noite. Coragem! Eis o inimigo — derrote-o."

"Vou tentar", respondi para mim mesmo. "É o que me resta. Se não der certo, paciência."

A agência postal ficava em Ladlow Hollow, o vilarejo por onde o riacho que eu observara escoava sob uma antiga ponte.

Enquanto estava na porta da agência, fazendo perguntas à funcionária dos correios, o mesmo cavalheiro que eu vira montado a cavalo à tarde passou a pé. Ele me desejou boa noite e, com um meneio de cabeça, cumprimentou a funcionária, que fez uma reverência à guisa de resposta.

"Sua senhoria envelhece a olhos vistos", comentou ela, observando a figura que se afastava.

"Sua senhoria?", indaguei. "A quem se refere?"

"Lorde Ladlow", respondeu ela.

"Ah, eu não o conheço", retruquei, intrigado.
"Ora, *aquele* era lorde Ladlow!", exclamou ela.

Posso garantir que tive muito o que pensar enquanto caminhava de volta para Ladlow Hall — algo além do luar, das doces fragrâncias noturnas e dos ruídos de animais, aves e folhas que, na zona rural, tornam o silêncio mais eloquente do que qualquer barulho.

Lorde Ladlow! Ora essa, pensei que ele estivesse a centenas, a milhares de quilômetros de distância, mas eis que o encontro, caminhando na direção oposta de sua própria residência, enquanto estou detido em sua deserta morada. Deus, o que foi isso? Ouvi um barulho em um arbusto bem próximo e, em questão de segundos, vi-me no meio da mata. Alguma coisa disparou em correria desabalada, ocultando-se na floresta. Fui atrás, mas não consegui ver nada. Não conhecia o solo o suficiente para prosseguir e, por fim, fui obrigado a desistir da perseguição — afogueado, confuso e irritado.

Quando entrei na casa, os raios da lua iluminavam o salão; cada estátua, cada mármore, cada armadura. Tive a impressão de estar em um sonho; mas estava cansado, com sono e decidi que não me incomodaria com lenha, comida ou a porta aberta até a manhã seguinte: iria dormir.

Com essa intenção em mente, peguei alguns dos meus pertences e os levei para um aposento no primeiro andar, que escolhera por ser menor e mais habitável. Desci para buscar o resto da bagagem e dessa vez, por acaso, coloquei a mão no meu rifle.

Estava molhado. Toquei o chão — estava molhado também.

Fui tomado por uma euforia que jamais experimentara antes. Meu inimigo então era de carne e osso e, com a ajuda de Deus, seria bem-sucedido para combatê-lo.

O dia amanheceu claro e iluminado. Despertei com as cotovias e tomei banho, me vesti, fiz meu desjejum e explorei a casa antes de o carteiro chegar com minha correspondência.

Havia uma carta do sr. Carrison, uma de Patty e uma do meu tio: satisfeito, dei uma gratificação ao homem e disse recear que minha estada em Ladlow Hall lhe desse trabalho extra.

"Não, senhor", respondeu ele, desdobrando-se em agradecimentos. "Passo aqui todas as manhãs, a caminho da residência da senhora."

"Quem é a senhora?", perguntei.

"Lady Ladlow", contou ele. "A viúva do antigo lorde."

"E onde ela mora?", insisti.

"Seguindo pelos arbustos e cruzando a cachoeira, o senhor logo encontrará a casa, a uns quatrocentos metros do riacho."

Ele partiu, após me informar que havia apenas uma remessa postal por dia. Voltei imediatamente para o aposento onde tomara café da manhã, levando as cartas comigo.

Abri primeiro a do sr. Carrison. O resumo era: "Não poupe despesas; se ficar sem dinheiro, mande um telegrama avisando."

Em seguida, abri a do meu tio. Ele implorava para que eu retornasse; sempre me considerou um cabeça de vento, mas nutria profundo interesse e afeição por mim e achava que poderia me arrumar um bom emprego se eu sossegasse e prometesse me dedicar ao trabalho. Abri por último a de Patty. Ah, Patty, Deus a abençoe! Tenho para mim que somente os melhores combatentes em uma batalha, os últimos a deixarem um navio que está afundando, os que são fortes o bastante para resistir às tentações, conhecem e amam mulheres como Patty. Não vou entrar em detalhes sobre a carta, basta dizer que me deu forças para prosseguir até o fim.

Passei a manhã pensando na porta. Examinei-a interna e externamente. Observei-a em seus mínimos detalhes. Verifiquei se havia algum motivo para que abrisse sozinha e descobri que, enquanto eu permanecia no limiar, mantinha-se fechada, mas, se me afastasse para o lado oposto do corredor, escancarava-se. Por mais que a fechasse, desprendia-se do trinco. Eu não podia trancá-la, porque não tinha a chave.

Antes das duas da tarde, confesso que já estava desconcertado.

Às duas, recebi uma visita: ninguém menos do que o próprio lorde Ladlow. Fiz de tudo para que me deixasse conduzir seu cavalo até os estábulos, mas ele não aceitou de jeito nenhum.

"Dê uma volta comigo pelo campo de caça, por gentileza", pediu ele. "Quero falar com o senhor."

Caminhamos pelo campo e, quando nos despedimos, senti que poderia enfrentar qualquer perigo para defender aquele fidalgo tão modesto.

"Não é justo que você permaneça aqui sem ter conhecimento dos rumores que circulam na região", disse ele. "Quando aluguei a casa para o sr. Carrison, não sabia da porta aberta."

"Não sabia, senhor? Quer dizer, vossa senhoria", gaguejei.

Ele sorriu. "Não se preocupe com meu título que, na verdade, não quer dizer grande coisa. Fale comigo como falaria com um amigo. Não fazia ideia de que havia uma história de fantasmas relacionada a Ladlow Hall, caso contrário, teria mantido a casa desocupada."

Sem saber ao certo o que responder, decidi ficar quieto.

"E como foi que veio parar aqui?", indagou ele, após uma pausa.

Eu lhe contei. Passado o primeiro choque, o lorde não parecia muito diferente das outras pessoas. Se tivesse dado um passeio matinal no campo com um imperador, acho que, considerando-o igualmente afável, teria conversado com ele com a mesma intimidade com que falei com lorde Ladlow. Minha mãe sempre dizia que eu não tinha a menor predisposição para venerar os outros! Começando pelo princípio, repeti a história inteira, do comentário de Parton sobre as duas libras até a conversa do sr. Carrison com meu tio. No entanto, ao chegar à parte da narrativa em que, deixando Londres para trás viera parar em Ladlow Hall, fiquei mais reticente. Afinal de contas, tratava-se da residência dele: era nela que ninguém conseguia morar; era uma porta sua que não se mantinha fechada. Tive a impressão de que chamar a atenção para tais fatos talvez não o deixasse muito confortável.

Mas ele quis saber mais. O que eu tinha visto? Qual era minha opinião sobre o assunto? Com muita franqueza, admiti não saber o que responder. Sem sombra de dúvida, a porta não permanecia fechada de jeito nenhum, e sua abertura persistente não parecia ser obra humana; por outro lado, fantasmas em geral não mexem em armas de fogo, e meu rifle, embora descarregado, tinha sido manuseado — estava certo disso.

Meu interlocutor me ouviu com atenção. "Você não está com medo, está?", perguntou ele, por fim.

"Não mais", respondi. "A porta realmente me assustou noite passada, mas perdi o medo ao descobrir que temos alguém que teme levar um tiro."

Ele ficou em silêncio por um instante e depois disse:

"A teoria que construíram sobre esta porta aberta é a seguinte: como se trata do cômodo onde meu tio foi assassinado, dizem que a porta só vai se fechar de vez depois que o assassino for descoberto."

"Assassinado!", exclamei. Não gostei nada daquela palavra, senti um calafrio e fui tomado por um mal-estar.

"Sim, estava sentado na cadeira quando foi assassinado, e o criminoso nunca foi descoberto. No início, muitos acharam que eu o tinha matado. Alguns ainda acham."

"Mas isso não procede, senhor. Não há nenhum fundamento nesta história, não é?"

Ele repousou a mão no meu ombro e respondeu:

"Não, meu rapaz, nenhum. Eu tinha grande estima pelo velho. Quando me deserdou, em benefício de sua jovem esposa, fiquei triste, mas não com raiva. E quando me chamou e garantiu que estava decidido a reparar o erro, tentei convencê-lo a deixar à esposa uma bela quantia, além do contradote. 'Se não fizer isso, as pessoas podem achar que ela não foi a fonte de felicidade que o senhor esperava', acrescentei. 'Obrigado, Hal', disse ele. 'Você é um bom rapaz; amanhã conversamos mais a respeito.' E assim, desejou-me uma boa noite e nos despedimos.

"Antes mesmo de o sol raiar — isso aconteceu no verão, há dois anos —, a casa inteira foi despertada por um grito medonho. Foi seu grito de morte. Alguém o atacara por trás e o esfaqueara na nuca. Estava sentado na cadeira escrevendo — escrevendo uma carta para mim. Não fosse por isso, eu teria mais dificuldade para me inocentar; seus advogados revelaram que havia um testamento deixando tudo para mim — ele era muito rico — assinado apenas três dias antes. De acordo com o advogado da viúva, isso seria motivo inconteste para o crime. Ela foi muito vingativa, não poupou recursos para tentar provar minha culpa e disse com todas as letras que não descansaria até que se fizesse justiça, nem que isso lhe custasse toda sua fortuna. Alegou que a carta encontrada diante do morto, manchada com seu próprio sangue, fora colocada em sua mesa por mim. Mas o médico legista detectou a existência de certa animosidade, pois as primeiras linhas da carta revelavam o desejo do meu tio de confidenciar os motivos que o levaram a alterar o testamento — motivos, segundo ele, que envolviam sua honra e tinham destruído sua paz. 'Na declaração que encontrará lacrada junto ao meu testamento...' Foi nessa hora em que sofreu o golpe fatal. Os documentos não foram encontrados, e o testamento não pôde ser confirmado. A viúva apresentou o testamento anterior, no qual ele deixava tudo para ela. Embora não dispusesse de muitos recursos para protestar judicialmente, fui obrigado a fazer isso, e meus advogados ainda estão trabalhando; é provável que o litígio perdure por muitos anos.

"Quando perdi meu bom nome, perdi também minha saúde e fui obrigado a viajar para o exterior. Foi durante minha ausência que o sr. Carrison alugou Ladlow Hall. Até regressar, nunca tinha ouvido uma palavra a respeito da porta aberta. Meu advogado disse que o sr. Carrison estava criando problemas; penso que devo ir ter com os advogados ou com o próprio sr. Carrison, para ver o que pode ser feito. Quanto a você, é para mim de importância vital que este mistério seja solucionado e, se não estiver mesmo com medo, peço que fique. Estou muito empobrecido para fazer promessas inconsequentes, mas não serei ingrato."

"Ora, sua senhoria!", exclamei — o título escapou naturalmente. "Não quero mais dinheiro nem nada do tipo, para mim basta provar ao pai de Patty que não sou um completo inútil..."

"Quem é Patty?", indagou ele.

Creio que leu a resposta em meu rosto, pois não disse mais nada.

"Gostaria de um bom cão, para lhe fazer companhia?", perguntou ele, após uma pausa.

Ponderei por um instante, e então respondi:

"Não, obrigado. Prefiro vigiar e caçar sozinho."

Enquanto falava, a lembrança de alguma coisa nos arbustos me ocorreu e comentei que alguém estivera rondando a propriedade na noite anterior.

"Caçadores", sugeriu ele.

Neguei com um gesto de cabeça.

"Acho que uma menina, ou uma mulher. Mas, mesmo assim, acho que um cão poderia me atrapalhar."

Ele partiu, e regressei à casa. Não saí o dia todo. Não fui até o jardim, ao estábulo, ao pomar, a lugar nenhum. Dediquei-me inteira e exclusivamente à porta.

Mas, quer a fechasse uma ou cem vezes, o resultado era sempre o mesmo. Não importava o que fizesse para impedir: continuava abrindo sozinha. Nunca, no entanto, enquanto eu a observava. Durante o tempo em que suportasse ficar de vigia, permanecia fechada — mas bastava eu virar as costas para que se escancarasse novamente.

Por volta das quatro horas, recebi outra visita. Dessa vez, ninguém menos do que a filha de lorde Ladlow, a ilustre Beatrice, montada em seu exótico pônei branco.

Era uma bela menina de uns quinze anos de idade, com o sorriso mais doce que já vira em minha vida.

"Papai mandou lhe entregar", disse ela. "Não confiou em nenhum outro mensageiro", acrescentou, colocando um pedaço de papel na minha mão:

> *Mantenha suas provisões trancadas à chave; compre o que precisar.*
> *Pegue água do poço no pátio do estábulo. Vou sair de viagem, mas,*
> *se precisar de alguma coisa, peça pela minha filha.*

"Alguma resposta?", perguntou ela, acariciando o pescoço do pônei.

"Diga a sua senhoria, por gentileza, que estou a postos e vou manter minha pólvora seca!", respondi.

"Você deixou papai muito satisfeito", disse ela, ainda acariciando o afortunado pônei.

"Se estiver ao meu alcance, farei com que fique ainda mais satisfeito, senhorita...", hesitei, sem saber como me dirigir a ela.

"Pode me chamar de Beatrice", disse ela, muito graciosa, antes de acrescentar, travessa: "Papai prometeu que serei apresentada a Patty muito em breve", e, antes que pudesse me recuperar do meu espanto, ela já tinha apertado o bridão e estava avançando rumo ao campo de caça.

"Um momento, por favor", chamei-a de volta. "Tem uma coisa que a senhorita pode fazer por mim."

"O quê?", perguntou ela, dando meia-volta avançando em trote em frente à casa.

"Empreste-me seu pônei um instante."

Ela desceu antes mesmo que eu pudesse me oferecer para ajudá-la, erguendo com desenvoltura seus trajes com uma das mãos e conduzindo o dócil pônei com a outra.

Peguei as rédeas — na companhia de cavalos, sentia-me entre os meus —, acariciei o pônei, afaguei suas orelhas e o deixei mergulhar o focinho em minha mão.

A srta. Beatrice hoje em dia é condessa e leva uma vida feliz como esposa e mãe. Às vezes nos encontramos e, numa certa noite, ela me conduziu discretamente até uma estufa e perguntou:

"Lembra-se de Toddy, sr. Edlyd?"

"Se eu me lembro?", respondi. "Jamais poderei esquecê-lo!"

"Morreu!", relatou-me ela, com seus belos olhos rasos d'água. "Sr. Edlyd, como eu amava aquele pônei!"

Pois bem, conduzi Toddy até a casa, parando sob a terceira janela à direita. Era um animal manso e deixou que eu ficasse montado na sela enquanto espreitava o único cômodo de Ladlow Hall no qual não conseguira entrar.

Era completamente desprovido de mobília; não havia nada lá dentro, sequer uma cadeira, uma mesa, um quadro nas paredes, um enfeite na chaminé.

"Este era o quarto do criado do meu tio-avô", disse a srta. Beatrice. "Ele foi o primeiro a acudi-lo na noite em que foi assassinado."

"E onde está esse criado?", sondei.

"Morreu", respondeu ela. "O choque o matou. Amava o patrão mais do que a si mesmo."

Tendo visto o que queria, desci da sela, não sem antes espaná-la com a folha arrancada de uma árvore; meio brincando, meio a sério, levei a barra do manto da srta. Beatrice aos lábios ao arrumá-la sobre o pônei. Ela acenou enquanto partia a galope pelo campo de caça e em seguida retornei à casa vazia, determinado a solucionar o mistério de qualquer jeito, mesmo que isso custasse minha vida.

Não sei bem explicar por que, mas, antes de me recolher naquela noite, finquei no chão uma verruma que encontrara no estábulo e disse à porta:

"Agora sou *eu* quem irá mantê-la aberta."

Quando desci na manhã seguinte, a porta estava fechada, e a verruma, partida ao meio sobre o piso do salão.

Sequei a testa com a mão; estava pingando de suor. Não sabia o que pensar sobre aquela casa! Fui pegar um ar fresco por alguns minutos; quando voltei, a porta estava escancarada novamente.

Se fosse relatar em detalhes os dias e as noites seguintes, haveria de entediar meus leitores. Posso apenas dizer que mudaram minha vida. A solidão, a atmosfera solene e o mistério produziram um efeito que não ouso dizer que compreendo, mas do qual jamais me arrependi.

Protelei para escrever o fim da história, mas, visto que se faz necessário, permitam-me relatá-lo de uma vez.

Embora convencido de que nenhum esforço humano seria capaz de manter a porta aberta, estava certo de que alguma pessoa viva tinha meios de acesso à casa, meios esses que eu não conseguira descobrir. Isso ficou evidente por detalhes que poderiam ter passado despercebidos se muitos moradores, quiçá até mesmo apenas dois indivíduos, ocupassem a mansão, mas que na minha solidão eram impossíveis de serem ignorados. Uma cadeira fora do lugar, por exemplo; uma trilha de pegadas visível no assoalho empoeirado; notava que tinham manuseado meus papéis; mexido nas minhas roupas — as cartas eu carregava comigo e mantinha sob meu travesseiro à noite. O fato é que, quando ia ao correio ou enquanto estava dormindo, alguém perambulava pela casa. Quando lorde Ladlow regressasse de viagem, pretendia lhe pedir mais detalhes sobre a morte de seu tio. Estava prestes a escrever ao sr. Carrison pedindo permissão para arrombar o quarto do criado, quando certa manhã, bem cedo, vi um grampo de cabelo próximo ao aposento.

Que tolice a minha! Se quisesse solucionar o mistério da porta sinistra, deveria ficar de vigia no próprio quarto. Havia um motivo para a porta permanecer aberta, e obviamente um grampo não poderia ter aparecido sozinho dentro da casa.

Tomei uma decisão. Iria ao correio cedo e começaria minha vigília na hora em que costumava sair para Ladlow Hollow. Sentia-me no limiar de uma descoberta, e ansiava para que o dia passasse e a noite chegasse logo.

O dia amanheceu bonito; o tempo se mantivera espetacular durante toda a semana, e abri a porta da entrada para deixar entrar a luz do sol e a brisa fresca. Foi então que vi uma cesta no degrau superior da escada externa — uma cesta repleta de frutas e flores raras e belíssimas.

O sr. Carrison havia alugado os jardins de Ladlow Hall para a temporada — explicara-me que estava tentando "amenizar os prejuízos" — e, sendo assim, minha alimentação não incluía iguarias como aquelas. Eu gostava muito de frutas naquela época e, vendo um cartão endereçado a mim, escolhi um pêssego tentador e o devorei, talvez com imoderada voracidade.

Mal tinha engolido o último pedaço, quando me lembrei da advertência de lorde Ladlow. A fruta tinha um gosto peculiar — um ressaibo estranho perdurou no meu palato. Por um instante, o céu, as árvores e o parque oscilaram diante dos meus olhos; decidi então o que iria fazer.

Cheirei as frutas — todas exalavam o mesmo odor sutil. Coloquei algumas no bolso, peguei o cesto e o guardei. Depois andei até o quintal, pedi emprestado um cavalo que costumavam usar em uma carroça e, menos de meia hora depois, já estava no vilarejo, pedindo que me indicassem um médico.

Um tanto contrariado por ter sido incomodado àquela hora da manhã, o doutor inicialmente se mostrou inclinado a menosprezar minhas suspeitas. Mas o fiz cortar uma pera e atestar que tinham colocado algo na fruta.

"O senhor teve sorte em parar no primeiro pêssego", observou ele, após me dar um remédio para beber e um comprimido para levar comigo, aconselhando-me a ficar o máximo possível ao ar livre. "Gostaria de ficar com esta fruta e examiná-lo novamente amanhã."

A essa altura, não fazíamos ideia de como iríamos nos ver com frequência! No caminho para Ladlow Hollow, o carteiro me entregara três cartas, mas só fui lê-las horas depois, sentado sob uma imponente árvore no campo de caça, com uma tigela de leite e um pedaço de pão ao meu lado.

Até então, não recebera nada empolgante em minha correspondência. As cartas de Patty eram sempre encantadoras, mas não podiam ser consideradas trepidantes, e já estava começando a ficar entediado com a monotonia da correspondência do sr. Carrison. Naquela ocasião, no entanto, não tive do que me queixar. O teor de sua carta muito me surpreendeu. Contou-me que lorde Ladlow o isentara do compromisso do aluguel e que, assim sendo, eu poderia partir imediatamente. Incluiu dez libras no envelope e disse que pensaria na melhor maneira de atender aos meus interesses, instando-me a procurá-lo em sua residência quando retornasse a Londres.

"Acho que ainda não vou deixar Ladlow", ponderei, guardando a carta de volta no envelope. *"Antes de partir, gostaria de dar o troco em quem me mandou aquelas frutas. Então, a menos que lorde Ladlow me mande embora, pretendo ficar mais um pouco".*

Lorde Ladlow não queria que eu partisse. A terceira carta era dele.

"Volto para casa amanhã à noite", escreveu, "e nos vemos na quarta-feira. Já me acertei com o sr. Carrison e, visto que retomei a posse de Ladlow Hall, quero tentar solucionar o mistério. Se decidir ficar para me ajudar, me faria um grande favor e seria recompensado à altura."

"Vou ficar de vigia esta noite e ver se consigo lhe reportar alguma novidade amanhã", pensei. Abri então a carta de Patty — a melhor, mais afável e mais doce carta que um carteiro poderia entregar neste mundo.

Não fosse pelo que lorde Ladlow havia dito sobre solucionarmos juntos o mistério, não teria escolhido aquela noite para minha vigília. Sentia-me indisposto e fraco — minha imaginação, sem dúvida, intensificou tais sensações. Havia dispendido energia de modo inexplicável. Aqueles longos e solitários dias haviam abalado meus nervos — a inquietude que me levara a contemplar a porta aberta cem vezes em doze horas e a fechá-la e contar quantos passos podia dar antes que se abrisse novamente tinha desgastado minha força mental como uma pústula poderia ter desgastado a física. De forma nenhuma estava apto para tarefa à qual me propusera mas, mesmo assim, decidira seguir adiante. Por que não fizera vigília naquele quarto misterioso antes? Estaria, no fundo do meu coração, com medo? Até mesmo os homens mais corajosos ocultam profundezas de covardia que os espreitam, insuspeitas, até devorarem sua coragem.

O dia passou — um dia longo e monótono. Com a chegada da noite, as sombras vespertinas encobriam a mansão. A lua ainda levaria mais algumas horas para se erguer. Pairava um silêncio de morte. A casa nunca me parecera tão quieta e deserta.

Peguei uma vela e subi até minha acomodação habitual, agindo como se estivesse me preparando para dormir. Depois, apaguei a vela, abri a porta devagar, girei a chave e a coloquei no bolso. Desci sem fazer barulho, atravessei o salão e passei pela porta aberta. Constatei então que estivera de fato com medo, pois experimentei um calafrio de terror ao cruzar a soleira no escuro. Detive o passo, apurando meus ouvidos, mas não ouvi nenhum som — a noite estava silenciosa e abafada, como se uma tempestade estivesse se aproximando.

Nenhuma folha parecia se mexer; até mesmo os ratos permaneciam em seus buracos! Sem fazer ruído, dirigi-me para o outro lado da sala. Havia uma poltrona antiquada entre as estantes e a cama. Sentei-me nela, envolto pela pesada cortina.

As horas se passaram — como pareciam longas! A lua se ergueu, espiou pelas janelas e depois rumou para o oeste. Não se ouvia um único som, sequer o chamado de uma ave. Eu estava com os nervos à flor da pele. Meu corpo inteiro parecia contraído. Manter-me imóvel era um suplício; o desejo de me mexer tornou-se uma forma de tortura. Ah! Uma nesga no céu; finalmente a manhã, Deus seja louvado! Não creio que alguém já tivesse saudado a aurora com tamanho entusiasmo. Um tordo pôs-se a cantar — que música para meus ouvidos! Era o crepúsculo matinal, logo o sol nasceria e aquela pavorosa vigília chegaria ao fim; no entanto, não estava mais perto de solucionar o mistério. Silêncio! O que foi isso? Uma presença. Após as horas de vigília e espera, após a longa noite e o longo suspense, por fim uma presença.

A porta trancada se abriu — tão súbita e silenciosamente, que mal tive tempo de me ocultar atrás da cortina antes de ver uma mulher adentrando o aposento. Ela foi direto para a outra porta e a fechou, prendendo-a tal como a vira, com ferrolho e tranca. Então, olhando ao redor, dirigiu-se ao armário e o destrancou com uma chave que trouxera consigo. Permaneci imóvel, quase sem respirar, mas ela parecia apreensiva. Fosse qual fosse sua intenção, estava visivelmente com pressa, pois removeu as gavetas uma a uma e as depôs no chão; à medida que foi ficando mais claro, vi-a ajoelhar-se e perscrutar todos os recantos do móvel e repetir em seguida o mesmo processo, de pé em uma cadeira que apanhou para aquela finalidade. Era uma mulher leve e ágil, não uma senhora, e estava toda vestida de preto — não havia sequer um fiapo branco em seu traje. Que raios estava fazendo ali? Foi então que me dei conta — O TESTAMENTO E A CARTA! ELA ESTÁ PROCURANDO PELOS PAPÉIS!

Saltei do meu esconderijo — consegui agarrá-la, mas ela escapou, lutando como uma gata selvagem: ela me bateu, arranhou e chutou, movimentando-se como se não tivesse um osso no corpo. Por fim, conseguiu se desvencilhar e disparou alucinadamente em direção à porta por onde tinha entrado.

Se a tivesse alcançado a entrada, teria fugido. Corri e consegui segurá-la pelo vestido quando atravessava a soleira da porta. Com o coração aos pulos, puxei-a de volta: ela mostrava a força de vinte demônios; nunca vi uma mulher lutar daquele jeito.

"Não quero matá-la", consegui dizer, ofegante, "mas serei obrigado, se você não parar quieta."

"Rá!", gritou a mulher e, antes que pudesse compreender o que estava fazendo, ela sacou o revólver do meu bolso e o disparou.

Ela errou: o tiro passou de raspão pela manga da minha camisa. Lancei-me sobre ela — estava lutando pela minha vida, e homem nenhum pode dimensionar sua própria ferocidade até se ver em uma situação como aquela; lancei-me sobre ela e peguei a arma. Ela não a soltava, mas eu conseguira imobilizá-la com tamanha firmeza que não conseguiu tentar novo disparo. Ela mordeu meu rosto e, com a mão livre, agarrou meus cabelos. Contorcia-se e rastejava como uma cobra, mas não senti dor, apenas um horror mortal de que ela se soltasse.

Por mais quanto tempo eu poderia suportar? Ela fez uma tentativa desesperada de escapar, e senti que meu controle sobre seu corpo se afrouxou; ela também percebeu e, aproveitando a vantagem, soltou-se e, no mesmo instante, disparou mais um tiro às cegas, errando outra vez o alvo.

De repente, surgiu uma expressão de horror em seus olhos — uma expressão paralisada de medo.

"Tome!' gritou ela e, arremessando o revólver na minha direção, fugiu.

Vi de relance que a porta que tinha visto trancada estava aberta e que, ao lado da mesa, pairava uma figura assustadora, com a mão levantada; em seguida, não vi mais nada. Fui finalmente atingido; ao jogar o revólver na minha direção, ela deve ter puxado o gatilho, pois senti algo como ferro em brasa perfurar meu ombro. Só tive tempo de correr para fora do quarto antes de desfalecer no chão de mármore do salão.

Quando o carteiro chegou naquela manhã, não detectando nenhum movimento na casa, decidiu espiar por uma das amplas janelas que flanqueavam a porta. Logo depois correu para o terreiro da propriedade e pediu socorro.

"Aconteceu alguma coisa lá dentro", gritou ele. "O jovem cavalheiro está caído no chão em uma poça de sangue."

Enquanto corriam para a frente da casa, as pessoas mobilizadas para ajudar avistaram lorde Ladlow subindo a alameda e, muito ofegantes, contaram o que tinha acontecido.

"Quebrem uma das janelas", ordenou ele, "e chamem um médico imediatamente".

Depuseram-me na cama daquele quarto terrível e enviaram um telegrama ao meu pai. Por muito tempo estive entre a vida e a morte, mas por fim melhorei o suficiente para ser transferido para a casa de lorde Ladlow, do outro lado da propriedade.

Antes disso, eu havia lhe contado tudo o que sabia e rogado para que procurasse o testamento sem demora.

"Arrombe o armário, se necessário", insisti, "tenho certeza de que os documentos estão lá."

E estavam. Lorde Ladlow pôde reaver o que era seu de direito; quanto ao escândalo e ao crime, um foi silenciado, e o outro permaneceu impune. A viúva e sua empregada partiram para o estrangeiro na mesma manhã em que eu jazia tombado no chão de Ladlow Hall — e nunca mais regressaram.

Foi essa a condição que lorde Ladlow impôs em troca do seu silêncio.

Não em Meadowshire, e sim em um condado ainda mais belo, sou proprietário e administrador de uma fazenda e levo uma vida confortável.

Patty é a melhor esposa que um homem poderia desejar — e eu, bem, continuo tão feliz quanto antes, ainda que um pouco mais sério do que era antigamente. No entanto, sinto às vezes um grande pavor da escuridão pairar sobre mim e, durante esses períodos, não há quem me convença a ficar sozinho.

PHOTOGRAPHIC ARCHIVE · CAMERA OBSCURA STUDIO

VITORIANAS MACABRAS

LOUISA BALDWIN

Louisa MacDonald
SRA. ALFRED BALDWIN

A ESCOCESA

1845-1925

- Sol em Virgem -

Escocesa. Uma das quatro Irmãs MacDonald, filhas do reverendo George Browne MacDonald e Hannah Jones, que se tornaram célebres por seus casamentos com homens ilustres no período vitoriano. Louisa era tia do escritor Rudyard Kipling, cunhada do pintor pré-rafaelita Edward Burne-Jones, do pintor Edward Poynter e mãe de Stanley Baldwin. Stanley se tornaria primeiro-ministro da Inglaterra durante o reinado de Jorge V, mantendo seu cargo até 1936, quando o rei Jorge VI assumiu o reino abdicado pelo seu irmão Eduardo VIII. De saúde frágil e temperamento reservado, Louisa se refugiou na literatura. Escreveu diversos poemas, romances e uma coletânea de contos de horror (dedicada ao sobrinho e afilhado Rudyard). Morreu aos 79 anos.

O Mistério do Elevador

Louisa Baldwin

How He Left The Hotel

— 1895 —

*"Nem pensem em
comentar isso com alguém!
O hotel ficará vazio
em uma semana."*

....

 Ascensorista em hotel de luxo descobre que nem todos os hóspedes que entram no elevador são o que parecem.

Trabalhei como ascensorista no elevador do Empire Hotel, aquele edifício enorme com fileiras de tijolos vermelhos e brancos como imensas fatias de bacon, localizado na esquina da Bath Street. Tinha servido no exército e sido dispensado com condecorações por boa conduta, o que me ajudara a conseguir o emprego.

O hotel pertencia a uma grande empresa, com um comitê gestor composto por oficiais aposentados, cavalheiros que tinham investido no negócio e não tinham mais nada a fazer a não ser se inquietar com suas finanças. Meu antigo coronel era um deles. Exceto quando contrariado, era um sujeito boa praça e, quando lhe pedi um emprego, ele disse: "Você é o camarada perfeito para operar o elevador no nosso hotel. Soldados são educados e eficientes e, depois dos marinheiros, são os favoritos do público. Tivemos que mandar nosso funcionário embora e você pode entrar no lugar dele".

Eu gostava do meu trabalho e do salário; fiquei lá por um ano e estaria até hoje não fosse por uma circunstância — vou relatá-la em breve. Nosso elevador era hidráulico. Não uma daquelas coisas instáveis, que se sacudiam como gaiolas de papagaios numa escadaria de poço, às quais jamais confiaria minha segurança. Deslizava como se untado em óleo, até uma criança poderia operá-lo, e era tão seguro quanto estar com os pés firmes no chão. Em vez de ser coberto por anúncios como um ônibus, era revestido com espelhos, e as senhoras podiam se olhar, ajeitar os cabelos e retocar o batom quando eu as transportava para o térreo, arrumadas para sair à noite. Era como uma pequenina sala de estar com almofadas de veludo vermelho, e tudo que você precisava fazer era entrar e deixá-lo flutuar para cima e para baixo, leve como um pássaro.

Todos os hóspedes usavam o elevador em algum momento, fosse subindo ou descendo. Alguns eram franceses e o chamavam de *"ascenseur"*, o que sem dúvida era o modo correto de chamá-lo em sua língua, mas nunca entendi por que os americanos, que podem falar inglês quando querem e estão sempre descobrindo modos de fazer tudo de forma mais prática que os outros, gastavam tempo e saliva chamando o elevador de "ascensor".

Eu operava o elevador do meio-dia à meia-noite. Até o horário final de funcionamento, as pessoas que tinham ido ao teatro ou saído para jantar já haviam chegado; os que voltavam mais tarde subiam de escada, pois meu turno de trabalho já estava encerrado. Um dos carregadores operava o elevador até minha chegada pela manhã. Antes de meio-dia não tinha muita coisa acontecendo, e o movimento só aumentava depois das duas horas. Desse horário em diante, era um trabalho mais exaustivo, com os hóspedes subindo e descendo o tempo todo e a campainha elétrica tocando de um andar para o outro, como um constante alarme de incêndio. A coisa sossegava durante o jantar, e eu podia ficar aboletado no conforto do elevador lendo meu jornal — só não podia fumar. Mas para isso ninguém tinha permissão, e eu vivia tendo que pedir aos senhores estrangeiros para não fumarem, pois era proibido. Raramente precisava advertir os cavalheiros ingleses. Eles não são como os estrangeiros, que parecem viver com seus charutos grudados nos lábios.

Sempre reparava nos rostos das pessoas quando entravam no elevador, pois tenho boa visão e boa memória. Nenhum dos hóspedes precisava me dizer duas vezes onde levá-los. Eu os conhecia, e sabia quais eram seus andares tão bem quanto eles mesmos.

O coronel Saxby chegou ao Empire Hotel em novembro. Atraiu um interesse particular da minha parte, pois o identifiquei de imediato como militar. Era um homem alto e magro, na casa dos cinquenta anos, com nariz aquilino, olhos bem acesos e bigode grisalho, que mancava por causa de um ferimento de bala no joelho.

O que mais me chamou a atenção, porém, foi uma cicatriz de corte de sabre no lado direito do seu rosto. Quando entrou no elevador para subir ao seu aposento no quarto andar, ponderei sobre a diferença entre os oficiais.

O coronel Saxby parecia um poste telegráfico, em virtude de sua altura e magreza, enquanto meu velho coronel era como um barril de uniforme, ainda que um intrépido soldado e um verdadeiro cavalheiro. O quarto do coronel Saxby era o 210, bem em frente à porta de vidro que conduzia ao elevador, e toda vez que eu parava no quarto andar a primeira coisa que via eram os seus aposentos.

O coronel costumava subir todos os dias de elevador, mas nunca tinha descido até... bem, já vou chegar a este ponto. Às vezes, quando estávamos sozinhos no elevador, ele conversava comigo.

Perguntou em qual regimento eu havia servido, e disse que conhecia alguns de seus oficiais. Não posso dizer, contudo, que gostasse de uma boa conversa. Não só era um homem reservado como sempre parecia absorto em seus pensamentos. Jamais se sentava. Estivesse o elevador vazio ou cheio, ele permanecia sempre de pé, sob a lâmpada, onde a claridade expunha seu rosto lívido e sua face lacerada.

Um dia, em fevereiro, não transportei o coronel no elevador e, como ele era metódico como um relógio, estranhei seu sumiço. Supondo que tivesse se ausentado por uns dias, não tornei a pensar no assunto. Sempre que eu parava no quarto andar, reparava que a porta do quarto 210 estava fechada e, como ele costumava deixá-la aberta, confirmava que ainda não havia regressado ao hotel. Ao fim de uma semana, ouvi uma camareira comentar que o coronel Saxby estava doente e imaginei que fosse esse o motivo pelo qual andava sumido.

Foi numa noite de terça-feira, em que me encontrava excepcionalmente atarefado. O movimento era incessante, para cima e para baixo, e continuou assim a noite inteira. Quando meu turno chegou ao fim e eu estava prestes a desligar a luz do elevador, trancar a porta e deixar a chave no escritório para o sujeito que assumia o trabalho pela manhã, a campainha elétrica soou. Olhei o painel e vi que o chamado vinha do quarto andar. O relógio bateu meia-noite quando entrei no elevador. Enquanto passava pelo segundo andar e o terceiro, especulei quem teria chamado tão tarde, imaginando que devia ser um hóspede novo, que não conhecia as regras do hotel. Porém, quando parei no quarto andar e abri a porta do elevador, deparei com o coronel Saxby, envolto em sua capa militar. A porta do seu quarto estava fechada, pois pude ler o número. Pensei que estivesse acamado — de fato sua aparência não era das melhores —, mas ele usava um chapéu; por que um homem que esteve doente de cama por dez dias estava pronto para sair à meia-noite, em pleno inverno? Não creio que tenha me visto, mas, quando pus o elevador em movimento, examinei-o de pé sob a lâmpada. A sombra do chapéu ocultava seus olhos, mas a luz iluminava em cheio a parte inferior do rosto, que ostentava uma palidez mortal, tornando ainda mais descorada a cicatriz em sua face.

"Feliz em vê-lo melhor, senhor", disse eu, mas ele não respondeu nada, então evitei olhá-lo novamente. Ele permanecia parado como uma estátua, embrulhado em sua capa, e confesso que fiquei aliviado quando abri a porta para que saísse. Eu o cumprimentei, e ele passou por mim, avançando em direção à porta.

"O coronel quer sair", avisei ao porteiro, que o fitava. Ele abriu a porta da frente, e o coronel Saxby saiu para a noite coberta de neve.

"Que saída mais estranha", comentou o porteiro.

"Pois é", concordei. "Não gostei nada da aparência do coronel; está muito abatido. Nesse estado, devia estar de cama, mas lá vai ele, saindo em uma noite como esta."

"Pelo menos tem uma capa e tanto para mantê-lo aquecido. Vai ver está indo a um baile e colocou a capa para esconder sua fantasia", disse o porteiro, rindo de nervoso. Captamos uma estranheza no ar, mas não tivemos coragem de admitir em voz alta. Enquanto conversávamos, a campainha da porta soou, estridente.

"Chega de passageiros para mim", falei, e estava de fato apagando a luz daquela vez quando Joe abriu a porta para dois cavalheiros, que logo identifiquei como médicos. Um era alto, o outro baixo e corpulento, e ambos se aproximaram do elevador.

"Desculpe, senhores, mas o regulamento não permite subir com o elevador depois da meia-noite."

"Bobagem!", exclamou o cavalheiro robusto. "Deu meia-noite agora e trata-se de uma questão de vida ou morte. Leve-nos depressa ao quarto andar", ordenou ele, enquanto entravam no elevador às pressas.

Quando abri a porta, correram direto para o quarto 210. Uma enfermeira veio ter com eles, e o médico robusto disse: "Espero que não tenha piorado". Ouvi a resposta da moça: "O paciente faleceu há cinco minutos, senhor".

Embora não fosse da minha conta, não pude me controlar. Segui os médicos até a porta e disse: "Deve haver algum engano aqui, senhores; o coronel desceu comigo quando o relógio bateu meia-noite e saiu logo em seguida".

O médico mais robusto sentenciou: "Um caso de identidade equivocada. Você o confundiu com outra pessoa".

"Desculpem-me, senhores, mas era o coronel, sim. O porteiro noturno, que abriu a porta para ele, o conhece tão bem quanto eu. Usava trajes condizentes com uma noite como a de hoje e estava envolto em uma capa militar."

"Entre e veja por si mesmo", disse a enfermeira. Segui os médicos quarto adentro e encontrei o coronel Saxby, exatamente como eu o vira havia poucos minutos. Lá estava ele, morto como seus antepassados, com sua imponente capa estendida sobre a cama para manter aquecido alguém que não mais poderia sentir frio ou calor. Não preguei os olhos naquela noite. Fiquei acordado com Joe, esperando a qualquer minuto o coronel tocar a campainha da entrada. No dia seguinte, toda vez que a campainha do elevador soava, estridente e repentina, eu começava a transpirar e a tremer. Sentia-me tão mal como na primeira vez em que estive em combate.

Joe e eu relatamos o acontecido ao gerente, mas ele achou que tudo não passara de um sonho e advertiu: "Nem pensem em comentar isso com alguém! O hotel ficará vazio em uma semana".

O caixão do coronel foi trazido na noite seguinte. Eu, o gerente e os agentes funerários o colocamos no elevador, encaixando-o em toda sua extensão, sem um centímetro de sobra. Eles o levaram para o quarto 210 e, enquanto aguardava que saíssem, fui tomado por uma sensação estranha. A porta se abriu sem ruído e seis homens transportaram o comprido caixão pelo corredor, apoiando-o no chão com os pés em direção à porta do elevador. O gerente olhou ao seu redor, me procurando.

"Não consigo fazer isso, senhor", admiti. "Não posso transportar o coronel novamente, eu o levei à meia-noite de ontem e isso já foi demais para mim."

"Empurrem-no!", ordenou o gerente, com a voz baixa e cortante, e eles deslizaram o caixão para dentro do elevador sem fazer barulho. O gerente entrou por último e, antes de fechar a porta, disse: "Ao que parece, esta foi sua última vez operando o elevador". Era verdade, pois não conseguiria continuar no Empire Hotel depois do que acontecera, nem que tivessem dobrado meu salário. O porteiro da noite também pediu demissão.

PHOTOGRAPHIC ARCHIVE CAMERA OBSCURA STUDIO

EDITH NESBIT

E. Nesbit
SRA. NESBIT

A ENGAJADA

1858-1924

- Sol em Leão -

Inglesa. Autora de mais de 60 livros infantis, Edith Nesbit também escreveu romances, poemas e contos de horror. Politicamente engajada, foi co-fundadora da Sociedade Fabiana, um movimento socialista londrino precursor do Partido Trabalhista. Casou grávida com Hubert Bland e logo descobriu que o marido a traía com uma de suas melhores amigas. Num acordo pouco convencional, Hubert pediu que Edith abrigasse sua amante, que se tornou governanta do casal. Os três moraram juntos, e Hubert teve três filhos com Edith e dois com Alice, adotados por Edith. Após a morte de Hubert, casou-se com o engenheiro Thomas Tucker. Inteligente e comunicativa, além de abrilhantar os círculos sociais e literários, tornou-se professora convidada da Escola de Economia e Ciência Política em Londres. Morreu de câncer aos 65 anos.

Mortos em Mármore

Edith Nesbit

Man-Size in Marble

— 1887 —

"Aconteça o que acontecer, senhor, tranque a porta cedo na véspera do Dia de Todos os Santos e faça o sinal da cruz na porta e nas janelas."

....

 Casal aluga chalé em uma região onde se acredita que, em determinada época do ano, uma terrível maldição coloca em risco a vida de seus moradores.

Embora cada palavra deste relato seja dolorosamente verdadeira, não espero que acreditem nele. Hoje em dia, exige-se uma "explicação racional" para que uma crença seja considerada possível. Deixe-me então, o quanto antes, oferecer a "explicação racional" que melhor convence aqueles que ouviram a tragédia da minha vida. Dizem que estávamos, Laura e eu, "sob efeito de uma ilusão" naquele 31 de outubro; tal suposição oferece uma base satisfatória e crível para a história. Caberá ao leitor julgar, após ouvi-la, até que ponto isso é de fato uma "explicação" e em que sentido pode ser tida como "racional". Três pessoas testemunharam os fatos: Laura, eu e outro homem. Esse homem ainda está vivo e pode certificar a parte menos crível da minha história.

Nunca em minha vida eu soube o que era ter dinheiro suficiente para suprir as necessidades mais básicas — boas tintas, livros e tarifas de carruagens de aluguel — e, quando nos casamos, tínhamos plena consciência de que só conseguiríamos nos manter se guardássemos "estrita pontualidade e cautela nos negócios". Eu pintava naquela época, e Laura escrevia; acreditávamos que poderíamos ganhar o suficiente pelo menos para não passarmos fome. Uma vez que morar na cidade estava fora de cogitação, fomos procurar uma casinha no interior, esperando que fosse, ao mesmo tempo, habitável e pitoresca. É tão raro encontrar essas duas qualidades em uma casa de campo que, durante muito tempo, nossa busca foi deveras infrutífera. Procuramos em anúncios, porém a maioria das residências rurais charmosas que visitamos se mostrava incompatível com nossas exigências mais essenciais e, quando enfim encontrávamos uma casa com saneamento básico, era feita de estuque e tinha o formato de uma caixinha de chá. Se deparávamos com uma varanda coberta de vinhas ou rosas, o interior da casa revelava, invariavelmente, seu avançado estado de deterioração. Ficamos com as ideias tão perturbadas perante a eloquência dos corretores e as desvantagens dos lugares insalubres e hediondos que tínhamos visto e repudiado, que na nossa manhã de casamento duvido que soubéssemos de fato a diferença entre uma casa e um palheiro. Contudo, quando nos afastamos dos amigos e dos corretores em nossa lua de mel, voltamos a pensar com clareza e, quando por fim batemos o olho em uma adorável casinha, logo a reconhecemos como o lar ideal. Foi em Brenzett — um vilarejo localizado em uma colina sobre os pântanos do sul. Enquanto estávamos hospedados em uma pequena localidade à beira-mar ali perto, visitamos Brenzett para conhecer sua igreja e, não muito longe do local, encontramos esse chalé. Ficava em uma área isolada, a cerca de três quilômetros do vilarejo. Era uma construção alongada e baixa, com cômodos em lugares inesperados. Havia uma parte em cantaria — somente em dois aposentos velhos com as paredes já cobertas de hera e musgo; resquícios da ampla casa que existira ali antes —, e ao redor dessa parte construída em pedra, a casa se expandira. Despida de suas rosas e jasmins, ficaria horrorosa. Mas, em seu estado florido, era encantadora e, após um breve escrutínio, a compramos. Estava incrivelmente barata. Passamos o resto da nossa lua de mel vasculhando as lojas de segunda mão da cidadezinha, garimpando peças antigas de carvalho e cadeiras Chippendale para nosso mobiliário. Rematamos com um pulo na cidade e uma ida à Liberty[1] e logo os quartos com janelas de treliça e vigas de carvalho começaram a adquirir contornos de lar. Havia um jardim antiquado, com sendas de relva e uma infinidade de malvas, girassóis e lírios. Pela janela, podíamos ver os pastos e, mais à distância, a faixa azulada do mar. Estávamos felizes, foi um verão glorioso, e retomamos o trabalho mais cedo do que esperávamos. Eu não me cansava de esboçar a paisagem e os extraordinários efeitos das nuvens pela treliça aberta, e Laura se sentava à mesa e escrevia versos, nos quais em geral eu figurava como destaque.

Arrumamos uma camponesa alta e velha, bem-apessoada de rosto e de corpo, para trabalhar para nós. Seus dotes culinários eram modestos, mas entendia muito sobre jardinagem; nos ensinava todos os nomes antigos dos bosques e dos campos cultivados, relatava histórias de contrabandistas e salteadores e, melhor ainda, das "sombras que perambulavam" e as "aparições" com as quais podíamos nos deparar nos vales solitários em uma noite de céu estrelado. Foi uma ajuda providencial, pois Laura detestava limpar a casa, e eu adorava histórias do folclore. Logo passamos a deixar todas as tarefas domésticas para a sra. Dorman, enquanto ganhávamos alguns trocados publicando histórias baseadas em suas lendas em revistas.

Desfrutamos de três meses de felicidade conjugal, sem uma única briga. Certa noite de outubro, saí para fumar um cachimbo com o médico — nosso

---

[1] Tradicional loja de departamento londrina, famosa por seus tecidos com estampas florais. [NT]

único vizinho —, um simpático jovem irlandês. Laura tinha ficado em casa para terminar o esboço cômico de um episódio da aldeia para a *Monthly Marplot*. Deixei-a rindo de suas próprias piadas, para na volta encontrá-la pálida e aos prantos, no recanto da janela.

"Deus do céu, amor, o que houve?", indaguei, aflito, tomando-a em meus braços. Ela encostou sua delicada cabeça no meu ombro e continuou a se debulhar em lágrimas. Nunca a tinha visto chorar antes — sempre fomos tão felizes — e logo soube que uma terrível desgraça tinha sucedido.

"O que aconteceu? Diga."

"Foi a sra. Dorman", soluçou ela.

"O que ela fez?", indaguei, com imenso alívio.

"Ela disse que precisa partir antes do fim do mês, porque a sobrinha está doente... saiu há pouco para vê-la, mas não creio que seja esse o motivo, já que a sobrinha está sempre doente. Acho que alguém a andou envenenando contra nós. O comportamento dela estava tão esquisito..."

"Não se preocupe com isso, meu bem", acalmei-a. "E, por tudo que é mais sagrado, não chore ou terei que chorar também, em solidariedade, e você nunca mais irá respeitar o seu homem!"

Ela enxugou os olhos no meu lenço, obediente, e esboçou um sorriso.

"Mas sabe", prosseguiu ela, "isso é sério, porque o povo do vilarejo é tão influenciável que, se uma pessoa decidir não fazer mais alguma coisa, pode ter certeza de que os outros irão imitá-la. Eu vou ter que preparar o jantar, lavar os odiosos pratos engordurados e você, carregar latas d'água, engraxar botas, lustrar facas... Nunca mais teremos tempo para trabalhar, ganhar dinheiro, para nada. Vamos nos esfalfar o dia inteiro e só poderemos descansar enquanto estivermos esperando a chaleira ferver!"

Expliquei a ela que, mesmo que fôssemos obrigados a executar tais tarefas, ainda teríamos tempo de sobra para outros trabalhos e distrações. Mas ela se recusou a enxergar a questão por qualquer outro prisma que não o mais sombrio. Ela era muito irracional, minha Laura, mas não a teria amado mais se fosse tão lógica quanto Whately.[2]

"Vou conversar com a sra. Dorman quando ela voltar, ver se não consigo chegar a um acordo com ela", prometi. "Talvez esteja querendo um aumento de salário. Vai dar tudo certo. Vamos dar um passeio até a igreja?"

A igreja era grande e deserta; adorávamos visitá-la, sobretudo nas noites de lua cheia. O caminho contornava uma floresta, atravessando-a em um determinado trecho, e avançava ao longo do topo da colina, passando por dois prados e ao redor do pátio da igreja, sobre o qual os velhos teixos se encurvavam como sombras robustas. Esse caminho, parcialmente

---

[2] Richard Whateley, teólogo inglês autor de *Elementos da Lógica* (1826). [NT]

pavimentado, era chamado de "a via da morte", pois em tempos antigos era por onde os cadáveres eram carregados para o enterro. O cemitério era bem arborizado e sombreado por imponentes olmos, que estendiam seus galhos como majestosos braços a abençoar os mortos bem-aventurados. Uma varanda espaçosa conduzia ao interior da igreja por uma entrada normanda e uma pesada porta de carvalho, cravejada de ferro. Lá dentro, os arcos se erguiam, desaparecendo na escuridão e, nos vãos intermediários, havia janelas reticulares, cuja alvura sobressaía ao luar. A capela-mor tinha vitrais nas janelas; a tênue luz revelava suas nobres cores e fazia o carvalho negro dos bancos misturar-se às sombras. No entanto, em cada lado do altar, havia sobre uma laje baixa a figura cinza de mármore de um cavaleiro trajando armadura completa, com as mãos erguidas em oração perene. Curiosamente, essas figuras estavam sempre visíveis, ao menor lampejo de luz. Seus nomes haviam se perdido, mas os camponeses contavam que foram homens ferozes e perversos, saqueadores em terra e no mar, uma verdadeira mácula na região. Eram culpados de atos tão terríveis que a casa em que tinham morado — por sinal, a casa maior que existira no local da nossa — fora atingida por um raio, como vingança divina. Apesar de tudo, o ouro de seus herdeiros lhes comprara um lugar na igreja. Bastava olhar para os rostos malvados e embrutecidos reproduzidos no mármore para acreditar na história.

Naquela noite, o local parecia mais belo e estranho, pois as sombras dos teixos vazavam pelas janelas no chão da nave e obscureciam suas colunas. Sentamos em silêncio e contemplamos a beleza solene da velha igreja com a mesma reverência que inspirara seus construtores. Caminhamos até a capela-mor e fitamos os guerreiros adormecidos. Depois descansamos um pouco no assento de pedra na varanda, observando a extensão dos prados silenciosos e enluarados, sentindo em cada fibra do nosso ser a paz da noite e do nosso amor feliz; por fim, partimos com a sensação de que, na pior das hipóteses, esfregar panelas e lustrar sapatos seriam problemas insignificantes.

A sra. Dorman havia regressado do vilarejo, e eu logo a chamei para uma conversa.

"Então, sra. Dorman", disse, a sós com ela em minha sala de pintura, "que história é essa de a senhora nos deixar?"

"Gostaria de ir embora, senhor, antes do fim do mês", respondeu ela, com sua habitual dignidade pacata.

"Tem alguma queixa a fazer, sra. Dorman?"

"De forma nenhuma, patrão; o senhor e sua senhora sempre foram muito gentis."

"Então do que se trata? Seu salário não está satisfatório?"

"É, sim, senhor, bem satisfatório."
"Então por que não quer ficar?"
"É o melhor a fazer", disse ela, hesitante. "Minha sobrinha está doente."
"Mas sua sobrinha já estava doente desde que mudamos para cá."
Ela não disse nada. Fez-se um longo e desconfortável silêncio. Decidi quebrá-lo.
"Não pode ficar mais um mês?", indaguei.
"Não, senhor. Tenho que partir até quinta-feira."
Estávamos na segunda-feira!
"Bem, a senhora poderia ter nos avisado antes. Não temos como arrumar outra pessoa de uma hora para outra, e sua patroa não está apta a executar serviços domésticos mais pesados. Não pode ficar pelo menos até semana que vem?"
"Posso tentar voltar na semana que vem."
Convenci-me de que ela só queria uns dias de folga, o que poderíamos conceder sem problemas, assim que conseguíssemos uma substituta.
"Mas por que precisa ser nesta semana?", insisti. "Vamos, conte-me."
A sra. Dorman apertou contra o peito o pequeno xale que sempre usava, como se estivesse sentindo frio. Então disse, quase fazendo um esforço:
"Dizem que, como esta era uma casa importante nos tempos católicos, muitos atos foram cometidos aqui, senhor."
A natureza dos tais "atos" podia ser vagamente deduzida pela inflexão de voz da sra. Dorman — e era o bastante para fazer o sangue gelar. Fiquei contente por Laura não estar presente na sala. Ela estava sempre nervosa, como costumam ser as pessoas muito tensas, e senti que tais histórias sobre nossa casa, contadas por aquela velha camponesa de modos assombrosos e credulidade contagiante, poderiam ter tornado nosso lar menos estimado para minha esposa.
"Conte tudo que sabe a respeito, sra. Dorman", pedi. "A senhora não precisava ter me escondido nada. Não sou como os jovens que fazem troça destas coisas."
O que era em parte verdade.
"Bem, patrão", disse ela, diminuindo a voz. "O senhor talvez já tenha visto na igreja, ao lado do altar, dois corpos."
"A senhora se refere às efígies dos cavaleiros em armaduras", falei, jovial.
"Eu me refiro aos dois corpos colossais esculpidos em mármore", retrucou ela, e tive que admitir que sua descrição era mil vezes mais vívida do que a minha, sem contar a força bizarra e inquietante da frase "dois corpos colossais esculpidos em mármore."
"Dizem que, na véspera do Dia de Todos os Santos, os dois corpos sentam em suas lajes, erguem-se delas e caminham até o altar, como mármores

ambulantes" — (outra boa frase, sra. Dorman) — "e, quando o relógio da igreja bate onze horas, eles saem da igreja, passam pelas sepulturas e seguem a via da morte e, quando a noite está chuvosa, é possível ver suas pegadas no chão na manhã seguinte."

"E para onde vão?" perguntei, fascinado.

"Voltam para cá, para sua antiga casa, senhor, e se alguém se deparar com eles..."

"O que acontece?", indaguei.

Porém não consegui lhe arrancar mais uma única palavra, exceto que sua sobrinha estava doente e que ela precisava partir. Depois do que tinha ouvido, pouco me importava falar sobre a sobrinha, e tentei apurar com a sra. Dorman mais detalhes sobre a lenda. Não consegui nada além de advertências.

"Aconteça o que acontecer, senhor, tranque a porta cedo na véspera do Dia de Todos os Santos e faça o sinal da cruz na porta e nas janelas."

"Mas alguém já viu essas coisas?", persisti.

"Não cabe a mim dizer. Eu só sei o que me contaram, senhor."

"Bem, quem estava aqui no ano passado?"

"Ninguém, senhor; a dona da casa só ficava durante o verão e sempre passava um mês inteiro em Londres antes dessa noite. Sinto muito pelo incômodo causado ao senhor e sua senhora, mas minha sobrinha está doente e devo partir na quinta-feira."

Eu poderia tê-la admoestado pela repetição absurda daquela evidente mentira, depois de ela ter me confessado seus verdadeiros motivos.

Estava mesmo decidida a partir, e nem nossas súplicas conjuntas poderiam convencê-la a mudar de ideia.

Não contei a Laura sobre a lenda "dos mármores ambulantes", em parte porque uma história daquelas a respeito da nossa casa talvez pudesse perturbar minha esposa, e em parte, penso eu, por alguma razão mais oculta. Aquela não era uma história como outra qualquer, e não queria mencioná-la até passar o tal dia. Acabei esquecendo a lenda. Estava pintando um retrato de Laura, com a janela de treliça ao fundo, e não conseguia pensar em mais nada. Havia criado um panorama esplêndido, composto por um poente em tons amarelos e cinzentos, e estava trabalhando com afinco. Na quinta-feira, a sra. Dorman foi embora. Na despedida, apiedou-se a ponto de dizer:

"Não se desgaste muito, patroa; se houver algo que eu possa fazer na semana que vem, farei de bom grado."

Deduzi então que desejava voltar depois do Dia das Bruxas. Até o último instante, aderiu à ficção da sobrinha doente com tocante insistência.

A quinta-feira transcorreu bem tranquila. Laura mostrou notável talento no quesito bife e batatas e confesso que os talheres e pratos que fiz questão de lavar ficaram mais limpos do que o esperado.

A sexta-feira chegou. Este relato é sobre o que aconteceu naquele dia. Pergunto-me se teria acreditado, se fosse alguém me contando. Vou escrever a história do modo mais breve e direto possível. Os acontecimentos estão impressos na minha memória. Não vou esquecer nenhum detalhe, nem deixar nada de fora.

Lembro-me que acordei cedo e estava acendendo o fogo da cozinha quando minha querida esposa desceu, tão radiante e adorável quanto a manhã clara de outubro. Preparamos o café da manhã juntos e achamos a tarefa muito divertida. Logo terminamos os serviços domésticos e, depois que guardamos escovas, vassouras e baldes, a casa ficou bastante silenciosa. É impressionante a diferença que faz uma pessoa em uma residência. Sentíamos muita falta da sra. Dorman, independentemente de considerações sobre panelas e frigideiras. Passamos o dia tirando a poeira dos nossos livros e os arrumando nas estantes, depois jantamos uns frios e tomamos café, muito satisfeitos. Laura estava, como se possível, ainda mais vivaz, alegre e meiga do que o habitual, e comecei a achar que um pouco de trabalho doméstico lhe fazia bem. Nunca tínhamos ficado tão extasiados desde que nos casamos, e o passeio que demos naquela tarde foi, acredito eu, o momento mais feliz de toda a minha vida. Ao virmos as nuvens escarlates empalidecerem aos poucos, ganhando matizes cinzentas contra um céu verde-claro, e as névoas ondulando sobre as sebes no pântano distante, voltamos para a casa, calados e de mãos dadas.

"Você está triste, minha querida", disse, meio de brincadeira, enquanto sentávamos juntos em nossa aconchegante sala de estar. Esperava que ela negasse, pois meu próprio silêncio tinha sido o epítome da felicidade completa. Para minha surpresa, ela disse:

"Sim. Acho que estou triste, ou melhor dizendo, inquieta. Não estou mesmo muito bem. Já senti uns três ou quatro calafrios desde que entramos em casa e não está frio, está?"

"Não", respondi, torcendo para que não fosse um resfriado contraído pelas névoas traiçoeiras que pairam sobre os pântanos ao entardecer. Ela disse que não parecia um resfriado. Então, após uma pausa, perguntou, de repente:

"Você já teve pressentimentos ruins?"

"Não", respondi, sorrindo. "E, mesmo que tivesse, não acreditaria neles."

"Eu acredito", prosseguiu ela. "Na noite em que meu pai morreu, eu soube, embora ele estivesse longe, no norte da Escócia."

Não respondi com palavras.

Ela ficou fitando as chamas na lareira por algum tempo, em silêncio, acariciando minha mão com carinho. Por fim, se levantou, parou atrás de mim e, puxando minha cabeça, me deu um beijo.

"Pronto, já passou", disse ela. "Como sou criança! Venha, acenda as velas, vamos tocar um desses novos duetos de Rubinstein."

E assim passamos uma ou duas horas felizes ao piano.

Por volta das dez e meia, comecei a desejar meu cachimbo noturno, mas Laura estava tão abatida que considerei cruel encher nossa sala de estar com o cheiro forte do fumo.

"Vou fumar meu cachimbo lá fora", avisei.

"Deixe-me ir com você."

"Não, querida, não esta noite; você está muito cansada. Não vou demorar. Vá para a cama ou vou ter uma doente para cuidar amanhã, além do engraxe das botas."

Eu a beijei, e estava me virando para sair quando ela se atirou no meu pescoço e me segurou como se nunca mais fosse me deixar. Afaguei seu cabelo.

"Vá, meu bem, você está exausta. O serviço doméstico foi demais para você."

Ela afrouxou o abraço e respirou fundo.

"Não. Fomos muito felizes hoje, não é mesmo, Jack? Não demore muito lá fora."

"Não vou demorar, meu amor."

Saí pela porta da frente, deixando-a destrancada. Que noite! As massas irregulares de nuvens sombrias e pesadas deslizavam intermitentes pelo horizonte, e névoas brancas e diáfanas cobriam as estrelas. A lua singrava pelo mar agitado das nuvens, peitando as vagas e depois tornando a desaparecer na escuridão. Quando de vez em quando o luar alcançava as matas, elas pareciam balançar, lenta e silenciosamente, na cadência das nuvens no céu. Havia uma estranha luz cinzenta pairando por sobre todo o local; os campos exibiam o luzir sombrio que advém somente do casamento do orvalho com o luar, ou da geada com a luz das estrelas.

Deambulei um pouco, sorvendo a beleza da terra serena e do céu cambiante. A noite estava completamente silenciosa. Era como se não houvesse nada lá fora. Não se ouvia o agito apressado dos coelhos, nem o gorjear dos pássaros sonolentos. E, embora as nuvens navegassem pelo céu, o vento que as transportava não desceu o bastante para fazer movimentar as folhas mortas nas trilhas da floresta. Para além dos prados, era possível ver a torre da igreja formando um contraste gris contra o céu. Caminhei refletindo sobre nossos três meses de felicidade — pensando na minha esposa, seus belos olhos, sua ternura. Ah, minha querida! Minha adorada; naquele momento antevi uma vida longa e tão feliz para nós!

Ouvi o relógio soar na igreja. *Onze horas já!* Virei-me para entrar, mas a noite me deteve. Não conseguia voltar ainda para o aconchego dos nossos aposentos. Decidi ir até a igreja. Sentia-me inclinado a levar meu amor e minha gratidão ao santuário onde homens e mulheres de outrora haviam depositado tantos pesares e alegrias.

Olhei pela janela. Laura estava acomodada na poltrona em frente à lareira. Não pude ver seu rosto, apenas sua delicada cabeça e suas madeixas escuras contrastando com a parede azul-claro. Estava completamente imóvel. Adormecida, na certa. Meu coração encheu-se de amor por ela, enquanto me afastava da casa, rumo à igreja. Deve existir um Deus, pensei, e um Deus muito bondoso. Do contrário, como uma criatura tão doce e adorável poderia ter sido concebida?

Caminhei sem pressa, contornando o bosque. Um som rompeu a quietude da noite: um murmúrio na floresta. Parei e apurei os ouvidos. Não escutei mais nada. Prossegui e logo escutei claramente o som de um outro passo, reproduzindo os meus como um eco. Imaginei que devia se tratar de um caçador ou um ladrão de lenha, infratores que não eram de todo desconhecidos em nossa vizinhança arcádica. Fosse quem fosse, era uma estupidez andar fazendo tanto barulho. Virei-me para a floresta, e o som dos passos agora parecia vir da trilha de onde acabara de desviar. *Deve ser um eco*, pensei. A floresta parecia encantadora ao luar. Seus raios pálidos eram filtrados pelas grandes samambaias moribundas e pela folhagem rala do mato. Os troncos das árvores pairavam como colunas góticas ao meu redor. Recordei-me da igreja e tomei a via da morte, passando pelo portão entre as sepulturas e seguindo até a varanda. Parei por um instante no banco de pedra onde Laura e eu tínhamos sentado e contemplado a paisagem evanescente. Notei então que a porta da igreja estava aberta e me senti culpado por tê-la deixado destrancada na noite anterior. Éramos as únicas pessoas que se importavam em ir à igreja quando não era domingo, e me aborrecia pensar que, pelo nosso descuido, o ar úmido de outono tinha tido a chance de penetrar em seu interior e danificar sua velha estrutura. Entrei. Talvez pareça estranho, mas só quando estava na metade do caminho rumo ao altar que lembrei — com um súbito arrepio, seguido por uma igualmente súbita onda de reprovação — que aquele era o exato dia e hora nos quais, segundo a tradição, "os corpos colossais esculpidos em mármore" erguiam-se das lajes e começavam a vagar.

Depois de me recordar da lenda, com um calafrio que me envergonhou, não pude deixar de ir até o altar, apenas para olhar as estátuas — isso foi o que disse a mim mesmo. Na verdade, queria me certificar em primeiro lugar de que não acreditava na lenda, e em segundo, de que não era real. Fiquei satisfeito por ter ido. Pensei que poderia enfim dizer à sra. Dorman que seus temores não passavam de superstições e que as figuras de mármore repousavam tranquilamente na hora macabra. Com as mãos nos bolsos, caminhei pelo altar. Na tênue iluminação da penumbra, a extremidade leste da igreja parecia maior que o habitual, bem como os arcos acima dos dois túmulos. A lua despontou no céu, revelando o motivo. Detive meus passos; com o coração aos pulos, fiquei sem ar e fui tomado por uma sensação de desespero.

Os "corpos colossais em mármore" não estavam lá; suas lajes jaziam vazias sob a indistinta luz da lua que penetrava pela janela ao leste.

Teriam de fato desaparecido? Ou eu tinha perdido a razão? Com os nervos em frangalhos, inclinei-me e deslizei a mão sobre as lajes, sentindo a superfície lisa e intacta. Teria alguém removido as estátuas? Seria uma brincadeira de mau gosto? De todo modo, eu iria verificar. Improvisei depressa uma tocha com o jornal que por acaso trazia no bolso e ergui sua luz bem acima da minha cabeça. Um clarão amarelado iluminou os arcos escuros e as lajes. As estátuas haviam desaparecido. Estava sozinho na igreja; ou não estava?

Fui então tomado por um horror — indefinível e indescritível — e a certeza esmagadora de uma desgraça absoluta e consumada. Extingui a tocha, corri pelo altar e atravessei a varanda, mordendo os lábios enquanto corria, para não gritar. Estava louco — ou algo mais me possuía? Pulei o muro do cemitério e peguei o atalho pelos campos, guiado pela claridade que vinha de nossas janelas. Assim que me aproximei da casa, tive a impressão de que um vulto sombrio se erguia do chão. Descontrolado pela certeza de uma desgraça, precipitei-me contra a figura em meu caminho, gritando: "Saia da minha frente!"

Mas meu empurrão encontrou uma resistência mais vigorosa do que eu imaginara. Alguém segurou meus braços bem acima dos cotovelos e os deteve como uma prensa. Era o ossudo médico irlandês, que me sacudia.

"Calma!", exclamou ele, com seu inconfundível sotaque. "Calma!"

"Solte-me, seu idiota", ordenei, ofeguei. "As estátuas de mármore saíram da igreja; elas escaparam!"

Ele deu uma sonora risada. "Estou vendo que vou precisar lhe dar um remedinho amanhã. Você andou fumando demais e ouvindo muitos contos da carochinha."

"Estou dizendo, vi as lajes vazias."

"Bem, volte comigo, então. Estou indo até o velho Palmer, a filha dele está doente. Damos uma olhada na igreja e você me mostra as lajes vazias."

"Vá você, se quiser", respondeu, um pouco mais controlado por causa de sua risada. "Vou voltar para minha esposa em casa."

"Não, senhor", respondeu ele. "Acha que vou permitir isso? Passar o resto da vida dizendo que viu mármore maciço perambulando por aí e eu falando que você foi covarde? Nada disso... isso, não. "

O ar da noite, uma voz humana e o contato físico com um metro e oitenta de sólido bom senso me trouxe um pouco de volta ao normal. A palavra "covarde" me despertou.

"Vamos, então", falei, amuado. "Talvez você esteja certo."

Ele ainda estava segurando meu braço com força. Pegamos a trilha e nos dirigimos à igreja. Fazia um silêncio profundo. Um odor úmido e terroso pairava no local. Avançamos até o altar. Não tenho vergonha de confessar que fechei os olhos: sabia que as estátuas não estariam lá. Ouvi Kelly acender um fósforo.

"Aqui estão elas, veja, no mesmo lugar de sempre; você andou sonhando ou bebendo, perdoe-me pela insinuação."

Abri meus olhos. Pela claridade mortiça do fósforo de Kelly, vi as duas estátuas de mármore repousando em suas lajes. Respirei fundo e segurei a mão do médico.

"Tenho uma dívida de gratidão com você", disse. "Deve ter sido algum truque de luz, ou então ando trabalhando demais. Talvez seja isso. Sabe, eu estava realmente convencido de que tinham desaparecido."

"Eu sei", respondeu ele, severo. "Você precisa cuidar da cabeça, meu amigo, isso eu garanto."

Ele estava inclinado, observando a figura à direita, cujo rosto de pedra exibia a expressão mais perversa e funesta.

"Deus do céu", disse Kelly. "Aconteceu alguma coisa aqui... a mão está quebrada."

Estava mesmo. Tinha certeza de que estivera intacta na última vez em que Laura e eu tínhamos passado por lá.

"Talvez alguém tenha tentado arrancá-los", especulou o jovem médico.

"Isso não explica o que eu vi", objetei.

"Mas excesso de trabalho e tabaco explicam, e muito bem."

"Vamos", falei, "ou minha esposa vai ficar preocupada. Você entra, toma uma dose de uísque e fazemos um brinde pelo sumiço dos fantasmas e por uma dose de bom senso para mim."

"Eu tinha que ir até a casa dos Palmer, mas já está tão tarde agora que é melhor deixar para amanhã de manhã", respondeu ele. "Fiquei até tarde na Associação e tive que visitar muitos pacientes depois. Está bem, vou voltar com você."

Acho que imaginou que eu estava precisando mais dele do que a filha dos Palmer; assim sendo, caminhamos até minha casa, discutindo como tal ilusão poderia ser possível e deduzindo generalidades acerca de aparições fantasmagóricas a partir daquela experiência. Enquanto cruzávamos o jardim, avistamos uma claridade intensa na porta da frente e logo descobrimos que a porta da sala de estar também estava aberta. Teria ela saído?

"Entre", convidei, e o dr. Kelly seguiu-me até a sala de estar. Estava tudo aceso, repleto de velas, não apenas as de cera, mas pelo menos uma dúzia de velas incandescentes de sebo, enfiadas em vasos e enfeites, em lugares improváveis. A claridade, eu bem sabia, era o remédio de Laura para o nervosismo. Pobrezinha! Por que a deixara? Tinha sido crueldade minha.

Olhamos ao redor da sala e, a princípio, não a vimos. A janela estava aberta, e a corrente de ar fazia com que todas as chamas se inclinassem para a mesma direção. A poltrona estava vazia; seu lencinho e seu livro estavam caídos no chão. Virei-me para a janela. Lá, em seu nicho, eu a vi. Ah, minha querida, meu amor, teria ido até a janela para aguardar meu regresso? E o que havia entrado na sala atrás dela? O que ela poderia ter fitado com aquele olhar desesperado de medo e horror? Ah, minha adorada, teria achado que os passos que ouvia eram os meus e se virado para se deparar — com o quê?

Ela tombara sobre uma mesa adjunta à janela e seu corpo estava metade sobre o tampo e metade no assento de seu nicho. A cabeça pendia sobre a mesa, o cabelo castanho solto escorria pelo carpete. Seus lábios estavam crispados, e os olhos, arregalados. Não viam mais nada. O que teriam visto por último?

O médico avançou na direção dela, mas eu o empurrei e me precipitei sobre seu corpo; segurei-a em meus braços e gritei:

"Está tudo bem, Laura! Você está segura, meu amor."

Ela desabou em meus braços, inerte. Apertando-a contra o peito, eu a beijei, chamando-a por todos seus apelidos, mas acho que soube desde o início que não estava mais viva. Suas mãos estavam cerradas. Em uma delas, segurava algo com firmeza. Quando tive certeza absoluta de que estava morta e nada mais importava, deixei que o médico abrisse sua mão à força, para ver o que estava segurando.

Era um dedo de mármore.

PHOTOGRAPHIC ARCHIVE   CAMERA OBSCURA STUDIO

VITORIANAS MACABRAS

VIOLET HUNT

Isobel Violet Hunt
SRA. FORD

A SUFRAGISTA

1862-1942

- Sol em Libra -

Inglesa. Autora de 17 romances e diversos contos, membro da Liga Sufragista de Autoras e do Clube Internacional de Escritores PEN. Filha do pintor Alfred William Hunt e da escritora e tradutora Margaret Raine Hunt, cresceu no universo artístico da Londres vitoriana, convivendo com pintores pré-rafaelitas, poetas e escritores desde sua infância. Teve romances com Somerset Maugham, H.G. Wells e Ford Madox Ford — com quem morou por quase uma década. Publicou duas elogiadas coletâneas de contos de horror e foi celebrada por seu talento como autora, sua ideologia feminista e o espírito gregário que a transformou em uma das mais influentes anfitriãs da cena cultural londrina. Violet abraçou o século XX e manteve-se produtiva até o fim de seus dias. Morreu de pneumonia em 1942, aos 79 anos.

A Prece

Violet Hunt

The Prayer

— 1911 —

"Se um espírito sem o corpo é terrível, o que dizer de um corpo inútil e solitário, preso aqui na terra... sem um espírito?"

 Ao perder o marido, mulher faz uma prece para que ele ressuscite. Seu pedido é atendido, mas o marido egresso do reino dos mortos jamais será o mesmo.

I

> *É necessário abandonar um jogo*
> *que precisa ser perdido.*
>
> — *Philaster*[1]

"Vamos, sra. Arne — venha, querida, a senhora não pode se entregar assim! Assim não vai aguentar — não vai aguentar, não é possível! Vá com a srta. Kate!", instou a enfermeira, com a mais maternal das entonações.

"Sim, Alice, a sra. Joyce tem razão. Venha — saia — você está se torturando. Está tudo acabado; você não pode fazer nada! Oh, oh, venha embora!", implorou a irmã da sra. Arne, tremendo de nervosismo.

Há poucos instantes, o dr. Graham soltara o pulso de Edward Arne com um desolado franzir de sobrancelhas que significava o fim.

A enfermeira fizera um discreto gesto de resignação, por pura formalidade. A jovem cunhada escondera o rosto com as mãos. A esposa soltara um grito de gelar o sangue dos presentes e depois se atirara na cama sobre o marido morto. E lá ficou; seus gritos eram terríveis e seu corpo inteiro convulsionava em soluços.

Os três a contemplavam com pena, sem saber como proceder. A enfermeira, cruzando as mãos, consultou o médico com os olhos. Ele, por sua vez, tamborilou os dedos no estrado da cama.

A jovem afagou com delicadeza o ombro que se sacudia sob seu toque.

"Vá embora! Vá embora!", repetia sua irmã sem parar, com a voz rouca de exaustão e sofrimento.

---

[1] *Philaster, ou Love Lies a-Bleeding* é uma peça tragicômica de Francis Beaumont e John Fletcher (1620). [NT]

"Deixe-a em paz, srta. Kate", sussurrou, por fim, a enfermeira. "Talvez ela fique melhor se puder extravasar sozinha."

Ela diminuiu a luz da lâmpada, como se quisesse descer um véu sobre a cena. Apoiando-se no cotovelo, a sra. Arne se ergueu, exibindo um rosto manchado de lágrimas e arroxeado de emoção.

"O quê! Ainda não foram embora?", indagou ela, ríspida. "Vá embora, Kate, vá embora! É a minha casa. Não quero você, não quero ninguém... eu quero falar com meu marido. Vão embora... todos vocês. Me deem uma hora, meia hora... cinco minutos!"

Ela estendeu os braços para o médico, em um gesto de súplica.

"Bem...", disse ele, quase para si mesmo.

Fez um sinal para que as duas mulheres se retirassem e as seguiu rumo ao corredor. "Vão comer alguma coisa", disse ele, peremptório, "vão agora, enquanto é tempo. Vamos ter problemas com ela já, já. Vou esperá-las no quarto de vestir."

Ele relanceou para a figura contorcida na cama, encolheu os ombros e prosseguiu para o cômodo contíguo, sem fechar a porta de comunicação. Sentando-se em uma poltrona diante da lareira, espreguiçou e fechou os olhos. Os detalhes profissionais do caso de Edward Arne surgiram em sua mente, em toda sua interessante complexidade.

Era justamente aquela postura profissional, tanto por parte do médico como da enfermeira, que inspirara um certo ressentimento inconsciente na sra. Arne. Apesar de toda a gentileza que dispensaram ao enfermo, ela não só notara como se ofendera com o interesse científico dos dois pelo seu marido. Para eles, Edward não passara de um caso intrigante e complicado e agora, sentindo o baque de sua morte, ela os tomava praticamente como carrascos. Seu único desejo, manifestado com a sinceridade despudorada da tristeza mais cega e irracional, era se ver livre da presença odiosa de ambos e ficar sozinha — sozinha com seu morto!

Estava cansada do paternalismo contido do médico, do tom maternal corriqueiro da enfermeira — adaptada demais às necessidades do coletivo para apreciar o indivíduo —, do consolo pueril da jovem irmã, que nunca tinha amado, nunca havia sido casada, não sabia o que era sofrimento! As manifestações de solidariedade dos três a atingiam como golpes, o toque daquelas mãos em seu corpo enquanto tentavam erguê-la deixou-a com os nervos à flor da pele.

Com um suspiro de alívio, enterrou a cabeça no travesseiro, apertou mais o corpo contra o do marido e permaneceu deitada, imóvel.

Os soluços cessaram.

A lâmpada se apagou com um gorgolejo. As chamas da lareira trepidaram e morreram. Ela levantou a cabeça e olhou ao redor, inconsolável. Depois, deitando-se outra vez, pousou os lábios no ouvido do homem morto.

"Edward... meu querido Edward!", sussurrou ela. "Por que você me deixou? Meu amor, por que você me deixou? Não posso ser deixada para trás desse jeito... você sabe que não. Sou jovem demais para ser abandonada. Casamos há apenas um ano. Nunca pensei que fosse ser apenas por um ano. 'Até que a morte nos separe'. Sim, lembro dessa parte, mas ninguém casa pensando nisso! Nunca imaginei ter que viver sem você! Queria morrer ao seu lado...

"Não, não, eu não posso morrer — não até que meu bebê nasça. Você nunca o verá. Você não gostaria de vê-lo? Não gostaria? Responda, Edward! Diga alguma coisa, querido, uma palavra... uma palavrinha só!

"Edward! Edward! Você está aí? Responda, pelo amor de Deus, fale comigo!

"Querido, estou tão cansada de esperar. Pense, meu querido. O tempo é tão curto. Eles só me deram meia hora. Daqui a meia hora, eles virão te levar para longe de mim, para onde não poderei acompanhar, mesmo com todo o meu amor, não poderei ir com você! Conheço o lugar... eu o vi uma vez. Um local imenso e solitário, cheio de túmulos, com arvorezinhas raquíticas gotejando com a chuva imunda de Londres... e lâmpadas a gás ardendo ao redor... mas mergulhado em trevas, onde jazem as sepulturas... um sepulcro, como todos os outros. Como você vai ficar lá... sozinho... sozinho... sem mim?

"Você se lembra, Edward, do que dissemos uma vez — que aquele de nós que morresse primeiro teria que voltar para cuidar do outro, em espírito? Eu prometi a você, e você me prometeu. Como éramos pueris! A morte é bem diferente do que pensamos. Na época, foi reconfortante falarmos isso.

"Agora não quer dizer nada... nada... menos do que nada... não quero seu espírito... não posso vê-lo... ou senti-lo... eu quero você, você, seus olhos, que olhavam para mim, sua boca que me beijava..."

Ela ergueu os braços do morto, apertou-os em volta de seu pescoço e permaneceu imóvel, murmurando: "Ai, me abrace, me abrace! Se puder, me ame. Por acaso lhe sou odiosa? Sou eu, meu amor! Estes são seus braços..."

O médico no cômodo ao lado mexeu-se em sua cadeira. O barulho a despertou de seu delírio, e ela afastou o braço morto de seu pescoço. Segurando-o pelo pulso, fitou-o com pesar.

"Sim, posso colocá-lo em volta do meu corpo, mas tenho que segurá-lo. Está tão frio e inerte. Ah, meu querido, você nem se importa! Você está morto. Eu o beijo, mas você não retribui. Edward! Edward! Oh, pelo amor de Deus, me beije só mais uma vez. Só mais uma vez!

"Não, não, não adianta... não é suficiente! Não é nada! É pior do que nada! Eu quero você de volta, você por inteiro... O que vou fazer?... Costumo orar sempre... Ah, se existe um Deus no céu e se Ele alguma vez atendeu a uma prece, que Ele atenda a minha — minha única prece. Jamais farei nenhum outro pedido, peço apenas que o devolva para mim! Que você possa voltar tal como era... como eu o amei... como eu o adorei! Deus há de me ouvir. Ele precisa me ouvir!

"Meu Deus, meu Deus, ele é meu... ele é meu marido, meu amor — devolva-o para mim!"

"Ela está sozinha há meia hora ou mais com o cadáver! Isso não está certo!"

Do alto da escada, de onde estivera aguardando havia alguns minutos, a enfermeira expressou seu indignado senso de decência profissional. O médico se juntou a ela.

"Calma, sra. Joyce! Vou até lá agora."

A porta rangeu nas dobradiças quando ele gentilmente a abriu para entrar no quarto.

"O que é isso? O que é isso?", gritou a sra. Arne. "Doutor! Doutor! Não encoste em mim! Ou eu estou morta ou ele continua vivo!"

"Está querendo se matar, sra. Arne?", admoestou o dr. Graham, com calculada severidade, precipitando-se na direção dela. "Venha comigo!"

"Ele não está morto! Não está!", murmurou ela.

"Ele está morto, eu garanto. Morto e frio, há mais de uma hora! Sinta!"

Ele a segurou, enquanto ela virava o rosto e, ao fazê-lo, tocou a face do homem morto. Para sua surpresa, não estava fria!

Por instinto, buscou o pulso com os dedos.

"Calma, espere!", gritou ele, em sua intensa agitação. "Minha querida sra. Arne, controle-se!"

Mas a sra. Arne tinha desmaiado e tombado pesadamente do outro lado da cama. Sua irmã, chamada às pressas, acudiu-a, enquanto o homem que todos tinham dado como morto era, com débeis suspiros e relutantes gemidos, arrastado de volta ao limiar da vida.

II

"Por que você está sempre de preto, Alice?", perguntou Esther Graham. "Que eu saiba, não está de luto."

Esther era a única filha do dr. Graham e única amiga da sra. Arne. Estava sentada com a sra. Arne na soturna sala de visitas da casa em Chelsea. Tinha ido para o chá. Ninguém além dela a visitava.

Ela era direta, gentil e franca e tinha o dom de fazer comentários inadequados. Seis anos antes, a sra. Arne tinha ficado viúva por uma hora! Seu marido sucumbira a uma doença aparentemente cerebral e fora declarado morto por uma hora. Quando, de repente e sem explicação, ele despertou de seu transe, o choque (aliado à exaustão causada pelas seis semanas em que cuidara do enfermo) quase matou sua esposa. Esther ficou sabendo da história pelo seu pai. Só conheceu a sra. Arne depois do nascimento do bebê, quando todos os aspectos trágicos da doença do marido já haviam sido deixados para trás e estavam, assim todos esperavam, esquecidos por completo. Quando sua pergunta despretensiosa não recebeu nenhuma resposta da pálida mulher sentada à sua frente, fitando com olhos indiferentes e sem brilho as chamas verdes e azuis ardendo na lareira, ela esperou que tivesse passado despercebida. Por cinco minutos, aguardou a sra. Arne retomar a conversa; diante do silêncio, foi vencida por sua natural impaciência.

"Diga alguma coisa, Alice!", implorou ela.

"Perdão, Esther!", disse a sra. Arne. "Estava pensando."

"Pensando em que?"

"Não sei."

"Mas claro que não sabe. As pessoas que ficam sentadas encarando o fogo na verdade nunca pensam em nada. Estão apenas ruminando e se aborrecendo, e é isso que você está fazendo. Você vive amuada, não se interessa por nada, nunca sai... aposto que não pôs os pés para fora de casa hoje, não é mesmo?"

"Bem, não... Acho que não mesmo. Mas está tão frio."

"Você sente frio porque passa o dia inteiro em casa, vai acabar adoecendo! Olhe-se no espelho!"

A sra. Arne se levantou e se olhou no espelho italiano na chaminé. O reflexo revelava fielmente sua palidez, seus cabelos e olhos escuros, seus longos cílios, as curvas acentuadas de suas narinas e o arco delicado de suas sobrancelhas, que formavam uma linha negra e definida, tão nítida que parecia quase artificial.

"É verdade, eu pareço doente", reconheceu ela, convencida.

"Não me admira. Você insiste em se enterrar viva."

"Às vezes, realmente tenho a sensação de viver em um túmulo. Olho para o teto e imagino que é a tampa do meu caixão."

"Não fale assim, por favor!", censurou a srta. Graham, apontando para a filhinha da sra. Arne. "Pelo bem de Dolly, acho que você não deveria cultivar essas fantasias mórbidas. Não faz bem para ela, vê-la sempre assim."

"Oh, Esther!", exclamou a sra. Arne, reagindo com veemência, "não me critique! Espero ser uma boa mãe para minha filha!"

"Sim, querida, você é uma mãe maravilhosa, e uma esposa maravilhosa também. Papai diz que o modo como você cuida do seu marido é admirável, mas não acha que, pelo seu próprio bem, poderia tentar ser um pouco mais alegre? Você alimenta este estado de espírito, não acha? Qual é o problema? É a casa?"

Esther olhou ao redor — o pé direito alto, as pesadas portas de damasco, os armários de porcelana, os painéis de carvalho; parecia um museu abandonado. Seus olhos perscrutaram os cantos mais distantes, onde um tênue crepúsculo já se formava, iluminado apenas pelas luzes dos painéis de vidro das portas dos armários — depois as janelas altas e estreitas — e, em seguida, para a mulher trajando luto, encolhida diante da lareira. Disse então, incisiva:

"Você deveria sair mais."

"Não gosto de... deixar meu marido."

"Ora, sei que ele tem a saúde frágil e tudo, mas, ainda assim, ele nunca permite que você o deixe? Nem nunca sai sozinho?"

"Raramente!"

"E vocês não têm animais de estimação! Acho tão esquisito. Eu não consigo imaginar uma casa sem animais."

"Tivemos um cachorro", respondeu a sra. Arne, pesarosa, "mas uivava demais, então tivemos que dá-lo. Não chegava perto de Edward... Mas, por favor, não pense que eu não me distraio! Tenho minha filha."

Afagou a cabeça loira da menininha encostada em seus joelhos.

A srta. Graham se levantou, franzindo a testa.

"Cruzes, você está mal!", exclamou ela. "Parece mesmo uma viúva, acariciando a cabeça da filha única e órfã e dizendo: 'Pobrezinha'."

Ouviram vozes do lado de fora. A srta. Graham parou de falar de repente e buscou seu véu e suas luvas sobre o consolo da lareira.

"Você não precisa ir embora, Esther", falou a sra. Arne. "É só meu marido."

"Ah, mas está ficando tarde", disse a outra, apanhando as luvas depressa, agitada.

"Calma!", pediu a anfitriã, com um sorriso amargo, "se tem mesmo que ir embora, ao menos ponha as luvas direito... mas ainda é cedo."

"Por favor, não vá, srta. Graham", disse a criança.

"Preciso ir. Vá receber seu pai, como uma boa menina."

"Não quero."

"Você não pode falar assim, Dolly", disse a filha do médico sem prestar atenção, ainda olhando para a porta. A sra. Arne levantou-se e prendeu os fechos da volumosa capa de pele da amiga. Seu rosto lívido, triste e angustiado aproximou-se do rosto saudável da moça, e ela sussurrou: "Você não gosta do meu marido, não é, Esther? Eu percebo. Por quê?"

"Que bobagem!", retrucou a outra, com a ênfase de alguém que contesta uma acusação verdadeira. "Eu gosto dele, mas..."

"Mas...?"

"Bem, querida, é tolice minha, é claro, mas é que... tenho um pouco de medo dele."

"Medo de Edward!", repetiu a sra. Arne, com a voz arrastada. "Por quê?"

"Bem, querida, acho que toda mulher tem um pouco de medo dos maridos de suas amigas... eles podem estragar suas amizades com as esposas de uma hora para outra, se decidirem desaprová-las. Eu realmente tenho que ir embora! Adeus, minha queridinha; me dê um beijo! Não precisa tocar a campainha, Alice. Por favor, não faça isso! Posso sair sozinha...".

"Por quê?", indagou a sra. Arne. "Edward está no corredor; eu o ouvi falando com Foster."

"Não; ele entrou no escritório. Adeus, sua criatura apática!"

Ela deu um beijo apressado na sra. Arne e saiu correndo. As vozes do lado de fora tinham cessado, e sua esperança era de chegar à porta sem ser detida pelo marido da amiga. Para seu azar, encontrou com ele nas escadas.

A sra. Arne, apurando os ouvidos do seu assento junto à lareira, ouviu-a trocar algumas frases tímidas com ele, antes que o som desaparecesse ao descerem juntos. Alguns instantes depois, Edward Arne entrou na sala e deixou-se cair na poltrona que tinha acabado de ser desocupada pela visita da esposa.

Ele cruzou as pernas e não disse nada. Ela também não.

Com os dois lado a lado, ela parecia muitos anos mais velha. Sua palidez contrastava com o rubor das faces dele; a rede de tênues rugas que, examinadas de perto, cobriam seu rosto não tinha paralelo na pele lisa do marido. Era um homem bonito; mechas macias e bem tratadas de cabelo avermelhado caíam-lhe sobre a testa e seus olhos azuis eram radiantes, ao contrário do fogo sombrio que emanava dos dela, bem como da massa escura de cabelos negros e ondulados que obscureciam sua testa — franzidas com rugas profundas de descontentamento permanente enquanto ela se sentava com o queixo apoiado nas mãos e os cotovelos apoiados nos joelhos. Nenhum dos dois rompeu o silêncio. Quando os ponteiros do relógio marcaram sete horas, a figura de avental branco da ama apareceu na porta; a garotinha se levantou e despediu-se da mãe com um beijo carinhoso.

A sra. Arne franziu a testa. Olhando apreensiva para o marido, dirigiu-se à criança com um tom hesitante, mas firme, como se segura uma agulha: "Dê boa noite para seu pai!"

A menina obedeceu, lançando um boa-noite indiferente na direção do pai.

"Dê um beijo nele!"

"Não, por favor... por favor."

A mãe a olhou com um misto de curiosidade e tristeza.

"Você é uma menina desobediente e mimada!", exclamou ela, sem muita convicção.

"Perdoe-a, Edward."

Ele não aparentava sequer tê-la escutado.

"Bem, se você não se importa...", disse a esposa, com amargura. "Venha, filha." Conduzindo a menina pela mão, ela deixou o aposento.

Parando na soleira da porta, virou-se e olhou fixamente para o marido. Era um olhar insólito, ambíguo; uma estranha combinação de compaixão e desagrado. Um calafrio percorreu seu corpo, e ela fechou a porta sem fazer barulho.

O homem continuou sentado na poltrona sem nenhuma mudança perceptível de atitude. Seus olhos indiferentes fitavam as chamas da lareira e ele trazia as mãos displicentemente cruzadas. Era sua pose habitual. O criado apareceu com as velas, fechou as venezianas, abriu as cortinas e atiçou o fogo, fazendo um ruído infernal. O barulho, no entanto, não suscitou qualquer censura de seu patrão.

Para Foster, Edward Arne era o patrão ideal. Tinha caixas de charutos, mas nunca os fumava, embora precisasse repor o estoque com frequência. Não se importava com o que comia ou bebia, embora mantivesse uma adega tão boa quanto a maioria dos patrões — Foster sabia disso. Não se metia em nada, não admoestava ninguém, não dava nenhum trabalho. Foster não tinha a menor intenção de deixar um emprego tão fácil. Era bem verdade que seu patrão não era cordial; raramente se dirigia a ele ou notava sua presença, mas, em contrapartida, também não se queixava quando o fogo se extinguia na lareira do escritório ou interferia de algum modo na liberdade de Foster. Gozava de melhor situação do que Annette, a criada da sra. Arne, que era chamada no meio da noite para umedecer a testa da patroa com água-de-colônia ou obrigada a pentear seus longos cabelos durante horas para acalmá-la.

Como era de se imaginar, Foster e Annette comentavam suas respectivas situações e faziam comparações desabonadoras entre a esposa instável e o marido exemplar.

III

A srta. Graham não era muito de demostrar seus sentimentos. Quando chegou em casa, encontrou o pai sentado à escrivaninha, compenetrado em um livro de diagnósticos, e o assustou com a súbita violência de seu abraço.

"Que furor é esse?", perguntou ele, virando-se com um sorriso. Tinha aparência jovem para sua idade; a silhueta magra e esguia e a pele saudável desmentiam a evidência dos cabelos grisalhos e das rugas que aguçavam o brilho de seus olhos.

"Não sei!", respondeu ela. "É um alívio ver o senhor bem, e *vivo*... Sempre fico assim quando volto da casa dos Arne."

"Então não vá mais visitá-los."

"Gosto muito de Alice, papai, e o senhor sabe que ela jamais virá aqui me ver. Caso contrário, nada me convenceria a pisar naquela casa, que mais parece uma tumba, e ter que cumprimentar aquele marido morto-vivo dela. Consegui escapar hoje sem um aperto de mãos, ainda bem. Procuro evitar sempre que posso. Mas, pai, eu realmente gostaria que o senhor fosse vê-la."

"Ela está doente?"

"Bem, acho que não exatamente doente, mas está com um olhar esquisito e diz coisas tão estranhas! Não sei se precisa do senhor ou de um padre, mas que tem algo de errado com ela, isso tem! Ela só sai de casa para ir à missa; nunca faz visitas nem é visitada por ninguém. Ninguém convida os Arne para jantar, o que é compreensível... imagine ter aquele homem à mesa, arruinaria qualquer refeição. Eles também nunca dão festas. Ela está sempre sozinha. Dia após dia, encontro-a sentada diante da lareira, com a mesmíssima expressão preocupada no rosto. Não me espantaria nem um pouco se enlouquecesse de uma hora para outra. Pai, o que ela tem? Qual a tragédia daquela casa? Com certeza existe uma. Mas, embora seja amiga íntima de Alice há anos, sei tanto dela quanto um estranho qualquer na rua."

"Aquela vai levar seu segredo para o túmulo", disse o dr. Graham. "Eu a respeito por isso. E você, não fale sandices. Não existe tragédia nenhuma. Alice Arne é apenas mórbida — é a doença desta era. E é uma mulher muito religiosa."

"Será que se queixa daquele marido odioso com o reverendo Bligh? Está sempre frequentando as missas dele."

"Odioso?"

"Sim, odioso." A srta. Graham estremeceu. "Não o suporto! Tenho horror do toque daquelas mãos geladas de sapo e daqueles olhos de peixe morto! Aquele sorriso vazio me dá calafrios. Pai, com franqueza, o senhor gosta dele?"

"Minha querida, eu mal o conheço! Quem eu conheço, desde nossos tempos de criança, é a mulher dele. O pai dela foi meu professor. Só vim a conhecer o marido há seis anos, quando ela solicitou que fosse vê-lo, por causa de uma doença muito grave. Ela não comentou isso com você? Não? Uma situação de fato inusitada. Até hoje, não consigo compreender como ele conseguiu se recuperar. É melhor não contar isso para os outros, pois fere minha reputação, mas a verdade é que eu não o salvei! Nunca pude entender o que realmente aconteceu. O homem foi dado como morto!"

"E parece continuar morto", comentou Esther, com desdém. "Nunca o ouvi dizer mais do que umas duas frases em toda minha vida."

"Mas foi um jovem brilhante; um dos melhores de sua turma em Oxford... Fazia muito sucesso com as mulheres. A pobre Alice estava louca para se casar com ele!"

"Como alguém pode se apaixonar por uma criatura tão sem vida? Ele parece uma casa onde estão velando um cadáver, com todas as cortinas fechadas!"

"Esther, não seja mórbida... e não diga tolices! Você é muito severa com o pobre homem! O que há de errado com ele? É um espécime humano comum, medíocre, desinteressante. Um pouco tolo, um pouco egoísta — como costumam ser as pessoas que passaram por uma doença tão séria — mas, de modo geral, um bom marido, um bom pai, um bom cidadão..."

"Com uma mulher que tem medo dele e uma filha que não o suporta!", exclamou Esther.

"Bobagem!", interpelou o dr. Graham. "A menina é mimada. Coisa de criança. E a mãe precisa de uma mudança de ares ou de algum tônico. Quando tiver tempo, vou até lá ter uma conversa com ela. Agora, vá se vestir. Esqueceu que George Graham está vindo jantar conosco?"

Depois que ela saiu, o médico anotou no canto de seu bloco de notas: "Visitar a sra. Arne", tirando o assunto de sua mente logo em seguida.

George Graham era o sobrinho do médico, um jovem alto, magro e desajeitado, cheio de modismos e falácias, com um jeito delicado que, por algum motivo, inspirava confiança. Era vários anos mais novo que Esther, que adorava ouvir as histórias meio científicas, meio fantasiosas das coisas que ele via em sua profissão. "Ah, eu me deparo com coisas estranhíssimas!", dizia ele, com ares de mistério. "Teve uma viuvinha tão esquisita..."

"Conte-me sobre a sua viuvinha", pediu Esther naquela noite, após o jantar. Seu pai metera-se no escritório, e ela e o primo ficaram conversando, como de costume.

Ele deu uma risada.

"Quer ouvir minhas experiências profissionais? Bem, ela me interessa, e muito", disse ele, pensativo. "É um curioso estudo psicológico. Gostaria de topar com ela de novo."

"Onde foi que você a encontrou e como ela se chama?"

"Não sei o nome dela, nem quero saber. Não é uma pessoa para mim, apenas um caso. Mal conheço seu rosto, só o vi na penumbra. Mas imagino que more pelas bandas de Chelsea, pois apareceu no Embankment usando apenas uma renda na cabeça; não deve morar muito longe."

Isso atraiu a atenção de Esther instantaneamente. "Continue", disse ela.

"Foi há três semanas", contou George Graham. "Estava caminhando pelo Embankment por volta das dez da noite. Passei por aquela área entre Cheyne Walk e o rio e ouvi alguém chorando copiosamente. Espiei e vi uma mulher, sentada em um banco, debulhando-se em prantos com a cabeça escondida entre as mãos. Fiquei penalizado, é claro, e pensei que talvez pudesse fazer algo por ela... buscar um copo d'água, sais aromáticos, algo assim. Confundi-a com uma desabrigada... estava bem escuro, sabe. Perguntei educadamente se podia ajudá-la e foi então que reparei em suas mãos. Eram bem alvas e estavam cobertas de diamantes."

"Imagino que tenha se arrependido de tê-la abordado", disse Esther.

"Ela ergueu a cabeça e disse... acho que com uma risada... 'O senhor vai me mandar embora?'"

"Ela achou que você era um policial?"

"Provavelmente; se é que chegou a pensar em alguma coisa. Estava em um estado de torpor. Pedi que aguardasse meu retorno, corri até a farmácia na esquina e comprei um frasco de sais. Ela me agradeceu e fez um esforço para se levantar e ir embora. Parecia muito fraca. Contei que era médico e comecei a lhe fazer algumas perguntas."

"E ela respondeu?"

"Sim, na mesma hora. Você não sabe que as mulheres costumam tratar os médicos como tratam os padres, como se não fossem meramente humanos e constituíssem uma categoria superior? Não é muito lisonjeiro, mas assim descobrimos muita coisa que jamais saberíamos se não fossemos médicos. Ela acabou se abrindo comigo e me contando tudo a seu respeito, de maneira velada, claro. Aquilo a acalmou, a aliviou. Parecia estar há anos sem desabafar!"

"E com um estranho!"

"Com um médico. E, na maior parte do tempo, ela nem sabia direito o que dizia. Estava histérica. Deus do céu! Falou tantos disparates! Disse que estava assombrada, amaldiçoada por uma sina maligna, que era vítima de uma terrível desgraça espiritual. Deixei que ela falasse tudo o que queria. Estava convencida de que a 'maldição' que recaíra sobre ela era real. Era de dar pena. Depois, a noite esfriou, ela começou a tremer e sugeri que voltasse para casa. Encolhendo-se, ela disse: 'Se o senhor soubesse o alívio que é sair de casa, como me sinto menos infeliz aqui fora! Aqui posso respirar, posso viver... só assim vislumbro um mundo vivo, pulsante... eu moro em um mausoléu. Ah, deixe-me ficar!' Parecia apavorada por ter que voltar para casa."

"Talvez alguém a maltrate em casa."

"Pode ser, mas... ela não tem marido. Contou que ele tinha morrido há muitos anos. Disse que o amava muito..."

"Ela era bonita?"

"Bonita? Bem, não reparei direito. Deixe-me pensar! Acho que sim, suponho que sim... se bem que, pensando melhor, tinha a aparência abatida demais para ser considerada bonita."

Esther sorriu.

"Bem, fiquei uma boa hora sentado com ela. Depois o relógio da igreja de Chelsea bateu onze horas; ela se levantou, disse 'Adeus' e me estendeu a mão com a maior naturalidade, como se nosso encontro e nossa conversa não tivessem sido nem um pouco fora do comum. Ouvi um som como o de uma folha seca se arrastando, e ela foi embora."

"Você não perguntou se a veria de novo?"

"Isso seria tirar vantagem da situação."

"Mas poderia ter se oferecido para acompanhá-la até em casa."

"Senti que não ia aceitar."

"Você disse que era uma senhora distinta", refletiu Esther. "Como estava vestida?"

"Ah, como uma dama... toda de preto... estava de luto, imagino eu. Tinha cabelos escuros, ondulados e suas sobrancelhas eram bem finas e arqueadas — reparei, mesmo na penumbra."

"Esta mulher da fotografia parece com ela?", perguntou Esther de repente, conduzindo-o ao consolo da lareira.

"Um pouco!"

"Alice! Não, não poderia ser... ela não é viúva, o marido dela está vivo... Sua amiga tinha filhos?"

"Sim, mencionou uma filha."

"De quantos anos?"

"Seis, acho. Ela falou sobre a 'responsabilidade de criar uma órfã'."

"George, que horas são?", perguntou Esther, afoita.

"Nove."

"Você sairia comigo agora?"

"Claro. Para onde vamos?"

"Para St. Adhelm! É aqui perto. Há uma missa especial hoje à noite, e a sra. Arne certamente estará lá."

"Ah, Esther, quanta curiosidade!"

"Não, não é mera curiosidade. Você não percebe que, se foi mesmo minha sra. Arne quem conversou com você, é muito sério? Há tempos que receio que esteja doente, mas não imaginava que estivesse tão mal assim..."

Na igreja de St. Adhelm, Esther Graham apontou para uma mulher ajoelhada ao lado de um pilar, em uma atitude de profunda devoção e entrega. Ela se levantou e virou seu rosto arrebatado para o púlpito, de onde o reverendo Ralph Bligh fazia um sermão acalorado. George Graham tocou a prima no ombro e fez um gesto para que se afastasse da fileira de fiéis.

"É ela!", exclamou ele.

IV

"Visitar a sra. Arne". Seis semanas depois de escrevê-lo, o médico encontrou o lembrete no bloco de notas. Sua filha estava fora da cidade. Não tinha notícias dos Arne desde que ela viajara. Prometeu ver a sra. Arne e, ao se deparar com a anotação, ficou com a consciência pesada. No entanto, só conseguiu tempo para visitar a filha do seu velho professor uma semana depois.

Na esquina da Tite Street, encontrou o marido da sra. Arne e parou para cumprimentá-lo. A cortesia profissional de um médico não está, ou não deveria estar, condicionada às suas simpatias ou antipatias, e a afável cordialidade com que saudou Edward Arne deveria ter provocado uma reação semelhante no seu antigo paciente.

"Como está passando, Arne?", indagou Graham. "Estou indo visitar sua esposa."

"Ah, sim!", respondeu Edward Arne, com um tom forçado de educação. O raio azulado de seus olhos se fixou por um instante fugaz sobre o rosto do médico e, naquele breve momento, Graham notou sua terrível vacuidade e, pela primeira vez, sentiu uma compaixão pungente pela esposa de um marido daqueles.

"Está indo para o seu clube? Hã... Adeus!", despediu-se ele, abruptamente. Mesmo com a melhor boa vontade do mundo, descobriu ser impossível manter uma conversa com Edward Arne, que tocou o chapéu em saudação, abriu um sorriso e partiu.

"Ele de fato é dono de uma beleza extraordinária", refletiu o médico, observando-o se afastar e atravessar a rua em segurança, com inexplicável solicitude.

"E ainda assim, quando falamos com ele, parece que nossa energia se esvai. Daqui a pouco, vou acabar acreditando nas fantasias absurdas de Esther. Ah, lá está a menina!", exclamou ele, ao dobrar na Cheyne Walk e vê-la com a ama, empenhando-se com afinco para chamar sua atenção. "Pelo menos, está viva. Como está sua mãe, Dolly?", indagou ele.

"Muito bem, obrigada", respondeu a menina. E acrescentou: "Está chorando. Me mandou embora, porque olhei para ela. Então vim para cá. As bochechas dela estavam todas vermelhas."

"Vá, vá brincar!", instou o médico, nervoso. Ele subiu os degraus da entrada da casa e apertou a campainha com um toque gentil, porém firme.

"Não tem ninguém...", começou Foster, com um tom ensaiado de mentira, mas calou-se ao ver o médico, que, assim como sua filha, era tratado com certos privilégios. "A sra. Arne vai vê-lo, senhor."

"Está sozinha?", perguntou ele.

"Sim, senhor. Acabei de levar o chá."

O dr. Graham ficara na dúvida ao ouvir o murmúrio de uma voz, ou vozes, vindo pela porta aberta do aposento no alto da escada. Detendo-se por um instante, apurou os ouvidos. Parado ao seu lado, Foster comentou: "A sra. Arne fala sozinha às vezes, senhor".

Era mesmo a voz da sra. Arne — o médico logo a reconheceu. Mas não era a voz de uma mulher sã ou saudável. Na mesma hora, removeu mentalmente sua ida da categoria de visita matinal e se preparou para uma consulta semiprofissional.

"Não me anuncie", pediu a Foster, e entrou sem fazer barulho pela sala de estar, que era separada por uma pesada tapeçaria do cômodo onde a sra. Arne estava. Viu-a sentada, com um livro aberto sobre a mesa à sua frente, de onde aparentemente estivera lendo em voz alta. Apertava as mãos contra o rosto e, quando as removeu e pôs-se a virar as páginas do livro com sofreguidão, as marcas esbranquiçadas dos seus dedos formavam um contraste com o rubor de suas faces.

O médico não sabia ao certo se ela o vira pois, embora olhasse em sua direção, parecia perdida em pensamentos. A sra. Arne prosseguiu com sua leitura e, entre exclamações sentidas e falas entrecortadas, o texto do Rito Fúnebre chegou aos ouvidos do médico.

"'Pois assim como Adão, todos morrem!' Todos morrem! Todos! Porque ele deve reinar... O último inimigo a ser vencido é a Morte. O que farão se os mortos não ressuscitarem... Morro todos os dias...! Todos os dias! Não, não, melhor acabar com tudo de uma vez... morto e enterrado... o que os olhos não veem o coração não sente... sepultado sob a laje. Homens mortos não voltam do além... Vá em frente! Acabe com isso de uma vez. Quero ouvir a terra caindo sobre o caixão e então saberei que está tudo terminado. 'Carne e sangue não podem herdar!' Ai, o que eu fiz? O que eu fiz? Por que desejei com tanto fervor? Por que orei com tamanha confiança? Deus concedeu meu desejo..."

"Alice! Alice!", acudiu o médico.

Ela ergueu os olhos. "'O que é corruptível se revestirá da incorruptibilidade'... 'Do pó ao pó, das cinzas às cinzas, da terra à terra.' Sim, é isto. '"Depois da morte, embora os vermes destruam este corpo..."'

Ela arremessou o livro para o lado e desabou em soluços.

"Era disso que eu estava com medo. Meu Deus! Meu Deus! Debaixo da terra — no escuro — para sempre, para todo o sempre! Era uma ideia insuportável! Meu Edward! E então eu interferi... e fiz uma prece... Eu orei até... Ah, estou sendo punida. Carne e sangue não podem herdar! Eu o segurei, não o deixei ir... Eu o segurei... com minha prece... Eu o privei de um enterro cristão... Ai, como eu poderia saber?"

"Deus do céu, Alice!", interpelou Graham, aproximando-se para acalmá-la. "Que história é essa? Já ouvi falar de mocinhas que recitam os votos de casamento sozinhas, mas o rito funerário..."
Ele tirou o chapéu e prosseguiu:
"Por que está metida com essas coisas? Sua filha está com saúde, seu marido está entre nós, vivo..."
"E quem o manteve aqui?", interrompeu Alice Arne em tom aflito, aceitando a presença do médico sem questionamentos.
"Você", apressou-se ele em responder, "com seus cuidados, seu carinho. Creio que o calor do seu corpo, quando se deitou ao lado dele durante aquela meia hora, manteve sua temperatura durante aquela extraordinária suspensão dos batimentos cardíacos que nos levou a tomá-lo como morto. Você foi a melhor médica que ele poderia ter tido e o trouxe de volta para nós."
"Sim, fui eu... fui eu... não precisa me dizer, sei muito bem!"
"Ora, seja grata por isso!' ele disse, sorridente. "Largue este livro e me dê um pouco de chá, estou morrendo de frio."
"Oh, dr. Graham, que desatenção a minha!", exclamou a sra. Arne, reagindo à discreta crítica sobre suas boas maneiras, feita de propósito pelo médico. Caminhou trôpega até a campainha e a tocou antes que ele pudesse se antecipar ao gesto.
"Outra xícara", pediu muito composta a Foster, que a atendeu. Então sentou-se, tremendo da cabeça aos pés, abalada com a súbita demanda a ela imposta.
"Agora, sente-se e conte-me tudo a respeito", pediu o dr. Graham, bem-humorado, mas ao mesmo tempo observando-a com a atenção que dispensava aos casos mais difíceis.
"Não há nada a contar", respondeu ela, sacudindo a cabeça e trocando inutilmente a posição das xícaras de chá na bandeja. "Já se passaram tantos anos. Não há nada a ser feito agora. Açúcar?"
Ele bebeu o chá e procurou puxar conversa. Quis saber sobre o curso sobre Dante que ela estava frequentando, sobre as aulas de jardim de infância de sua filha. Ela não parecia nem um pouco interessada naqueles assuntos. Queria falar outra coisa; ele percebia que estava na ponta de sua língua e tentou facilitar.
Ela mesma introduziu o assunto, discretamente, na segunda xícara. "Açúcar, dr. Graham? Eu sempre esqueço. Dr. Graham, diga-me, o senhor acredita que preces — preces desarrazoadas e vis — possam ser atendidas?"
Ele se serviu de outra fatia de pão com manteiga antes de responder à pergunta.
"Bem", disse ele, pausadamente, "é difícil acreditar que qualquer tolo dotado apenas de uma voz para orar e um cérebro capaz de conceber pedidos idiotas possa interferir na ordem do universo. De modo geral, se as

pessoas pudessem prever o resultado de seus pedidos, imagino que muitos poucos se arriscariam a fazê-los."

A sra. Arne deixou escapar um gemido.

Graham sabia que ela era assídua frequentadora da igreja e, como não tinha a menor intenção de enfraquecer sua fé, não disse mais nada. Internamente, porém, especulou se acaso uma interpretação muito rígida de alguns dos dogmas religiosos do vigário de St. Adhelm, seu conselheiro espiritual, não seria a pista para sua aflição. Ela lhe fez outra pergunta.

"Hã! O quê?", disse ele. "Se acredito em fantasmas? Vou acreditar se você me disser que viu um."

"Sabe, doutor", prosseguiu ela, "eu sempre tive medo de fantasmas... de espíritos... entidades invisíveis. Não conseguia sequer ler sobre o assunto. Não suportava a ideia de uma presença invisível no mesmo cômodo que eu. Sempre tive pavor de um quadrinho pendurado no meu quarto que dizia: 'Deus, sei que Tu me vês!'. Aquilo me assustava quando eu era criança, estivesse eu fazendo algo errado ou não. Mas agora", disse ela, estremecendo, "acho que existem coisas piores do que fantasmas."

"Que tipo de coisas?", perguntou ele, bem-humorado. "Corpos astrais...?"

Ela se inclinou e pousou suas mãos quentes nas do médico.

"Ah, doutor, diga-me, se um espírito sem o corpo é terrível, o que dizer de um corpo", murmurou ela, em um fiapo de voz, "um corpo inútil, solitário, preso aqui na terra... sem um espírito?"

Ela observava o rosto do médico, ansiosa. Graham estava dividido entre uma mórbida predisposição para rir e um intenso desconforto provocado por aquela triste cena. Ansiava por dar um tom mais ameno à conversa, mas não queria ofendê-la mudando de assunto.

"Já ouvi falar de casos nos quais as pessoas não conseguem manter corpo e alma juntos", respondeu ele, por fim, "mas, que eu saiba, tal divisão de forças jamais foi de fato alcançada. Agora, se pudéssemos aceitar a teoria do corpo sem espírito, isso decerto explicaria a quantidade de pessoas abomináveis vagando pelo mundo afora!"

A expressão compassiva dos olhos da mulher parecia buscar atenuar o golpe da jocosidade inoportuna do médico.

Ele levantou e foi sentar no sofá ao lado dela.

"Pobre criança! Pobre menina! Você está doente, com os nervos à flor da pele. O que houve? Diga-me", perguntou com a ternura do pai que ela perdera no começo da vida. Ela deitou a cabeça no ombro dele.

"Você está infeliz?", indagou ele, dócil.

"Estou!"

"Você tem andado muito sozinha. Peça a sua mãe ou irmã que venham e fiquem com você."

"Elas não virão", lamentou ela. "Dizem que a casa parece um túmulo. Edward fez um escritório no porão. É um cômodo impraticável — mas ele levou todas as coisas dele para lá, e eu não consigo... eu não quero ficar lá com ele..."

"Você se engana. É só um capricho passageiro", disse Graham, "ele logo se cansará. E você precisa ver mais gente. É uma pena minha filha estar viajando. Você tinha alguma visita hoje?"

"Há dezoito dias que nenhuma alma cruza a soleira da minha porta."

"Precisamos mudar isso", disse o médico, pensativo. "Enquanto isso, você precisa se animar. Ora, não há necessidade de ficar pensando em fantasmas e sepulcros — de ser melancólica —, você tem seu marido e sua filha..."

"Tenho minha filha, e só."

O médico segurou a sra. Arne pelo ombro. Julgava ter encontrado a causa do problema dela — uma causa mais comum do que imaginara.

"Eu conheço você, Alice, desde que era criança", disse ele, muito sério. "Responda! Você ama seu marido, não?"

"Sim." Era como se ela estivesse respondendo a perguntas formais no banco das testemunhas. No entanto, ele percebeu pela intensa agitação em seus olhos que tinha tocado no ponto que ela temia, mas desejava revelar mesmo assim.

"E ele ama você?"

Ela ficou em silêncio.

"Ora, se os dois se amam, o que mais você pode querer? Por que diz que só tem sua filha, dessa maneira absurda?"

Ela continuou muda e o médico lhe deu uma sacudida.

"Diga-me, vocês andaram se desentendendo ultimamente? Há alguma... frieza... algum afastamento temporário entre vocês?"

Ele não estava preparado para as gargalhadas estapafúrdias que acometeram a reservada sra. Arne. Erguendo-se, ela o confrontou com todo o sangue de seu corpo concentrado em suas faces geralmente pálidas.

"Frieza! Afastamento temporário! Ah, se fossem apenas esses os problemas! Será que todos estão cegos, menos eu? O abismo entre nós é o próprio reino dos vivos, a diferença entre este mundo e o além!"

Ela tornou a sentar ao lado do médico e segredou em seu ouvido; suas palavras eram como uma lufada de ar quente de alguma Geena das profundezas de sua alma:

"Doutor, estou suportando isso calada há seis anos, mas agora preciso falar. Nenhuma outra mulher aguentaria passar pelo que passei e continuar viva! E eu o amava tanto; o senhor não imagina o quanto! O problema foi justamente esse... foi este o meu crime..."

"Crime?", repetiu o médico.

"Sim, crime! Foi um ato perverso, não vê? Mas fui punida. Ai, doutor, o senhor não faz ideia do que é minha vida! Ouça! Ouça! Preciso contar. Viver com um... No início, antes de eu descobrir, costumava envolvê-lo em meus braços e ele ficava inerte... depois me dei conta do *que* estava beijando! É de transformar qualquer mulher viva em uma pedra... Pois estou viva, embora às vezes me esqueça disso. Sim, sou uma mulher viva, apesar de morar em um sepulcro. Imagine! Ir dormir toda noite sem saber se estará viva na manhã seguinte, deitar-se toda noite em uma sepultura aberta... sentir o cheiro da morte em cada canto, em cada cômodo, respirar a morte, tocá-la..."

A cortina que cobria o vão da porta estremeceu, e em sua fenda surgiu um bastão; uma menininha rechonchuda vestida de branco e usando meias vermelhas mosqueadas apareceu no aposento, empurrando um aro a sua frente. A criança não fez barulho nenhum. A sra. Arne, no entanto, parecia tê-la ouvido. Ela se virou bruscamente no sofá ao lado do dr. Graham, mantendo suas mãos quentes entrelaçadas nas dele.

"Pergunte a Dolly", sugeriu a sra. Arne. "Ela também sabe — ela sente."

"Não, não, Alice, isso não!", rogou o médico em voz baixa. Levantando a voz, ordenou que a criança saísse da sala. Quando a criada reapareceu, o médico já havia erguido os pés de sua patroa e a colocara deitada no sofá. A sra. Arne tinha desmaiado.

Puxando as pálpebras dela, o médico confirmou determinados fatos que, até então, não haviam sido percebidos com a devida atenção. Quando a criada da sra. Arne retornou, ele entregou a patroa aos seus cuidados e rumou para o novo escritório de Edward Arne no porão.

"Morfina!", murmurou para si mesmo, enquanto avançava aos tropeços por corredores iluminados a gás, onde criados furtivos o espiavam e fugiam depressa de volta para suas tocas.

Por que ele está se enterrando aqui embaixo?, pensou. *Será que é para ficar longe dela? Mas que casal neurótico!*

Arne estava afundado em uma ampla poltrona, que arrastara para perto da lareira. Não havia nenhuma outra luz no ambiente, exceto pelo tênue reflexo da lâmpada de gás lá fora, filtrado pelas barras de ferro da janela, que ficava abaixo do nível da rua. O cômodo não tinha conforto nenhum e estava vazio; sua mobília limitava-se a uma grande estante à direita de Arne e uma mesa mais afastada, onde jazia um pequeno armário para bebidas. Havia um desbotado retrato em pastel de Alice Arne sobre o consolo da lareira e, ao lado, como um complemento de segunda categoria, um esboço a tinta do dono da casa. Eram bem discrepantes, tanto em tamanho como em qualidade, mas os retratos pareciam se entreolhar com a impassível vigilância dos recém-casados.

"Indisposto, Arne?", perguntou Graham.

"Bastante, hoje. Pode atiçar o fogo para mim, por favor?"

"Eu o conheço há uns bons sete anos", comentou o médico, sorridente, "então suponho que sim... Ora, ora... Vou supor ainda um pouco mais: o que temos aqui?"

Ele removeu um pequeno frasco dos dedos de Edward Arne e ergueu as sobrancelhas. Edward Arne cedera sem demonstrar resistência; não pareceu zangado ou aborrecido.

"Morfina. Não é um hábito. Peguei ontem, encontrei aqui em casa. Alice passou o dia inteiro agitada e acabou me contaminando com seu estado de nervos. Em geral, não costumo ficar assim, mas sabe, Graham, parece que isso tem mudado — tenho sentido bem mais as coisas do que antes e me sentindo estimulado a falar."

"Quer dizer que está ficando sentimental?", indagou o médico, displicente, acendendo um cigarro.

"Deus me livre!", respondeu Arne. "Vivi muito bem sem ser assim todos estes anos. Mas gosto da velha Alice, você sabe, do meu jeito. Quando eu era jovem, era bem diferente. Levava tudo a ferro e fogo e ficava empolgado com as coisas. Sim, empolgado. Era louco por Alice, louco! Sim, por Deus! Embora ela tenha se esquecido disso tudo."

"Não acho que tenha se esquecido, mas é natural que anseie por alguma demonstração de afeto de vez em quando... e ficaria muito aflita se o visse atracado com um frasco de morfina! Sabe, Arne, depois do susto que nos deu há seis anos, Alice e eu nos arrogamos o direito de achar que sua vida nos pertence!"

Edward Arne se acomodou na poltrona e respondeu, um pouco aborrecido:

"Pode até ser, mas você não fez o trabalho direito. Não me deixou vivaz o bastante para agradar a Alice. Ela está amuada porque, quando a tomo em meus braços, não a seguro com firmeza. Sou muito pacato, muito lânguido... Que diabos, Graham, acho que ela gostaria que eu concorresse para o Parlamento! Por que não me deixa seguir meu próprio caminho? Ora, um homem que passou por uma doença como a minha pode ser poupado das frivolidades dos salões, não é mesmo? Toda essa preocupação... o cúmulo se deu no outro dia, quando disse que queria colonizar um cômodo aqui embaixo, e o fiz, com um ímpeto que me desgastou em demasia... toda essa preocupação, sabe, vendo-a sempre aborrecida... bom, tudo isso me deixa tão para baixo que quis tomar a droga para esquecer."

"Esquecer!", exclamou Graham. "Isso aqui provoca mais do que esquecimento, se você exagerar na dose. Vou lhe mandar algo mais adequado às suas necessidades e, com sua permissão, confiscar este frasco."

"Não vou me opor!", retrucou Arne. "Se vir Alice, diga que me encontrou em relativo conforto e não a desencoraje em relação a este cômodo.

Eu prefiro ficar aqui, de verdade. Ela pode vir me ver, mantenho sempre a lareira acesa, avise a ela... Acho que estou ficando com sono...", acrescentou ele, abruptamente.

"Você já está cochilando", comentou Graham, falando baixo. Arne pegara no sono. Sua almofada tinha escorregado para o chão, o médico inclinou-se para ajeitá-la e, concentrado na almofada e descuidando do frasco, apoiou-o na dobra da manta que cobria os joelhos do homem adormecido.

A sra. Arne, toda trajada de luto, estava atravessando o corredor quando ele alcançou o topo dos degraus do porão e empurrou a porta. Estava dando ordens para Foster, o mordomo, que desapareceu com a aproximação do médico.

"Ah, está de pé novamente", disse ele, "boa menina!"

"É bobagem minha", retrucou ela, "ficar assim tão histérica! Depois de todos estes anos! Eu deveria conseguir me conter mais. Mas agora acabou, prometo que nunca mais tocarei nesse assunto."

"Nós demos um susto e tanto na pobre Dolly. Tive que expulsá-la como um regimento de soldados."

"Sim, eu sei. Estou indo vê-la agora."

Quando Graham sugeriu que ela deveria ver o marido primeiro, foi encarado com desconfiança.

"Lá embaixo?"

"Sim, é a vontade dele. Deixe estar. Ele está bem deprimido, por si mesmo e por você. E observa muito mais do que você imagina. Não está apático como você o descreve... Venha aqui!"

Ele a conduziu até a penumbra da sala de jantar.

"Você exige demais, minha querida. De verdade. Impõe muitas cobranças à vida que salvou."

"E para que ele foi salvo?", indagou ela, áspera. Depois prosseguiu, em tom mais brando: "Eu sei. Vou agir diferente agora."

"Não creio", disse Graham, com afeto. Gostava muito de Alice Arne, apesar de seus desatinos. "Vai continuar se preocupando com Edward até o fim dos tempos. Eu conheço você." Virando-a pelos ombros, ele a posicionou de frente para o corredor, para que pudesse examiná-la na claridade. "Venha aqui, sua criaturinha esquiva, deixe-me vê-la de perto... Hum! Seus olhos estão muito vidrados..."

Ele a deixou ir, com um suspiro de impotência. Precisava tomar alguma providência... o quanto antes... precisava pensar... Apanhou seu casaco e começou a vesti-lo; a sra. Arne sorriu, ajudou a abotoá-lo e abriu a porta da frente, como uma boa anfitriã. Com um ligeiro meneio no chapéu, o médico partiu, e ela ouviu o som da porta de sua carruagem se fechando e ele dando a ordem: "Para casa".

"Estava se despedindo do ladrão do Graham?", indagou seu marido, gentilmente, assim que ela entrou no cômodo, fitando-o com olhos baços e remexendo o vestido com seus dedos finos e nervosos.

"Ladrão? Por quê? Um instante! Onde fica o seu interruptor?"

Ela o encontrou e fez surgir uma claridade da qual seu marido pareceu se esquivar.

"Bem, ele levou meu frasco. Acho que ficou com medo que eu me intoxicasse."

"Ou adquirisse o hábito da morfina", retrucou a esposa, em tom monótono, "Assim como eu."

Ela se calou. Ele não fez nenhum comentário. Então, pegando o pequeno frasco que o dr. Graham esquecera na dobra da manta, disse: "O ladrão é você, Edward, isto aqui é meu".

"Ah, é? Eu achei largado por aí, não sabia que era seu. Bem, poderia me servir uma dose?"

"Sim, se você quiser."

"Você decide, querida. Sabe que estou em suas mãos, e nas mãos de Graham. Ele mesmo fez questão de me lembrar isso hoje."

"Pobrezinho!", exclamou ela, sarcástica. "Eu não permitiria que meu médico, nem minha esposa, decidissem se deveria ou não acabar com minha própria vida."

"Ah, mas você sempre teve muita personalidade", disse Arne, bocejando. "Me dê apenas uma dose; depois, você pode colocar no alto de um armário ou de uma estante. Saberei onde está, mas jamais me esforçarei para pegá-lo, prometo."

"Acredito, você não moveria uma palha para se manter vivo, que dirá para se matar", disse ela. "Isso é típico de você, Edward."

"E você não percebe que foi por isso que na verdade eu morri?", ele disse, com uma seriedade que a surpreendeu. "E então, para o meu azar, você e Graham se meteram e não deixaram a natureza seguir seu curso... Seria melhor que vocês não tivessem sido tão prestativos."

"E tivéssemos o deixado morto", complementou ela, distraída. "Mas na época eu me importava tanto com você que teria que me matar junto ou cometer *sathi*, como uma viúva bengali. Paciência!"

Ela pegou um copo meio cheio de água que ficava na borda de uma estante, perto do braço da poltrona do marido. "Serve este copo? O que tem aqui? Água pura? Quantas gotas de morfina devo lhe dar? O suficiente para uma superdose?"

"Não me importaria, é bem verdade."

"Estava brincando, Edward", falou ela, com tristeza.

"Pois eu não. Este arremedo de vida ao qual fiquei preso não me interessa. Ou tenho interesse no que estou fazendo, ou não presto para nada. Não tenho mais nenhuma serventia aqui na terra. A vida não me dá prazer, não tenho com o que apreciá-la... aqui dentro", disse ele, batendo no peito. "É como estar em uma festa enfadonha, à qual compareci por engano. Tudo que quero fazer é pegar uma condução e voltar para casa."

Sua esposa permanecia parada de pé à sua frente, com o copo de água em uma das mãos e o frasco de morfina na outra; as pupilas dilatadas e o peito arfante.

"Edward!", arquejou ela. "Foi assim tão inútil?"

"O que foi inútil? Sim, como estava dizendo, vivo como se preso em um sonho — um sonho terrível, pavoroso, como os que costumava ter quando me cansava demais na época da faculdade. Eu era brilhante, Alice, brilhante, está ouvindo? Mas tudo tem seu preço. Agora, não suporto as pessoas, meus próprios semelhantes. Eu os deixei para trás. Passam por mim, aos solavancos, me empurram na calçada enquanto avanço, tentando evitá-los. Sabe onde realmente deveriam estar, em relação a mim?"

Ele fez menção de se erguer da poltrona, e ela, nervosa, deu um passo ao lado, procurando um local para apoiar o frasco e o copo que estava segurando. Depois, pensando melhor, continuou a estendê-los na direção do marido, em um gesto quase mecânico.

"Deveriam estar caminhando acima da minha cabeça. Já os abandonei, bem como a bobagem que é a vida. Não significam nada para mim, são como almas penadas. Ou talvez seja eu o fantasma... Você não vai entender. Acho que é porque não tem imaginação. Apenas sabe o que quer e faz o que pode para conquistar seus objetivos. Você cospe suas abençoadas preces para sua Divindade e a noção de sua própria irrelevância simplesmente não entra nessa sua cabeça de mulher dócil, persistente e beata!"

Alice Arne sorriu e sopesou os objetos que trazia nas mãos. Ele fez um gesto para que a esposa derramasse o frasco no copo, mas ela não prestou atenção; estava concentrada no que ouvia. Desde a doença, era o mais próximo que ouvia assemelhado a um elogio ou de uma interlocução amorosa sair dos lábios do marido. Ele prosseguiu, perdendo cada vez mais o interesse pelo assunto: "Mas a pior parte é que, depois que rompemos o vínculo que nos une à humanidade, ele não pode mais ser reparado. Nem só de pão vive o homem... ou de vidas extras para decepcioná-la. Sem a minha própria personalidade, de que sirvo para você? Não me encare assim, Alice! Há muito que não falo tanto, sobre coisas tão íntimas, não é mesmo? Me deixe tentar desabafar... Você está com pressa?".

"Não, Edward."

"Coloque a dose de uma vez e pronto... Sabe, Alice, é uma sensação esquisita. Vivo fitando o chão, como alguém que contempla a cama onde vai se deitar e anseia por ela. Alice, a crosta terrestre parece uma barreira entre meu corpo e sua verdadeira morada. Tenho ganas de arrancar o assoalho com as unhas, gritando algo como: 'Me deixem descer para onde é meu lugar!'. É uma sensação horrível, como um vampiro às avessas!"

"Foi por isso que você insistiu em montar sua sala aqui no porão?", perguntou ela, ofegante.

"Foi, não sei por que, mas não suporto ficar lá em cima. Aqui, com estas janelas gradeadas e este chão frio... de onde posso ver os pés dos transeuntes na calçada lá fora... consigo forjar uma certa ilusão..."

"Ah!", exclamou ela, sentindo um calafrio. Seus olhos, como os de um animal enjaulado, percorreram o cômodo vazio ao seu redor e tremularam ao depararem com as sombrias janelas, imperiosamente gradeadas. Desceu o olhar para as lajes frias que cercavam o oásis de tapete turco sob a poltrona de Arne... Depois olhou para a porta, que fechara ao entrar. Tinha trancas pesadas, mas não estavam fechadas para impedir sua entrada — embora, pela expressão de seus olhos, ela parecia imaginar que estivessem...

Ela deu um passo à frente e fez um movimento sutil com as mãos. Contemplou os objetos que segurava e, mudando-os de posição, posicionou o frasco sobre o copo...

"Isso, vamos lá!", incitou seu marido. "Vai demorar o dia inteiro para me dar uma dose?"

Decidida, derramou o líquido no copo e o entregou ao marido. Olhou então de relance para a porta...

"Ah, sua rota de fuga!", disse Arne, acompanhando a direção dos olhos dela. Depois, bebeu todo o líquido, com cautela.

O frasco vazio escorregou das mãos da sra. Arne. Crispando-as, ela murmurou:

"Ah, se ao menos eu soubesse!"

"Soubesse o quê? Que eu iria praticamente amaldiçoá-la por ter me trazido de volta?"

Ele deteve seus olhos frios nos dela, enquanto o líquido umedecia aos poucos a sua língua.

"Ou que você iria acabar confiscando a dádiva que me concedeu?"

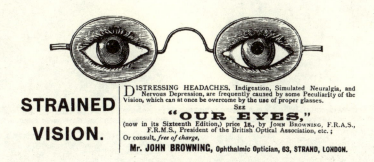

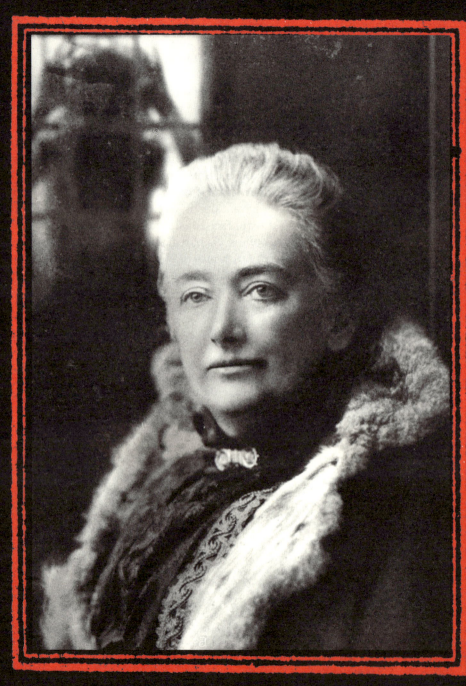

PHOTOGRAPHIC ARCHIVE   CAMERA OBSCURA STUDIO

VITORIANAS MACABRAS

AMELIA B. EDWARDS

Amelia Ann Blanford Edwards
SRTA. EDWARDS

A EGIPTOLOGISTA

1831-1892

- Sol em Gêmeos -

Inglesa. Escritora, jornalista, pesquisadora, egiptóloga e cofundadora da Egypt Exploration Society, ganhou independência financeira graças à sua carreira como autora e, aos 30 anos de idade, decidiu deixar a Inglaterra para se aventurar em expedições pelo mundo. Em 1877 publicou *A Thousand Miles up the Nile*, registro de suas experiências no Egito, também ilustrado por ela. Feminista e politizada, foi vice-presidente de uma sociedade sufragista. Amelia morou com sua companheira, Ellen Braysher, por quase 30 anos. Morreu meses após a perda de sua amada; as duas estão enterradas juntas em Bristol, em um local listado como patrimônio da história LGBT na Inglaterra. Amelia prestou contribuições inestimáveis à egiptologia e deixou toda sua coleção de achados arqueológicos e livros para a University College London, junto a uma quantia em dinheiro para fundar a primeira cadeira universitária de estudos sobre o Egito Antigo.

O Coche Fantasma

Amelia B. Edwards

―――――――――
THE PHANTOM COACH
―――――――――

― 1864 ―

*"Jamais esquecerei aquele
olhar, enquanto viver.
Enregelou meu coração.
Estremeço só de lembrar."*

― ― ― ― ― ― ― ― ― ― ― ― ― ― ― ―

 Perdido nas charnecas inglesas em uma tempestade de neve, jovem ansioso para voltar para sua esposa aceita carona de um coche suspeito.

As circunstâncias que estou prestes a relatar têm a verdade como fundamento. Aconteceram comigo e lembro-me de tudo como se tivesse acontecido ontem. Vinte anos, entretanto, se passaram desde aquela noite. Durante esses vinte anos, contei a história a apenas uma pessoa. Conto-a agora com uma relutância difícil de superar. Tudo o que eu peço é que você se abstenha de impor suas próprias conclusões sobre mim. Não busco nenhuma explicação. Não desejo nenhum argumento. Tenho minha opinião formada sobre o assunto e, podendo me fiar no testemunho dos meus próprios sentidos, prefiro ser guiado por eles.

Foi há vinte anos, um ou dois dias antes do final da temporada de caça às perdizes. Tinha passado o dia todo fora com minha espingarda, mas sem conseguir nada. O vento, leste; o mês, dezembro; o lugar, um pântano sombrio ao norte da Inglaterra. E eu estava perdido. Não era um lugar muito agradável para se perder, ainda mais com os primeiros flocos de uma tempestade de neve caindo sobre a urze e uma noite cinzenta obscurecendo o céu. Protegi os olhos com a mão e perscrutei, aflito, a escuridão crescente, na qual a charneca arroxeada se fundia em uma cadeia de colinas baixas, a cerca de quinze ou vinte quilômetros de distância. Não consegui avistar a mais diáfana fumaça, o menor campo cultivado, ou cerca, ou trilha de ovelhas. Não havia nada a fazer senão continuar andando e tentar a sorte para ver se encontrava algum abrigo. Sendo assim, apoiei a arma no ombro e segui em frente, exausto; estava andando desde uma hora após o amanhecer e não comia nada desde o café da manhã.

Enquanto isso, a neve começou a cair com tenebrosa constância, e o vento, a soprar com mais força. O frio se intensificou, e a noite caiu depressa. Quanto a mim, minhas chances de abrigo morriam junto com as luzes do dia e senti um aperto no peito ao pensar em minha jovem esposa, que já deveria estar na janela da pequena pousada aguardando minha volta, e haveria de sofrer com minha ausência naquela noite terrível. Estávamos casados havia quatro meses e, depois de passarmos o outono nas Terras Altas, nos hospedáramos em uma aldeia remota, situada nas charnecas inglesas. Estávamos muito apaixonados e, claro, muito felizes. Naquela manhã, quando nos separamos, ela implorou para que eu regressasse antes do anoitecer, e eu lhe dera minha palavra. Como me doía não poder cumprir minha promessa!

Mesmo exausto, imaginei que, com uma refeição, uma horinha de descanso e um guia, ainda conseguiria chegar antes da meia-noite; se ao menos encontrasse um abrigo.

A neve caía sem parar e a noite ficava cada vez mais escura. De vez em quando, parava para gritar, mas meus gritos pareciam apenas intensificar o silêncio. Fui tomado por uma vaga sensação de mal-estar e comecei a me lembrar de histórias de viajantes que tinham caminhado por horas e horas sob a neve até que, exauridos, deitavam para descansar e acabavam morrendo durante o sono. Seria possível, eu me perguntava, continuar andando por toda aquela longa noite escura? Não chegaria um momento em que meus membros haveriam de falhar e minha determinação esmorecer? Quando isso acontecesse, também acabaria dormindo o sono da morte. Morte! Estremeci. Que tragédia morrer justo naquele momento, quando a vida era tão esplêndida! E que tristeza para minha querida, que golpe em seu tão amoroso coração... Mas não deveria cultivar tais pensamentos! Para espantá-los, tornei a gritar, um grito mais vigoroso e demorado, e aguardei alguma resposta, ansioso. Meu socorro fora respondido, ou teria apenas imaginado um grito em resposta ao meu? Tornei a gritar e, mais uma vez, ouvi o eco de uma resposta. Então, uma luz tremeluzente surgiu de forma súbita da escuridão — ora visível, ora invisível — até tornar-se mais próxima e intensa. Correndo depressa em sua direção, deparei, para minha alegria, com um velho munido de uma lanterna.

"Graças a Deus!", exclamei.

Piscando e franzindo a testa, ele ergueu a lanterna e examinou meu rosto.

"Pelo quê?", rosnou, carrancudo.

"Bem, pelo senhor. Estava começando a ficar com medo de me perder na neve."

"As pessoas de fato se perdem por aqui de tempos em tempos; o que impede que tenha o mesmo destino, se assim quiser o Senhor?"

"Se Ele quiser que nos percamos juntos, amigo, teremos que aceitar", respondi. "Mas não pretendo me perder sozinho. Estou muito longe de Dwolding?"

"Uns bons trinta quilômetros, mais ou menos."

"E o vilarejo mais próximo?"

"O vilarejo mais próxima é Wyke, que fica a uns trinta quilômetros para o outro lado."

"Onde o senhor mora, então?"

"Para lá", respondeu ele, com um movimento vago da lanterna.

"Então o senhor está indo para casa?"

"Talvez."

"Então acompanho o senhor."

O velho sacudiu a cabeça e esfregou o nariz com o cabo da lanterna, pensativo.

"Não vai adiantar nada", rosnou ele. "Ele não vai deixar você entrar... não vai mesmo."

"Vamos arriscar", respondi. "Quem é 'ele'?"

"O patrão."

"E quem é o patrão?"

"Isso não é da sua conta", respondeu ele, sem cerimônia.

"Bem, o senhor vai na frente e farei de tudo para que seu patrão me ofereça abrigo e uma ceia esta noite."

"Veremos!", murmurou meu guia, relutante. Ainda sacudindo a cabeça, avançou mancando pela neve, como um gnomo. Uma volumosa sombra despontou na escuridão, e um imenso cão correu ao nosso encontro, latindo furiosamente.

"É esta a casa?", indaguei.

"Sim, é a casa. Chega, Bey!", exclamou ele, procurando a chave no bolso. Aproximei-me dele, preparado para não perder minha chance de entrar, e notei, no pequeno círculo de luz produzido pela lanterna, que a porta era toda cravejada de pregos de ferro, como a entrada de um cárcere. Logo em seguida, ele girou a chave e me precipitei na sua frente.

Dentro da casa, olhei ao redor com curiosidade e me vi em um espaçoso salão que, aparentemente, era usado para múltiplas finalidades. Um dos cantos estava empilhado até o teto com milho, como um celeiro. O outro servia para armazenar sacos de farinha, ferramentas agrícolas, barris e vários tipos de madeira; das vigas no teto pendiam fileiras de presuntos, toucinhos e maços de ervas secas para uso no inverno. No meio do assoalho, havia um gigantesco objeto parcamente coberto por um pano sujo, erguendo-se quase até as vigas do teto. Suspendendo uma das beiras do pano, descobri, para minha surpresa, um telescópio de tamanho considerável, montado em uma rústica plataforma móvel, com quatro rodinhas. O tubo era de madeira pintada, preso com faixas de metal confeccionadas de forma grosseira; a lente, até onde pude estimar na penumbra, media pelo menos quinze polegadas de diâmetro. Ainda estava examinando o instrumento e especulando se seria obra de um óptico autodidata, quando ouvi o som estridente de uma sineta.

"Ele está lhe chamando", avisou meu guia, com um sorriso malicioso. "O quarto dele é lá."

Ele apontou para uma porta preta, do lado oposto do salão. Andei até o local, bati com vigor e entrei, sem esperar ser convidado. Um homem corpulento de cabelos brancos ergueu-se por trás de uma mesa, coberta de livros e papéis, e me encarou com ar severo.

"Quem é o senhor?", perguntou. "Como chegou aqui? O que quer?"

"James Murray, advogado. A pé, caminhando pela charneca. Comer, beber e dormir."

Ele contraiu suas espessas sobrancelhas, franzindo o cenho.

"Minha casa não é hotel", retrucou ele, altivo. "Jacob, como ousou receber um estranho?"

"Eu não o recebi", resmungou o velho. "Ele me seguiu pela charneca e foi entrando na minha frente. Não dou conta de um homem de quase um metro e noventa."

"E, por gentileza, senhor, com que direito entrou à força na minha casa?"

"O mesmo que me teria levado a me agarrar ao seu barco, se estivesse me afogando. Instinto de sobrevivência."

"Sobrevivência?"

"A charneca já está coberta por mais de dois centímetros de neve", respondi, sem meias palavras. "Antes do amanhecer, cobriria meu corpo inteiro."

Ele foi até a janela, afastou uma pesada cortina preta e olhou para fora.

"É verdade", concordou. "Se quiser, pode passar a noite aqui. Jacob, sirva o jantar."

Dito isso, fez um gesto para que eu me sentasse, acomodou-se e ficou novamente absorto nos estudos interrompidos pela minha chegada.

Apoiei minha arma em um canto, puxei uma cadeira para frente da lareira e pude examinar o cômodo à vontade. Menor e menos incongruente em sua disposição do que a sala, o quarto não obstante continha elementos suficientes para despertar minha curiosidade. No chão, nada de tapetes. As paredes caiadas estavam parcialmente cobertas por estranhos diagramas e prateleiras lotadas de instrumentos científicos, muitos de uso desconhecido para mim. De um dos lados da lareira, havia uma estante repleta de fólios empoeirados; do outro, um pequeno órgão, decorado com admiráveis entalhes pintados de santos e demônios medievais. Pela porta entreaberta de um armário, na extremidade do cômodo, vi um apanhado de espécimes geológicos, preparos cirúrgicos, cadinhos, retortas e frascos de produtos químicos; ao meu lado, no aparador da lareira, entre uma variedade de minúcias, havia um modelo do sistema solar, uma pequena bateria galvânica e um microscópio. Não havia uma única cadeira vazia. Notei também pilhas de livros em todos os cantos. Até mesmo o chão estava coberto por mapas, moldes, papéis, desenhos e todo tipo de apetrechos de estudo.

Olhei ao redor, e cada novo objeto sobre o qual detinha minha atenção aumentava meu assombro. Jamais vira um quarto tão estranho; parecia ainda mais peculiar por estar localizado em uma casa isolada, em meio àquelas charnecas selvagens e solitárias! Por diversas vezes, olhei do meu anfitrião para seu ambiente, e do ambiente para meu anfitrião, perguntando a mim mesmo quem ele era e o que fazia. Tinha uma cabeça notável; mas era mais a cabeça de um poeta do que de um filósofo. Ampla nas têmporas, saliente sobre os olhos e adornada com uma profusão selvagem de cabelos imaculadamente brancos, com toda a excelência e robustez da cabeça de Ludwig von Beethoven. As mesmas rugas profundas ao redor da boca, os mesmos sulcos na testa. A mesma expressão concentrada. Estava ainda o observando quando a porta se abriu e Jacob entrou com o jantar. Seu patrão fechou o livro que lia, levantou-se e, com modos mais gentis do que exibira antes, convidou-me à mesa.

Serviram-me um prato de presunto e ovos, um pedaço de pão integral e uma garrafa de excelente xerez.

"Tenho apenas a comida caseira da fazenda para oferecer, senhor", disse meu anfitrião. "Espero que seu apetite compense as deficiências de nossa despensa."

Tendo mergulhado com avidez nas iguarias servidas, afirmava, com o entusiasmo de um desportista faminto, nunca ter comido algo tão delicioso.

Com uma reverência formal, sentou-se para fazer sua refeição, que consistia em uma jarra de leite e uma tigela de mingau. Jantamos em silêncio e, quando terminamos, Jacob removeu a bandeja. Arrastei minha cadeira de volta para a lareira. Para minha surpresa, meu anfitrião fez o mesmo e, virando-se abruptamente para mim, disse:

"Senhor, vivi aqui em reclusão absoluta por vinte e três anos. Durante esse tempo, não vi muitos rostos desconhecidos, nem li um único jornal. O senhor é o primeiro estranho que pisa na minha casa há mais de quatro anos. Faria o obséquio de compartilhar comigo algumas informações sobre o mundo exterior, do qual me ausentei por tanto tempo? "

"Pergunte o que quiser, por favor", respondi. "Estou ao seu dispor."

Ele fez um gesto cortês com a cabeça. Inclinando-se para a frente, com os cotovelos apoiados nos joelhos e o queixo encaixado nas palmas das mãos, contemplou as chamas na lareira e pôs-se a me interrogar.

Suas perguntas versavam, em termos gerais, sobre questões científicas; desconhecia seus avanços no que tangia aos propósitos práticos da vida. Não sendo um estudante de ciência, respondi da melhor maneira que pude, dentro dos meus limitados conhecimentos. A tarefa, no entanto, estava longe de ser fácil, e fiquei muito aliviado quando, passando do interrogatório para o debate, ele ofereceu suas próprias conclusões sobre os fatos que eu estava tentando apresentar. Ele falava e eu ouvia, fascinado. Acho que chegou até mesmo a se esquecer da minha presença, discursando como se estivesse pensando em voz alta. Nunca tinha ouvido nada parecido antes; nunca ouvi depois também. Familiarizado com todos os sistemas de todas as filosofias, arguto nas análises, audaz nas generalizações, ele despejou seus pensamentos em um fluxo ininterrupto e, ainda inclinado para frente na mesma posição com os olhos fixos no fogo, passeou de assunto a assunto, de especulação a especulação, como um sonhador inspirado. Da ciência prática à filosofia mental; da eletricidade nos fios para eletricidade nos nervos; de Watts a Mesmer, de Mesmer a Reichenbach, de Reichenbach a Swedenborg, passando por Spinoza, Condillac, Descartes, Berkeley, Aristóteles, Platão, os magos e místicos do Oriente. Embora suas transições fossem desconcertantes em sua variedade e escopo, pareciam simples e harmoniosas em seus lábios, como sequências musicais. Algum tempo depois — não me recordo a partir de qual conjectura ou exemplo —, ele passou para aquele campo que está além da fronteira até mesmo da filosofia conjetural e alcança o território do desconhecido. Versou sobre a alma e seus anelos; sobre o espírito e seus poderes; sobre clarividência, profecias e fenômenos que, sob a denominação de fantasmas, espectros e aparições sobrenaturais, foram negados pelos céticos e atestados pelos crédulos ao longo da história.

"O mundo", disse ele, "está cada vez mais cético no que diz respeito a tudo que jaz além de seu estreito raio e nossos cientistas endossam essa tendência. Tudo que resiste aos seus experimentos é tachado de fábula. Rejeitam como falso tudo que não pode ser provado em um laboratório ou sala de dissecação. Contra qual outra superstição travaram uma guerra tão longa e obstinada do que contra a crença em aparições? No entanto, que outra superstição se manteve nas mentes humanas por tanto tempo, com tanta constância? Nenhum fato na física, na história ou na arqueologia é sustentado por testemunhos tão abrangentes e diversos. Atestados por todas as raças humanas, em todas as épocas e climas, pelos sábios mais sensatos da Antiguidade, pelos selvagens mais rústicos; por cristãos, pagãos, panteístas, materialistas e, entretanto, o fenômeno é tratado como um conto de fadas pelos filósofos de nosso século. As evidências circunstanciais, para eles, têm o peso de uma pluma na balança. A comparação das causas com os efeitos, ainda que valiosa na física, é rechaçada como inútil e não confiável. As evidências de testemunhas idôneas, embora irrefutáveis em um tribunal de justiça, não servem para nada. Aquele que hesita antes de se pronunciar é condenado como inconsequente. Aquele que acredita, como um sonhador ou um tolo."

Falava com amargura e, após o desabafo, voltou a ficar por alguns minutos em silêncio. Por fim, levantou a cabeça e acrescentou, alterando voz e postura: "Já eu, senhor, hesitei, investiguei, acreditei e não tive vergonha de expor minhas convicções ao mundo. Também eu fui tachado de visionário, ridicularizado pelos meus contemporâneos e desprezado no campo da ciência em que trabalhei honrosamente durante os melhores anos da minha vida. Tudo isso se deu há vinte e três anos. Desde então, tenho vivido como o senhor vê, e o mundo se esqueceu de mim, assim como me esqueci do mundo. Eis a minha história".

"É uma história muito triste", murmurei, sem saber ao certo o que dizer.

"É uma história muito comum", retrucou ele. "Apenas sofri pela verdade, como, antes de mim, sujeitos melhores e mais sábios também sofreram."

Ele se levantou, como se quisesse encerrar a conversa, e andou até a janela.

"Parou de nevar", observou ele, deixando cair a cortina e voltando para a lareira.

"Parou?", indaguei, levantando-me num pulo. "Ah, se pudesse — mas não... Não é possível. Mesmo que conseguisse achar o caminho pela charneca, não teria como caminhar trinta quilômetros à noite."

"Caminhar trinta quilômetros à noite!", repetiu meu anfitrião. "O que o senhor tem na cabeça?"

"Minha esposa", respondi, impaciente. "Minha jovem esposa, que não sabe que me perdi e que, neste momento, deve estar com o coração partido de aflição e pavor."

"Onde ela está?"

"Em Dwolding, a trinta quilômetros."

"Dwolding", repetiu ele, pensativo. "Sim, a distância é mesmo essa, trinta quilômetros; mas, com sua ansiedade, gostaria de poupar seis ou oito horas?"

"Com minha ansiedade, daria dez guinéus agora por um guia e um cavalo."

"Seu desejo pode ser atendido por um custo menor", disse ele, abrindo um sorriso. "A diligência postal do norte, que troca de cavalos em Dwolding, passa a oito quilômetros daqui e deve parar na encruzilhada em mais ou menos uma hora e quinze minutos. Se Jacob o acompanhasse pela charneca e o levasse até a estrada do velho coche, o senhor acha que conseguiria localizar sozinho a encruzilhada?"

"Com certeza, e muita alegria."

Ele sorriu de novo, tocou a sineta, deu instruções ao velho criado e, pegando uma garrafa de uísque e uma taça de vinho do armário onde guardava seus produtos químicos, disse:

"A neve está profunda, a caminhada será árdua. Aceita um uísque antes de partir?"

Eu teria recusado a bebida, mas ele a impôs, e eu bebi. Desceu pela minha garganta como labaredas líquidas, quase me tirando o fôlego.

"É forte", reconheceu ele, "mas ajudará a espantar o frio. Vá, não há tempo a perder. Boa noite!"

Agradeci sua hospitalidade e teria me despedido com um aperto de mãos, mas ele se afastou antes que eu pudesse terminar a frase. No minuto seguinte, atravessei o salão, Jacob trancou a porta da entrada e saímos pela charneca coberta de neve.

Embora o vento tivesse dado trégua, o frio permanecia cortante. Não havia uma única estrela na abóbada negra sobre nossas cabeças. Tampouco um som, exceto pelo ruído da neve sendo esmagada sob os nossos pés, perturbava a quietude da noite. Jacob, não muito satisfeito com a incumbência, avançava trôpego na minha frente, em um silêncio amuado, com a lanterna na mão e sua sombra aos pés. Eu o seguia, com a arma apoiada no ombro, tão pouco inclinado a conversar quanto ele. Meu anfitrião ainda dominava meus pensamentos. Sua voz ainda soava em meus ouvidos; sua eloquência ainda mantinha cativa minha imaginação. Até hoje eu me lembro, estupefato, de como meu cérebro entusiasmado reteve frases inteiras e fragmentos — multidões de imagens fantásticas e frações de raciocínio esplêndido —, guardando as exatas palavras pronunciadas por ele. Refletindo sobre o que eu ouvira e me esforçando para me lembrar de um ou outro argumento perdido, caminhei junto ao meu guia, absorto em pensamentos e desatento. Ao fim do que me pareceu uma caminhada de poucos minutos, ele parou de repente e disse:

"É logo ali. Mantenha-se à direita da cerca de pedra e não se perderá."

"É esta então a velha estrada do coche?"

"Sim, isso mesmo."

"E qual a distância até chegar à encruzilhada?"

"Uns cinco quilômetros."

Puxei minha bolsa, e ele ficou mais comunicativo.

"É uma estrada razoável para quem está a pé, mas muito íngreme e estreita para o tráfego do norte. Você vai ver onde o parapeito está quebrado, ao lado da placa de sinalização. Não foi consertado desde o acidente."

"Que acidente?"

"A diligência postal despencou vale abaixo — uma queda de mais de quinze metros. É a pior estrada em todo o condado."

"Que horror! Morreu muita gente?"

"Todos os passageiros. Quatro foram encontrados mortos, e outros dois morreram na manhã seguinte."

"Isso tem muito tempo?"
"Nove anos."
"Perto da placa, então? Não vou esquecer. Boa noite."
"Boa noite, senhor, e obrigado." Jacob guardou sua meia-coroa no bolso, esboçou um gesto de tocar o chapéu e partiu cambaleante pelo mesmo caminho por onde viera.

Observei até a claridade de sua lanterna desaparecer por completo e então me virei para prosseguir sozinho. Apesar da profunda escuridão, a caminhada já não era tão difícil, pois a cerca de pedra era bastante visível contra o brilho pálido da neve. O silêncio era absoluto, e eu não ouvia nada além dos meus passos; quanto silêncio, quanta solidão! Fui tomado por uma estranha e desagradável sensação de isolamento. Apertei o passo. Cantarolei o trecho de uma canção. Em suma, fiz o melhor que pude para esquecer as assustadoras especulações que acabara de ouvir — e, de certa forma, consegui.

O ar da noite parecia cada vez mais frio e, embora estivesse andando depressa, não conseguia me manter aquecido. Meus pés estavam gelados, minhas mãos, dormentes; peguei minha arma em um gesto mecânico. Estava difícil até respirar; era como se, em vez de estar atravessando uma tranquila estrada ao norte, estivesse escalando os picos de um gigantesco alpe. A falta de ar tornou-se tão incômoda que fui obrigado a parar por alguns minutos, apoiando-me na cerca de pedra. Estava nessa posição quando, por acaso, olhei para a estrada e avistei, para meu infinito alívio, um ponto distante de luz, como a réstia de uma lanterna se aproximando. Em um primeiro momento, concluí que Jacob tinha refeito seus passos e me seguido; porém, enquanto considerava tal hipótese, avistei uma segunda luz — paralela à primeira e se aproximando na mesma velocidade. Deduzi então que eram as luzes de carruagem de um veículo particular, embora fosse inusitado que algum veículo particular pegasse uma estrada em desuso e perigosa.

Mas o fato era inegável: as luzes ficavam maiores e mais brilhantes a cada instante, e logo tive a impressão de reconhecer a silhueta escura da diligência entre elas. Avançava depressa, sem fazer barulho, com as rodas mergulhadas em quase trinta centímetros de neve.

Logo o veículo se tornou visível por trás das luzes. Parecia curiosamente elevado. Uma súbita ideia me ocorreu. Acaso eu, no escuro, teria passado direto pela encruzilhada, sem notar a placa de sinalização, e seria aquele o coche que estava esperando?

Não precisei fazer a pergunta a mim mesmo uma segunda vez, pois o veículo se aproximava da curva da estrada, com o guarda, o condutor, um passageiro do lado de fora e quatro cavalos pardos, todos envoltos em uma diáfana bruma de onde as luzes ardiam como um par de meteoros flamejantes.

Precipitando-me em sua direção, sacudi meu chapéu e gritei. O coche avançava a toda velocidade e passou direto por mim. Por um momento, receei não ter sido visto ou ouvido, mas logo em seguida o cocheiro parou. O guarda — que, coberto até os olhos em capas e mantos, parecia estar dormindo um sono pesado na parte traseira do veículo — não respondeu ao meu chamado, nem fez menção de desmontar. O passageiro do lado de fora sequer virou a cabeça. Abri a porta sozinho e espiei o interior do veículo. Havia apenas três passageiros lá dentro; entrei, fechei a porta, acomodei-me no canto vago e dei graças pela minha sorte.

A atmosfera do coche parecia, como se isso fosse possível, mais fria que a do ar lá fora e estava impregnada por um cheiro úmido e desagradável. Olhei ao meu redor, contemplando meus companheiros de viagem. Eram três homens, todos em silêncio. Não pareciam estar dormindo; cada qual recostado em seu canto dava a impressão de se distrair com seus próprios pensamentos. Tentei puxar conversa.

"Que frio esta noite, não é mesmo?", comentei, dirigindo-me ao cavalheiro na minha frente.

Ele ergueu a cabeça, olhou para mim, mas não me respondeu.

"Ao que parece ", acrescentei, "o inverno realmente começou."

Embora o canto em que ele estava acomodado estivesse muito escuro para que eu pudesse distinguir seu rosto com clareza, notei que me encarava. Ainda assim, não disse uma palavra.

Em qualquer outra circunstância, teria sentido, e talvez expressado, algum descontentamento, mas estava passando muito mal para ter qualquer reação. A gélida frieza do ar noturno enregelara minha medula, e o cheiro estranho dentro do coche estava me provocando uma náusea intolerável. Estremeci da cabeça aos pés e, virando-me para o passageiro à minha esquerda, perguntei se acaso se incomodava se eu abrisse uma das janelas.

Ele permaneceu imóvel e não me respondeu.

Repeti a pergunta, aumentando meu tom de voz, mas o resultado foi o mesmo. Perdi então a paciência e tentei abrir a janela. Quando fiz isso, a alça de couro rompeu na minha mão, e notei que o vidro estava coberto por uma camada espessa de mofo, que parecia ter se acumulado ali ao longo de muitos anos. Reparei então no estado geral do coche, examinando-o com mais atenção, e vi, com a iluminação precária das luzes externas, que estava em grau avançado de deterioração. Não só carecia de reparo, estava em plena ruína. Os caixilhos estilhaçavam com um toque. Os acessórios de couro estavam incrustados de bolor, e as madeiras, apodrecidas. O assoalho por pouco não se rompia sob meus pés. Em suma, toda a diligência estava imunda, tomada pela umidade e, evidentemente, tinha sido arrancada de algum depósito, onde deveria estar apodrecendo havia anos, para mais um ou dois dias de serviço na estrada.

Virei-me para o terceiro passageiro, a quem ainda não tinha me dirigido, e arrisquei mais uma observação.

"Este coche está em um estado lastimável. A diligência postal está passando por algum conserto, imagino eu?"

Virando a cabeça bem devagar, ele me encarou, sem dizer uma palavra. Jamais esquecerei aquele olhar enquanto eu viver. Enregelou meu coração. Estremeço só de lembrar. Seus olhos reluziam com um brilho faiscante e antinatural. Seu rosto era lívido, como o de um cadáver. Os lábios exangues estavam repuxados, como se paralisados na agonia da morte, deixando os dentes à mostra.

As palavras que eu estava prestes a pronunciar morreram em meus lábios, e um estranho horror — um horror tenebroso — se apossou de mim. Àquelas alturas, meus olhos já estavam acostumados à escuridão do coche e enxergava com relativa nitidez. Virei-me para o passageiro a minha frente. Ele também me fitava, com a mesma palidez assustadora no rosto e o mesmo brilho petrificado nos olhos. Enxuguei a testa. Olhei para o passageiro no banco ao lado e vi... Meu Deus! Como descrever o que vi? Pois notei que não se tratava de um homem vivo; nenhum deles estava vivo como eu! Uma pálida luz fosforescente — a luz da putrefação — pairava sobre seus rostos medonhos, seus cabelos úmidos com o orvalho do túmulo, suas roupas esfarrapadas e manchadas de terra e suas mãos de cadáveres havia muito enterrados. Apenas seus olhos, aqueles olhos terríveis, estavam vivos; e todos me fitavam, ameaçadores!

Um grito de terror, um pedido de socorro selvagem e incompreensível, escapou de meus lábios enquanto, lançando-me contra a porta, lutei em vão para abri-la.

Naquele exato instante, breve e vívido como o de uma paisagem que se revela no clarão de um relâmpago, vi a lua brilhando por uma nesga de nuvens tempestuosas... a sinistra placa ostentando sua advertência à beira do caminho... o parapeito quebrado... os cavalos despencando... o abismo negro lá embaixo. Então, o coche oscilou, como um navio no mar. Uma colisão violenta — uma dor profunda — e, por fim, a escuridão.

Quando um belo dia acordei do sono profundo e encontrei minha esposa à cabeceira da cama, foi como se muitos anos tivessem se passado. Vou pular a cena que se seguiu e relatar, em meia dúzia de palavras, a história que ela me contou, em meio a lágrimas de gratidão. Eu tinha caído em um precipício, próximo à junção da velha estrada com a nova, e só escapei da morte por aterrissar sobre um denso acúmulo de neve, ao pé do rochedo. Fui descoberto no local ao amanhecer por dois pastores, que me levaram ao abrigo mais próximo e chamaram um cirurgião para me acudir. O cirurgião me encontrou em um estado delirante, com um braço quebrado e uma fratura exposta no crânio. As cartas que trazia no bolso revelaram meu nome e endereço; minha esposa foi chamada para cuidar de mim e, por ser jovem e gozar de boa saúde, consegui, por fim, ficar fora de perigo. Não preciso nem dizer que o local da minha queda foi exatamente o mesmo no qual ocorrera o terrível acidente com o coche nove anos antes.

    Nunca contei à minha esposa os pavorosos acontecimentos que acabo de relatar. Confidenciei-os ao cirurgião que me atendeu, mas ele tratou toda a aventura como um sonho provocado pela febre cerebral. Debatemos a questão diversas vezes, até chegarmos à conclusão de que, uma vez que não conseguíamos discutir sem nos exaltarmos, era melhor deixar o assunto de lado. Cada um pode concluir o que bem entender a respeito, mas sei que, há vinte anos, fui o quarto passageiro daquele coche fantasma.

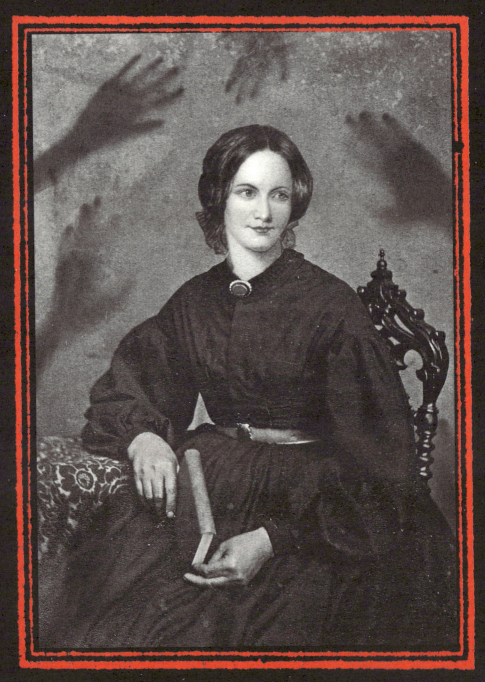

PHOTOGRAPHIC ARCHIVE　　CAMERA OBSCURA STUDIO

CHARLOTTE BRONTË

Charlotte Brontë
CURRER BELL

A INCANSÁVEL

1816-1855

- Sol em Áries -

Inglesa. Autora, poeta, vitoriana *extraordinaire*. Filha de um reverendo, cresceu em um lar modesto, mas rico em estímulos intelectuais. Trabalhou como governanta e professora antes de investir na carreira literária. Em 1846, junto com as irmãs Emily e Anne, financiou a publicação de uma coletânea de poemas, assinados pelas três com os pseudônimos masculinos. O livro foi um fracasso de vendas, mas, graças à sua perseverança, as três talentosíssimas irmãs tiveram seus romances publicados em 1847 e abalaram a cena literária vitoriana com *Jane Eyre*, *O Morro dos Ventos Uivantes* e *Agnes Grey*. A Rainha Vitória considerava *Jane Eyre* um romance "maravilhoso" e definiu a escrita de Charlotte como "poderosa" e "admirável". Após as mortes trágicas e precoces de seus familiares, Charlotte encontrou conforto no amor sereno de um antigo pretendente. O casamento foi feliz, mas breve: Charlotte morreu em decorrência de complicações na gravidez em 1855, aos 38 anos.

Napoleão e o Espectro

Charlotte Brontë

Napoleon and the Spectre

— 1833 —

"Seu semblante era furioso, sua língua projetava-se através dos dentes e os olhos vidrados e injetados de sangue quase saíam de suas órbitas."

 Uma estranha aparição perturba o sono do imperador da França.

Bem, como eu estava dizendo, o imperador foi se deitar.

"Chevalier", disse ele ao seu criado, "feche essas cortinas e encoste a janela antes de sair do quarto."

Chevalier obedeceu e, pegando seu castiçal, saiu do recinto.

Depois de alguns minutos, o imperador sentiu seu travesseiro endurecer um pouco e levantou para sacudi-lo. Enquanto o amaciava, ouviu um murmúrio fraquinho perto de sua cabeceira. Sua majestade ficou prestando atenção, porém não escutou mais nada e deitou-se.

Mal havia se ajeitado em uma posição de repouso, o imperador foi perturbado por uma sensação de sede. Apoiando-se no cotovelo, pegou o copo de limonada que estava no pequeno móvel ao lado da cama e se refrescou com um grande gole. Enquanto o recolocava, um gemido profundo, vindo de um armário que estava posicionado em um dos cantos, atravessou seus aposentos.

"Quem está aí?", gritou o imperador, pegando suas pistolas. "Fale ou vou estourar os seus miolos."

A ameaça não produziu mais do que uma rápida risada sarcástica seguida de um silêncio absoluto.

O imperador levantou-se de seu leito, vestindo às pressas um robe que estava pendurado em uma cadeira, e se dirigiu corajosamente até o armário mal-assombrado. Quando abriu a porta, algo farfalhou, e ele saltou para a frente com a espada em mãos. Nenhuma alma apareceu, e ficou evidente que o farfalhar vinha de um manto que estava preso na porta do armário e havia caído.

Meio envergonhado, voltou para a cama.

No momento em que estava prestes a fechar os olhos de novo, a luz de três velas que queimavam em um candelabro de prata em cima da lareira ficou repentinamente turva. Ele olhou e viu que uma sombra escura e opaca estava obscurecendo a luz. Suando frio, o imperador procurou a cordinha do sino, mas algo invisível a arrebatou com força de sua mão e logo depois desapareceu.

"Pfff!", exclamou Napoleão, "foi apenas uma ilusão de ótica."

"Foi?", sussurrou uma voz oca, em tons misteriosos, próximo ao seu ouvido. "O que é uma ilusão, imperador da França? Não! Tudo o que tens ouvido e visto é a triste realidade que se prenuncia. Erga-se, portador da Águia Imperial! Acorde, comandante da coroa francesa! Siga-me, Napoleão, e verás mais."

Quando a voz cessou, uma silhueta nascia em frente ao seu olhar estupefato. Era a forma de um homem alto, magro, vestido em um sobretudo azul com detalhes dourados. Usava uma gravata preta bem firme ao redor do pescoço, presa por dois pregadores, um de cada lado. Seu semblante era furioso, sua língua projetava-se através dos dentes, e os olhos vidrados e injetados de sangue quase saíam de suas órbitas.

"*Mon Dieu!*", exclamou o imperador, "o que eu vejo? Espectro, de onde você vem?"

A aparição não falou, mas, deslizando para a frente, fez um gesto para Napoleão segui-lo.

Controlado por uma influência misteriosa, que o privava da capacidade de pensar e agir por si mesmo, ele obedeceu em silêncio.

A parede sólida do aposento abriu assim que eles se aproximaram e, quando ambos passaram, fechou atrás deles com um barulho estrondoso.

Os dois teriam ficado na completa escuridão, não fosse a luz fraca que brilhava ao redor do fantasma e revelava as paredes úmidas de uma passagem longa e arqueada. Através dela, eles procederam rápida e silenciosamente, até que uma brisa gelada e refrescante — que fez com que o imperador puxasse seu robe para junto do corpo e o amarrasse —, anunciou que estavam perto de respirar ar fresco de novo.

Ao chegarem do outro lado do caminho, Napoleão se viu em uma das ruas principais de Paris.

"Louvável Espírito", disse ele, tremendo no ar gelado da noite, "me permita retornar para vestir um casaco. Logo estarei de volta com você."

"Em frente", respondeu secamente seu companheiro.

Ele se sentiu forçado a obedecer, apesar da indignação que quase o sufocava.

Eles seguiram pelas ruas desertas, até chegarem a uma casa altiva nas margens do Sena. Ali, o espectro parou, os portões se abriram para recebê-los, e eles entraram por um saguão de mármore parcialmente oculto por uma cortina fechada, pela qual, através do tecido meio transparente, era possível ver uma luz forte brilhando de maneira deslumbrante. Uma fila de figuras femininas vestidas com todo o luxo se encontrava diante deles. Em suas cabeças, usavam guirlandas com as flores mais belas, mas seus rostos estavam ocultados por máscaras medonhas, representando a face da morte.

"Que palhaçada é essa?", gritou o imperador, fazendo um esforço para se livrar das amarras mentais que o controlavam contra sua vontade. "Onde estou? Por que fui trazido até aqui?"

"Silêncio", disse o guia, esticando sua língua preta e sangrenta ainda mais pra fora. "Silêncio, se desejas escapar da morte iminente."

Com sua coragem costumeira, superando o espanto temporário ao qual ele havia sido subjugado, o imperador quase respondeu, mas nesse momento uma melodia bárbara e sobrenatural fez com que as imensas cortinas inflassem para trás e para frente, dançando como se agitadas por uma comoção interna ou por uma batalha de ventos. No mesmo momento, uma mistura opressora de aromas de corrupção mortal, mesclada ao do luxo oriental, tomaram o saguão mal-assombrado.

Foi então escutado, de uma certa distância, um murmúrio em uníssono, e algo agarrou seu braço avidamente por trás.

Ele se virou rapidamente, e seus olhos encontraram a figura familiar de Maria Luísa.

"O quê? Você também está neste lugar infernal?", ele disse. "O que a trouxe aqui?"

"Vossa majestade me permitiria lhe perguntar a mesma coisa?", disse a imperatriz, sorrindo.

Assombrado, ele não disse nada.

Não havia nenhuma cortina entre ele e a luz agora. Fora removida como que por mágica e um esplêndido candelabro havia aparecido sobre a sua cabeça. Um aglomerado de damas luxuosamente vestidas, mas sem as máscaras de morte, posicionaram-se ao redor, misturadas a um número razoável de cavaleiros alegres. Escutava-se música, mas agora parecia vir de uma banda de músicos mortais de uma orquestra nas redondezas. O ar ainda estava perfumado, mas era possível notar também um cheiro desagradável.

"*Mon Dieu!*", exclamou o imperador, "como tudo isso aconteceu? Onde diabos está Piche?"[1]

"Piche?", perguntou a imperatriz. "O que vossa majestade quer dizer? Não seria melhor deixar estes aposentos e descansar?"

"Deixar os aposentos? Por quê? Onde estou?"

"Na minha sala de estar, cercado por algumas pessoas da corte que convidei esta tarde para um baile. Vossa majestade entrou alguns minutos atrás em sua camisola com um olhar fixo e com os olhos arregalados. Suponho, pelo seu espanto, que tenha percebido que veio até aqui ainda dormindo."

Imediatamente, o imperador caiu em um estado de catalepsia e continuou assim durante toda a noite e boa parte do dia seguinte.

---

1   Referência a Charles Pichegru, general francês que participou da conspiração lealista para remover Napoleão Bonaparte do poder, mas falhou e foi executado. [NT]

PHOTOGRAPHIC ARCHIVE · CAMERA OBSCURA STUDIO

VITORIANAS MACABRAS

ELIZABETH GASKELL

Elizabeth Cleghom Gaskell
LIZ GASKELL

A OBSERVADORA

1810-1865

- Sol em Libra -

Inglesa. Romancista, contista e biógrafa, Elizabeth teve uma infância marcada pela morte: perdeu a mãe e seis dos sete irmãos. Casou-se com um pastor aos 22 anos e mudou-se para Manchester. A proximidade com os avanços industriais da cidade haveria de influenciar suas futuras criações literárias. A tragédia da perda de dois filhos a inspirou a escrever seu primeiro romance, *Mary Barton* (1848), que foi um sucesso (sucedido por outros, como *Cranford*, *North and South* e *Wives and Daughters*), além de contos e poemas, livros de não-ficção e artigos. Melhor amiga de Charlotte Brontë, escreveu a primeira biografia sobre a sua família. Alcançou prestígio ainda em vida e permanece, até hoje, como um dos grandes nomes da literatura inglesa. A casa onde morreu em 1865, aos 55 anos, funciona hoje como um museu dedicado a sua vida e obra.

O Conto da Velha Ama

Elizabeth Gaskell

THE OLD NURSE'S TALE

— 1852 —

"Eu a segurava com cada vez mais força, até achar que iria machucá-la — o que era melhor do que deixá-la ir com aqueles fantasmas terríveis."

 Velha ama recorda acontecimentos sinistros de sua juventude em uma mansão assombrada por eventos do passado.

Vocês sabem, minhas crianças, que a mãe de vocês era órfã e filha única; e me arrisco dizer que já ouviram falar que seu avô era clérigo em Westmoreland, minha cidade. Eu era apenas uma menina na escola do vilarejo quando, um dia, sua avó entrou e perguntou para a professora se havia alguma aluna que daria uma boa ama. Vocês não imaginam como fiquei orgulhosa quando a professora me chamou e disse que eu, além de ser boa com as tarefas de casa, sensata e honesta, ainda tinha pais respeitáveis, embora pobres. Pensei que nada me deixaria mais feliz do que servir àquela jovem e bonita moça que estava tão enrubescida quanto eu enquanto falava do bebê que estava por vir e das minhas futuras tarefas. No entanto, vejo que vocês não se importam tanto com essa parte da minha história quanto com o que pensam que vem a seguir, então vou falar de uma vez. Comecei a trabalhar na residência antes de a srta. Rosamond (o bebê, que agora é a mãe de vocês) nascer. Para ser exata, eu tinha pouco contato com ela assim que nasceu, pois a menina normalmente estava nos braços de sua mãe e dormia ao seu lado a noite inteira, mas me sentia muito orgulhosa sempre que me deixavam segurá-la. Nunca antes ou depois houve um bebê assim, embora vocês tenham sido boazinhas — na maior parte do tempo —, nenhuma criança era tão doce e com um ar tão triunfante quanto a mãe de vocês. Puxou a mãe dela, que era uma verdadeira dama, neta do lorde Furnivall, de Northumberland. Acredito que não teve irmãos ou irmãs e que foi criada pela família do meu patrão até se casar com seu avô — um bom e bem educado cavalheiro —, que, embora fosse apenas um pároco e filho de um atendente de loja em Carlisle, era muito empenhado em sua paróquia, que era bem conhecida por toda Westmoreland. Quando a mãe de vocês, a srta. Rosamond, tinha uns quatro ou cinco anos, perdeu ambos os pais em um curto período de quinze dias — um depois do outro. Ah! Foram tempos tristes. Minha bela e jovem senhora e eu estávamos esperando outro bebê quando o patrão chegou molhado e cansado de uma de suas viagens e contraiu uma febre que o matou. Ela nunca mais foi a mesma. Viveu apenas um pouco mais, até ver o novo bebê nascer morto e deitá-lo no seu peito. Então, partiu também. Em seu leito de morte, minha senhora havia me pedido para nunca deixar a srta. Rosamond e, mesmo que ela não tivesse dito uma palavra, eu teria ido com a menininha até o fim do mundo.

O que aconteceu a seguir, antes mesmo de termos terminado de enxugar nossas lágrimas, foi a chegada dos executores e tutores para acertar o testamento. Eram o primo da minha pobre senhora, o lorde Furnivall, e o sr. Esthwaite, irmão do meu patrão, um comerciante de Manchester que não estava muito bem de dinheiro na época e que tinha uma família que não parava de aumentar. Bem, não sei se eles haviam chegado a tal conclusão sozinhos ou se era por causa de uma carta que minha senhora havia escrito para o primo em seu leito de morte, mas, por alguma razão, ficou decidido que eu e a srta. Rosamond iríamos para a mansão dos Furnivall, em Northumberland. Meu novo patrão falou como se esse fosse o desejo da mãe dela, e como se não tivesse por que discordar de tal decisão, já que uma ou duas pessoas a mais em uma mansão tão grande não faria diferença nenhuma. Então, embora não fosse assim que eu desejasse que fosse a chegada da minha bela e brilhante criança — que era como um raio de sol em qualquer família, por mais nobre que fosse —, fiquei contente por todos no vale expressarem admiração com o fato de que eu seria a preceptora da menina na mansão Furnivall.

No entanto, cometi um erro por pensar que viveríamos no mesmo local que meu patrão. Na verdade, a família tinha abandonado a mansão Furnivall havia cinquenta anos ou mais. Pelo que eu entendi, minha pobre e jovem senhora não havia morado lá, mesmo tendo sido criada pela família. Senti pena da srta. Rosamond, que eu gostaria de ter visto crescer no mesmo lugar que sua mãe.

O criado do meu patrão, a quem fiz tantas perguntas quanto ousei, disse que a mansão ficava ao pé das colinas de Cumberland, um lugar imenso, no qual morava uma velha srta. Furnivall — que era tia-avó do meu patrão — com alguns poucos empregados. Como parecia um lugar bastante saudável, ele achou que seria bom para a srta. Rosamond viver alguns anos por lá. Além do mais, talvez sua presença trouxesse alguma alegria para a velha dama.

Assim, o lorde Furnivall me incumbiu de deixar as malas da srta. Rosamond prontas na data que foi determinada. Ele era um homem rígido e orgulhoso, como diziam ser todos os Furnivall, e nunca falava uma palavra a mais do que o necessário. As pessoas diziam que ele havia amado minha jovem senhora, mas que, como ela sabia que seu pai não permitiria tal união, não lhe deu atenção e se casou com o sr. Esthwaite. Mas não sei, não. De qualquer forma, ele nunca se casou. Nunca prestou muita atenção na srta. Rosamond também, o que achei que teria feito se realmente se importasse com a mãe dela. Mandou seu criado conosco até a mansão, ordenando-lhe que se juntasse a ele em Newcastle naquela mesma noite. Por esse motivo, não houve muito tempo para que nos apresentasse antes de também se desvencilhar de nós, duas jovens solitárias (eu não tinha nem dezoito anos ainda), naquela imensa e velha mansão. Parece ter sido ontem que fomos para lá. Nós deixamos nossa casa bem cedo e nos debulhamos em lágrimas, mesmo viajando na carruagem do meu novo senhor, por quem eu ainda tinha grande consideração. Passava do meio-dia, em um dia de setembro, e nós paramos para trocar de cavalos pela última vez em uma cidadezinha nebulosa, cheia de carvoeiros e mineiros. A srta. Rosamond havia dormido, mas o sr. Henry pedira para eu acordá-la para que pudesse ver o campo de caça e a mansão mais adiante. Achei uma pena, mas fiz o que ele mandou com medo que reclamasse de mim ao meu patrão quando chegássemos. Deixamos para trás qualquer sinal de cidade ou vilarejo e adentramos em um ambiente selvagem ao atravessar os portões largos. Não era um campo de caça como os daqui do sul, era um lugar com pedras, barulho de água corrente, árvores espinhosas e com troncos retorcidos e carvalhos velhos, tudo branco e descascado pela idade.

A estrada ainda seguiu por uns três quilômetros até vermos uma casa imensa e imponente, com várias árvores ao redor, tão perto que em alguns lugares os galhos se arrastavam pelas paredes quando o vento soprava. Alguns estavam quebrados, o que deixava evidente que o lugar não era bem cuidado, pois ninguém parecia podar as árvores ou retirar o limo da estrada, apenas na frente da casa tudo parecia arrumado. A grande entrada oval estava sem nenhum rastro de ervas, e nenhuma árvore ou trepadeira tinha chance de crescer ao longo da frente cheia de janelas da residência. Nas laterais, projetavam-se duas amplas alas, deixando a casa, embora tão erma, parecendo ainda maior. Atrás, era possível ver as colinas, que pareciam isoladas e estéreis. Do lado esquerdo, de frente para a casa, como descobri depois, havia um pequeno e antiquado jardim. Uma porta do lado oeste levava até lá — porta que havia sido limpa por alguma velha dama Furnivall, mas que já se encontrava novamente ofuscada pelos galhos da floresta; poucas flores teriam vivido ali naquela época.

Quando chegamos à grande entrada, fomos direto para o saguão, e achei que tivéssemos nos perdido, de tão larga, grande e vasta que era a casa. Havia um lustre todo de bronze pendurado no meio do teto e, como eu nunca tinha visto um antes, olhei impressionada. Então, de um lado do saguão se destacava uma grande lareira, tão larga quanto uma casa na minha cidade, com um suporte de ferro maciço para colocar madeira, ao lado de sofás pesados e antigos. Do lado oposto, à esquerda de quem entrava — no lado oeste —, ficava um órgão tão imenso junto à parede que preenchia boa parte daquele espaço. Em seguida, no mesmo lado, havia uma porta; do lado oposto, mais duas, uma de cada lado da lareira, dando acesso para a ala leste. Mas por essas duas portas eu nunca passei durante o tempo em que estive naquela casa, então não posso dizer o que havia do outro lado.

    A noite estava chegando, e o saguão, sem o fogo aceso, parecia escuro e triste. No entanto, não ficamos muito tempo por lá. O velho criado que havia nos recebido e se curvado para o sr. Henry nos levou através da porta, passando pelo órgão, e nos guiou pelos corredores pequenos e pelas passagens até a sala de estar do lado oeste, onde ele havia nos informado que estava a srta. Furnivall. A pobrezinha da srta. Rosamond segurou minha mão com toda força, como se tivesse assustada e perdida naquele lugar enorme. Quanto a mim, não estava muito melhor. A sala de estar oeste tinha um aspecto bem alegre, com uma calorosa lareira e muitos móveis confortáveis. A srta. Furnivall era uma mulher de quase oitenta anos, acredito. Era alta, magra e tinha um rosto cheio de rugas que pareciam desenhadas pela pontinha de uma agulha. Seu olhar era bem atento, acho que por sua deficiência auditiva tão severa que a obrigava a usar um dispositivo em forma de corneta colado à orelha. Sentada junto a ela e trabalhando no mesmo pedaço de tapeçaria estava a sra. Stark, sua criada de companhia — que era tão velha quanto ela. Ela vivia com a srta. Furnivall desde que as duas eram muito jovens, e agora parecia mais uma amiga do que uma empregada. A sra. Stark parecia tão fria e cinzenta — como se feita de pedra —, que a impressão era que nunca havia amado ou se importado com ninguém. De fato, acho que era esse o caso, exceto por sua senhora, que, devido a sua surdez, era tratada quase como uma criança por ela. O sr. Henry transmitiu algumas mensagens do meu patrão e se despediu de todas nós, sem dar bola para a mãozinha esticada da minha doce srta. Rosamond, nos deixando lá sendo observadas pelas duas velhas damas através de seus óculos.

    Fiquei bem contente quando elas pediram ao velho criado que havia nos recebido para que nos levasse até nossos aposentos. Assim, saímos da grande sala de estar, passamos por outra sala e então subimos uma escada que nos levou para uma grande galeria, que era uma espécie de biblioteca, cheia de livros de um lado, janelas e escrivaninhas de outro, até que chegamos aos nossos quartos, que ficavam logo acima da cozinha — o que me deixou bastante satisfeita, pois já estava com medo de me perder na vastidão daquela casa. Lá havia um antigo berçário, usado por todos os antigos senhores e senhoras daquela família por muito tempo, com um fogo agradável queimando na lareira — na qual uma chaleira fervia pendurada — e apetrechos para o chá espalhados na mesa. Fora desse cômodo ficava um quarto de dormir, com um berço para a srta. Rosamond ao lado da minha cama. Um velho chamado James chamou sua esposa, Dorothy, para nos dar boas-vindas, e ambos foram tão solícitos e bondosos que logo a srta. Rosamond e eu nos sentimos quase em casa. Ao final do chá, a menina já estava sentada nos joelhos de Dorothy e tagarelando tão rápido quanto sua pequena língua permitia. Logo descobri que Dorothy era de Westmoreland, e isso a aproximou mais de mim. Não poderia ter desejado encontrar pessoas mais bondosas que o velho James e sua esposa. James tinha vivido quase toda a sua vida com a família do meu patrão e achava que não havia melhores pessoas do que eles. Até mesmo desprezava um pouco sua esposa por ela não ter vivido em nenhum outro lugar, além de uma casa de fazendeiro, antes de se casar com ele. No entanto, demonstrava muita afeição por Dorothy, tanto quanto era possível. Eles tinham uma outra criada abaixo deles, que fazia todo o trabalho pesado. Seu nome era Agnes, e eu, ela, James, Dorothy, a srta. Furnivall e a sra. Stark formamos uma família, sem esquecer da minha pequena srta. Rosamond! Eu costumava me perguntar o que eles faziam antes de a criança chegar, pois passaram a gostar tanto dela... Cozinha e sala era a mesma coisa para a gente. A dura e triste srta. Furnivall e a fria sra. Stark pareciam contentes quando a menina chegava pulando e batendo os bracinhos como um pássaro, brincando e troteando para lá e para cá, enquanto murmurava e tagarelava alegremente. Tenho certeza de que elas ficavam tristes toda vez que ela retornava para a cozinha, embora fossem orgulhosas demais para pedir que voltasse e ficasse pela sala. Elas também ficavam um pouco surpresas com o gosto da menina, embora dissessem que não era de surpreender, tendo em vista de onde vinha seu pai. A grande e antiga casa era um lugar esplêndido para a pequena srta. Rosamond. Ela fazia expedições por todos os lados, comigo em seu encalço. Todos os lados menos na ala leste, que nunca era aberta, e para onde nunca pensamos em ir. Na parte oeste e norte já havia lugares muito agradáveis, cheios de coisas que eram curiosidades para nós, embora talvez não fossem para pessoas com mais experiências de vida. As janelas eram escurecidas pelos movimentos que os galhos das árvores faziam e pela hera crescida em excesso, mas na escuridão esverdeada podíamos ver jarras de louça, caixas de mármore esculpidas, livros pesados e, ainda mais importante, os retratos antigos!

Lembro que uma vez minha pequena fez Dorothy ir conosco para dizer quem eram aquelas pessoas todas, pois eram todos retratos de pessoas da família do meu patrão, embora Dorothy não soubesse o nome de cada um deles. Havíamos passado por quase todos os cômodos quando chegamos à antiga sala de estar que ficava em cima do saguão, onde ficava um retrato da srta. Furnivall — ou, como ela era chamada na época em que era apenas a irmã mais nova, srta. Grace. Como devia ter sido bela! Nós a observávamos com aquele olhar orgulhoso, demonstrando desdém através de seus belos olhos, com os lábios sinuosos e com as sobrancelhas um pouco arqueadas — como se se perguntasse como alguém poderia ter a audácia de olhá-la. Usava um vestido como eu nunca tinha visto antes, mas que devia ter sido moda na época; um chapéu um pouco caído na sua testa, feito de um material macio e branco, com uma pluma de um dos lados; e um robe de cetim azul um pouco aberto, no qual se via um corpete acolchoado branco.

"Bem, para ser exata", eu disse, olhando até não poder mais, "carne é grama, como bem dizem, mas quem imaginaria que a srta. Furnivall era tão bonita, vendo-a agora?"

"Sim", disse Dorothy. "As pessoas mudam, infelizmente, mas, se o que o patrão do meu pai costumava dizer era verdade, a srta. Furnivall, a irmã mais velha, era ainda mais bonita que a srta. Grace. O retrato dela está por aqui em algum lugar, mas, se eu mostrar, vocês não podem contar para ninguém que a viram, nem mesmo para James. Será que a mocinha consegue segurar a língua?", ela perguntou.

Eu não tinha certeza, já que ela era tão nova, doce, corajosa e ingênua. Assim, incentivei que se escondesse e ajudei Dorothy a virar um retrato imenso que estava encostado em uma parede, e não pendurado como os outros. Ela realmente era mais bela que a srta. Grace, e também parecia mais orgulhosa, embora nesse ponto fosse difícil dizer qual das duas ganhava. Eu poderia ter ficado horas olhando para o retrato, mas Dorothy parecia meio assustada de tê-lo mostrado e se apressou em colocá-lo de novo virado contra a parede. Logo depois, me fez procurar a srta. Rosamond, pois havia lugares perigosos para uma criança naquela casa. No entanto, como eu era uma moça corajosa e entusiasmada, não dei muita bola para o que a velha mulher dizia. Gostava de brincar de esconde-esconde como qualquer criança e corri para procurar minha pequena.

À medida que o inverno avançava e os dias se tornavam mais curtos, eu tinha quase certeza que, às vezes, ouvia barulhos como se alguém estivesse tocando o grande órgão do saguão. Não todas as noites, mas sem dúvida com bastante frequência, normalmente quando eu estava com a srta. Rosamond, logo após colocá-la para dormir, enquanto estava sentada em silêncio no quarto. Costumava ouvir o órgão fazer um estrondo e depois ir ressoando até desaparecer em um som distante. Na primeira noite em que ouvi, quando desci para jantar, perguntei a Dorothy quem andava tocando música, e James disse bruscamente que eu era boba de confundir o som do vento com música. Contudo, vi Dorothy olhar para ele com medo e percebi que Agnes, a empregada da cozinha, sussurrou algo baixinho enquanto ficava pálida. Percebi que eles não gostaram da minha pergunta, então segurei minha curiosidade até estar a sós com Dorothy, quando sabia que poderia obter alguma informação com ela. Assim sendo, no dia seguinte, fiquei atenta e, assim que a peguei sozinha, tentei convencê-la a me contar quem havia tocado o instrumento, pois sabia muito bem que o barulho era do órgão e não do vento, embora não tenha dito isso a James. No entanto, posso garantir que Dorothy já tinha aprendido sua lição, pois não consegui lhe arrancar uma palavra que fosse. Então tentei a sorte com Agnes, embora sempre tivesse olhado para ela como minha inferior, o que valia um pouco para Dorothy e James também, e ela se mostrou um tanto mais prestativa que os outros. Ela disse que eu não deveria nunca, jamais, contar o que me falaria e, se fizesse isso, não poderia mencionar como ficara sabendo. Era um barulho estranho, e ela havia ouvido inúmeras vezes, principalmente nas noites de inverno e antes de tempestades. As pessoas diziam que era o antigo patrão tocando no saguão, como costumava fazer quando era vivo, mas quem ele era, por que tocava e por que especificamente escolhia as noites de inverno e tempestade para fazer isso, nem ela nem ninguém sabia dizer. Bem! Eu avisei vocês que era corajosa e achava até agradável ter aquela música ressoando na casa, quem quer que fosse o músico, pois abafava o som das rajadas de vento enquanto lamentava e triunfava como uma criatura viva, para logo depois cair na mais completa suavidade. Era sempre música e melodia, então era tolice dizer que o som era do vento. A princípio, pensei ser a srta. Furnivall quem tocava, sem que Agnes soubesse. No entanto, um dia, quando eu estava no saguão, abri o órgão e espiei por todos os cantos, como havia feito com o órgão da igreja de Crosthwaite uma vez, e percebi que estava todo quebrado e destruído por dentro, embora parecesse tão imponente por fora. Então, embora fosse meio-dia, senti minha pele se arrepiar, fechei a tampa do instrumento e corri para meu quarto iluminado. Por um tempo, assim como James e Dorothy, também não gostei de ouvir a música. Durante todo esse período, a srta. Rosamond conquistava cada vez mais as pessoas ao seu redor. As velhas damas gostavam de sua companhia durante o jantar; James se postava atrás da cadeira da srta. Furnivall, e eu, atrás da srta. Rosamond. Depois do jantar, ela brincava em um canto da sala de estar, quieta como um ratinho, enquanto a srta. Furnivall tirava um cochilo e eu jantava na cozinha. Ela sempre vinha alegremente se juntar a mim no quarto depois de um tempo, pois, como dizia, a srta. Furnivall era muito triste, e a sra. Stark, muito entediante. Porém, nós duas éramos alegres, e no fim parei de me importar com a estranha música, que não fazia mal a ninguém se não soubéssemos de onde vinha.

Fez bastante frio naquele inverno. No meio de outubro, as geadas começaram e duraram várias e várias semanas. Um dia, durante o jantar, lembro que a srta. Furnivall levantou seus olhos tristes e pesados e disse com um tom estranho para a sra. Stark: "Acho que teremos um inverno horrível"; mas a sra. Stark fingiu não escutar e seguiu falando bem alto sobre outra coisa. Minha pequena dama e eu não nos importávamos com a geada, não nós! Desde que não estivesse chovendo, escalávamos os montes íngremes atrás da casa e subíamos até as colinas, que eram sombrias e desertas. Lá, apostávamos corridas no ar frio e cortante e uma vez descemos por um novo caminho, que nos levou até as duas velhas árvores com troncos espinhosos e retorcidos que se encontravam no lado leste da casa. Porém, os dias foram ficando cada vez mais curtos, e o velho patrão, caso fosse mesmo ele, começou a tocar cada vez mais sua melodia estrondosa e triste no grande órgão. Numa tarde de sábado — deve ter sido pelo final do mês de novembro —, pedi para Dorothy ficar de olho na pequena dama quando ela saiu da sala de estar, depois de a srta. Furnivall tirar a sua soneca. Estava muito frio para levá-la comigo à igreja, e eu realmente queria ir. Dorothy ficou com a menina com muito prazer, e tudo parecia muito bem, já que ela era muito afeiçoada à criança. Assim, eu e Agnes partimos rapidamente, mesmo debaixo de um céu pesado e escuro como se fosse noite ainda e de um ar que, embora parado, parecesse ávido e mordaz.

"Nós vamos ter um outono de neve", disse Agnes e, como previsto, antes mesmo de sairmos da igreja, grossos flocos de neve tão grandes que quase escureceram as janelas começaram a cair. Parou antes de sairmos, mas lá estava, uma camada macia e espessa sob nossos pés enquanto caminhávamos pesadamente até a mansão. Antes de chegarmos ao saguão, a lua levantou-se, e acho que estava mais claro naquela hora — por causa do luar e da neve ofuscante — do que quando fomos à igreja, entre duas e três horas da tarde. Eu não contei para vocês antes, mas a srta. Furnivall e a sra. Stark nunca iam à igreja: costumavam ler as orações juntas, com seu jeito quieto e desanimado; pareciam achar o domingo muito longo, sem os trabalhos de tapeçaria para mantê-las ocupadas. Então, quando fui até Dorothy na cozinha para buscar a srta. Rosamond e levá-la comigo para cima, não me indaguei muito quando ela me disse que as duas senhoras haviam deixado a criança na sala com elas e que a menina não havia voltado para a cozinha como eu tinha dito para fazer quando cansasse de se comportar na sala de estar. Larguei minhas coisas e fui procurá-la para trazê-la para jantar no nosso quarto. No entanto, quando entrei na sala de estar, lá estavam as duas senhoras sentadas muito quietas e calmas, falando uma coisa ou outra de vez em quando, mas o encanto e a alegria da srta. Rosamond mal parecia ser percebido pelas duas. Ainda pensei que talvez ela tivesse se escondendo de mim e houvesse persuadido as duas a fingirem não tê--la visto. Assim sendo, fui espiando por baixo do sofá, por trás da cadeira, aparentando susto e tristeza por não encontrá-la.

"Qual o problema, Hester?", a sra. Stark perguntou em tom áspero. Não sei se a srta. Furnivall não havia me visto, já que, como lhes contei, ela era bem surda e estava sentada quase imóvel, encarando o fogo distraidamente com sua expressão de desesperança. "Estou apenas procurando minha pequena Rosy-Posy", respondi, ainda achando que a criança estava por perto, mesmo que não pudesse vê-la.

"A srta. Rosamond não está aqui", disse a sra. Stark. "Faz mais de uma hora que foi atrás de Dorothy", disse ela, também se virando para o fogo.

Meu coração ficou apertadíssimo, e comecei a desejar que nunca tivesse deixado a menina sozinha. Fui até Dorothy e contei o que elas haviam me dito. James estivera fora o dia inteiro, mas ela e Agnes pegaram lamparinas e foram comigo primeiro ao quarto; a seguir, perambulamos pela grande casa chamando e suplicando para que a srta. Rosamond saísse de seu esconderijo e parasse de nos assustar. No entanto, não houve resposta, nem sequer um ruído.

"Oh!", eu disse por fim. "Poderia ela ter ido até a ala leste e se escondido por lá?"

Dorothy disse que não era possível, pois ela mesma nunca havia estado lá, uma vez que as portas estavam sempre fechadas e ao que parecia somente o mordomo do meu patrão tinha a chave. De qualquer forma, nem ela nem James jamais as tinham visto. Então, falei que voltaria e ver se, no fim das contas, ela não estaria escondida na sala de estar sem com que as duas senhoras tivessem percebido; e, se eu a encontrasse lá, eu disse, iria açoitá-la pelo susto que havia me dado — embora não pretendesse, de fato, fazer isso. Bem, voltei para a sala de estar do lado oeste e falei para sra. Stark que não tínhamos encontrado a menina em lugar nenhum e perguntei se eu poderia olhar por todo o recinto, pois achava agora que ela poderia ter pegado no sono em algum canto quentinho. Mas não! Nós procuramos, a srta. Furnivall se levantou e procurou, se tremendo toda, e nada da menina. Saímos novamente — todos da casa — e procuramos por todos os lugares pelos quais já havíamos passado antes e ainda não a encontramos. A srta. Furnivall tremia e se sacudia tanto que sra. Stark a levou de volta para a sala de estar aquecida, mas não sem antes me fazer prometer que levaria a menina para elas verem quando a tivesse encontrado. Que dia! Comecei a pensar que ela nunca mais seria encontrada quando considerei uma espiada ao pátio da frente, coberto de neve. Estava no andar de cima quando olhei para fora, e a luz da lua estava tão forte que consegui ver claramente duas pegadas de pezinhos que podiam ser rastreadas do saguão até o canto da ala leste. Não sei como desci, mas puxei com força a porta pesada do saguão e, usando a saia da minha veste como capuz, corri. Contornei a parede da ala leste, e lá uma sombra negra caía sobre a neve. Contudo, quando voltei para a luz do luar, encontrei novamente as pequenas pegadas subindo no sentido das colinas. Estava frio demais, tanto que o ar quase arrancava a pele do meu rosto enquanto eu corria. No entanto, corri mesmo assim, chorando de pensar em como minha pequena devia estar machucada a assustada. Eu estava próxima das árvores com troncos espinhosos e retorcidos quando vi um pastor vindo na minha direção, carregando alguma coisa enrolada em uma manta em seu braço. Ele gritou para mim e perguntou se eu havia perdido uma criança e, como não fui capaz de responder, engasgada no meu próprio choro, ele se dirigiu a mim, e vi minha pequena menina deitada bem paradinha, branca e rígida nos seus braços, como se estivesse morta. Ele me disse que havia ido até as colinas recolher suas ovelhas antes que a noite fria chegasse e que, embaixo das árvores com troncos espinhosos e retorcidos (marcas escuras no meio da colina, onde não havia nenhuma outra vegetação por perto) havia encontrado minha pequena dama — meu cordeirinho, minha rainha, minha querida — dura, gelada, no sono terrível que precede a morte. Ah! A alegria e as lágrimas de tê-la nos meus braços outra vez! Eu não o deixei carregá-la, peguei-a em meus braços com manta e tudo e a segurei perto do meu pescoço quente e do meu coração. Senti a vida voltando ao seus pequeninos membros. Porém, ela ainda estava inconsciente quando chegamos ao saguão, e eu sem fôlego para falar o que quer que fosse. Entramos pela porta da cozinha.

"Me tragam uma panela com água quente", eu disse, e subi as escadas com ela e comecei a despi-la perto do fogo que Agnes havia mantido aceso no quarto. Chamei minha pequena de todos os nomes doces e divertidos que passaram por minha cabeça — mesmo quando meus olhos estavam turvos de tantas lágrimas — até que, ah! Ela abriu seus grandes olhos azuis. Coloquei-a na cama quente e pedi para Dorothy ir avisar a srta. Furnivall que estava tudo bem, sentando ao seu lado, onde fiquei pelo resto da noite. Ela caiu em um sono leve assim que sua bela cabeça tocou o travesseiro, e eu a vi dormir até clarear o dia, quando acordou luminosa e brilhante — ou então pensei, a princípio — e, minhas crianças, ainda penso agora.

Ela disse que resolveu ir procurar Dorothy, uma vez que as duas senhoras estavam dormindo e estava muito chato na sala de estar. Quando estava passando pela entrada do lado oeste, viu a neve cair macia e constante através das janelas altas e quis olhar de perto. Para isso, foi até o grande saguão e, aproximando-se da janela, observou a neve cair radiante do lado de fora. Enquanto olhava, avistou uma menina que parecia um pouco mais nova do que ela, "mas tão bonita", disse minha pequena, "e essa menininha me chamou lá para fora. Ah, ela era tão bonita e tão doce que eu não tinha escolha além de ir". Então, essa outra menininha pegou sua mão e, lado a lado, as duas foram para a ala leste.

"Agora você está sendo travessa e inventando histórias", eu disse, "o que a sua mãe, um criatura que está no céu e nunca contou nenhuma mentira, falaria para sua pequena Rosamond se escutasse isso que está fazendo agora... inventando histórias!"

"É verdade, Hester", soluçou a minha menina, "Estou falando a verdade. Estou mesmo".

"Não venha me dizer uma coisa dessas!", retruquei de maneira severa, "Eu segui os seus passos na neve, e havia apenas os seus passos para seguir. Se tivesse uma menininha andando do seu lado, você não acha que eu veria outras marcas de pegadas ao lado das suas?"

"Eu não sei o que dizer, minha querida Hester", respondeu ela, chorando, "se não estavam lá. Eu nunca parei para olhar os pés dela. Ela segurou minha mão com toda a firmeza, foi tudo muito rápido e estava tão frio. Ela me levou pela estrada das colinas, passando pelas árvores espinhosas e retorcidas, e lá tinha uma mulher choramingando. Quando ela me viu, parou de chorar e sorriu, um sorriso orgulhoso e magnífico, me colocou no colo e começou a me embalar para me fazer dormir. Isso é tudo, Hester, mas é verdade, e minha querida mãe sabe que é", disse ela, ainda aos prantos. Depois de escutar essa história, pensei que a criança estivesse com febre e fingi acreditar enquanto ela contava e recontava os mesmos acontecimentos, exatamente da mesma forma toda vez. Finalmente, Dorothy bateu na porta com o café da manhã da srta. Rosamond e me disse que as senhoras estavam no andar de baixo e queriam falar comigo. As duas passaram no nosso quarto na noite anterior, mas foi depois de a srta. Rosamond ter dormido, por isso elas haviam apenas olhado a menina e não me perguntaram nada.

"Estou encrencada", pensei para mim mesma enquanto ia em direção à galeria norte. "E ainda assim", refleti tomando coragem, "eu deixei a menina com elas, e se alguém é culpado são as duas por não a terem visto sair de lá". Entrei corajosamente e contei minha história. Falei tudo para a srta. Furnivall, gritando perto do ouvido dela, mas, quando fui mencionar a outra menina que estava na neve, que a havia bajulado e tentado seduzi-la, levando-a até a mulher que estava perto das árvores com troncos espinhosos e retorcidos, ela jogou os braços pra cima — seus velhos e mirrados braços — e gritou: "Ah, céus, perdão! Tende piedade!".

A sra. Stark a segurou de maneira um tanto brusca, mas ela estava fora de controle e falou de um jeito enlouquecido e autoritário, como se me advertisse.

"Hester, não a deixe chegar perto dessa menina! Isso vai atraí-la para sua própria morte! Aquela criança malvada! Diga a ela que essa criança é perversa e maldosa." A sra. Stark, então, me correu da sala, o que fiz de bom grado, inclusive, mas a srta. Furnivall continuou histérica: "Oh, tenha piedade! Você nunca irá perdoar? Foi há tanto tempo...".

Fiquei muito inquieta depois disso tudo e não ousei deixar a srta. Rosamond sozinha, fosse dia ou noite, com medo de que sumisse novamente após alguma alucinação ou coisa do tipo. Também porque pensei que a srta. Furnivall estivesse louca, tendo em vista a forma como havia agido, e fiquei com medo que algo do tipo (que poderia ser de família, vocês sabem) pairasse sobre a minha querida menina. Enquanto isso, a neve não parava e, sempre que fazia uma noite mais ventosa que o normal, entre uma rajada e outra, escutávamos o velho patrão tocando órgão. Velho patrão ou não, sempre que a srta. Rosamond ia a algum lugar, eu a acompanhava, pois meu amor por aquela bela e indefesa órfã era mais forte que meu medo daquele grandioso o terrível som. Além do mais, era minha função mantê-la alegre e feliz, como devia ser na idade dela. Assim, brincávamos e passeávamos juntas para lá e para cá; por todos os lugares, pois eu não me atrevia a perdê-la de vista naquela imensa e barulhenta casa. Até que, numa tarde não muito antes do dia de Natal, quando estávamos brincando na mesa de bilhar no grande saguão (não que soubesse como jogar, mas ela gostava de rolar as bolas de mármore com suas graciosas mãos e eu gostava de ver o que quer que fizesse), a casa escureceu sem com que notássemos, embora ainda houvesse luz do lado de fora. Pensei em levá-la para o quarto quando, de repente, ela gritou:

"Veja, Hester! Veja! Lá está minha pobre menininha na neve!"

Me virei para as longas e estreitas janelas e lá, como era de se esperar, vi a menininha. Era menor que minha srta. Rosamond, vestida inadequadamente para estar na rua com aquele frio, chorando e batendo na vidraça da janela, como se pedisse para entrar. Parecia chorar e soluçar, e que a srta. Rosamond não aguentou e correu para abrir a porta. Nesse momento, o órgão ressoou tão estrondosamente que tremi e lembrei que, mesmo no silêncio daquele frio cortante, eu não havia escutado nenhum som das mãozinhas da menina batendo no vidro da janela, embora a criança fantasma parecesse ter colocado toda sua força nesse movimento. Embora eu a tenha visto soluçar e chorar, também não lembrava de ter escutado nenhum ruído. Se me lembrei de todos esses detalhes naquele momento não sei, uma vez que o som do órgão havia me enchido de medo, mas sei que peguei a srta. Rosamond antes que ela abrisse a porta do saguão. Agarrei-a e saí com ela gritando e espernando até a cozinha, onde Dorothy e Agnes estavam ocupadas com suas tortas de carne moída.

"Qual o problema com meu docinho?", gritou Dorothy, enquanto eu segurava a srta. Rosamond, que chorava tanto que parecia que seu coração iria se partir.

"Ela não me deixa abrir a porta para minha amiguinha entrar. Ela vai morrer se ficar nas colinas a noite inteira. Hester cruel e maldosa", disse a menina, me dando um tapa que poderia ter sido até mais forte, pela expressão de terror de Dorothy. Meu sangue gelou.

"Feche a porta dos fundos da cozinha, depressa, e tranque bem", disse ela para Agnes. Depois disso, não disse mais nada. Ela me deu passas e amêndoas para acalmar a srta. Rosamond, mas ela não parava de soluçar enquanto falava da menininha na neve e não tocava em nada do que eu oferecia. Me senti grata quando ela enfim pegou no sono em meio ao choro todo e fui na ponta dos pés até a cozinha. Chegando lá, falei para Dorothy que tinha decidido levar minha pequena para a casa do meu pai em Applethwaite, onde vivíamos humildemente, mas em paz. Contei que já tinha ficado bem assustada com o antigo patrão tocando órgão, mas, agora que eu havia visto com meus próprios olhos essa menininha gemendo, toda enfeitada como nenhuma outra criança da vizinhança estaria, batendo e pedindo para entrar — ainda que sem emitir som nenhum —, com um machucado escuro no seu ombro direito e que a srta. Rosamond havia identificado como o fantasma que quase a seduziu para a morte (o que Dorothy sabia ser verdade), eu não iria mais aguentar.

Vi Dorothy mudar de cor uma ou duas vezes. Quando terminei, ela me avisou que não seria possível levar a srta. Rosamond comigo, pois ela estava sob a tutela do meu patrão, e eu não tinha direito nenhum sobre a criança. Ela então me perguntou se eu deixaria a menina de quem eu era tão próxima apenas por causa de sons e visões que não poderiam me fazer mal e com os quais todos eles tiveram que se acostumar com o passar do tempo? Eu estava possessa e respondi que estava na hora de ela me contar o que eram essas visões e barulhos, e se poderiam ter alguma coisa a ver com a criança-espectro enquanto ela ainda estava viva. Insisti tanto que Dorothy acabou me contando tudo o que sabia, finalmente. Quando ela terminou, desejei que não tivesse feito isso, pois só fez com que eu ficasse com mais medo ainda.

Ela me disse ter escutado a história de uns antigos vizinhos que eram vivos na época que era recém-casada. Naquele tempo as pessoas costumavam se reunir no saguão às vezes, quando o lugar ainda não tinha uma reputação ruim por aquelas bandas. Talvez fosse mentira o que ela havia escutado, mas talvez fosse verdade.

O antigo patrão era o pai da srta. Furnivall — ou srta. Grace, como Dorothy a chamava, uma vez que a srta. Maude era a mais velha e por direito mantinha esse título. O velho patrão foi dominado pelo orgulho. Ninguém nunca tinha visto ou escutado falar de um homem tão orgulhoso assim antes, e suas filhas eram iguais. Homem nenhum era bom o suficiente para se casar com elas, embora houvesse muitos pretendentes, pois elas eram lindas, como pude constatar pelos seus retratos na sala de estar principal. Como o velho ditado diz, "quanto maior o orgulho, maior a queda", e as duas moças acabaram se apaixonando pelo mesmo homem, que não era ninguém menos que o músico estrangeiro contratado em Londres pelo pai para tocar com ele na mansão, pois acima de qualquer coisa — e lado a lado com o orgulho — estava seu amor pela música, e o velho podia tocar quase todos instrumentos conhecidos. Estranhamente, contudo, esse dom nunca o tinha deixado mais amável. Muito pelo contrário, ele seguia casmurro, violento e, dizem, partiu o coração de sua esposa com sua crueldade. Era maluco por música e pagava qualquer preço por ela. Assim, conseguiu que esse estrangeiro — que tocava tão maravilhosamente que, segundo diziam, até os pássaros paravam para ouvir — viesse. Com o tempo, o homem se tornou muito próximo do velho patrão e passou a vir todos os anos. Foi ele mesmo quem buscou o órgão da Holanda e o colocou no saguão, onde se encontra até hoje. Ensinou o velho a tocar muitas e muitas vezes. Enquanto lorde Furnivall não tirava os olhos do instrumento, o jovem passeava com uma ou outra de suas filhas pela floresta. Às vezes era a srta. Maude, às vezes, a srta. Grace.

A srta. Maude, ao que parece, havia vencido a disputa e recebido o prêmio. Ela se casou escondida com o rapaz e, antes mesmo de sua visita anual, já dera à luz uma menininha e se encontrava confinada em uma casa de campo enquanto seu pai e srta. Grace achavam que a moça estava nas corridas a cavalo de Doncaster. Contudo, mesmo o casamento e a maternidade não a tinham amolecido, pois ela continuava arrogante e passional como sempre. Talvez até mais, já que passou a morrer de inveja da srta. Grace, a quem seu marido ainda cortejava como forma de enganá-la sobre o que de fato havia acontecido — ou pelo menos era isso o que ele costumava dizer à esposa. No entanto, a srta. Grace triunfou em algum momento, e a srta. Maude ficou cada vez mais furiosa com seu marido e sua irmã. O marido, então, facilmente desestabilizado por qualquer coisinha mais desagradável, fugiu do país, abandonando a mansão um mês mais cedo que o de costume naquele verão e ameaçando nunca mais retornar. Enquanto isso, a menininha foi deixada na casa de campo, e a mãe, pelo menos uma vez por semana, pegava seu cavalo e galopava através das colinas para vê-la, pois ela a amava, e quando amava era de verdade. Quando odiava também. Nesse meio-tempo, seu pai seguia tocando o órgão, e os empregados da mansão achavam que a doce melodia havia acalmado um pouco o velho, que era conhecido por seu temperamento terrível, segundo Dorothy. Ele também acabou ficando doente depois de um tempo e começou a andar de muleta. E como seu filho — que era o pai do meu atual patrão — estava no exército, na América, e seu outro filho estava no mar, a srta. Maude fazia o que bem queria, e ela e a srta. Grace acabaram assumindo uma postura cada vez mais amarga e fria uma com a outra, até chegar ao ponto em que mal se falavam, exceto quando o pai estava por perto. O músico voltou no verão seguinte, porém pela última vez, pois estava cansado dos ciúmes e da paixão das duas, e ninguém nunca mais ouviu falar dele. A srta. Maude, que sempre esperou ter seu matrimônio revelado após a morte do pai, foi abandonada sem que ninguém sequer soubesse que ela havia se casado e com uma filha que não ousava assumir, embora amasse. Assim, seguiu vivendo com um pai de quem sentia medo e uma irmã que odiava. Quando o verão chegou de novo e o jovem estrangeiro não voltou, ambas as irmãs ficaram ainda mais tristes e desanimadas. Tinham um ar exaurido, embora continuassem bonitas como sempre; no entanto, aos poucos, o brilho da srta. Maude foi voltando. Enquanto isso, seu pai foi ficando cada vez mais doente e cego por sua música, e ela e a srta. Grace viviam quase completamente alheias uma à outra, em aposentos separados — Grace na ala oeste e Maude na leste, naquele lado onde hoje em dia os quartos se encontram fechados. Assim sendo, a srta. Maude pensou que poderia levar sua filha para viver com ela e ninguém ficaria sabendo além dos criados, que certamente não falariam a respeito e acreditariam ser a menina filha de um dos empregados da casa de campo com quem havia criado laços. Tudo isso, segundo Dorothy, era bem conhecido já, mas o que veio a seguir ninguém sabia, exceto ela, a srta. Grace e a sra. Stark, que já era sua criada na época e era mais amiga dela do que a irmã havia sido algum dia. Os demais empregados achavam, pelo que tinham ouvido, que a srta. Maude tinha vencido Grace ao dizer que durante todo aquele tempo o jovem músico estava zombando dela com um flerte falso e que os dois estavam casados. De fato, a srta. Grace perdeu seu brilho para sempre após escutar isso e disse que cedo ou tarde se vingaria. Foi quando a sra. Stark passou a espionar os quartos da ala leste.

 Numa noite pavorosa, pouco depois do Ano-Novo, quando o chão estava coberto de neve e os flocos ainda caíam com força suficiente para cegar qualquer um que estivesse andando do lado de fora, ouviu-se um barulho alto e violento, junto com gritos e xingamentos proferidos pelo velho patrão, berros de uma criança, a provocação de uma mulher feroz, o baque de um golpe e silêncio. A seguir, vieram gemidos e lamentos fracos do lado das colinas. Logo depois, o velho chamou todos seus criados e disse, com blasfêmias horríveis e palavras piores ainda, que a srta. Maude tinha se desgraçado, que ele a havia mandado embora junto com sua filha pequena e que, caso as ajudassem ou lhes dessem comida ou abrigo, ele os amaldiçoaria. Tudo isso com a srta. Grace ao seu lado, branca e dura como uma pedra. Quando o discurso terminou, ela fez um gesto, como que para dizer que seu trabalho estava feito e seu objetivo havia sido alcançado. O velho nunca mais tocou o órgão e morreu menos de um ano depois. Não era de se espantar, uma vez que, no dia seguinte àquela noite assustadora, os pastores, descendo a colina, encontraram a srta. Maude sentada embaixo das árvores com troncos espinhosos e retorcidos com um sorriso insano, dando de mamar a uma criança morta com uma marca negra terrível no ombro direito. "No entanto, não foi o machucado que matou a criança", Dorothy disse, "foi a geada e o frio. Enquanto todas as criaturas selvagens se escondiam em suas tocas e buracos, a criança e sua mãe perambulavam pelas colinas! Agora você sabe tudo! Será que está se sentindo menos assustada agora?"

Eu estava mais apavorada do que nunca, mas respondi que estava bem. Desejei sair daquela casa para sempre com a srta. Rosamond, mas não a abandonaria, e não me animava a levá-la comigo. Como cuidei dela e a vigiei! Nós trancávamos as portas e fechamos as janelas rapidamente uma hora antes de escurecer, mas minha pequena dama ainda ouvia a criança estranha chorando e gemendo, e nada do que pudéssemos falar ou fazer a impedia de querer deixá-la entrar para se proteger do vento e da neve. Durante esse tempo, me mantive longe da srta. Furnivall e da sra. Stark o máximo que pude, pois temia ambas. Sabia que nada de bom poderia vir daquelas feições duras e esverdeadas e daqueles olhares distantes, encarando o passado medonho. Mesmo com medo, sentia um pouco de pena da srta. Furnivall, pelo menos. Nem mesmo os mortos tinham uma expressão tão sem esperança quanto a dela. Sentia tanta pena que, embora ela nunca me falasse mais do que o estritamente necessário, eu rezava por ela. Também ensinei a srta. Rosamond a rezar por aqueles que haviam cometido um grande pecado, mas, quase sempre que mencionava essas palavras, ela parava e dizia: "Estou ouvindo minha menininha chorando com tanta tristeza... Ah, ela precisa entrar ou vai acabar morrendo!".

Uma noite, logo depois de o primeiro dia do ano ter finalmente chegado e de o clima rigoroso do inverno ter melhorado um pouco, ouvi o sino da sala de estar oeste tocar três vezes, um sinal de que eu estava sendo chamada. Eu não deixaria a srta. Rosamond sozinha dormindo enquanto o velho patrão tocava órgão, temendo que ela poderia acordar a qualquer momento e escutar o espectro da criança. Eu sabia que ela não conseguiria vê-la, pois havia fechado as janelas bem demais para isso. Assim, tirei-a da cama, enrolei-a em umas roupas que estavam à mão e a carreguei comigo até a sala de estar onde as duas velhas damas estavam sentadas com seus trabalhos de tapeçaria, como sempre. Elas me olharam quando entrei, e a sra. Stark perguntou, meio pasma, por que eu havia trazido a srta. Rosamond junto e a tirado de sua cama quente. Comecei a sussurrar "porque estava com medo que ela fosse seduzida pela criança selvagem e saísse na neve", quando ela me interrompeu bruscamente (olhando para a srta. Furnivall) e me disse que a senhorita queria minha ajuda para desfazer um ponto que estava mal dado e que nenhuma das duas conseguia enxergar muito bem. Assim sendo, deitei minha pequena no sofá, sentei em um banco perto delas, enrijeci e ouvi o vento ficar mais forte e começar a uivar.

A srta. Rosamond dormia profundamente, mesmo com o vento soprando alto. A srta. Furnivall, por sua vez, não disse uma palavra nem levantou os olhos enquanto as rajadas sacudiam as janelas. De repente, ela se levantou e ergueu a mão, como se dissesse para a gente escutar.

"Ouço vozes!", disse ela. "Ouço gritos terríveis — ouço a voz do meu pai!"

Naquele momento, minha querida criança acordou abruptamente e gritou: "minha menininha está chorando, oh, ela está chorando tanto!". Ela tentou levantar e ir até a menina, mas se enrolou no cobertor, e eu a segurei, pois já estava ficando arrepiada pelos barulhos que apenas as duas escutavam. Em um ou dois minutos, começamos todas a escutar os ruídos com clareza — ouvíamos gritos e não escutávamos mais o som do vento soprando lá fora. A sra. Stark me encarou, e eu devolvi o olhar, mas não nos atrevemos a falar nada. De repente, a srta. Furnivall foi em direção à porta, até a antessala do lado oeste, e abriu a passagem para o grande saguão. A sra. Stark a seguiu, e eu não ousei ficar sozinha, mesmo com meu coração quase congelado de medo. Agarrei minha pequena nos braços e fui com elas. No saguão, os gritos estavam mais altos que nunca, e pareciam vir da ala leste, cada vez mais perto das portas fechadas. Notei então que o grande lustre de bronze parecia todo aceso e que parecia ter fogo na lareira, mesmo o saguão estando um pouco escuro e gelado. Estremeci de terror e trouxe minha pequena mais próxima ao meu peito. Enquanto fazia isso, a porta leste sacudiu, e a srta. Rosamond, de repente querendo sair do meu colo, gritou: "Hester! Preciso ir! Minha menininha está lá, posso escutá-la, está vindo! Hester, preciso ir!".

Segurei a srta. Rosamond com toda a minha força. Se eu tivesse morrido, minhas mãos teriam continuado agarradas a ela, pois estava determinada. A srta. Furnivall ficou escutando e não deu atenção alguma à minha pequena, que estava no chão enquanto eu a agarrava pelo pescoço com ambos os braços, de joelhos, enquanto ela gritava e lutava para se soltar.

Subitamente, a porta leste se abriu com um estrondo violento, e de lá veio a figura de um homem velho, com cabelo grisalho e olhos brilhantes, envolto por uma luz forte e misteriosa. Guiava na sua frente uma linda e austera mulher, com uma criancinha grudada no vestido.

"Oh, Hester! Hester!", gritou a srta. Rosamond. "É a moça! A moça que estava embaixo das árvores de troncos espinhosos retorcidos, e minha menininha está com ela. Hester! Hester! Deixe-me ir até ela. Elas estão me chamando. Eu sinto. Eu sinto o chamado delas. Preciso ir!"

Novamente, ela estava quase convulsionando de tanto esforço para sair dos meus braços, mas eu a segurava com cada vez mais força, até achar que iria machucá-la — o que era melhor do que deixá-la ir com aqueles fantasmas terríveis. Eles passaram por nós e foram até a porta principal do saguão, onde o vento soprava e com voracidade procurava sua presa. Antes de chegarem lá, a mulher se virou, e pude vê-la desafiar o velho com o olhar orgulhoso. Contudo, logo depois estremeceu e lançou os braços em um gesto instintivo para salvar a criança — sua pequena criança — de um golpe que o velho se preparava para dar com sua muleta.

A srta. Rosamond foi tomada de uma força maior que a minha, e se retorcia e soluçava nos meus braços (até que perdeu a força).

"Elas querem que eu vá com elas para as colinas, estão me chamando. Ah, minha menininha! Eu iria, mas a cruel e malvada Hester está me segurando com tanta força." No entanto, quando ela viu a muleta, desmaiou, e eu agradeci a Deus. No exato instante em que o velho com os cabelos ensandecidos ia acertar a pequena, que estava toda encolhida, a srta. Furnivall gritou ao meu lado: "Oh, pai! Pai! Poupe a pequena e inocente criança!". Nesse momento vi — nós todas vimos — um outro fantasma surgir da luz azul e nebulosa que preenchia o saguão. Não havíamos notado até aquele momento que uma outra mulher estava ao lado do velho, com uma expressão de ódio implacável e desprezo triunfante. Era linda, com um chapéu macio e branco caído sobre a testa e os lábios rubros sinuosos. Estava vestida com um robe azul de cetim aberto. Eu já tinha visto aquela figura antes. Era o retrato da srta. Furnivall quando jovem. Os fantasmas seguiram em frente, apesar das súplicas da velha srta. Furnivall, e a muleta acertou a menininha no ombro direito enquanto a irmã mais nova assistia, com um olhar duro e sereno. Naquele momento, as luzes fracas e o fogo — que não gerava calor nenhum — cessaram, e a srta. Furnivall caiu aos nossos pés, acometida pela paralisia que antecede a morte.

Sim! Ela foi carregada naquela noite para sua cama pela última vez. Ficou deitada com a cabeça virada para a parede, murmurando baixinho, mas sempre murmurando: "Ai de mim! Ai de mim! O que é feito na juventude nunca poderá ser desfeito com o tempo! O que é feito na juventude nunca poderá ser desfeito com o tempo!".

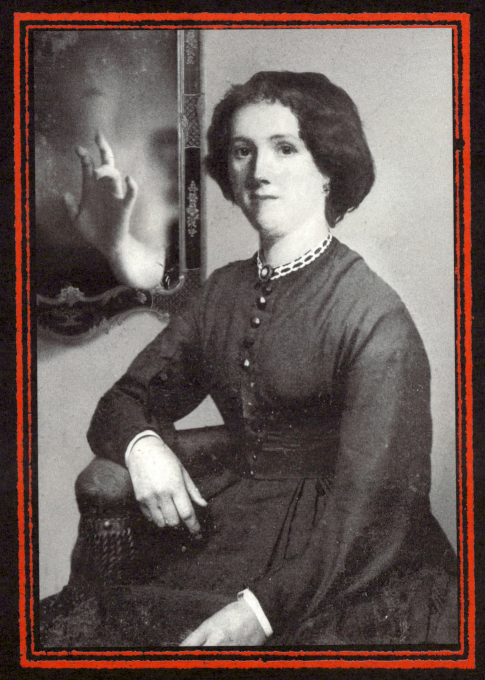

PHOTOGRAPHIC ARCHIVE   CAMERA OBSCURA STUDIO

MARY ELIZABETH BRADDON

Mary Elizabeth Braddon
SRA. MAXWELL

A ACLAMADA

1835-1915

- *Sol em Libra* -

Inglesa. Autora de mais de 80 livros, publicou romances sensacionalistas, contos de horror e um bestseller, *O Segredo de Lady Audley* (1862), que lhe garantiu reconhecimento literário e independência financeira, sendo depois adaptado para o rádio, o cinema e os palcos. Foi educada em casa pela mãe, e, na juventude, trabalhou como atriz para garantir o sustento das duas. O interesse pela literatura e o talento como escritora, no entanto, acabaram conduzindo-a para outras searas. Aos 25 anos, se apaixonou pelo editor John Maxwell. John era casado e tinha cinco filhos, mas sua esposa estava internada em um manicômio na Irlanda. Mary se mudou para a casa dele e criou as crianças como se fossem suas. Catorze anos mais tarde, com a morte da esposa de John, puderam finalmente se casar. Tiveram mais seis filhos. Morreu em Londres, aos 80 anos.

A Sombra da Morte

Mary Elizabeth Braddon

―――
The Shadow in the Corner
―――

— 1879 —

"Acordei de repente, com um
suor frio escorrendo pelo rosto,
e soube na mesma hora que
havia algo terrível no quarto."

 Jovem órfã aceita trabalhar como criada em uma
mansão tenebrosa, onde é instalada em um quarto
onde persiste a sombra de uma presença maligna.

Wildheath Grange ficava um pouco distante da estrada, com uma árida extensão de urze nos fundos e pinheiros altos e esparsos retorcidos pelo vento como único abrigo. Era uma casa solitária em uma estrada solitária, pouco maior que uma alameda, que cruzava ermos campos arenosos até a beira-mar; o local tinha péssima reputação entre os moradores de Holcroft, o vilarejo mais próximo.

Mesmo assim, era uma boa casa, construída com solidez em uma época em que não se economizava nem pedra nem madeira — uma velha mansão cinzenta com diversas torres, aconchegantes assentos de janela, amplas escadarias, longos e sombrios corredores, portas ocultas em cantos inusitados, closets tão espaçosos quanto alguns cômodos modernos e adegas onde uma tropa inteira poderia ter se escondido durante a guerra.

A vasta construção antiga estava entregue a ratos, camundongos, isolamento, ecos e era ocupada por três idosos: Michael Bascom, cujos antepassados tinham sido proprietários rurais de renome na região, e seus dois empregados, Daniel Skegg e esposa, que trabalhavam para o dono da soturna mansão desde que ele deixara a universidade, onde passara quinze anos de sua vida — cinco como aluno e dez como professor de ciências naturais.

Aos trinta e três anos, Michael Bascom parecia um homem de meia idade; aos cinquenta e seis, tinha a aparência, os trejeitos e a voz de um velho. Nesse intervalo de vinte e três anos, morou sozinho em Wildheath Grange, e comentava-se à boca pequena na vizinhança que era a personificação da casa. O comentário decerto não passava de uma crendice fantasiosa; no entanto, não era difícil estabelecer uma certa afinidade entre a mansão pardacenta e o homem que a habitava. Ambos pareciam igualmente distantes das inquietações e dos interesses corriqueiros da humanidade; ambos tinham um ar de assentada melancolia, gerada pela solidão perene; a mesma tez esmaecida, o mesmo aspecto de morosa decadência.

No entanto, por mais solitária que fosse a vida de Michael Bascom em Wildheath Grange ele não demonstrava a menor pretensão de alterar sua rotina. Trocara de bom grado a reclusão relativa das acomodações universitárias pela ininterrupta solidão de Wildheath. Cultivava um apreço fanático pela pesquisa científica, e seus dias de descanso eram preenchidos por afazeres que em geral despertavam seu interesse e muito o satisfaziam. Quando o objetivo que se esforçava para alcançar parecia inatingível, passava por períodos de depressão, e momentos ocasionais de dúvida o mergulhavam em desânimo. Por sorte, era acometido por tais estados de espírito apenas raramente. Sua ferrenha obstinação poderia tê-lo alçado às mais excelsas conquistas e talvez pudesse ter alcançado renome mundial, não fosse a catástrofe que sobrecarregou o inverno de sua inofensiva existência com o fardo de um remorso insuperável.

Em uma certa manhã de outono — quando já morava em Wildheath fazia vinte e três anos e começara a perceber que seu fiel mordomo e criado, que já era um homem de meia-idade quando o empregara, estava ficando velho —, o sr. Bascom teve interrompidas suas reflexões matinais acerca do mais recente tratado sobre teoria atômica em pleno desjejum por um pedido abrupto de Daniel Skegg. O mordomo estava acostumado a servi-lo no mais absoluto silêncio, e sua fala repentina foi quase tão inusitada como se o busto de Sócrates sobre a estante tivesse desatado a tagarelar.

"Não vejo outra solução", disse Daniel, "minha senhora precisa de uma garota!"

"Uma o quê?", indagou o sr. Bascom, sem desviar os olhos do texto que estava lendo.

"Uma garota... uma garota para dar conta do serviço da casa e ajudar a minha velha. Ela não tem mais força nas pernas, pobrezinha. Afinal de contas, já são vinte anos."

"Vinte anos!", repetiu Michael Bascom, em tom de desdém. "Que são vinte anos para a formação de um estrato geológico, para o crescimento de um carvalho, para o resfriamento de um vulcão!"

"Pode não ser muito, mas diga isso aos ossos de um ser humano."

"De fato, as manchas de manganês observadas em alguns crânios na certa indicam...", começou o cientista, sonhador.

"Se meus ossos estivessem livres do reumatismo, tal como há vinte anos", prosseguiu Daniel, impaciente, "eu talvez fizesse pouco caso do passar do tempo. Seja como for, minha senhora precisa de uma garota. Ela não pode continuar zanzando para cima e para baixo por estes corredores intermináveis, nem aguenta mais ficar plantada na copa, ano após ano, como se fosse uma mocinha. Precisa de uma ajudante."

"Pois que tenha até vinte", retrucou o sr. Bascom, retomando sua leitura.

"De nada adianta falar assim, senhor. Ora, vinte! Vamos ter dificuldade para encontrar *uma*."

"Porque há pouca gente nas redondezas?", indagou o sr. Bascom, distraído com o livro.

"Não, senhor. Porque dizem que esta casa é assombrada."

Michael Bascom largou o livro e lançou um olhar de reprovação para seu criado.

"Skegg", admoestou em tom severo, "pensei que, depois de tantos anos comigo, não se deixasse mais levar por esse tipo de tolices."

"Não estou dizendo que acredito em fantasmas", respondeu Daniel, tentando se justificar, "mas as pessoas do vilarejo acreditam. Não há quem ouse pisar aqui depois do entardecer."

"Só porque Anthony Bascom, após levar uma vida tresloucada em Londres e perder toda sua fortuna, veio para cá desconsolado e, supostamente, se suicidou nesta casa, a única propriedade que lhe restara de seu vasto patrimônio."

"Supostamente!", exclamou Skegg. "Ora, não é suposição, é um fato, tão real quanto a morte da rainha Elizabeth ou o grande incêndio de Londres. Ele não foi enterrado em uma encruzilhada, entre Wildheath e Holcroft?"

"Uma tradição absurda, da qual não se tem nenhuma prova substancial", retrucou o sr. Bascom.

"Se existem ou não provas, eu não sei, mas os moradores da região acreditam nisso piamente, tanto quanto creem nos evangelhos."

"Se a fé nos evangelhos fosse um pouquinho maior, não precisariam se preocupar com Anthony Bascom."

"Bem", resmungou Daniel, começando a tirar a mesa, "precisamos de uma garota, mas terá que ser ou uma pessoa de fora, ou alguém precisando muito de um emprego."

Quando Daniel Skegg disse "de fora", não estava se referindo a uma estrangeira oriunda de terras longínquas, e sim a uma moça que não fosse nascida e criada em Holcroft. Daniel crescera naquele insignificante vilarejo e, embora pequeno e desinteressante, ele o considerava o centro de seu mundo.

Michael Bascom estava absorto demais na teoria atômica para dar atenção às súplicas de seu velho criado. A sra. Skegg era uma pessoa com quem raramente mantinha contato. Ela habitava uma região obscura na extremidade norte da casa, onde era rainha absoluta de uma cozinha que mais parecia uma catedral e diversas copas e despensas, onde travava uma guerra perpétua com aranhas e besouros e perdera sua mocidade entre vassouras e esfregões. Era uma mulher de aparência severa, devoção dogmática e língua ferina. Boa cozinheira, executava de maneira diligente os caprichos do patrão. Ele não era um epicurista, mas prezava por uma vida sem sobressaltos, e acreditava que o equilíbrio de sua acuidade mental poderia ser arruinado por um jantar ruim.

Passaram-se dez dias sem que houvesse um único comentário sobre a proposta de contratarem uma nova criada quando Daniel Skegg interrompeu seus estudos com um intempestivo anúncio:

"Consegui a garota!"

"Ah, é?", disse Michael Bascom, retomando sua leitura. Naquele dia, estava lendo um ensaio sobre o fósforo e suas funções no cérebro humano.

"Sim", prosseguiu Daniel, em seu habitual tom de resmungo. "Uma menina desamparada e sem família. Se morasse na região, jamais teria aceitado vir trabalhar aqui."

"Espero que seja decente", disse Michael.

"Muito decente! É seu único defeito, coitada. É boa demais para esta casa. Não tem experiência como criada, mas disse que está disposta a trabalhar, e sei que minha velha vai treiná-la bem. O pai era um modesto comerciante em Yarmouth. Morreu mês passado e deixou a pobrezinha sem teto. A sra. Midge, de Holcroft, é tia da menina e se ofereceu para abrigá-la até que encontrasse um lugar para morar. Ela está lá há três semanas, procurando. Quando a sra. Midge soube que minha senhora estava buscando uma ajudante, achou que seria uma excelente oportunidade para sua sobrinha Maria. Por sorte, a garota nunca tinha ouvido nada a respeito desta casa. A pobre inocente me cumprimentou cheia de mesuras, disse que estava muito grata e que se empenharia para aprender o serviço. Não sabe fazer quase nada, pois o pai, em seu disparate, não a educou para ser pobre", resmungou Daniel.

"Pelo que está me contando, acho que fez um péssimo negócio", concluiu Michael. "Duvido que essa menina, criada para debutar na sociedade, saiba limpar chaleiras e panelas."

"Poderia até ter sido criada como uma duquesa, que ainda assim minha velha a colocaria na linha", retrucou Skegg, confiante.

"E, diga-me, onde é que vai alojar essa garota?", perguntou o sr. Bascom, com uma leve irritação. "Não quero uma estranha vagando pelos corredores, rondando meus aposentos. Você sabe que tenho o sono leve, Skegg. Um camundongo no lambril é capaz de me acordar."

"Já pensei nisso", respondeu o mordomo, com ares de inefável sabedoria. "Não vou colocá-la no seu andar. Ela vai dormir no sótão."

"Em qual quarto?"

"O maior, na extremidade norte da casa. É o único sem goteiras no teto. Nos demais, seria como acomodá-la sob um chuveiro."

"O maior, ao norte", repetiu o sr. Bascom, pensativo. "Mas não foi lá que..."

"Foi, foi", interrompeu Skegg. "Mas ela não sabe disso."

Bascom tornou a se concentrar em seus livros e esqueceu da órfã de Yarmouth. Um belo dia, ao entrar em seu escritório, deparou com uma desconhecida trajando um impecável vestido de algodão preto e branco, ocupada em tirar a poeira dos livros empilhados em blocos sobre sua espaçosa escrivaninha. Limpava-os com mãos tão hábeis e cuidadosas que ele sequer se zangou perante aquela inusitada invasão. A velha sra. Skegg abstinha-se religiosamente daquela empoeirada tarefa, alegando não querer interferir nos hábitos do patrão. Um dos hábitos do patrão, portanto, tinha sido inalar uma tremenda quantidade de poeira no decurso de seus estudos.

A menina era magra e franzina, com um rosto pálido e antiquado. O cabelo claro estava trançado sob uma elegante touca de musselina, e sua tez bem alva realçava os olhos azuis claros. Eram os olhos azuis mais claros que Michael Bascom já vira, mas sua coloração insípida era atenuada pela doçura e a meiguice de sua expressão.

"Espero que não se incomode por estar limpando seus livros, senhor", disse ela, fazendo uma reverência.

Falava pronunciando bem as palavras, em um timbre pitoresco que não pareceu desprovido de um certo charme aos ouvidos de Michael Bascom.

"Limpeza nunca me incomoda, desde que não bagunçem meus livros e meus papéis. Se tirar algo da escrivaninha, coloque de volta no mesmo lugar. É só o que peço."

"Vou tomar bastante cuidado, senhor."

"Quando você chegou?"

"Hoje pela manhã, senhor."

O acadêmico sentou-se à mesa, e a menina se afastou, retirando-se do aposento em silêncio, com a leveza de uma flor. Michael Bascom observou-a com curiosidade. Em sua austera carreira, lidara pouquíssimo com moças, e agora examinava a garota como representante de uma espécie até então desconhecida para ele. Era feita de encanto e delicadeza; admirou sua pele translúcida e o timbre suave e agradável que escapava de seus lábios rosados. Uma belezura, de fato, a mocinha da cozinha! Era uma lástima que neste mundo atribulado não houvesse um trabalho melhor para ela do que esfregar tachos e panelas.

Absorto em considerações sobre ossos secos, o sr. Bascom esqueceu-se de sua pálida arrumadeira. Também não tornou a vê-la em seus aposentos. Ao que tudo indicava, devia concluir seu trabalho pela manhã bem cedo, antes de o patrão fazer seu desjejum.

Encontrou-a no salão, uma semana depois. Ficou abismado com a mudança em sua aparência.

Os lábios da menina tinham perdido seu tom rosado, os olhos azuis adquiriram uma expressão de pavor e suas olheiras estavam profundas, como se estivesse sem dormir havia dias, ou atormentada por terríveis pesadelos.

Michael Bascom ficou tão perplexo pela expressão indefinível no rosto da menina que, vencendo sua habitual reserva, atreveu-se a indagar o que lhe tinha acontecido.

"Aconteceu alguma coisa, não há dúvida", disse ele. "O que foi?"

"Nada, senhor", balbuciou ela, com redobrado terror diante da pergunta do patrão. "Não é nada, não vale a pena perturbar o senhor com isso."

"Bobagem. Você acha que, por viver enterrado nos livros, não sou capaz de sentir empatia pelos meus semelhantes? Diga o que a perturba, menina. Deve estar sentindo a morte recente do seu pai, não é mesmo?"

"Não, senhor, não é isso. A morte do meu pai eu vou sentir para sempre. É um sofrimento que vai durar por toda minha vida."

"Então o que houve?", perguntou Michael, impaciente. "Já sei; não está satisfeita aqui. Não está habituada com o trabalho pesado. Imaginei."

"De forma nenhuma, senhor, por favor nem pense nisso!", exclamou a menina, muito séria. "Estou muito feliz em trabalhar aqui... feliz por poder servir... é que..."

Sem conseguir continuar a frase, pôs-se a chorar, e as lágrimas escorreram de seus olhos tristes, apesar do seu esforço para contê-las.

"O quê?", indagou Michael, irritado. "Que menina mais cheia de segredos e mistérios! Fale de uma vez!"

"Sei que é bobagem, senhor, mas tenho medo do quarto onde durmo."

"Medo? Por quê?"

"Posso falar a verdade, senhor? Promete não ficar zangado?"

"Não vou ficar, desde que fale de uma vez. O que irrita é este suspense!"

"E, por favor, senhor, não diga nada à sra. Skegg. Ela pode ralhar comigo ou até mesmo me mandar embora."

"A sra. Skegg não vai repreender você. Fale, menina."

"Talvez o senhor não saiba qual quarto estou ocupando, senhor; é aquele grandão, nos fundos da casa, com vista para o mar. Da minha janela, posso ver o horizonte do oceano, e às vezes gosto de pensar que é o mesmo que via quando criança em Yarmouth. É muito solitário lá em cima, patrão. O sr. e a sra. Skegg dormem em um quartinho ao lado da cozinha, como o senhor sabe, e fico muito isolada no andar de cima."

"Skegg me disse que você recebeu uma educação acima de sua posição, Maria. Imaginei que não desse crédito a devaneios tolos sobre quartos vazios."

"Por favor, senhor, não pense que a culpa é da educação que recebi. Meu pai se esmerou bastante; não economizou para me educar da melhor maneira que pôde. E era um homem religioso, senhor. Ele não acreditava...", ela fez uma pausa, tentando conter um calafrio, "que os espíritos dos mortos apareciam para os vivos, não desde a época dos milagres, quando o fantasma de Samuel apareceu para Saul. Ele nunca encheu minha cabeça com bobagens, senhor. Quando deitei pela primeira vez naquele quarto imenso e solitário não estava com medo nenhum."

"E o que a fez mudar de ideia?"

"Logo na primeira noite", prosseguiu a menina, ofegante, "senti uma coisa estranha enquanto dormia, como se um fardo pesado comprimisse meu peito. Não foi um pesadelo, e sim uma inquietação que perturbou meu sono. Ao raiar do dia — começa a clarear um pouco depois das seis —, acordei de repente, com um suor frio escorrendo pelo rosto, e soube na mesma hora que havia algo terrível no quarto."

"O que quer dizer com 'algo terrível'? Você viu alguma coisa?"

"Não exatamente, senhor; mas meu sangue gelou nas veias, e eu soube que era aquela presença que estava me seguindo e me sufocando durante o sono. Foi então que vi, no canto do quarto, entre a lareira e o armário, uma sombra — uma sombra indistinta, amorfa..."

"Causada por um dos ângulos do guarda-roupa, ora."

"Não, senhor. A sombra do guarda-roupa estava bem nítida e visível, como se pintada na parede. A outra estava bem no canto, maciça e sem um formato definido. Se tivesse que arriscar um formato, diria que parecia com um..."

"Com o quê?", indagou Michael, aflito.

"Com um cadáver pendurado no teto!"

Michael Bascom empalideceu, embora tentasse manter um ar de incredulidade.

"Pobre menina", disse ele, com ternura, "o sofrimento causado pela morte de seu pai a deixou em um lastimável estado de nervos e agora você está com a cabeça cheia de desvarios. Uma sombra no canto do quarto; ora, ao amanhecer, há sombras em todos os cantos. Até meu casaco velho, pendurado em uma cadeira, pode parecer um fantasma."

"Senhor, bem gostaria que fosse fruto da minha imaginação. Mas toda noite sinto a mesma coisa: uma presença no quarto, comprimindo meu peito. E, todo dia pela manhã, a sombra está lá."

"Mas, quando o dia fica claro, não consegue identificar o que estava formando a sombra?"

"Não, senhor, a sombra desaparece bem antes de clarear o dia."

"É claro, como qualquer outra sombra. Vamos, já chega, tire essas bobagens da cabeça ou nunca vai conseguir cumprir suas atividades do dia a dia. Eu poderia conversar com a sra. Skegg e pedir que lhe transferisse para um outro quarto, mas não quero alimentar suas tolices. Seria a pior coisa que eu poderia fazer por você. Além do mais, ela me disse que todos os cômodos naquele andar estão úmidos; se a transferisse para um deles, você não só arrumaria outra sombra em outro canto, como um reumatismo. Não, minha boa menina, você precisa tentar se mostrar à altura da educação que recebeu."

"Vou me esforçar, senhor", respondeu Maria, modesta, fazendo uma reverência.

Maria voltou para a cozinha, profundamente desgostosa. Levava uma vida melancólica em Wildheath Grange — melancólica de dia, tenebrosa de noite; pois a indistinta presença opressora e a sombra disforme, tão triviais para seu erudito patrão, representavam para ela um pavor inenarrável. Ninguém lhe contara que a casa era assombrada, mas ela andava pelos seus sinistros corredores envolta em uma nuvem de medo. Nem Daniel Skegg nem a esposa se apiedavam dela. Aquelas duas almas devotas tinham decidido que Maria não poderia desconfiar de que havia algo suspeito na casa. Para uma forasteira como ela, Wildheath Grange deveria ser considerado um lugar imaculado, livre de qualquer sopro sulfuroso do inferno. Poder contar com uma ajudante disposta e submissa se tornara fundamental para a existência da sra. Skegg. Uma vez encontrada a menina, precisavam mantê-la a todo custo. Sendo assim, tinham que cortar pela raiz toda e qualquer fantasia de natureza sobrenatural.

"Fantasmas, ora essa!", exclamou a sra. Skegg. "Leia sua Bíblia, Maria, e pare de falar asneiras."

"Mas a Bíblia menciona espíritos", retrucou Maria, estremecendo ao se recordar de alguns trechos bíblicos assustadores que conhecia de cor.

"Estavam no lugar certo, ou não estariam lá", pontuou a sra. Skegg. "Espero que não comece a criar caso com a Bíblia, Maria, a esta altura da vida."

Maria acomodou-se em silêncio em seu cantinho da cozinha, perto da lareira, e folheou a velha Bíblia do seu falecido pai até localizar as passagens que mais amavam e que costumavam ler juntos. Seu pai fora um sujeito simples e honesto, que trabalhava como marceneiro em Yarmouth — um homem de boas intenções, dotado de elegância inata e instinto religioso. A menina, órfã de mãe, fora criada por ele em uma casinha bem-cuidada que Maria aprendeu a estimar desde cedo e a deixar impecável. Nutriam um amor quase romântico um pelo outro. Compartilhavam os mesmos gostos, as mesmas ideias. Bastava bem pouco para deixá-los felizes. Mas a morte, inexorável, separara pai e filha; uma daquelas separações drásticas e abruptas que causam o abalo de um terremoto, trazendo consigo ruína, desolação e desespero instantâneos.

A frágil estrutura de Maria se curvara diante da tempestade. Sobrevivera a uma catástrofe capaz de destruir uma natureza mais inflexível.

Suas profundas convicções religiosas e a crença de que aquela cruel separação era apenas temporária a ampararam. Encarava a vida, com seus cuidados e afazeres, com uma mansa paciência que constituía a mais nobre forma de coragem.

Michael Bascom tentou se convencer de que o temor da criada em relação ao quarto que lhe fora dado não era um assunto digno de consideração. A questão, porém, instalara-se desconfortável em sua mente, atrapalhando seus estudos. As ciências exatas exigem a capacidade plena do cérebro humano, cobram sua máxima atenção e, naquela noite em particular, Michael percebeu que não estava de todo concentrado em seu trabalho. Distraía-se pensando no rosto pálido e na voz trêmula da menina.

Fechou o livro com um suspiro irritadiço, arrastou sua poltrona até a lareira e entregou-se à contemplação. Tentar estudar com a mente tão atribulada não traria nada de útil. Era uma noite cinzenta, no início de novembro; sua luz de leitura estava acesa, mas as venezianas ainda não estavam fechadas, nem as cortinas. Pela janela, podia ver o céu carregado e os topos dos pinheiros sendo fustigados pelo vento furioso. Era possível ouvir sua rajada sibilando pelas torres antes de se dirigir na direção do mar com um uivo selvagem que soava como um grito de guerra.

Sentindo um calafrio, Michael Bascom se aproximou ainda mais da lareira.

"Trata-se de uma tolice absurda e infantil", ele disse a si mesmo, "mas é estranho que ela imagine ver a tal sombra, pois dizem que Anthony Bascom se matou justamente naquele quarto. Me lembro de ouvir a história quando era criança, contada por uma velha criada cuja mãe trabalhara como governanta na época de Anthony. Nunca soube como morreu, coitado — se ele se envenenou, se deu um tiro no peito ou cortou a garganta —, só sei que foi naquele quarto. O velho Skegg deve ter ouvido a mesma coisa. Pude perceber pelo modo como me avisou que ia alojar a menina lá."

Ficou sentado um longo tempo, até o entardecer cinzento dar lugar às trevas da noite, e o grito de guerra do vento ser reduzido a um murmúrio baixo e queixoso. Observando as chamas da lareira, deixou seus pensamentos regressarem ao passado e às histórias que ouvira na infância.

A do seu tio-avô, Anthony Bascom, era triste e patética: uma deplorável narrativa de fortuna e vida desperdiçadas. A tumultuada carreira acadêmica em Cambridge, o estábulo em Newmarket, o casamento imprudente, a vida dissoluta em Londres, a fuga de sua esposa; o patrimônio perdido para os agiotas judeus e, por fim, um trágico desfecho.

Michael ouvira várias vezes aquela lamentável história: após ser deixado por sua bela e dissimulada esposa, constatar que tinha esgotado seu crédito, que todos os seus amigos tinham se cansado dele e que só lhe restara Wildheath Grange, Anthony Bascom, o dândi falido, apareceu em sua solitária mansão certa noite. Chegando sem aviso, ordenou que preparassem uma cama para ele no quarto onde costumava dormir na infância, quando se hospedava na casa durante a temporada de caça de patos selvagens. Seu velho bacamarte permanecia exposto sobre a lareira, onde o deixara quando a fortuna herdada lhe permitiu comprar melhores e mais modernas espingardas de caça. Não pisava em Wildheath havia quinze anos; durante a maior parte desse tempo, praticamente se esquecera que aquela velha e sombria mansão lhe pertencia.

Na época, a única moradora de Wildheath era sua antiga governanta, que trabalhara para ele em Bascom Park até a casa e as terras serem confiscadas pelos credores judeus. Ela preparou a ceia do patrão e se empenhou para acomodá-lo com o máximo de conforto na sala de jantar havia muito abandonada, mas, ao retirar a mesa após o patrão ter se recolhido aos seus aposentos, ficou preocupada quando notou que ele mal tocara a comida.

Na manhã seguinte, serviu o desjejum na mesma sala, mais iluminada e alegre graças aos seus esforços para arrumá-la da noite para o dia. Vassouras, espanadores e um bom fogo na lareira contribuíram bastante para melhorar o aspecto do local. Mas a manhã findou e irrompeu a tarde sem que a velha governanta ouvisse os passos de seu patrão nas escadas. O dia passou, chegou o entardecer. Julgando-o exausto após uma viagem cansativa a cavalo, não fez nenhuma tentativa de acordá-lo, imaginando que estivesse precisando dormir para se recompor. Mas, quando as primeiras sombras do crepúsculo obscureceram o curto dia de novembro, a velha criada ficou preocupada de verdade e, subindo até os aposentos de Anthony, aguardou em vão que respondesse aos seus repetidos chamados e batidas à porta.

O quarto estava trancado por dentro, e a governanta não tinha forças para arrombar a porta. Apavorada, desceu às pressas e, sem sequer colocar a touca, saiu em disparada pela estrada solitária. Não havia nenhuma moradia por perto além do pedágio na velha passagem dos coches, por onde um caminho lateral conduzia ao mar. A esperança de um transeunte casual era mínima. A velha governanta correu sem saber ao certo para onde estava indo ou o que ia fazer, mas com a vaga ideia de que precisava encontrar alguém para ajudá-la.

O acaso colaborou com ela. Uma carroça carregada de algas surgiu avançando sem pressa pela areia à beira-mar. Um robusto fazendeiro caminhava ao lado da carroça.

"Pelo amor de Deus, venha comigo e me ajude a arrombar o quarto do meu patrão!", suplicou ela, agarrando o homem pelo braço. "Ele deve estar morto ou desmaiado, e não consigo entrar lá para acudi-lo!"

"Pois não, dona", respondeu o sujeito, como se respondendo a um pedido corriqueiro. "Calma, Dobbin; sossega, cavalo."

Dobbin se mostrou satisfeito ao ser deixado pastando no gramado em frente ao jardim da mansão. Seu dono seguiu a governanta até o andar superior e arrebentou a fechadura com um único golpe do seu vigoroso punho.

O maior medo da mulher se concretizara. Anthony Bascom estava morto. Michael, porém, jamais conhecera as circunstâncias de sua morte. A filha da governanta, que lhe contara a história, já era uma senhora de idade quando ele era criança. Sempre que a questionava com insistência, ela apenas sacudia a cabeça e desconversava. Sequer chegara a admitir que o velho patrão se matara. A hipótese do suicídio, no entanto, estava enraizada na mente dos moradores da região; também acreditavam piamente que seu fantasma, em determinadas épocas do ano, assombrava Wildheath Grange.

Já Michael Bascom era um materialista ferrenho. Para ele, o universo, com todos os seus habitantes, era uma poderosa máquina, governada por leis implacáveis. Para um homem como ele, a ideia de um fantasma era simplesmente absurda — tanto quanto a afirmação de que dois mais dois são cinco ou de que um círculo é formado por uma linha reta. No entanto, nutria um interesse diletante na existência de uma mente capaz de acreditar em fantasmas. O assunto poderia render um divertido estudo psicológico. Aquela pobre mocinha pálida decerto enfiara algum terror sobrenatural na cabeça, que só poderia ser curado com uma abordagem racional.

"Já sei o que vou fazer", disse Michael Bascom para si mesmo, intempestivo. "Vou dormir no tal quarto esta noite e provar para essa menina boba que sua cisma com a sombra não passa de um delírio tolo, causado por medo e melancolia. Uma gota de evidência é melhor do que um oceano de argumentos. Se puder provar que passei a noite no quarto e não vi sombra nenhuma, ela verá como essa superstição é ridícula."

Daniel entrou na sala para fechar as venezianas.

"Diga à sua mulher para preparar minha cama no quarto onde Maria tem dormido e para colocá-la em um dos aposentos do primeiro andar esta noite, Skegg", ordenou o sr. Bascom.

"Como, senhor?"

O sr. Bascom repetiu sua ordem.

"Não acredito que aquela pateta andou se queixando do quarto com o senhor!", exclamou Skegg, indignado. "Ela não merece ser bem nutrida e cuidada em um lar confortável. Deveria ir para aquelas casas de trabalho."

"Não se zangue com a pobre menina, Skegg. Ela meteu isso na cabeça e quero mostrar que não passa de uma cisma", explicou o sr. Bascom.

"E, para isso, vai dormir no quarto dele... naquele quarto", concluiu o mordomo.

"Exatamente."

"Bem", ponderou Skegg, "mesmo que seja uma alma penada, o que não acredito, era seu parente e, sendo assim, não creio que vá fazer mal ao senhor."

Quando Daniel Skegg voltou para a cozinha, admoestou severamente a pobre Maria que, pálida e silenciosa no seu cantinho perto da lareira, remendava as meias de lã da velha sra. Skegg — a carapaça mais grossa e impenetrável para proteger pés humanos que ela já vira.

"Nunca vi uma garota tão metida a aristocrata, tão cheia de nove-horas", criticou Daniel, "a ponto de vir trabalhar na casa de um cavalheiro e o expulsar do seu próprio quarto para ir dormir no sótão por causa de seus disparates e maluquices." Ele ainda declarou que, se aquela conduta era o resultado de uma educação acima de sua posição, estava grato por nunca ter avançado nos estudos a ponto de conseguir ler palavras com mais de duas sílabas sem soletrar. A julgar pelo comportamento da menina, só podia mesmo concluir que ser instruído era uma bela porcaria.

"Sinto muito", balbuciou Maria, chorando baixinho sobre a costura. "Não fui me queixar, não, sr. Skegg. O patrão me perguntou, e eu contei a verdade. Foi só isso."

"Só isso!", exclamou o sr. Skegg, furioso, "Acha pouco? Pois eu acho é muito."

A pobre Maria não retrucou mais nada. Abalada pela reprimenda de Daniel, pôs-se a divagar, e seus pensamentos escaparam daquela lúgubre cozinha para o lar perdido do passado — a aconchegante saleta onde se acomodava diante da lareira com o pai em noites como aquela; Maria com sua caixinha de costura e seus bordados, ele com seu jornal; o gato ronronando no tapete, a chaleira apitando, a bandeja de chá com a refeição mais agradável do dia. Noites felizes, em dileta companhia! Teriam mesmo sido aniquiladas para sempre, deixando em seu lugar apenas crueldade e servidão?

Michael Bascom deitou-se mais tarde do que de costume naquela noite. Tinha o hábito de sentar-se com seus livros até que não houvesse mais nenhuma luz acesa na casa, a não ser a sua. Os Skegg, mergulhados em quietude e escuridão, haviam se recolhido a seus lúgubres aposentos no térreo. Naquela noite, o sr. Bascom dedicara-se a estudos interessantes, voltados mais para uma leitura recreativa do que para trabalho propriamente dito. Estava absorto na história do misterioso povo que habita a região dos lagos suíços, intrigadíssimo com especulações e teorias a seu respeito.

O vetusto relógio de pé marcava duas horas da manhã quando Michael subiu lentamente as escadas, de vela em punho, para o até então desconhecido território dos sótãos. No topo da escada, viu-se diante de um escuro corredor estreito que dava acesso à ala norte; a passagem era tão sombria e sinistra que, por si só, já seria capaz de aterrorizar uma pessoa mais impressionável.

"Pobre garota", comentou o sr. Bascom, pensando em Maria, "este andar é mesmo assustador, imagino seu efeito em uma mente jovem predisposta a superstições..."

Localizando o quarto, abriu a porta e observou seu interior.

Era um cômodo espaçoso, com um declive em um dos cantos do teto, mas um pé-direito alto no canto oposto. Estava decorado à moda antiga, repleto de mobília antiquada; peças enormes, pesadas e brutas, relíquias de uma era passada e de defuntos de outras eras. Os puxadores de bronze do armário de nogueira pareciam olhos diabólicos chamejando na escuridão. Havia uma cama alta com dossel, com uma das colunas cortadas para se encaixar no declive do teto, o que lhe rendia um aspecto canhestro e deformado. Uma velha escrivaninha de mogno recendia a segredos. As pesadas cadeiras com assento de palha estavam mofadas, desgastadas pelo uso e pelo passar dos anos. No canto, havia um lavatório, com uma pia ampla e um pequeno jarro — utensílios de tempos antigos. O quarto não era acarpetado, salvo por um estreito tapete ao lado da cama.

"Que quarto pavoroso", concluiu Michael, apiedando-se novamente da pobre Maria.

Ele pouco se importava com o lugar onde dormia, mas, tendo seu interesse capturado de tal modo pelo povo dos lagos suíços, encontrava-se humanizado pela leitura leve daquela noite e, sendo assim, inclinado até mesmo a encarar com um olhar compassivo os disparates de uma menina supersticiosa.

Deitou-se determinado a ter uma boa noite de sono. A cama era confortável e bem fornida com cobertores, e o acadêmico experimentava aquela agradável fadiga que costuma ser promessa de um sono profundo e tranquilo.

Adormeceu depressa, mas logo acordou sobressaltado, dez minutos depois. O que era aquela consciência aguda de um fardo que o despertara, aquela sensação generalizada de tribulação a soçobrar seu espírito e oprimir seu peito, aquele terror de enregelar os ossos que previa uma crise terrível pela qual teria inevitavelmente que passar? Tais sentimentos lhe eram tão inéditos quanto dolorosos. Sua vida fluíra doce e mansa, sem que uma mísera ondulação de angústia turvasse suas águas. Naquela noite, no entanto, sentia todas as dores de um remorso vazio; a lembrança torturante de uma vida desperdiçada; as lancinantes pontadas de humilhação, desgraça, vergonha, ruína; a danação de uma morte hedionda, à qual se condenara por suas próprias mãos. Esses foram os horrores que o cercaram e oprimiram enquanto jazia deitado no quarto de Anthony Bascom.

Sim, até mesmo ele — o homem para quem os fenômenos naturais e divinos não passavam de maquinações irresponsáveis e invariáveis, governadas por leis mecânicas — estava disposto a admitir que se via diante de um mistério psicológico. A aflição que perturbou seu sono foi a mesma que acometeu Anthony Bascom na última noite de vida. A mesma opressão que o levou ao suicídio, deitado naquele quarto solitário, talvez lutando para descansar sua mente exaurida com um derradeiro sono terreno antes de adentrar uma região intermediária desconhecida, onde tudo é escuridão e torpor. E aquela mente perturbada assombrava o quarto desde então. Não era o fantasma de seu corpo que retornava ao local em que havia sofrido e perecido, mas o fantasma de sua mente — seu próprio eu; não um simulacro sem sentido composto pelas roupas que usava e a figura que as preenchia.

Michael Bascom não era homem de abandonar a superioridade de sua filosofia cética sem luta. Esforçou-se ao máximo para vencer a opressão que sobrecarregava sua mente e sua capacidade de raciocínio. Por diversas vezes, conseguiu se recompor e pegar no sono, mas apenas para ser despertado pelos mesmos pensamentos torturantes, o mesmo remorso, o mesmo desespero. Assim transcorreu a noite, em inenarrável exaustão; pois, embora repetisse a si mesmo que o mal-estar não era seu, que o fardo era irreal e não havia razão nenhuma para remorso, as fantasias vívidas eram penosas como a realidade, e dele se apoderavam com vigor.

O primeiro raio de luz surgiu na janela — diáfano, frio e cinzento; logo veio o crepúsculo, e ele olhou para o canto entre o guarda-roupa e a porta.

Sim; havia uma sombra — não apenas a do guarda-roupa, que era bem visível, mas algo impreciso e disforme que escurecia a parede acastanhada; tão sutil que ele não pôde tecer conjecturas quanto à sua natureza ou ao que representava. Decidiu observar a sombra até o dia clarear, mas, esgotado pelo cansaço da noite, adormeceu ainda na penumbra e conseguiu desfrutar do abençoado bálsamo de um sono tranquilo. Quando acordou, o sol de inverno brilhava na treliça, e o quarto havia perdido seu aspecto sinistro. Continuava antiquado, escuro e gasto; mas a profundidade de sua escuridão evanescera junto com as sombras e as trevas da noite.

O sr. Bascom despertou revigorado de um sono profundo, que tinha durado quase três horas. Lembrou-se das sensações tenebrosas experimentadas antes do sono restaurador, mas a lembrança daquelas desconfortáveis sensações serviu apenas para ridicularizá-las, impondo a si mesmo férrea censura por ter lhes atribuído alguma importância.

"Deve ter sido uma indigestão", disse a si mesmo; "ou talvez mero devaneio, influenciado pela história daquela menina boba. Até mesmo um homem sábio pode se descobrir mais sob o domínio da imaginação do que gostaria de confessar. Bem, Maria não irá mais dormir neste quarto. Não há nenhuma razão em particular para que permaneça aqui, e não deve se sacrificar para agradar o velho Skegg e sua esposa."

Depois de ter se vestido com sua tranquilidade habitual, o sr. Bascom foi até o canto onde vira ou imaginara ter visto a sombra e examinou atentamente o local.

À primeira vista, não descobriu nada suspeito. Não havia nenhuma porta na parede revestida com papel decorativo, nem sinal de que pudesse ter havido uma no passado. Também não encontrou nenhum alçapão nas tábuas carcomidas. Nenhuma mancha escura e impossível de remover que indicasse assassinato, nem a menor sugestão de segredo ou mistério.

Olhou para o teto. Parecia sólido, salvo por uma mancha aqui e ali, onde a chuva se acumulara.

Sim; havia algo — insignificante, mas sugeria algo tão sinistro que o assustou.

Uns trinta centímetros abaixo do teto, notou um grande gancho de ferro projetando-se da parede, exatamente sobre o local onde vira a sombra de um objeto indefinido. Subiu em uma cadeira para examinar melhor o gancho e compreender, se possível, o motivo pelo qual tinha sido colocado lá.

Estava velho e enferrujado. Devia estar lá havia muitos anos. Quem o teria colocado e por quê? Não era o tipo de gancho no qual se penduraria um quadro ou roupas. Fora colocado em um canto obscuro. Teria Anthony Bascom o prendido lá na noite em que morreu ou o encontrado pronto para seu uso fatal?

Se eu fosse um homem supersticioso, pensou Michael, *estaria inclinado a acreditar que Anthony Bascom se enforcou usando aquele velho gancho enferrujado.*

"Dormiu bem, senhor?", indagou Daniel, enquanto servia o café da manhã de seu patrão.

"Muitíssimo bem", respondeu Michael, determinado a não satisfazer a curiosidade do mordomo. Jamais gostara da história de que Wildheath Grange era assombrada.

"Não me diga, senhor. Demorou tanto para descer que cheguei a pensar que..."

"Pois é! Dormi tão bem que passei até da minha hora. Mas, falando nisso, Skegg, como a pobre menina não gosta do quarto, deixe-a dormir em outro lugar. Para nós, não vai fazer a menor diferença, mas pode fazer para ela."

"Humpf!", exclamou Daniel, com um muxoxo. "O senhor viu alguma coisa esquisita lá, não foi?"

"Se vi alguma coisa? Claro que não."

"Então, por que ela haveria de ver? É idiotice da menina."

"Não importa, deixe-a dormir em outro quarto."

"Não tem nenhum outro quarto sem infiltração lá em cima."

"Então deixe-a dormir no andar de baixo. Ela tem os pés leves, coitadinha, é tímida e silenciosa. Não vai me incomodar."

Daniel resmungou, e seu patrão tomou o resmungo por obediência; foi esse o erro do sr. Bascom. A suposta teimosia das mulas não é nada se comparada à teimosia de um homem idoso e intratável, cuja mente tacanha jamais foi iluminada pela instrução. Daniel estava começando a sentir ciúmes do piedoso interesse de seu patrão pela menina órfã. Temia que ela, com sua gentileza e sua carência, acabasse encontrando espaço no coração do velho celibatário e lá se alojasse em definitivo.

"Vai ser uma baita confusão, e eu e minha velha vamos acabar no olho da rua, se essa palhaçada não for conduzida com pulso firme", murmurou Daniel para si mesmo, enquanto levava a bandeja do desjejum para a cozinha.

Encontrou Maria no corredor.

"E então, sr. Skegg, o que disse meu patrão?", perguntou ela, aflita. "Ele viu alguma coisa estranha no quarto?"

"Não, menina. E o que veria? Disse que é bobagem sua."

"Então não ficou perturbado com nada? Dormiu tranquilo?", balbuciou ela.

"Nunca dormiu melhor na vida. Você deveria ter vergonha."

"Sim", respondeu ela, contrita, "tenho vergonha de ser assim tão boba. Vou voltar para o meu quarto hoje à noite, sr. Skegg, se assim o senhor desejar, e prometo nunca mais me queixar."

"Assim espero", retrucou Skegg, áspero, "você já nos deu muito trabalho."

Maria suspirou e prosseguiu com seu trabalho, em lastimável silêncio. O dia transcorreu devagar, como todos naquela velha casa sem vida. O sr. Bascom dedicou-se aos seus estudos; Maria passou discretamente de um cômodo a outro, varrendo e tirando pó em sua triste solidão. O sol do meio-dia logo deu lugar à atmosfera sombria da tarde, e a noite caiu como uma maldição sobre a velha casa sinistra.

Durante todo o dia, Maria e seu patrão não se encontraram. Qualquer um interessado na garota a ponto de reparar em sua aparência teria notado que exibia uma palidez incomum e que seus olhos apresentavam uma disposição resoluta, como a de alguém decidido a enfrentar uma dolorosa provação. Quase não comeu nada o dia todo. Guardou um estranho silêncio. Skegg e sua mulher interpretaram os dois sintomas como pirraça.

"Não quer comer e está fechada em copas", comentou Daniel com sua companheira. "Isso para mim é birra e, quando jovem, jamais cedi a esse tipo de capricho, nem mesmo aos seus. Não há de ser agora, depois de velho, que hei de ceder."

Chegada a hora de dormir, Maria se despediu dos Skeggs com um boa-noite educado e subiu sem fazer barulho para seu quarto solitário.

Na manhã seguinte, a sra. Skegg deu por falta de sua resignada ajudante quando precisou de seus serviços no preparo do desjejum.

"A criaturinha está dormindo pesado", disse a velha. "Vá chamá-la, Daniel. Minhas pobres pernas não aguentam subir as escadas."

"Suas pobres pernas estão cada dia mais imprestáveis", resmungou Daniel, irritadiço, enquanto atendia ao pedido de sua mulher.

Bateu à porta e chamou Maria — uma, duas, três vezes —, sem resposta. Tentou abrir a porta, mas estava trancada. Sacudiu a maçaneta, gelado de medo.

Em seguida disse a si mesmo que a garota havia lhe pregado uma peça. Fugira antes do amanhecer e deixara a porta trancada para assustá-lo. Mas não; não era possível, pois viu a chave na fechadura ao se ajoelhar para perscrutá-la. A chave impediu que visse o interior do quarto.

"Deve estar lá dentro, abafando o riso, gargalhando às minhas custas", disse para si mesmo, "mas logo, logo estaremos quites."

Havia uma barra maciça na escada, destinada a manter fechadas as persianas da janela que iluminava as escadas. Ficava solta, em um canto perto da janela, e quase nunca era usada. Daniel correu até o patamar das escadas, apanhou a barra de ferro e correu de volta para a porta do sótão.

Bastou um golpe para arrebentar a velha fechadura, a mesma que o carroceiro tinha arrombado com seu punho vigoroso setenta anos antes. A porta se escancarou, e Daniel entrou no sótão que havia escolhido para servir de acomodação para a menina.

Maria jazia dependurada no gancho na parede. Tivera o cuidado de cobrir o rosto com um lenço. Enforcara-se cerca de uma hora antes de Daniel a encontrar, na penumbra da manhã. O médico, vindo de Holcroft, conseguiu estimar o horário do suicídio, mas não havia quem pudesse atestar que súbito acesso de terror a impelira àquele ato desesperado, nem sob a que lenta tortura dos nervos sua mente havia sucumbido. O legista deu o habitual veredito misericordioso de "insanidade temporária".

O tétrico destino da garota obscureceu o resto da vida de Michael Bascom. Ele partiu de Wildheath Grange como quem escapa de um local amaldiçoado, deixando para trás os Skegg, a quem passara a ver como assassinos de uma menina inocente e inofensiva. Terminou seus dias em Oxford, na companhia de mentes afins e dos livros que tanto amava. Mas a lembrança do rosto triste de Maria e de seu macabro fim continuou a atormentá-lo. Aquela sombra profunda obscureceu para sempre a sua alma.

PHOTOGRAPHIC ARCHIVE　　CAMERA OBSCURA STUDIO

VITORIANAS MACABRAS

MARGARET OLIPHANT

Margaret Oliphant Wilson
MARGARET WILSON

A CRIADORA

1828-1897

– Sol em Áries –

Escocesa. Margaret escreveu romances, contos, artigos, ensaios, biografias e críticas literárias. Após o casamento com seu primo Frank Wilson Oliphant, mudou-se para Londres. Sofreu com a perda de três dos seis filhos e com a doença do marido, diagnosticado com tuberculose. Após a morte dele, dedicou-se a sua escrita para sustentar os filhos. Conquistou a admiração de William Blackwood, editor da prestigiada *Blackwood's Magazine*, e publicou centenas de artigos na revista literária. Durante toda a vida, produziu sem descanso. A crítica moderna afirma que, se pudesse trabalhar menos e criar mais, Margaret teria sido um dos bastiões da literatura britânica. Depois da morte precoce dos filhos remanescentes, não teve mais forças para continuar. Morreu aos 69 anos.

A Janela da Biblioteca

Margaret Oliphant

THE LIBRARY WINDOW

— 1896 —

"Você não deveria deixá-la sentar tão perto da janela, Mary Balcarres. Nós duas sabemos as consequências."

 De férias na casa de sua tia na Escócia, uma jovem descobre um nefasto segredo de família — e uma janela para o desconhecido.

I

No início, eu não fazia a menor ideia do quanto já se especulara sobre aquela janela. Ficava quase em frente a uma das janelas da espaçosa e antiquada sala de estar da casa onde estava hospedada durante um verão que foi crucial em minha vida. Nossa casa e a biblioteca ficavam em lados opostos da rua principal de St. Rule's, que é ótima, larga, ampla e muito silenciosa, bastante apreciada por forasteiros que vêm de lugares mais agitados; no entanto, nas noites de verão, há muito tráfego e algazarra — som de passos e vozes alegres, amainadas pelo ar estival. Em determinados momentos atípicos, chega a ser até mesmo barulhenta: em dias de feira, às vezes nas noites de sábado e quando há excursões de trem. Nessas ocasiões, nem mesmo o ar mais brando e cálido pode amenizar as vozes estridentes e os passos ruidosos; nesses momentos desagradáveis, fechamos as janelas e até eu, que gosto tanto do recanto acolhedor junto à janela, onde posso me refugiar de tudo o que está acontecendo dentro de casa e tornar-me uma espectadora das variadas histórias lá fora, abandono minha torre de vigia.

Para falar a verdade, nunca acontecia grande coisa nos confins do ambiente doméstico. A casa pertencia à minha tia, que levava uma vida desprovida de acontecimentos (segundo ela, "graças a Deus!"). Creio que muitas coisas lhe aconteceram quando jovem; mas, na época a qual me refiro, já estava velha e muito sossegada. Mantinha uma rotina rigorosa. Acordava todos os dias na mesma hora e fazia sempre tudo igual, dia após dia. Segundo ela, não havia maior alicerce do que a rotina, que era uma espécie de salvação. Pode até ser; mas é uma salvação muito enfadonha, e eu costumava achar que preferia um incidente, fosse qual fosse o tipo, à mera repetição do cotidiano. Naquela época, porém, eu era moça, o que faz toda a diferença. E o recanto entocado da janela na sala de estar era um grande conforto para mim. Embora minha tia fosse velha (talvez exatamente por isso), era uma mulher tolerante e tinha muito apreço por mim. Nunca disse nada, mas costumava sorrir ao me ver instalada sob a janela, com meus livros e minha cestinha de costura. Eu costurava bem pouco, para ser sincera — alguns pontos, de tempos em tempos, quando era tomada por uma súbita inspiração ou quando ficava tão absorta sonhando acordada que me sentia mais tentada à costurar do que a ler, o que acontecia às vezes.

Quando o livro era interessante, eu lia por horas a fio, sem prestar atenção em nada ou ninguém. Mas, mesmo assim, não ficava de todo alheia ao que se passava ao meu redor. As amigas idosas da tia Mary vinham visitá-la, e eu as ouvia conversar, embora raramente escutasse o que diziam; se bem que, quando o assunto era de algum interesse, é curioso como eu o retinha na memória e recordava depois, como se o ar o tivesse soprado em meu ouvido. Elas chegavam e iam embora, deixando em mim a vaga impressão de um entra e sai de velhas toucas e vestidos farfalhantes; de vez em quando, precisava me levantar e apertar a mão de alguém que me conhecia e queria notícias do meu pai e da minha mãe. Depois tia Mary me lançava um sorrisinho e eu voltava para minha janela. Ela nunca pareceu se importar. Minha mãe não teria deixado, eu bem sei. Teria inventado dezenas de afazeres; me mandado subir para buscar algo que eu tinha certeza que ela não queria, ou descer para levar uma mensagem desnecessária para a criada. Ela gostava de me manter ocupada. Talvez por isso me agradasse tanto a sala de estar de tia Mary, o recanto entocado da janela, a cortina que o encobria parcialmente e o espaçoso assento onde podia agrupar minhas coisas sem ser acusada de desleixo. Sempre que tínhamos algum problema, éramos enviadas para St. Rule's, para nos fortalecermos. Era o que tinha acontecido comigo, na época da história que vou contar.

Todos diziam que, desde que aprendi a falar, eu era excêntrica, fantasiosa e sonhadora; essas e tantas outras palavras usadas para constranger uma garota que gosta de poesia e é dada à reflexão. As pessoas não sabem o que querem dizer com "excêntrica". Soa como Madge Wildfire ou algo assim. Minha mãe achava que eu devia me manter sempre ocupada, para não cultivar tolices na cabeça. Mas na verdade eu não gostava de tolices. Era até bem séria. Não teria causado problema para ninguém se tivesse sido deixada quieta no meu canto. Acontece que tinha uma espécie de clarividência, que me deixava consciente de coisas nas quais não prestava atenção. Mesmo quando estava lendo o livro mais interessante, as conversas chegavam aos meus ouvidos; eu ouvia até o que as pessoas diziam na rua quando passavam sob a janela. Tia Mary sempre dizia que eu conseguia fazer duas ou até três coisas ao mesmo tempo — ler, ouvir e olhar. Tenho certeza de que não ouvia muito, e quase nunca olhava para fora com algum propósito deliberado — como certas pessoas que reparam o modelo das toucas usadas pelas mulheres que passam na rua; mas era inevitável ouvir o que diziam ao meu redor, mesmo quando estava lendo meu livro, e de fato vi muita coisa, embora às vezes ficasse uma boa meia hora sem erguer os olhos das páginas.

Isso não explica o que eu disse no começo, que houve muita especulação acerca da janela. Era, e ainda é, a última janela da fileira pertencente à Biblioteca da Faculdade, que fica em frente à casa da minha tia na rua principal. No entanto, não ficava na exata direção oposta, mas um pouco a oeste, de modo que podia vê-la melhor do lado esquerdo do meu recanto. Imaginava ser uma janela como outra qualquer, até que ouvi uma conversa sobre o assunto na sala de estar.

"A senhorita decidiu se aquela janela é de fato uma janela, afinal?", indagou o velho sr. Pitmilly. Ele chamava minha tia de "senhorita" e era sempre anunciado como "Sr. Pitmilly, de Morton", que era o nome de sua propriedade.

"Na verdade, nunca cheguei a uma conclusão", respondeu tia Mary, "após todos esses anos."

"Deus do céu!", exclamou uma das senhoras idosas. "De qual janela estão falando?"

O sr. Pitmilly tinha um jeito de rir enquanto falava que eu achava muito desagradável; mas, justiça seja feita, não tinha obrigação nenhuma de me agradar. "Ah, a janela do outro lado da rua", respondeu com o riso embutido em suas palavras; "nossa amiga jamais conseguiu formar uma opinião definitiva, embora tenha vivido diante dela desde..."

"A data não é importante", sentenciou outra voz; "a janela da biblioteca! Ora, o que haveria de ser senão uma janela? Naquela altura, não poderia ser uma porta."

"A questão é", explicou minha tia, "se aquilo é de uma janela de verdade com vidro, se é apenas pintada, ou se era uma janela e foi coberta depois. Quanto mais a examinamos, mais em dúvida ficamos."

"Deixe-me ver esta janela", disse a velha Lady Carnbee, que era bem ativa e decidida, e logo todos invadiram meu recanto; três ou quatro senhoras muito sôfregas, e os cabelos brancos do sr. Pitmilly pairando atrás delas, enquanto minha tia permanecia tranquilamente sentada, sorrindo.

"Vejo direitinho a janela", disse Lady Carnbee; "parece uma janela comum, como outra qualquer, embora, cá entre nós, não veja um pano de limpeza há séculos."

"É verdade", concordou uma das senhoras. "O vidro parece fosco, não reflete nada, mas já vi piores."

"Sim, bem fosco", falou outra, "mas não me espanta; típico dessas casas onde deixam a limpeza por conta das serviçais mulheres de hoje em dia..."

"Não vejo nenhum problema com as mulheres", disse a voz mais suave de todas, que era a de tia Mary. "E jamais vou permitir que arrisquem suas vidas limpando o lado de fora das minhas vidraças. E não há serviçais na Velha Biblioteca; acho que a explicação é outra."

Estavam todos amontoados em meu recanto; uma fileira de rostos encarquilhados pairando sobre mim, espiando algo que não conseguiam entender. Tentei imaginar a cena vista de fora: uma muralha de idosas com seus velhos vestidos de cetim e Lady Carnbee com um laçarote na cabeça. Ninguém estava olhando para mim ou sequer notando minha presença, mas senti, de forma inconsciente, o contraste da minha juventude com a velhice deles e os observei enquanto se ocupavam da janela da Biblioteca. Até então, nunca tinha prestado atenção naquilo. Estava mais entretida com as senhoras do que com o objeto de seu interesse.

"O caixilho está decente, pelo menos, pintado de preto..."

"E as vidraças também são pretas. Não é uma janela, sra. Balcarres. Deve ter sido cimentada, na época dos impostos sobre as janelas; a senhora deve se lembrar, Lady Carnbee."

"Lembrar!", exclamou a senhora mais velha. "Eu me lembro de quando sua mãe se casou, Jeanie, e olha que lá se vão muitos e muitos anos. Mas, quanto à janela, é apenas uma ilusão, se querem saber, essa é a minha opinião sobre o assunto."

"Aquela área da faculdade é mesmo bem escura", comentou outra. "Se fosse uma janela, a biblioteca seria mais iluminada."

"Uma coisa é certa", disse uma das mais jovens, "não deve ser uma janela comum. Seja coberta ou cimentada, não é uma janela que forneça claridade ao ambiente."

"E para que serve uma janela que não deixa passar a luz?", perguntou Lady Carnbee. O olhar dela era fascinante; a expressão desdenhosa de alguém que parecia saber mais do que escolhia revelar. Minha atenção errante foi capturada pelo seu gesto de atirar a renda para trás. A renda de Lady Carnbee era seu traço mais marcante — uma renda espanhola negra, com grandes flores, que adornava todo seu traje. Um grande véu de renda descia sobre sua velha touca. A mão, libertando-se da pesada renda, era algo singular. Tinha dedos muito compridos, finos, que haviam sido muito admirados quando era jovem; era uma mão muito branca; mais do que branca, pálida, descolorida e exangue, com salientes veias azuis; usava anéis sofisticados, entre os quais um maciço diamante alojado em um feio e decrépito suporte de garras. Eram grandes demais para ela, e estavam enrolados com seda amarela para não se soltarem; a seda, escurecida pelo uso, chamava mais atenção do que as joias; o imenso diamante reluzia sob o oco de sua mão, como um objeto perigoso a ser escondido, mas que mesmo assim lançava seus raios de luz. A mão, com seu estranho ornamento, cativava minha imaginação levemente aterrorizada. Também parecia guardar algum mistério. Sentia como se pudesse me agarrar com unhas afiadas e fazer com que a deslumbrante criatura à espreita me mordesse — uma picada de fazer parar o coração.

Logo o círculo dos velhos rostos se desfez, as senhoras retornaram a seus assentos, e o sr. Pitmilly, diminuto, mas muito empertigado, ergueu-se entre elas, falando com autoridade, como um pequeno oráculo entre as damas. Só Lady Carnbee costumava contradizer o velho cavalheiro engomado. Falava gesticulando, como uma francesa, balançando a mão com a renda pendurada, e eu sempre entrevia o diamante à espreita. Parecia uma bruxa em meio àquele acomodado grupinho que ouvia o sr. Pitmilly com tamanha atenção.

"Minha opinião é que não há janela nenhuma lá", sentenciou ele. "É muito semelhante ao que chamamos, na linguagem científica, de ilusão de ótica. Em geral, surge, se posso usar tal palavra na presença de senhoras, de um fígado que não está funcionando com o equilíbrio exigido pelo órgão. Isso provoca visões; lembro-me do caso de um cachorro azul e de um outro..."

"O senhor está enganado", interrompeu Lady Carnbee, "estou vendo as janelas da Velha Biblioteca tão bem quanto todo o resto. Ou seria a biblioteca uma ilusão de ótica também?"

"Não, não", protestaram as senhoras. "Um cachorro azul seria uma alucinação: mas conhecemos a Biblioteca desde a nossa juventude", disse uma delas. "E me lembro do ano em que as reuniões foram realizadas lá, na época em que a prefeitura ainda estava em obras", comentou outra.

"É uma grande distração para mim", disse tia Mary; mas o estranho foi que ela fez uma pausa e acrescentou, diminuindo a voz: "agora". Depois, continuou: "Todos os que vêm à minha casa ficam intrigados com aquela janela. Nunca cheguei a uma conclusão a respeito. Às vezes, acho que é herança da época daqueles terríveis impostos sobre as janelas, como você disse, srta. Jeanie, quando metade das janelas de nossas casas eram cimentadas para escaparem dos impostos. Às vezes, acho que foi projetada assim, como naqueles prédios novos em Edimburgo, com janelas apenas decorativas. Mas às vezes tenho a clara impressão de ver o vidro brilhando, quando o sol bate na janela à tarde."

"Você poderia colocar um fim ao mistério, sra. Balcarres, se quisesse..."

"Dê um trocado a um menino, peça para atirar uma pedra e veja o que acontece", disse Lady Carnbee.

"Mas não sei se quero pôr fim ao mistério", retrucou tia Mary. Logo depois, ouvi que se despediam e tive que sair do meu recanto, abrir a porta para as senhoras e acompanhá-las enquanto desciam uma após a outra.

O sr. Pitmilly deu o braço a Lady Carnbee, embora ela estivesse sempre o contradizendo; e assim o pequeno grupo se dispersou. Antiquada e elegante, tia Mary acompanhou seus convidados até o topo da escada, enquanto eu desci para verificar se a criada estava de prontidão na porta. Quando voltei, tia Mary estava de pé no meu recanto, olhando para fora. Acomodei-me de novo no meu lugar, e ela indagou, com um olhar melancólico: "Bem, flor, qual é a sua opinião?"

"Não tenho uma opinião. Estava concentrada no meu livro", respondi.

"Estava mesmo, minha flor, e não foi muito educada; mas, mesmo assim, sei muito bem que ouviu cada palavra que dissemos."

II

Foi em uma noite de junho; o jantar tinha acabado há muito tempo e, se fosse inverno, as criadas estariam fechando a casa, e minha tia Mary, se preparando para se recolher aos seus aposentos. Mas o dia ainda estava claro, aquela claridade sem sol e reflexos rosados, mas que tingia o entardecer com um tom neutro e perolado — uma claridade que ainda emana luz do dia, embora o dia já tivesse findado havia muito. Tínhamos dado uma volta no jardim depois do jantar e em seguida retomado o que chamávamos de nossas ocupações habituais. Minha tia estava lendo. Chegara correspondência da Inglaterra, e ela recebera seu *Times*, que era sua grande diversão. Lia o *Scotsman* pela manhã, mas gostava do seu *Times* à noite.

Quanto a mim, também estava entretida em minha ocupação habitual, que na época era não fazer nada. Estava, como de costume, absorta na leitura de um livro, mas consciente de tudo o que se passava ao meu redor. Ouvia os passantes na ampla calçada lá fora e seus comentários, que chegavam até meus ouvidos pela janela aberta, invadiam minha leitura ou meus devaneios e, às vezes, me faziam rir. O tom de seus sotaques cantarolados, excentricamente escoceses, era novidade para mim e, associado ao período de férias, tornava-se ainda mais agradável. Às vezes diziam coisas engraçadas e, amiúde, algo que sugeria uma história inteira por trás; mas logo a rua começou a ficar vazia, e os passantes se tornaram mais esparsos; o som de seus passos e suas vozes eram mais e mais raros. Estava ficando tarde, embora a suave claridade permanecesse. Ao longo do vagaroso entardecer, que parecia durar horas intermináveis — longas, mas não maçantes; prolongadas como se a claridade e o movimento lá fora não fossem nunca acabar — eu tinha, sem perceber, olhado algumas vezes para a janela misteriosa. Embora não tenha ousado falar isso nem para mim mesma, toda aquela discussão da minha tia e seus amigos sobre a janela me parecera estapafúrdia. Peguei-me fitando-a sem querer, no intervalo da maré de pensamentos indistinguíveis e estímulos internos e externos que me inundavam. Primeiro ocorreu-me, com uma leve sensação de descoberta, como era absurdo dizer que não era uma janela, uma janela com vidraça, pela qual se pode ver o lado de fora! Por que, então, os velhos nunca repararam nisso? Erguendo os olhos, notei um espaço visível na indistinta penumbra — um aposento, de fato escuro, como era natural para um cômodo visto do outro lado da rua. Indefinido, mas ainda assim tão visível que, se alguém surgisse na janela, não seria em nada surpreendente. Havia sem dúvida uma impressão de espaço atrás das vidraças, que levara aquelas senhoras quase cegas a especular se era vidro ou apenas uma janela falsa. Ora! Não restava nenhuma dúvida para olhos que conseguiam enxergar direito. Naquele momento, não passava de um borrão, mas era evidente: havia um espaço mergulhado na penumbra, como qualquer um visto àquela distância. Não havia cortinas para indicar se era habitado ou não; mas era um cômodo, sem dúvida — tão real quanto qualquer outro! Fiquei satisfeita comigo mesma, mas não disse nada. Enquanto tia Mary folheava seu jornal, fiquei quieta, aguardando um momento oportuno para anunciar a descoberta que haveria de solucionar o mistério de vez. Fui levada de novo pela maré dos pensamentos e acabei me esquecendo da janela, até que alguém lá fora disse: "Estou indo embora para casa, já vai escurecer". Escurecer! Que bobagem! Nunca escurece para quem se habitua a vagar no ar suave do anoitecer até mais tarde; meus olhos então, adaptando-se àquele novo hábito, tornaram a olhar para o outro lado da rua.

E, ora, ninguém surgira na janela, não havia nenhuma luz acesa e lá fora ainda remanescia uma aura de claridade incolor; mas o aposento por trás das vidraças parecia bem mais amplo. Eu podia distinguir melhor o espaço envolto em sombras e julguei entrever na escuridão uma parede e algo escuro apoiado contra ela — uma silhueta maciça, despontando da penumbra. Olhei com atenção e me certifiquei de que era uma peça de mobília, ou uma escrivaninha, ou talvez uma enorme estante de livros. Devia ser a estante, sem dúvida, já que o cômodo fazia parte da velha biblioteca. Nunca tinha estado lá, mas conhecia outras bibliotecas, e me parecia o mais provável. E pensar que, durante todo aquele tempo, os amigos da minha tia tinham olhado a janela e jamais notado isso antes!

A rua estava mais silenciosa, e meus olhos, embaçados de tanto tentar decifrar a janela à distância, quando de repente tia Mary disse: "Pode tocar a campainha, minha flor? Preciso da minha lamparina."

"Lamparina?", indaguei, "mas ainda está claro." Só então olhei para rua e percebi, sobressaltada, que a iluminação de fato mudara: não consegui ver mais nada. Ainda estava claro, mas, com a mudança da luz, o aposento na penumbra com a maciça estante tinha desaparecido: pois até mesmo um entardecer escocês de junho, embora pareça infinito, chega ao fim. Ia fazer um comentário a respeito, mas me contive; toquei a campainha para tia Mary e resolvi não falar nada até a manhã seguinte, quando, naturalmente, estaria mais claro.

Na manhã seguinte, acabei esquecendo — estava ocupada ou estava mais ociosa do que o normal: as duas hipóteses significavam quase a mesma coisa. De todo modo, não pensei mais na janela, embora tenha ficado sentada de frente para ela, mas ocupada com alguma outra distração. Como de costume, as visitas da tia Mary vieram à tarde; conversaram, porém, sobre outros assuntos e, por um dia ou dois, esqueci-me da janela. Acho que só voltei a me lembrar cerca de uma semana depois, graças à velha Lady Carnbee — não que tenha dito algo específico sobre o assunto. Mas foi a última convidada da minha tia a ir embora e, quando se levantou para sair, ergueu as mãos, gesticulando efusivamente como fazem as senhoras escocesas. "Deus do céu!", exclamou ela. "Esta menina continua ali, no mesmo lugar? Está enfeitiçada, Mary Balcarres? Condenada a ficar sentada aí dia e noite, pelo resto da vida? Você deveria ter cuidado, levando em consideração a sina das mulheres da família."

Sobressaltada, custei a entender que se referia a mim. Ela era como uma figura em um retrato, com seu rosto descorado e cinzento parcialmente encoberto pela renda espanhola e a mão suspensa com o imponente diamante brilhando na palma erguida. Era um gesto de surpresa, mas parecia me amaldiçoar; o diamante emitia raios cintilantes de luz na minha direção. Se estivesse na posição certa, não teria importância; mas no meio de sua palma aberta! Levantei-me, meio com medo, meio contrariada. A velha então riu e abaixou a mão. "Eu despertei você de volta à vida e quebrei o feitiço", disse ela, sacudindo a cabeça e fazendo balançar as negras flores de seda da renda de forma ameaçadora. Ao segurar no meu braço para descer as escadas, disse-me, aos risos, que fosse firme e não ficasse "tremendo como vara verde". "Na sua idade, tem que ser firme como uma rocha. Eu era uma verdadeira árvore", disse ela, apoiando-se com tanta força que meu corpo franzino estremeceu. "Eu era um sustentáculo à virtude, como Pamela, na minha época."[1]

"Tia Mary, Lady Carbee é uma bruxa!", exclamei ao voltar.

"Você acha, minha flor? Bem, talvez tenha sido", disse tia Mary, que não se surpreendia com nada.

---

1 Referência à protagonista do romance epistolar *Pamela, ou A Virtude Recompensada*, de Samuel Richardson (1740). [NT]

E foi naquela noite que, depois do jantar e da chegada do correio com o *Times*, tornei a reparar na janela da biblioteca. Eu a vira todos os dias, sem reparar nada; mas naquela noite — ainda perturbada com Lady Carnbee, seu nefando diamante a me amaldiçoar e aquela renda que tremulava ameaçadora na minha direção — olhei para o outro lado da rua e vi o cômodo oposto com muito mais nitidez do que antes. Vislumbrei um aposento espaçoso e descobri que o robusto móvel contra a parede era uma escrivaninha. Consegui divisá-la perfeitamente: uma grande escrivaninha antiquada, e eu sabia, pelo modelo, que tinha muitos escaninhos e pequenas gavetas e uma ampla superfície para escrever. Havia uma semelhante na biblioteca do meu pai em casa. Foi uma surpresa tão grande ver tudo com tanta nitidez que cheguei a fechar os olhos, experimentando uma vertigem momentânea, me perguntando como a escrivaninha de papai poderia ter ido parar lá. Ciente de que era besteira e de que o móvel do meu pai não era o único daquele tipo no mundo, olhei de novo e fiquei surpresa: estava tudo vago e indistinto como antes, e não consegui ver nada além da janela vazia, a mesma que deixavam as velhinhas intrigadas sem saber se fora encoberta para evitar impostos ou se alguma vez chegara de fato a ser uma janela.

Aquilo não me saiu da cabeça, mas não disse nada à tia Mary. Até mesmo porque raramente via algo de dia — o que é natural: nunca conseguimos enxergar bem um lugar (seja um quarto vazio, um espelho, os olhos das pessoas ou qualquer outra coisa misteriosa) durante o dia. Acho que tem a ver com a claridade. Mas não há melhor hora do que durante um entardecer de junho na Escócia. A claridade do dia permanece, porém não é mais dia, e há nisso uma indescritível peculiaridade; fica tão claro que é como se cada objeto fosse um reflexo de si mesmo.

Com o passar do tempo, comecei a ver o cômodo cada vez melhor. Já conseguia distinguir bem a escrivaninha: às vezes coberta por uma centelha de objetos brancos que pareciam papéis; umas duas vezes, vi uma pilha de livros no chão perto da escrivaninha, com a lombada dourada, como os volumes antigos.

Era sempre na hora em que os meninos na rua começavam a anunciar uns para os outros que estavam indo para casa, e às vezes uma voz mais estridente ecoava de uma das portas, pedindo a alguém para "chamar os meninos", pois estava na hora do jantar. Era sempre a hora em que via melhor, embora fosse perto do momento em que a escuridão descia como um véu, e a claridade se tornava menos radiante, todos os sons silenciavam na rua e tia Mary dizia em sua voz suave: "Pode tocar a campainha, flor?". Ela dizia "flor" como as pessoas dizem "querida": acho uma palavra mais bonita mesmo.

Certa noite, enquanto estava sentada com meu livro na mão, olhando para o outro lado da rua, sem me distrair com nada, enfim vi uma vaga movimentação lá dentro. Não era uma pessoa — mas todo mundo sabe o que é detectar uma espécie de agitação no ar, um discreto distúrbio; você não consegue precisar o que é, mas sabe que há alguém, embora não possa ver. Pode ser apenas uma sombra. Você pode observar um cômodo vazio e sua mobília durante horas, e então, de repente, basta o tremular de uma sombra para saber que alguém entrou. Pode ser apenas um cão ou um gato; pode ser um pássaro voando; mas é alguém, uma pessoa, contrastando com os objetos inanimados. A constatação me atingiu em cheio, e deixei escapar um gritinho. Tia Mary levou um susto e, arriando o enorme jornal que quase a cobria das minhas vistas, perguntou: "O que houve, flor?". Eu respondi: "Nada", um pouco arfante, pois não queria ser incomodada logo no instante em que alguém estava prestes a aparecer! Mas ela não se deu por satisfeita; levantando-se, ficou parada atrás de mim para ver o que era, apoiando a mão no meu ombro. Era o toque mais afável do mundo, mas, em minha impaciência, tive ganas de me desvencilhar dela, pois bastou que se aproximasse para que tudo voltasse à quietude; o cômodo ficou escuro e não pude ver mais nada.

"Nada", repeti, mas estava tão irritada que me deu vontade até de chorar. "Eu disse que não era nada, tia Mary. Você não acreditou em mim, veio olhar e estragou tudo!"

Acabei me arrependendo dessas últimas palavras, que escaparam a minha revelia. Fiquei exasperada ao ver tudo evaporar como um sonho, pois não era um sonho; era real, tão real como eu mesma ou qualquer outra coisa sobre a qual já deitara meus olhos.

Ela deu um tapinha no meu ombro. "Flor", disse ela, "você estava olhando para alguma coisa? Foi isso? Foi isso, não foi?" "Isso o quê?", tive vontade de retrucar, afastando a mão dela, mas me contive. Como não disse mais nada, ela retornou ao seu lugar. Acho que tocou a campainha sozinha, pois logo senti a claridade inundando o ambiente e obscurecendo a noite lá fora, como acontecia todas as noites, e não vi mais nada.

Foi só no dia seguinte, à tarde, que decidi contar para minha tia. Ela fez um comentário sobre seu bordado. "Meus olhos têm ficado tão embaçados", falou ela; "você terá que aprender meus velhos pontos de renda, flor, pois em breve não conseguirei mais."

"Ah, espero que não perca a visão", comentei, sem pensar direito no que estava dizendo. Naquela época, era jovem e muito direta. Ainda não tinha descoberto que alguém pode querer dizer uma coisa, mas não a metade nem a centésima parte do que parece querer dizer: e, mesmo assim, provavelmente esperando uma negativa, se for algum comentário contra si mesmo.

"A visão!". exclamou ela, fitando-me com um olhar quase indignado. "Não estou falando em perder a visão; muito pelo contrário, meus olhos estão ótimos. Posso não conseguir mais bordar com detalhes, mas continuo enxergando muito bem de longe, tão bem quanto você. "

"Eu não quis ofender, tia Mary", contemporizei. "Entendi errado, então... Mas como pode continuar enxergando bem de longe se ainda está em dúvida sobre aquela janela? Consigo ver o aposento tão bem quanto...". Interrompi minhas palavras, pois enquanto falava relanceara para o outro lado da rua e podia jurar que não havia janela nenhuma, apenas a falsa imagem de um vão pintado na parede.

"Ah!", exclamou ela, com um leve tom de fascínio e surpresa. Minha tia fez menção de se levantar, colocando apressada o bordado de lado, como se quisesse vir até mim; então, talvez percebendo o olhar de perplexidade em meu rosto, hesitou. "Ah, flor!" disse ela, "está ficando azoratada?"

O que ela quis dizer com aquilo? Eu bem conhecia todas as expressões das pessoas mais antigas; mas é reconfortante poder refugiar-se em uma suposta ignorância, e eu fingia não compreendê-las sempre que algo me desagradava. "Não sei o que você quer dizer com 'azoratada'", retruquei, muito impaciente. Não sei o que poderia ter acontecido em seguida; chegou alguém, e ela se limitou a me lançar um olhar antes estender a mão para cumprimentar sua visita. Era um olhar muito doce, mas preocupado, como se ela não soubesse o que fazer. Ela meneou a cabeça, e tive a impressão de que, apesar de estar sorrindo, estava com os olhos úmidos. Recolhi-me em meu recanto e nada mais foi dito.

No entanto, aquela inconstância era muito enervante; às vezes via nitidamente o cômodo — com a mesma clareza com que podia ver a biblioteca de papai, por exemplo, se fechasse meus olhos. Eu comparava os dois aposentos, por conta da escrivaninha, que, como disse, era igual à do meu pai. Às vezes, via os papéis sobre a mesa, assim como tantas vezes havia visto os dele. E a pilha de livros no chão — sem obedecer a nenhum tipo de organização específica, apenas dispostos um sobre os outros, de forma desencontrada, com as lombadas douradas cintilando. Em outras ocasiões, não via nada, absolutamente nada, e me sentia como as velhas que tinham espiado por cima da minha cabeça, franzindo os olhos e cismando que a janela fora coberta por causa de um imposto abolido fazia muito tempo, ou então que nunca sequer tinha sido uma janela. Quando isso acontecia, ficava muito aborrecida ao constatar que também estava franzindo os olhos e não enxergando muito melhor do que elas.

As amigas de tia Mary repetiram suas visitas, dia após dia, ao longo daquele mês de junho. Eu ia voltar para casa em julho, mas não me sentia disposta a partir até esclarecer — como estava de fato fazendo — o mistério daquela janela que se modificava de maneira tão peculiar, se mostrando diferente não só para pessoas diferentes, mas para os mesmos olhos em momentos diversos. Claro que dizia a mim mesma que tudo não deveria passar de um mero efeito da luz. No entanto, essa explicação não me satisfazia; teria preferido imaginar que eu era dotada de algum atributo superior que me levava a enxergar o interior do cômodo — nem que fosse a mera superioridade dos meus olhos jovens sobre os mais velhos. Mas isso também não era satisfatório, uma vez que era uma superioridade que eu poderia compartilhar com qualquer jovem que passava pela rua. Preferia pensar que possuía alguma sensibilidade especial que dava clareza à minha visão — uma suposição das mais petulantes, que parece beirar as raias da arrogância quando a escrevo aqui, mas que na realidade nada tinha de maldosa. A verdade era que eu vira várias vezes o cômodo e descobrira que se tratava de um aposento amplo, com um quadro em uma moldura dourada pendurado na parede mais distante, e muitas outras peças de mobiliário sombreadas na penumbra, além da escrivaninha encostada que com certeza tinha sido colocada perto da janela por causa da claridade. Fui distinguindo tudo isso aos poucos, até chegar inclusive a crer que conseguiria ler as letras antigas em um dos livros maiores; mas tudo isso foi apenas um preâmbulo para o grande evento que ocorreu no solstício de verão — o dia de São João, que já inspirou festivais, mas hoje não significa nada mais do que um dia qualquer de santo na Escócia — o que sempre vou lamentar como uma grande perda para o país, a despeito da opinião de tia Mary.

III

Não lembro exatamente o dia, mas foi por volta do solstício que se deu o grande acontecimento. Naquela época, já estava bastante familiarizada com o amplo cômodo misterioso. Não apenas com a escrivaninha, que via com nitidez, com os papéis e os livros apoiados aos seus pés, mas o grande quadro na parede mais distante e diversas outras peças de mobiliário na penumbra, em especial uma cadeira que certa noite notei ter sido posicionada no espaço diante da escrivaninha. Foi uma mudança sutil, mas fez meu coração bater mais forte, pois era clara indicação de que alguém estivera lá, o mesmo alguém que já me sobressaltara duas ou três vezes quando sua indistinta sombra produzira um movimento no aposento silencioso; o que me deu a impressão de estar prestes a ver ou ouvir algo que explicaria tudo — não fosse sempre interrompida por alguma ocorrência externa no exato momento da revelação. Daquela vez, não antevi nenhuma sombra nem movimentação. Um pouco antes, estivera examinando o cômodo com muita atenção e distinguira tudo com uma clareza que jamais alcançara. Mas depois tornei a me concentrar em meu livro e li uns dois capítulos da parte mais empolgante da história; vi-me deixando St. Rule's, a rua principal e a biblioteca para trás e sendo transportada para uma floresta sul-americana, quase sufocada pelas trepadeiras floridas, andando com cautela para não pisar em um escorpião ou uma cobra venenosa. De repente, algo do lado de fora chamou minha atenção. Olhei para o outro lado da rua e, sobressaltada, pus-me de pé, sem conseguir me conter. Não sei o que disse, mas assustei as pessoas na sala, entre elas o velho sr. Pitmilly. Todos olharam na minha direção, querendo saber o que tinha acontecido. Quando respondi o meu habitual "nada", sentando-me de novo (envergonhada, mas eufórica), o sr. Pitmilly se levantou e, se aproximando do meu recanto, espiou pela janela. Não viu nada, pois logo voltou ao seu assento e ouvi-o tranquilizar tia Mary, dizendo que a menina adormecera com o calor e se assustara ao acordar. Todos acharam graça: em outra ocasião, poderia querer matá-lo por sua impertinência, mas minha mente estava ocupada demais para prestar atenção. Minha cabeça latejava, e meu coração estava aos pulos. Estava tão tomada de emoção, que não tive dificuldade em me conter e manter silêncio absoluto. Esperei o velho cavalheiro se acomodar e depois olhei novamente. Sim, ele estava lá! Eu não tinha me enganado. Percebi então, ao fitar a janela do outro lado da rua, que era isso que eu procurava o tempo todo — sabia que estava lá e, sempre que discernia um movimento no cômodo, estivera à sua espera — ele e ninguém mais. E, finalmente, ele estava. Não sei se, de fato, esperava ver alguém: mas foi o que senti quando, espreitando de longe aquele quarto misterioso, eu o vi lá.

Estava sentado na cadeira — posicionada por ele mesmo ou por alguém que, na calada da noite, quando ninguém estava olhando, colocara para ele — na frente da escrivaninha, de costas para mim, escrevendo. A luz recaía em sua mão esquerda, iluminando parcialmente seus ombros e sua cabeça que, no entanto, estava virada demais para revelar seu rosto. Que estranho ter alguém o observando, como eu estava, sem que virasse a cabeça ou esboçasse um movimento! Eu podia estar no sono mais profundo que, se alguém fixasse seu olhar em mim, acordaria, levantaria num salto, sentiria algo. Mas ele permaneceu sentado, imóvel. Embora a luz incidisse sobre sua mão esquerda, não quis dizer com isso que havia muita claridade. Um cômodo visto do outro lado da rua nunca se revela por completo; mas havia iluminação suficiente para vê-lo — uma silhueta sombria e sólida, sentada na cadeira, e um vislumbre de sua cabeça loira, um ponto de luz em meio à penumbra. A silhueta pairava sobre o dourado da moldura do imenso quadro, pendurado na parede mais distante.

Durante todo o tempo em que minha tia recebia suas visitas, permaneci sentada no mesmo lugar, em uma espécie de transe, olhando para aquela figura. Não entendia o motivo da minha comoção. De modo geral, ver um estudioso concentrado em silêncio em uma janela do outro lado da rua poderia me despertar algum interesse, mas de forma nenhuma me comoveria daquela maneira. É sempre interessante vislumbrar vidas desconhecidas — ver tanto e saber tão pouco, e no máximo imaginar o que ele está fazendo e por que nunca vira a cabeça. Qualquer um iria até a janela — mas não muito perto, para que ele não visse e pensasse que estava sendo espionado — e se perguntaria: ele ainda está lá? Continua escrevendo? Gostaria de adivinhar o que ele tanto escreve! Seria uma tremenda diversão: mas não naquela noite. Não era essa a minha disposição. Observava-o sem fôlego, absorta. Sentia que não tinha olhos para mais nada, nem espaço em minha mente para nenhum outro pensamento. Já não ouvia, como de costume, as histórias e os comentários sábios (ou tolos) das velhinhas da tia Mary ou do sr. Pitmilly. Percebia apenas um murmúrio atrás de mim, uma alternância de vozes, uma mais suave, outra mais grave; mas não foi como nas ocasiões em que fiquei sentada lendo e ouvindo tudo que diziam, até que o enredo do livro e as histórias que estavam contando (sempre transformavam tudo em histórias) acabavam se misturando e o herói do romance tornava-se o herói (ou, mais provavelmente, a heroína) de suas narrativas. Já não prestava atenção no que diziam. E não era por ter deparado com algo muito interessante, salvo a presença dele em si. O rapaz não fez nada que justificasse minha dedicada vigília. Não havia sequer muito movimento, somente o que se espera de alguém ocupado escrevendo, concentrado. Houve um sutil meneio de cabeça quando ele passou de um lado para o outro da página na qual estava escrevendo; mas pareciam ser folhas muito longas, que pouco exigiam ser viradas. Apenas uma pequena inclinação, movendo para a cabeça para fora quando alcançou o final de uma linha e depois para dentro ao começar a próxima. Era pouco para capturar o interesse. Mas suponho que tenha sido o curso gradual dos acontecimentos anteriores, a descoberta de uma coisa após a outra, à medida que meus olhos se acostumavam à iluminação vaga: primeiro o próprio cômodo, depois a escrivaninha e demais móveis e, por fim, o habitante humano que deu sentido a todo o resto. Era como a descoberta de um país. E a inacreditável cegueira das outras pessoas, que ainda discutiam se era ou não uma janela! Não queria faltar com o respeito; gostava muito da minha tia Mary, não desgostava do sr. Pitmilly e tinha um certo medo de Lady Carnbee. Mas, mesmo assim, não me conformava com — sei que não devo dizer estupidez — a cegueira deles, a insensatez, a falta de sensibilidade! Debatendo o assunto como se algo que os olhos veem pudesse ser posto em discussão! Seria indelicado pensar que o motivo era porque estavam velhos e já não tinham os sentidos tão apurados. É tão triste pensar que os sentidos se tornam menos aguçados com a velhice, que uma mulher como minha tia Mary não pudesse mais ver, ouvir e sentir como antes; eu não podia me deter nesses pensamentos, pareciam tão cruéis! E uma senhora arguta como Lady Carnbee, que diziam ser tão perspicaz, e o sr. Pitmilly, um homem tão experiente. Fiquei com lágrimas nos olhos ao pensar que todas aquelas pessoas perspicazes, apenas por não serem mais jovens como eu, não tinham mais acesso às coisas mais triviais e, a despeito de toda sua sabedoria e conhecimento, não eram mais capazes de ver o que uma garota como eu enxergava sem fazer esforço. Aquele pensamento me deixou triste e um pouco envergonhada, mas talvez um pouco presunçosa também, por gozar de certa superioridade.

Todos esses pensamentos passaram pela minha cabeça enquanto permanecia sentada, fitando a janela do outro lado da rua. Tinha a impressão de que havia tanta coisa acontecendo lá! Ele estava tão absorto em sua escrita; não levantava os olhos, não pausou em busca de uma palavra, se virou na cadeira ou se levantou e caminhou pelo quarto, como meu pai fazia. Papai é um grande escritor, todo mundo diz: mas teria chegado à janela e olhado para fora, teria tamborilado os dedos na vidraça, teria observado uma mosca e a ajudado em caso de dificuldade, brincado com a franja da cortina, e recorrido a uma dúzia de outras distrações até burilar sua próxima frase. "Minha querida, estou esperando uma palavra ", dizia à minha mãe, quando ela o fitava com um olhar de censura para seu ócio; depois ria e voltava para a escrivaninha. Mas o rapaz da janela não fez uma pausa sequer. Era como um encantamento. Eu não conseguia tirar os olhos dele e do sutil movimento, quase imperceptível, que fazia ao virar a cabeça. Impaciente, aguardava para vê-lo virar a página ou talvez atirando a folha pronta no chão, como alguém também espiando uma janela certa vez viu Sir Walter fazer, folha após folha. Se o Desconhecido houvesse feito isso, eu não teria contido um grito. Seria mais forte do que eu, sem importar quem estivesse presente. Aos poucos, fui entrando em um estado agudo de suspense, esperando que isso acontecesse; minha cabeça esquentou, e minhas mãos ficaram geladas. E então, justamente quando notei um discreto movimento de seu cotovelo, como se estivesse prestes a fazer o que eu esperava, fui chamada por tia Mary para levar Lady Carnbee até a porta! Acho que só ouvi depois de ela ter me chamado três vezes, e então me levantei aos tropeços, afogueada, quase chorando. Quando saí do recanto para dar o braço à velha senhora (o sr. Pitmilly partira um pouco mais cedo), ela afagou minhas faces. "O que tem a menina?", indagou ela. "Está febril. Você não deveria deixá-la sentar tão perto da janela, Mary Balcarres. Nós duas sabemos as consequências." Seus dedos encarquilhados eram gélidos como os de um cadáver, e senti o tenebroso diamante espetar minha bochecha.

Não vou dizer que isso não fazia parte da minha excitação e do meu suspense; sei também como era risível o fato de estar agitada por causa de um desconhecido escrevendo em um cômodo do outro lado da rua e pela minha impaciência por ele nunca chegar ao fim da página. Engana-se quem pensa que não tinha consciência disso! Mas o pior foi aquela temerária senhora ter sentido meu coração pulsando contra seu braço enquanto eu a conduzia. "Você está com a cabeça nas nuvens", ela sussurrou com sua voz de velha ao pé do meu ouvido enquanto descíamos as escadas. "Não sei por quem, mas aposto que deve ser por um homem que não vale a pena. Se tivesse juízo, não pensaria mais nele."

"Não estou pensando em homem nenhum!", retruquei, exaltada. "Que coisa indelicada e horrível de se dizer, Lady Carnbee. Nunca pensei em... homem nenhum, em toda minha vida!", exclamei, no auge da indignação. A velha apertou meu abraço com força, mas não sem ternura.

"Pobrezinha", disse ela, "está se debatendo como um pássaro laçado! Não vou falar mais nada, porém é mais perigoso quando é por uma ilusão."

Ela não foi grosseira de forma nenhuma, mas eu estava muito irritada e mal apertei a mão velha e esquálida que ela estendeu para mim da janela da carruagem, depois que a ajudei a entrar. Estava com raiva dela e tinha medo do diamante, que perscrutava sob seus dedos, como se pudesse me ver por dentro. Acredite se quiser, tenho certeza de que a pedra me espetou de novo — uma picada aguda e maligna, permeada de significados! Ela só usava luvas sem dedos, de renda preta, através da qual aquele diamante terrível reluzia.

Subi em disparada — ela fora a última a partir, e tia Mary se recolhera para se preparar para o jantar, pois já estava tarde. Voltei depressa ao meu posto e olhei para o outro lado da rua, com o coração aos pulos. Tinha quase certeza de que veria a página pronta, descartada no chão. Mas vi somente o vácuo impreciso que segundo os demais sequer era uma janela. A luz mudara de forma espantosa durante os cinco minutos em que me ausentara e não pude distinguir mais nada, nem o reflexo da vidraça, nem uma centelha de claridade. Parecia o que eles diziam ver: o formato vazio de uma janela pintada na parede. Foi demais para mim, no estado de nervos em que estava: sentei no meu recanto e chorei de soluçar. Era como se eles tivessem feito algo com a janela, algo sobrenatural, e não pude suportar tamanha crueldade — até tia Mary. Cismaram que ia me fazer mal! Que não era bom para mim! E tinham feito algo — com minha tia como cúmplice — usando aquele diamante maldito que se escondia na mão de Lady

Carnbee. Não preciso que me digam que tudo isso era ridículo; eu bem sei. Mas a decepção e o fim abrupto da minha euforia me deixaram desconcertada de tal modo que não pude me controlar. Foi mais forte do que eu.

Atrasei-me para o jantar, e meus olhos guardavam vestígios de choro quando me coloquei sob a luz vibrante da sala de jantar, onde tia Mary podia me observar à vontade sem que eu pudesse escapar. Ela disse: "Flor, você andou chorando. Muito me entristece saber que uma cria de sua mãe tenha tido motivos para chorar na minha casa."

"Não tem nada a ver com a sua casa", apressei-me em dizer e depois, para evitar uma nova crise de choro, dei uma risada e disse: "Tenho medo daquele diamante sinistro na mão da velha Lady Carnbee. Ele morde, estou certa disso! Tia Mary, olhe só."

"Mas que menina boba", disse tia Mary. Mesmo assim, examinou minha bochecha sob a luz e depois, com sua mão macia, deu-me um tapinha na face. "Pronto, sua boboca. Não tem mordida nenhuma; você só está afogueada, flor, e com os olhos inchados. Quando o correio chegar, quero que leia o jornal para mim, esvazie a cabeça, e nada mais de sonhar acordada por hoje."

"Está bem, tia Mary", concordei. Mas eu sabia o que ia acontecer, pois quando ela abria seu *Times*, cheio de notícias do mundo, rumores e coisas pelas quais se interessava — embora eu não entendesse por que — esquecia de tudo. E, como fiquei bem quietinha e não emiti um som, ela esqueceu o que tinha dito e, com a cortina pendendo um pouco mais sobre mim do que de costume, acomodei-me no meu recanto como se estivesse a milhas e milhas de distância. E meu coração deu um pulo, quase escapando do peito; pois ele estava lá. Mas não como pela manhã — suponho que a luz, talvez, não tenha sido suficiente para que desse continuidade ao seu trabalho sem lâmpadas ou velas, pois abandonara a escrivaninha e estava diante da janela, recostado em uma poltrona, com a cabeça virada para mim. Não para mim — ele não fazia ideia da minha existência. Tive a impressão de que não olhava para nada específico, mas seu rosto estava voltado na minha direção. Eu estava com o coração na boca: era tudo tão inesperado, tão estranho! Por que me parecia estranho, não sei dizer, pois não havia comunicação nenhuma entre nós que pudesse me deixar naquele estado, e nada podia ser mais natural do que um homem, cansado do seu trabalho, carecendo de mais iluminação, mas sentindo que ainda não estava escuro o bastante para acender uma lâmpada, pudesse aproximar sua poltrona da janela, descansar um pouco e permanecer quieto, sem pensar em nada? Papai sempre fala que não está pensando em nada. Diz que os pensamentos invadem sua mente como se as portas estivessem abertas e que não é responsável por eles. Que tipo de pensamentos invadiam a mente daquele desconhecido? Estaria ainda refletindo sobre o que estivera escrevendo? O que mais me exasperava era não conseguir ver seu rosto direito. Não é uma tarefa fácil, quando observamos alguém por detrás de duas janelas. Gostaria muito de poder reconhecê-lo depois, caso o encontrasse na rua. Se tivesse se levantado e se movimentado pelo cômodo, eu teria uma ideia melhor de sua aparência e poderia identificá-lo depois; ou, se tivesse se aproximado mais da janela (como papai sempre fazia), então teria visto bem o seu rosto. Mas, claro, ele não viu necessidade nenhuma de fazer algo para que eu pudesse reconhecê-lo, pois sequer sabia que eu existia e, se soubesse que o estava observando, era provável que ficasse contrariado e saísse das minhas vistas.

No entanto, de frente para a janela, ele estava tão imóvel como quando à escrivaninha. Às vezes, julgava detectar um discreto fremir na mão ou no pé, fazendo-me prender a respiração, torcendo para que estivesse prestes a se levantar — mas ele não se mexeu. E, a despeito de todos os meus esforços, não consegui ver seu rosto direito. Espremi os olhos como a velha Miss Jeanie, que era míope, e cobri as laterais de meu rosto para concentrar a luz: tudo em vão. Ou sua face mudou enquanto o observava ou a luz não era boa o suficiente, não sei ao certo. O cabelo dele me parecia claro — não pairava nenhuma sombra escura em sua cabeça, como haveria de ser se tivesse cabelos negros — e percebi, pelo contraste com a velha moldura dourada na parede atrás, que devia ser loiro. Também tenho quase certeza de que não usava barba. Na verdade, tenho certeza, pois o contorno do rosto era bem nítido, e a luz do dia ainda iluminava a rua, de modo que reconheci direitinho o menino da padaria que estava do outro lado da calçada e que eu decerto reconheceria se tornasse a encontrá-lo — como se tivesse algum interesse em reconhecer o menino da padaria! No entanto, havia algo bastante curioso sobre esse menino. Ele estava atirando pedras em algo ou em alguém. Em St. Rule's, tinham mania de brincar atirando pedras uns nos outros, e suponho que houvesse acabado de sair de uma dessas batalhas. Também imagino que tivesse uma pedra remanescente da batalha na mão, pois correu os olhos por toda a rua, escolhendo onde poderia jogá-la para produzir melhor resultado e maior estrago. Mas, ao que parecia, não encontrou na rua nada do seu agrado, pois de repente se virou e, com um movimento por baixo da perna para mostrar sua destreza, mirou direto na janela. Reparei, sem dar ao fato a atenção devida, que a pedra produziu um som oco e não estilhaçou o vidro, caindo de volta na calçada. Mas minha mente não se detêve no acontecido, pois estava dedicando toda a atenção à figura do desconhecido. Ele não se moveu nem deu algum indício de ter notado, permanecendo a mesma imagem vaga, ainda que perfeitamente visível, tão indistinta quanto antes. A luz então começou a diminuir um pouco, não reduzindo a claridade interior, mas tornando-a ainda menos nítida do que estava antes.

Levantei-me então num pulo, sentindo a mão de tia Mary no meu ombro.

"Flor", disse ela, "pedi duas vezes para tocar a campainha, mas você não me ouviu."

"Oh, tia Mary!", exclamei, contrita, mas virando-me novamente para dar uma espiada na janela.

"Você precisa sair de perto desta janela: estou falando sério", admoestou ela, quase como se estivesse zangada. Então sua voz se tornou mais doce, e ela me deu um beijo: "Não se preocupe com a luz, flor, eu já toquei a campainha, e logo estará aqui. Mas, sua boboca, você precisa parar de sonhar acordada, isso vai lhe fazer mal".

Sem conseguir dizer nada, me limitei a fazer um gesto de desdém com a mão, indicando que não me importava tanto assim com a janela do outro lado da rua.

Ela acariciou meu ombro com delicadeza por um tempo, murmurando algo que me pareceu ser: "Ela precisa sair de perto, precisa sair de perto". Depois, ainda com a mão delicadamente pousada no meu ombro, acrescentou: "É como o despertar de um sonho"; E quando tornei a olhar, vi apenas o vácuo de uma superfície opaca e nada mais.

Tia Mary não me fez mais perguntas. Instou-me a fazer-lhe companhia na sala e a ler para ela, sob a luz da lamparina. Mas sequer prestei atenção ao que li, pois o ruído oco da pedra atirada contra a janela instalou-se em meus pensamentos e tomou conta deles; lembrei-me que a pedra caiu na calçada como se tivesse batido no concreto, embora eu tenha a visto tocar as vidraças.

IV

Permaneci em um estado de intensa comoção mental por algum tempo. Passava o dia impaciente, esperando a chegada da noite, quando podia observar meu vizinho pela janela. Não conversava muito com ninguém e jamais disse uma palavra sobre minhas dúvidas e especulações. Eu me perguntava quem seria ele, o que estaria fazendo e por que só aparecia de noite (quando aparecia). Também me perguntava a qual casa pertencia o cômodo onde estava sentado. Parecia ser parte da antiga biblioteca da faculdade, como sempre achei. A janela me parecia uma das que servia para iluminar o grande salão; mas não sabia se pertencia à biblioteca, nem como o desconhecido tinha acesso a ela. Concluí que devia haver uma entrada fora do salão, e que o cavalheiro deveria ser o bibliotecário ou um de seus assistentes, talvez ocupado o dia todo com seus afazeres profissionais e livre para se dedicar às suas ocupações particulares apenas à noite. Não era incomum um homem ter que trabalhar para seu sustento e, em suas horas de lazer, dedicar-se ao que realmente amava — algum estudo ou livro que estivesse escrevendo. Meu pai mesmo já tivera rotina semelhante. Passava o dia trabalhando no Departamento do Tesouro e, à noite, escrevia os livros que lhe deixaram famoso. Isso era algo que sua filha, por menos que conhecesse a respeito de outras coisas, sabia muito bem! Mas fiquei bastante decepcionada quando alguém um dia me apontou na rua um velho cavalheiro de peruca que fazia uso indiscriminado de seu rapé e disse: "Aquele é o bibliotecário da antiga faculdade". Foi um tremendo choque; mas então lembrei que velhos bibliotecários em geral têm assistentes, e o rapaz deveria ser um deles.

Aos poucos, comecei a me convencer disso. Havia uma outra janela pequena logo acima, que reluzia bastante quando os raios de sol incidiam sobre ela, e parecia bem clara, sobretudo em contraste com a penumbra indistinta da outra. Fantasiei que devia ser a janela do outro quarto dele, e que os dois aposentos na extremidade do belo salão deviam compor uma morada bem distinta, tão perto dos livros, tão reservada e silenciosa que ninguém a notava. Que sorte, a dele! E via-se que fazia bom uso dela, com tanta frequência sentado com seus escritos, por horas a fio. Estaria escrevendo um livro ou seriam poemas? Aquele pensamento fez meu coração bater mais forte; mas concluí com pesar que não poderiam ser poemas, porque ninguém poderia compô-los assim, de forma ininterrupta, sem fazer uma pausa em busca de uma palavra ou rima. Se fossem poemas, ele teria se levantado, andado pelo quarto ou caminhado até a janela como meu pai fazia — não que papai escrevesse poemas; ele sempre dizia, sacudindo a cabeça: "Não sou digno para versar sobre tais elevados mistérios" — o que me levou a nutrir uma admiração que beirava a reverência aos poetas, por serem assim tão superiores a papai. Mas não podia crer que um poeta ficasse imóvel daquele jeito por tantas horas. O que poderia ser, então? Talvez fosse história; era admirável, e provavelmente não exigia que seu autor andasse de um lado para o outro, parasse para olhar o céu ou contemplasse a bela luz do dia.

Ele se movimentava de vez em quando, embora nunca se aproximasse da janela. Às vezes, como relatei, virava a cadeira e parecia contemplar o mundo lá fora, sentado por um longo tempo com seus pensamentos quando a claridade diurna começava a se extinguir e a noite ainda parecia dia, envolta em uma luz incolor que tornava tudo mais nítido, pois não havia sombras. "Nas horas do crepúsculo, quando as fadas ganham poder." Era a luz típica daquelas longas noites de verão, sem sombras. Era como se eu estivesse enfeitiçada, o que às vezes me deixava com medo: me sentia assolada por uma miríade de pensamentos estranhos. Sempre tive a sensação de que, se enxergássemos um pouco melhor, poderíamos ver seres encantados, que não são do nosso mundo, andando por aí. Achei muito provável que o desconhecido os visse, pelo modo como ficava sentado com o olhar perdido; aquilo fez meu coração se dilatar com uma curiosa sensação, como se experimentasse orgulho porque, embora eu não pudesse vê-los, *ele* conseguia, sem sequer precisar se aproximar da janela, como eu, enfurnada no meu recanto, com os olhos fixos nele, e quase vendo pelos seus olhos.

Fiquei tão absorta nesses pensamentos e em observá-lo todas as noites — pois agora ele não perdia uma noite e estava sempre lá — que as pessoas começaram a comentar que eu estava abatida e não devia estar passando bem, porque não prestava atenção quando falavam comigo e não tinha vontade de sair, nem de encontrar com as outras garotas para jogar tênis, ou fazer o que as meninas da minha idade faziam. Disseram à tia Mary que eu estava perdendo rapidamente a saúde que recuperara e que ela não poderia me mandar de volta para minha mãe descorada daquele jeito. Antes mesmo disso, tia Mary já estava me lançando olhares apreensivos, e estou certa que andou perguntando a meu respeito em segredo ao médico e a suas amigas, que julgavam saber mais sobre moças do que os próprios doutores. E eu podia ouvi-los dizendo que eu precisava me divertir mais, que ela deveria me distrair, me levar para sair, dar uma festa e que, quando os visitantes do verão começassem a chegar, talvez tivéssemos algum baile ou Lady Carnbee talvez organizasse um piquenique. "E o jovem lorde voltará para casa", disse a velha a quem chamavam de srta. Jeanie, "e nunca conheci uma mocinha que não se aprumasse diante de um belo lorde."

Tia Mary sacudiu a cabeça. "Eu não contaria muito com o jovem lorde", disse ela. "A mãe dele não abre mão de uma noiva bem rica, e minha pobre florzinha não possui fortuna nenhuma. Não, não devemos sonhar tão alto; mas a levarei de bom grado para passear no interior, para visitar os velhos castelos e torres. Talvez isso a anime um pouquinho."

"Se isso não funcionar, vamos ter que pensar em outra coisa", falou outra senhora.

Talvez tenha os escutado naquele dia porque estavam falando de mim, o que é sempre uma maneira eficaz de chamar nossa atenção — pois àquela altura eu não estava mesmo me atendo ao que diziam. Pensei com meus botões que eles não sabiam de nada e que eu não estava nem um pouco interessada em castelos antigos e casas espetaculares, pois tinha outra coisa em mente. Estavam justamente discutindo a meu respeito quando o sr. Pitmilly chegou. Ele, que sempre foi gentil comigo, conseguiu interromper a conversa e mudar o assunto ao ouvir o que estava sendo falado. Horas mais tarde, quando as senhoras já haviam partido, ele se dirigiu ao meu recanto e, por cima da minha cabeça, fitou atentamente o outro lado da rua. Perguntou então à minha tia Mary se tinha, afinal, concluído algo a respeito da janela "que você às vezes achava que era uma janela, outras vezes não, e sobre a qual tinha muitas teorias curiosas", nas palavras do velho cavalheiro.

Tia Mary me lançou outro olhar triste e então respondeu: "Na verdade, sr. Pitmilly, estamos na mesma, e ando inquieta como sempre a respeito. Acho que minha sobrinha está como eu, pois a vejo muitas vezes olhando pensativa para o outro lado da rua e não sei ao certo qual a sua opinião".

"Minha opinião!", repeti. "Ora, tia Mary." Não pude evitar um tom desdenhoso, típico de quem é ainda muito jovem. "Não tenho opinião nenhuma. Não só vejo a janela, como o cômodo inteiro, e poderia lhes mostrar..." Eu estava prestes a dizer "mostrar o cavalheiro que fica lá sentado, escrevendo", mas me calei, sem saber o que diriam, e dei uma boa olhada nos dois. "Poderia lhes descrever a mobília lá dentro", completei. Senti que corava, e minhas faces pareciam queimar. Percebi que eles se entreolharam, mas pode ter sido impressão minha. "Tem um quadro bem grande, em uma moldura escura", prossegui, um pouco ofegante, "na parede oposta à janela."

"É mesmo?", indagou o sr. Pitmilly, dando uma risadinha. Então disse: "Eis o que vamos fazer. Vai ter uma festa no grande salão hoje à noite, que estará todo aberto e iluminado. É uma beleza de salão, vale a pena conhecer. Depois do jantar, passo aqui e as levo para a festa...".

"Valha-me Deus!", exclamou tia Mary. "Não vou a uma festa há muitos e muitos anos... e nunca frequentei o Salão da Biblioteca." Estremecendo, sussurrou: "Não conseguiria entrar lá."

"Então vai começar esta noite, minha cara", disse o sr. Pitmilly, ignorando o comentário. "E terei muito orgulho em conduzir a srta. Balcarres, que já foi outrora a rainha dos bailes!"

"Ah, lá se vão muitos anos", suspirou tia Mary, dando uma risadinha. "Não precisamos dizer quantos." Fez então uma pausa, sempre com os olhos pregados em mim, e disse: "Aceito seu convite, vamos nos paramentar e espero que não envergonhemos o senhor. Mas não seria melhor jantarmos todos juntos aqui?"

Combinaram assim, então; o sr. Pitmilly partiu para se arrumar, felicíssimo. Assim que ele foi embora, aproximei-me de tia Mary e implorei para que não me obrigasse a ir. "Gosto das noites mais longas e da claridade prolongada. Não vou suportar ter que me arrumar toda e sair de casa, desperdiçando tudo isso em uma festa idiota. Detesto festas, tia Mary!", exclamei. "Prefiro ficar aqui."

"Minha flor", falou ela, tomando minhas mãos, "sei que talvez seja uma decepção para você, mas é melhor assim."

"Como assim, uma decepção?", indaguei. "Prefiro ficar em casa."
"Você vai me acompanhar, flor, só desta vez: eu quase não saio de casa. Irá comigo hoje, só hoje, minha florzinha."

Estou certa de que tia Mary estava com lágrimas nos olhos enquanto fazia sua súplica entre beijos. Não havia mais nada que eu pudesse dizer; mas com que má vontade me preparei para a ocasião! Uma mísera festa, uma *conversazione* (justo quando a faculdade estava no período de férias e não havia ninguém para conversar!) em vez da minha hora encantada à janela, da luz suave e intrigante e do rosto indefinido contemplando a rua e me levando a especular o que estava pensando, o que procurava, quem era ele? Todo o fascínio, o mistério, a dúvida ao longo da noite que escurecia tão de mansinho!

Ocorreu-me, porém, enquanto estava me vestindo — embora tivesse certeza absoluta de que preferiria sua solidão a qualquer outra coisa — que ele talvez pudesse estar lá. Pensando nessa possibilidade, apanhei meu vestido branco — embora Janet tivesse preparado o azul — e meu colar de pérolas, que julgara sofisticado demais para a ocasião. Não eram pérolas muito grandes, mas eram de verdade, uniformes e luzidias, ainda que pequeninas. E, embora eu não me preocupasse muito com minha aparência naquela época, reconheci um certo charme na minha figura: pálida, mas propensa a ficar ruborizada à toa, com meu imaculado vestido branco, minhas pérolas alvas e meu cabelo bem escuro. Até mesmo o sr. Pitmilly olhou-me de forma estranha, como se, junto com a admiração, sentisse uma pontinha de tristeza, talvez julgando que eu teria problemas na vida, embora ainda fosse muito jovem e não fizesse ideia disso. E, quando tia Mary me viu, seus lábios tremularam. Ela também estava muito alinhada, com um belo traje de renda e com seus cabelos brancos muito bem penteados. Quanto ao sr. Pitmilly, usava um elegante babado francês de cambraia na camisa, meticulosamente plissado, com um alfinete de diamante que reluzia como o anel de Lady Carnbee; mas a sua era uma pedra honesta, que nos olhava de frente, com um fulgor bailarino que parecia cintilar de contentamento no peito sincero e fiel daquele velho cavalheiro: ele fora um dos amantes de tia Mary quando eram jovens, e ainda achava que não havia ninguém como ela no mundo.

Eu estava até animada quando atravessamos para o outro lado da rua na suave luz noturna, em direção ao Salão da Biblioteca. Talvez fosse vê-lo, afinal, e examinar o cômodo que já conhecia tão bem de longe; descobrir por que ele ficava sempre sentado no mesmo lugar e nunca era visto na rua. Pensei que poderia até ficar sabendo no que estava trabalhando, o que seria algo interessante para contar a papai quando voltasse para casa. Um amigo meu em St. Rule's — ah, muito mais ocupado do que o senhor jamais esteve, papai! —, e então meu pai acharia graça, como de costume, e diria que não passava de um ocioso e não estava nunca ocupado.

O salão estava iluminado e reluzente, todo ornado com flores, e nas longas fileiras de livros que percorriam as paredes dos dois lados cintilavam acabamentos dourados e enfeites. Fiquei atordoada com toda aquela luz; depois, embora me mantivesse sempre calada, passei a olhar ansiosa ao redor para ver se o avistava em algum canto ou em meio a algum grupo. Não esperava vê-lo entre as damas. Não conseguia imaginá-lo entre elas — era muito estudioso, muito quieto; talvez, quem sabe, entre o círculo de cabeças grisalhas no canto superior do salão... talvez...

Não, não era ele. Admito que sentia uma espécie de prazer em me certificar de que não havia alguém que pudesse tomar por ele, que se parecesse com a vaga imagem que dele fazia. Ora, era absurdo pensar que estaria ali, em meio a todo aquele vozerio, sob toda aquela luz. Sentia uma pontada de orgulho ao imaginá-lo em seu quarto, como de costume, escrevendo ou refletindo sobre sua escrita, como quando virava a cadeira em direção à claridade da rua.

Estava me acalmando, pois já não tinha mais esperança em vê-lo — o que era uma decepção, mas também um alívio —, quando o sr. Pitmilly se aproximou e estendeu o braço para mim. "Agora", disse ele, "vou levá-la para ver as curiosidades." Imaginei que, depois de ter visto e cumprimentado todos que conhecia, tia Mary me deixaria voltar para casa. Sendo assim, fui de bom grado, embora não ligasse para nada daquilo. Houve algo, no entanto, que me causou estranha impressão enquanto caminhávamos pelo salão. Era o ar, fresco e forte, de uma janela aberta no extremo leste do salão. Como poderia haver uma janela lá? Num primeiro momento, não percebi o que significava, mas, quando o vento soprou em meu rosto, senti um desconforto que não soube explicar.

Depois, outra coisa me assustou. No lado da parede que dava para rua, não parecia haver janela alguma. Uma longa fileira de estantes a revestia de ponta a ponta. Também não compreendi o que aquilo significava, mas fiquei confusa. Senti-me completamente perdida. Era como se estivesse em um país estranho, sem saber para onde estava indo ou o que poderia vir a descobrir em seguida. Se não havia janelas na parede que dava para rua, onde estava a "minha" janela?

Meu coração, que àquela altura já estava se acalmando depois de tanta euforia, saltou dentro do peito, como se fosse pular para fora do corpo — mas eu ainda não sabia o que aquilo significava.

Paramos então diante de uma estante de vidro, e o sr. Pitmilly se pôs a me mostrar alguns itens. Não consegui prestar muita atenção. Minha cabeça estava girando. Ouvia-o falando sem parar e a minha própria voz reverberando como um som oco em meus ouvidos, mas não sabia o que estava dizendo, nem o que ele me falava. Então ele me conduziu até o final do salão, na extremidade leste, e dessa vez discerni suas palavras: eu estava pálida e um pouco de ar me faria bem. A brisa quase gélida soprava sobre mim, levantando a renda do meu vestido e bagunçando meu cabelo. A janela, revelando a baça luz do dia, dava para a viela aos fundos do prédio. O sr. Pitmilly continuou falando, mas não entendi uma palavra. Ouvi então minha própria voz, embora não parecesse consciente do que dizia. "Onde está minha janela? Onde fica, então, a minha janela?", era o que eu parecia murmurar. Virei-me, arrastando-o comigo, ainda segurando seu braço. Foi então que meus olhos bateram em algo que eu conhecia. Um grande quadro, encaixado em ampla moldura, pendurado na parede mais distante.

O que aquilo queria dizer? Oh, o que significava? Virei-me novamente para a janela aberta ao leste, banhada pela luz do dia, aquela insólita luz sem sombra, que permeava o salão iluminado, envolvendo-o como uma bolha prestes a explodir, como uma coisa irreal. O lugar real era o cômodo que eu conhecia, no qual o quadro estava pendurado, onde ficava a escrivaninha e onde ele sentava com o rosto voltado para a luz. Mas onde estava a luz e a janela de onde vinha a claridade? Acho que entrei numa espécie de transe. Fui até a pintura que conhecia e depois cruzei o salão, ainda arrastando o sr. Pitmilly, que empalidecera, mas não oferecera resistência, deixando-se conduzir direto para onde ficava a janela, ou melhor, não ficava — onde não havia o menor sinal dela. "Onde está minha janela? Onde está minha janela?", eu repetia. E o tempo todo tinha certeza de que estava sonhando, que as luzes eram uma ilusão cênica, bem como as pessoas conversando; nada era real, a não ser o dia fosco e arrastado, aguardando à espreita que aquela bolha idiota estourasse.

"Minha querida", disse o sr. Pitmilly, "minha querida! Lembre-se que está em público. Você não pode dar um escândalo e assustar sua tia Mary. Venha comigo. Venha, minha cara jovem! Sente-se um instante e se recomponha; vou buscar um sorvete ou um pouco de vinho." Enquanto falava, dava tapinhas afetuosos na minha mão, que estava em seu braço, e me fitava com aflição. "Meu Deus! Meu Deus! Jamais pensei que fosse provocar esse efeito", disse ele.

Mas não permiti que me conduzisse na direção desejada. Voltei ao local do quadro e o olhei sem me deter nos detalhes; depois, atravessei o salão novamente, com uma certeza alucinada de que, caso insistisse, acabaria por encontrá-la. "Minha janela... minha janela!", repetia.

Um dos professores estava por perto e me ouviu. "A janela!" disse ele. "Ah, você foi enganada pelas aparências. Foi construída para fazer par com a janela da escada. Mas não é uma janela de verdade. Fica logo atrás daquela estante. Muitas pessoas são enganadas por ela", explicou.

Sua voz soou como se viesse de algum lugar distante, e parecia se arrastar indefinidamente; e o salão oscilou em um turbilhão de luzes e ruídos ao meu redor; a luz do dia, penetrando pela janela aberta, adquiriu tons sombrios, aguardando furtivamente o estourar daquela bolha de ilusão.

V

Foi o sr. Pitmilly quem me levou para casa; melhor dizendo, eu o peguei e, empurrando-o na minha frente, segurei-me com força em seu braço, sem esperar tia Mary ou qualquer outra pessoa. Quando saímos, ainda havia a mesma claridade estranha lá fora. Eu, sem capa nem xale, estava com os braços nus, a cabeça descoberta e as pérolas em volta do pescoço. Havia um tumulto de gente na rua, e o menino da padaria, *aquele* menino da padaria, parou bem na minha frente e exclamou: "Que formosura!", gritando para os outros. Não sei explicar, mas suas palavras me atingiram como a pedra que ele atirara na janela. Não me importei, entretanto, com os olhares das pessoas e atravessei a rua em disparada, com o sr. Pitmilly um pouco à frente. A porta estava aberta, e Janet, de prontidão, espiando as damas em seus vestidos de gala. Deu um gritinho quando me viu atravessando a rua, mas passei chispando por ela, empurrei o sr. Pitmilly escada acima e levei-o ofegante ao meu recanto, onde me atirei no assento, sentindo-me incapaz de dar mais um passo, e apontei para janela. "Olhe, olhe!", gritei.

E lá estava — longe daquela turba sem sentido, da encenação social, das lamparinas a gás, do alarido de vozes e do alvoroço das conversas. Nunca em todos aqueles dias eu enxergara o cômodo tão claramente. Havia uma iluminação sutil por trás, como se pudesse ser o reflexo das luzes vulgares do salão, e ele estava sentado de costas para a claridade, tranquilo, absorto em seus pensamentos, com o rosto virado para a janela. Visível para qualquer pessoa que olhasse em sua direção. Janet poderia vê-lo se eu a chamasse lá em cima. Era como um quadro, composto por todos os elementos que eu já conhecia; a mesma postura, a mesma atmosfera, serena, imperturbável. Puxei o sr. Pitmilly pelo braço: "Está vendo, está vendo?", gritei.

Ele me lançou um olhar aflito, como se quisesse chorar. Não estava vendo nada! Tive certeza pelos olhos dele. Era um homem velho, não tinha boa visão. Se eu tivesse chamado Janet, ela teria visto.

"Minha querida!", exclamou ele. "Minha querida!", repetiu, fazendo um gesto impotente com as mãos.

"Ele está lá todas as noites", protestei, "e pensei que o senhor poderia me dizer quem era e o que estava fazendo; que ele poderia ter me levado àquele quarto e me mostrado tudo, que eu poderia depois contar a papai... Papai entenderia, ele gostaria de ouvir... Oh, o senhor não pode me dizer o que ele está escrevendo, sr. Pitmilly? Enquanto a luz lança sombras, ele permanece de cabeça baixa, mas, quando chega a noite e ainda está claro, se vira para a rua, pensativo, e descansa!"

O sr. Pitmilly estava tremendo, não sei se de frio ou por outro motivo. Ele murmurou, com a voz embargada: "Minha querida jovem... minha querida...", e então parou e me olhou como se fosse chorar. "Que lástima, que lástima", repetiu; e então, com outro tom de voz: "Vou voltar lá para buscar sua tia Mary; compreende, minha pobre menina, vou trazê-la para casa — você vai melhorar quando ela chegar aqui". Fiquei aliviada quando ele foi embora, já que não podia ver nada. Permaneci sentada sozinha na penumbra que não era de todo escura, mas claro como dia — uma claridade como jamais vira antes. Como estava claro no quarto do outro lado da rua! Não resplandecendo como no salão pleno de luzes e vozes, mas silencioso e visível, como se pertencesse a outro mundo. Ouvi um discreto ruído atrás de mim, e lá estava Janet, me encarando com os olhos arregalados. Era apenas um pouquinho mais velha que eu. Chamei-a aos gritos, impaciente com sua postura retraída e cerimoniosa: "Janet, venha aqui, venha aqui, você o verá... venha aqui vê-lo!". "Ai, coitadinha!", disse ela, desatando a chorar. Bati o pé, indignada por não ter meu pedido atendido, e ela desapareceu às pressas, como se estivesse com medo. Nenhum deles, nenhum! Nem mesmo uma garota praticamente da minha idade, com visão perfeita. Virei-me mais uma vez para a rua e estendi as mãos para o desconhecido, o único que poderia me compreender. "Por favor", supliquei, "fale comigo! Não sei quem você é ou o que você é, mas está sozinho como eu; e eu... simpatizo com você. Fale comigo!" Não esperava que ele ouvisse, nem me respondesse. Como poderia ouvir, com a rua entre nós, a janela fechada e todo o burburinho das vozes e das pessoas ao redor? Mas, por um momento, tive a impressão de que não havia mais ninguém no mundo além de nós dois.

Fiquei sem fôlego ao vê-lo se mexer na cadeira! Tinha me ouvido, embora não soubesse como. Ele ficou de pé, e eu também me levantei, atônita, incapaz de algo que não fosse aquela reação mecânica. Ele parecia me controlar como se eu fosse um fantoche manipulado por sua vontade. Avançou em direção à janela e ficou me olhando. Tive certeza de que olhava para mim. Tinha me visto, finalmente: descobrira afinal que alguém, embora apenas uma garota, o observava, o buscava, acreditava nele. A emoção foi tão intensa que mal consegui me manter de pé; caí de joelhos, me apoiando na janela, sentindo como se meu coração estivesse sendo arrancado para fora do peito. Não tenho como descrever seu rosto. Estava escuro, embora houvesse luz. Acho que sorriu para mim, fitando-me com o mesmo interesse com que eu o observava. Seu cabelo era louro, e detectei um leve tremor em seus lábios. Ele então tocou a janela, como se estivesse prestes a abri-la. Estava emperrada, era difícil de manipular, mas finalmente ele a escancarou, fazendo um barulho que ecoou por toda a rua. Notei que as pessoas ouviram e várias olharam para cima. Quanto a mim, juntei minhas mãos, inclinando-me com o rosto contra o vidro, atraída na direção dele como se tivesse saído do meu próprio corpo, tido meu coração extirpado e meus olhos usurpados das órbitas. Ele abriu a janela com um estrondo que foi ouvido de West Port até a abadia. Como alguém poderia duvidar de sua existência?

E então ele se inclinou na janela, olhando para fora. Qualquer pessoa na rua poderia tê-lo visto. Olhou para mim primeiro, com um discreto aceno de mão, como uma saudação — não exatamente isso, pois tive a impressão de que fez um gesto para que me afastasse; contemplou então de cima a baixo a luzidia penumbra do dia que chegava ao fim, primeiro a leste, na direção das velhas torres da abadia e depois a oeste, ao longo da ampla calçada onde tantas pessoas andavam de um lado para o outro, mas em silêncio quase total, como seres encantados em um lugar mágico. Observei-o com o coração derretido e uma satisfação tão profunda que transcendia as palavras, pois ninguém mais poderia me dizer que ele não estava lá e que eu estava sonhando. Observei-o sem ar, com o coração na garganta e olhos fixos. Ele olhava de um lado para o outro e depois voltava a me encarar. Eu era a primeira e a última e, embora não detivesse seu olhar em mim por muito tempo, ele agora sabia quem o reconhecera e simpatizara com sua figura durante todo aquele tempo. Eu experimentava uma espécie de êxtase, mas de estupor também; meu olhar acompanhava o seu, seguindo-o como se fosse sua sombra; então de repente ele desapareceu e não o vi mais.

Despenquei novamente no meu assento, buscando um apoio, algo para sustentar meu peso. Erguendo a mão, ele acenara mais uma vez para mim. Como desapareceu, não sei dizer, nem para onde foi; em questão de segundos, não estava mais lá, e a janela aberta ficou vazia, o cômodo mergulhado na mesma penumbra imóvel, embora nítida em sua amplitude, com o quadro de moldura dourada na parede. Não lamentei seu desaparecimento.

Meu coração estava contente e eu, exausta e satisfeita — pois agora não poderia mais haver qualquer dúvida sobre ele. Reclinei-me, sentindo-me sem forças, e logo tia Mary surgiu atrás de mim, precipitando-se na minha direção, me envolvendo em seus braços e apoiando minha cabeça em seu peito. Desatei a chorar, soluçando como uma criança. "Você o viu, você o viu!", repeti. Experimentei um prazer indescritível ao me encostar nela e sentir seu corpo tão macio e gentil. Seus braços me envolviam e ela exclamava: "Flor, minha flor!" — com a voz embargada, como se também estivesse chorando. Na terna paz daquele abraço, recobrei a consciência docemente, alegre com tudo que se passara. Mas precisava de alguma garantia de que eles também o tinham visto. Fiz um gesto em direção a janela, que permanecia aberta, e para o quarto mergulhado na penumbra. "Desta vez vocês viram tudo, não viram?", indaguei, um pouco aflita. "Minha flor!", respondeu tia Mary, dando-me um beijo, e o sr. Pitmilly começou a andar pela sala a passos largos, como se estivesse impaciente. Sentei-me, afastando os braços de tia Mary. "Não é possível que sejam tão cegos, tão cegos!", gritei. "Esta noite não, por favor, esta noite não!" Mas nenhum dos dois me respondeu. Desvencilhei-me de tia Mary e fiquei de pé. E lá fora, no meio da rua, estava o menino da padaria, parado como uma estátua, olhando para a janela com a boca aberta e uma expressão de espanto no rosto — ofegante, como se não pudesse acreditar em seus próprios olhos. Lancei-me no parapeito, chamando-o, fazendo gestos desesperados para que viesse até mim. "Tragam-no aqui! Tragam-no, tragam-no para mim!", gritei.

 O sr. Pitmilly saiu na mesma hora e segurou o menino pelo ombro. Ele não queria vir. Foi estranho ver o velho cavalheiro, com seu elegante babado e seu broche de diamante, parado no meio da rua, com a mão no ombro do garoto e cercado pelos outros meninos. Por fim, se dirigiram à casa, seguidos pelos demais, boquiabertos e intrigados. Ele entrou a contragosto, quase resistindo, como se receasse que quiséssemos lhe fazer algum mal. "Venha, meu jovem, venha falar com a moça", instava o sr. Pitmilly. Tia Mary tentou me deter. Mas nada poderia me impedir.

 "Menino", gritei, "você também viu, não foi, você viu! Diga a eles que viu! É só o que quero, nada mais."

 Ele me olhou como todos os demais, como se me julgasse louca. "O que ela quer comigo?", perguntou ele, acrescentando: "Num fiz por mal, só taquei uma pedra... num é pecado nenhum jogar pedra."

 "Seu meliante!", censurou o sr. Pitmilly, dando um safanão no menino, "quer dizer que andou atirando pedras? Vocês vão acabar matando alguém um dia desses com essa mania." O velho estava confuso e perturbado, pois não entendia nem o que eu queria, nem o que tinha acontecido. Então tia Mary, segurando minhas mãos e me puxando para perto dela, disse: "Menino, seja bonzinho, responda à moça. Ninguém está aqui para castigá-lo. Responda, menino, e depois Janet lhe servirá uma refeição antes de você ir."

 "Fala, fala de uma vez!", gritei, "responda e diga a eles! Diga que viu a janela aberta e viu o cavalheiro colocar a cabeça para fora e acenar!"

"Num vi cavalheiro nenhum, dona", respondeu ele, de cabeça baixa, "só este daqui."

"Ouça, menino", pleiteou tia Mary. "Eu o vi parado no meio da rua, olhando para alguma coisa. O que era?"

"Num era nada que fosse grande coisa. A janela da biblioteca, a que num é janela. Juro por tudo que é sagrado que tava aberta. Pode rir de mim, se quiser. É isso que ela quer comigo?"

"Isso é uma mentira descarada, garoto", duvidou o sr. Pitmilly.

"Num é mentira, não. Tava aberta como toda janela. Com certeza mesmo. Eu nem acreditei na hora que vi, mas é verdade."

"Estão vendo só?", questionei, virando-me triunfante para apontar a janela do outro lado da rua. Mas a luz, agora turva, provocara alguma mudança. A janela estava como sempre estivera, um vácuo sombrio na parede.

Fui tratada como uma inválida pelo resto da noite e carregada escada acima para a cama. Tia Mary ficou de vigília no meu quarto a noite inteira. Sempre que eu abria os olhos, estava lá sentada perto de mim, atenta. Nunca passei uma noite tão estranha na vida. Quando começava a me exaltar, ela me beijava e me tranquilizava como se eu fosse uma criança. "Ah, flor, você não é a única!", disse ela. "Acalme-se, minha menina! Eu jamais deveria ter deixado você ficar lá!"

"Tia Mary, tia Mary, você também o viu?"

"Quietinha, flor, quietinha!", respondeu ela. As lágrimas cintilavam em seus olhos. "Fique quietinha, tire isso da cabeça e tente dormir. Não vou falar mais nada", respondeu ela.

Eu a abracei e aproximei meus lábios do seu ouvido. "Quem é ele? Diga-me só isso e eu não pergunto mais nada..."

"Ah, flor, descanse, tente dormir! É como se fosse... como posso dizer... como se fosse um sonho! Você não ouviu o que disse Lady Carnbee? Sobre as mulheres da nossa família?"

"O quê? O quê? Tia Mary, conte, tia Mary..."

"Não posso contar", disse ela, agitada, "não posso! Como posso contar, se só sei o que você sabe? É um anseio constante... uma busca... por algo que não vem jamais."

"Ele vai vir", gritei. "Eu o verei amanhã, eu sei disso, tenho certeza!"

Ela me beijou, entregue ao pranto, encostando suas faces mornas e úmidas nas minhas.

"Minha flor, tente dormir um pouco, faça um esforço. Vejamos o que irá acontecer amanhã."

"Não tenho medo", murmurei e, em seguida, por mais estranho que possa parecer, acho que peguei no sono. Estava exausta, era muito jovem e não tinha o costume de ficar acordada na cama. De tempos em tempos, abria os olhos e às vezes despertava em um sobressalto, recordando tudo que tinha acontecido. Mas tia Mary estava sempre lá para me acalmar, e eu me abrigava em sua proteção como um pássaro no ninho.

No dia seguinte, no entanto, não permiti que me mantivessem na cama. Estava como que febril, sem recordar ao certo o que tinha feito. A janela estava opaca, desprovida do brilho mais sutil, reta e vazia como uma tábua de madeira. Era a primeira vez em que a via daquele jeito, tão pouco semelhante a uma janela. "Não é de se admirar", disse a mim mesma, "que a vendo assim, e com olhos gastos pela velhice, eles achem que a janela não existe."

Sorri então ao me recordar da noite de claridade prolongada, imaginando se ele apareceria novamente e tornaria a fazer algum gesto para mim. Era o que me deixaria mais contente: não que tivesse o trabalho de se levantar e abrir a janela mais uma vez, mas que olhasse na minha direção e acenasse. Seria mais simpático, demonstraria confiança — não que eu fosse precisar desse tipo de demonstração toda noite.

Não desci naquela tarde; fiquei sozinha observando pela janela do meu quarto lá em cima, esperando as visitas da minha tia irem embora após o chá. Pude ouvi-los conversando e tive certeza de que estavam todos amontoados no meu recanto, olhando a janela do outro lado da rua e rindo às minhas custas. Pois que rissem! Sentia-me superior à opinião deles. Durante o jantar, notei que estava muito inquieta, com pressa para terminar logo, e acho que tia Mary estava agitada também. Duvido que tenha lido seu *Times* naquela noite; abriu-o para esconder-se atrás do jornal, usando-o como escudo, e continuou me vigiando de longe. Acomodei-me em meu recanto, com o coração pleno de esperança. Não queria nada além de vê-lo interromper a escrita em sua escrivaninha, virar a cabeça e acenar para mim, apenas para mostrar que reconhecia minha existência. Fiquei vigiando de sete e meia até as dez da noite; a luz do dia foi ficando cada vez mais branda, até reluzir como uma pérola, ofuscando todas as sombras.

No entanto, durante todo o tempo em que estive em meu posto de observação, a janela permaneceu escura como a noite e não havia nada, absolutamente nada lá.

Bem, não era a primeira vez: ele não estava lá todas as noites, só para me agradar. Um homem, ainda mais um grande erudito como ele, tem outras ocupações na vida. Tentei me convencer de que não estava decepcionada. Por que estaria? Não era a primeira noite em que ele não aparecia. Tia Mary me observava, atenta a todos os meus movimentos, com os olhos reluzentes, muitas vezes rasos d'água, e expressando tamanha compaixão que me dava vontade de chorar; senti, porém, que ela estava com mais pena de si mesma do que de mim. Lancei-me sobre ela e perguntei, repetidas vezes, o que estava me escondendo e quem era aquele homem, implorando para que me contasse o que sabia, quando o vira e o que se passara. E que história era aquela das "mulheres da nossa família". Ela me disse que não sabia explicar o motivo, nem quando acontecia: ocorria na hora em que tinha de ser, e todas as mulheres de nossa família o viam. "Isto é", ressalvou ela, "as que são como você e eu." Perguntei o que nos tornava diferentes das outras, mas ela apenas sacudiu a cabeça e não quis dizer.

"Dizem que...", começou ela, mas parou no meio da frase. "Ah, flor, tente esquecer tudo isso... se eu ao menos soubesse que você também era assim! Dizem que... houve certa vez um homem muito estudioso, um erudito, que gostava mais da companhia dos livros do que das damas. Flor, não me olhe assim. E pensar que a culpa foi minha, envolvendo você nessa história!"

"Ele foi um erudito?", indaguei, interessada.

"Uma de nós, que deve ter sido uma mulher leviana, não como você e eu... bem, talvez não tenha feito por mal, quem poderá dizer? Ela acenava para ele, pedindo que viesse vê-la... e aquele anel é testemunha... mas ele não queria vir. Mesmo assim, ela continuava sentada à janela, acenando, insistindo... até que seus irmãos ficaram sabendo da história e eram homens violentos... então... ah, minha flor, não vamos falar mais nisso!"

"Eles o mataram!", gritei, perdendo o controle. Agarrei tia Mary, e a sacudi, e depois me afastei dela. "Você está falando isso só para me despistar... ontem à noite mesmo eu o vi, e estava tão vivo quanto eu, e ainda jovem!"

"Minha flor, minha flor!", exclamou tia Mary.

Depois disso, não lhe dirigi a palavra por muito tempo; ela, porém, permaneceu por perto, cuidando para nunca me deixar sozinha, e sempre com a mesma expressão piedosa nos olhos. Na noite seguinte, foi a mesma coisa; bem como na terceira. Naquela terceira noite, pensei que não suportaria mais. Precisava fazer alguma coisa; se ao menos soubesse o quê! Se um dia ficasse escuro, bem escuro, talvez pudesse tentar algo. Em minhas mais loucas conjecturas, fantasiava em escapar de casa, pegar uma escada e subir para tentar abrir a janela no meio da noite — talvez com a ajuda do menino da padaria. Minha mente era tragada por um turbilhão e era como se eu já tivesse feito aquilo; quase podia ver o garoto colocando a escada na janela e ouvi-lo gritando que não havia nada lá. Ah, que noite interminável, aquela! E como estava claro, sem o manto da escuridão para nos cobrir, sem a menor sombra, em nenhum dos lados da rua! Não consegui dormir, embora tivesse sido obrigada a ir para a cama. E no auge da meia-noite, quando as trevas atingem seu ápice, desci as escadas sem fazer barulho — embora houvesse uma tábua no patamar da escada que rangia —, abri a porta e sai. Não havia uma alma viva na rua, de cima a baixo, da abadia a West Port: as árvores pairavam como fantasmas, o silêncio era aterrador, e tudo continuava tão claro como se fosse dia. Não se sabe o que é silêncio até vivenciá-lo em uma luz daquelas, não de manhã, mas de noite — sem sol, sem sombra, mas tão claro quanto o dia.

Não fazia diferença o lento decorrer do tempo: uma hora, duas horas. Como era estranho ouvir os relógios soando naquela luz mortiça, sem ninguém para ouvi-los! Mas não importava. A janela não podia ser vista; até as vidraças pareciam ter desaparecido. Depois de um longo tempo, voltei furtivamente para o meu quarto, subindo pela casa silenciosa, ainda na claridade — tremendo de frio e com desespero no coração.

Tenho certeza de que tia Mary devia estar me observando e me viu voltar, pois algum tempo depois ouvi ruídos pela casa; e muito cedo, quando surgiram os primeiros raios de sol, ela se aproximou da minha cabeceira com uma xícara de chá na mão. Parecia um fantasma. "Está quentinha, flor, bem aconchegada?", indagou ela.

"Não importa", respondi. Sentia que nada mais importava, a menos que se pudesse penetrar na escuridão em algum lugar — aquela escuridão suave e profunda, capaz nos encobrir e nos esconder, embora não soubesse de quê. O pior é que não havia nada, absolutamente nada a procurar, nem do que se esconder — apenas o silêncio e a luz.

Naquele dia minha mãe apareceu para me buscar. Não sabia que ela estava vindo; chegou de repente, dizendo que não podia demorar e que precisávamos partir naquela noite para chegarmos a Londres no dia seguinte, pois papai decidira viajar para o exterior. A princípio, pensei em dizer que não iria. Mas como uma garota pode dizer que não quer ir, quando a mãe aparece para buscá-la e não há motivo nenhum para resistir? Eu não tinha esse direito. Precisava ir, a despeito da minha vontade ou do que alguém pudesse dizer. Os amorosos olhos de tia Mary ficaram rasos d'água; ela andava pela casa secando-os com um lencinho sem fazer alarde e repetindo: "É o melhor para você, flor, o melhor para você!". Ah, como eu odiava ouvir que era o melhor para mim, como se alguma coisa importasse, como se houvesse um "melhor"! À tarde, todas as velhinhas apareceram. Lady Carnbee me observou por baixo da renda preta, com seu diamante à espreita, emitindo projéteis sob seus dedos. Deu-me um tapinha no ombro e me disse para ser uma boa menina. "E não confie no que vê da janela", aconselhou ela. "O olho é traiçoeiro, assim como o coração." Ela continuou me dando tapinhas no ombro e mais uma vez senti como se aquele diamante afiado e maligno me espetasse. Teria sido isso que tia Mary quis dizer quando comentou que "o anel foi testemunha"? Depois achei que vi a marca no meu ombro. Você perguntará: como é possível? Como hei de saber? Se soubesse, teria me contentado, e nada disso teria mais importância.

Nunca mais voltei a St. Rule's e, durante muitos anos da minha vida, evitei olhar pela janela quando havia qualquer outra janela à vista. Você me pergunta se o vi novamente. Não sei dizer: a imaginação é traiçoeira, como disse Lady Carnbee. E, se ele permaneceu lá por tanto tempo, apenas para punir os descendentes daqueles que lhe causaram mal, por que haveria de vê-lo em outro lugar? Já tivera minha cota de castigo. Mas quem pode dizer o que acontece com um coração que regressa tantas vezes, ao longo de tantos anos, para exercer sua vingança? Se foi ele quem tornei a ver, não detectei nenhuma raiva em seu semblante, senti que desejava o bem e não mais assombrava a casa da mulher que o amou. Vi seu rosto olhando para mim em meio a uma multidão. Eu o vi novamente quando regressei viúva da Índia, muito infeliz, com meus filhos ainda pequenos: tenho certeza de que o vislumbrei entre as pessoas que aguardavam para receber seus amigos. Não havia ninguém para me receber, pois não esperavam meu regresso; eu estava muito triste, sem avistar um único rosto conhecido, quando de repente o vi, e ele acenou para mim. Meu coração disparou: tinha esquecido quem ele era, lembrava-me apenas de que era um rosto que eu conhecia e desci do navio quase alegre, pensando que teria quem me ajudasse. Mas ele desapareceu, como da janela, com aquele único aceno.

Lembrei-me de tudo isso quando a velha Lady Carnbee morreu — já bem, bem velhinha — e descobri que, em seu testamento, ela havia deixado seu anel de diamante para mim. Ainda tenho medo dele. Está trancado em uma velha caixa de sândalo, no depósito de madeira da minha casinha de campo, onde jamais morei. Se alguém o roubasse, seria para mim um alívio. Nunca soube o que tia Mary quis dizer com "aquele anel era a testemunha", nem o que poderia ter a ver com a estranha janela na velha biblioteca da Faculdade de St. Rule's.

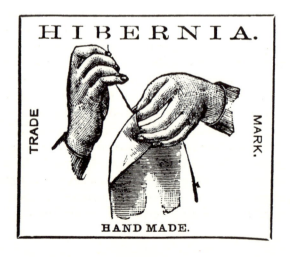

VITORIANAS MACABRAS

RHODA BROUGHTON

Rhoda Broughton
SRTA. BROUGHTON

A POPULAR

1840-1920

- Sol em Sagitário -

Galesa. Autora popular no século XIX, Rhoda publicou romances e contos que caíram no gosto do público por suas tramas inventivas, apelo sensacionalista e personagens femininas que desafiavam o padrão de decoro vitoriano. Sobrinha do escritor Sheridan Le Fanu, contou com o apoio do tio no início de sua carreira e teve dois romances publicados em sua revista literária, *Dublin University Magazine*. Sua popularidade incomodou colegas escritores, que faziam pouco de sua fama e suas conquistas. A autora Margaret Oliphant, também presente nesta antologia, repudiava as narrativas ousadas de Rhoda, e dizem que tanto Oscar Wilde como Lewis Carroll se sentiam intimidados por ela — conta-se que Carroll chegou a declinar o convite de comparecer a um evento ao saber que ela estaria lá. Rhoda nunca se casou e escreveu até morrer em 1920, aos 79 anos.

A Verdade, somente a Verdade, nada mais que a Verdade

Rhoda Broughton

The Truth, The Whole Truth, and Nothing but The Truth

— 1868 —

"Acho que conseguiria confrontar com razoável bravura algo material, tangível, palpável; algo de carne e osso como eu. Mas fico atordoada só de pensar em ficar face a face com os espíritos."

 No afã de encontrar a residência perfeita por um preço camarada, incauta londrina acaba arrumando uma casa fantasmagórica para sua melhor amiga.

SRA. DE WYNT PARA SRA. MONTRESOR
Eccleston Square, nº 18, 5 de maio.

Minha querida Cecilia,
　Amizades como as de Orestes e Pílades, de Julie e Claire,[1] não chegam aos pés da nossa. Acaso Pílades alguma vez percorreu meia Londres às pressas, em um dia quente de fazer inveja às almas condenadas ao inferno, para que Orestes pudesse se hospedar em uma casinha confortável durante sua temporada na cidade? Ou Claire precisou conversar com uma centena de corretores de imóveis, para que Julie pudesse ter três janelas em sua sala de estar ou uma bela cortina? Como pode ver, estou determinada a fazer você reconhecer essa dívida de gratidão e a receber minha devida recompensa.
　Bem, minha amiga, até ontem eu não fazia a menor ideia de como vivemos espremidos nesta imensa colmeia enevoada, amontoados como arenques em um barril. Mas não se preocupe. Empurrando daqui e apertando acolá, conseguimos espaço para mais dois arenques em nosso barril: você e sua outra metade, isto é, seu marido. Deixe-me começar do início. Depois de ter inspecionado, creio eu, as mais desagradáveis residências ao oeste de Londres e não ter encontrado nada que ficasse entre uma casa digna de um duque e uma carente de uma boa faxina; após ter alisado estofados e explorado fogões até minha cabeça quase explodir, cheguei ontem à tarde no número 32 da Rua ——, em Mayfair.
　"Fracasso número 253, tenho certeza", pensei com meus botões ao subir os degraus da entrada, mal-humorada e com a alma sedenta por um chá. Pelo visto, meus dotes proféticos não são lá grande coisa. Já notei que o destino gosta de nos contrariar, desmentindo nossas previsões. Quando

---

[1] Orestes e Pílades: na mitologia grega, eram amigos inseparáveis. Julie e Claire: melhores amigas, personagens do romance epistolar *Julie ou la Nouvelle Héloïse*, de Jean Jacques Rousseau (1761). [NT]

pus os pés na casa, achei que tinha entrado por engano em um pedaço do céu. Fresca como uma flor, um verdadeiro brinco, bela como o rostinho de um serafim, a casa é tudo isso e muito mais — apenas esgotei meu estoque de comparações. Duas salas de estar espaçosas o bastante para receber visitas insuportáveis; cortinas brancas sobre forros cor-de-rosa, adornadas com festões elegantes; é uma casa maravilhosamente — quase indecentemente — adequada para você, minha querida: dos espelhos (mais de uma dúzia deles) aos tapetes persas, das poltronas aos salões adequados a todas as configurações físicas possíveis (do Apolo Belvedere à srta. Biffin).[2] E outros milhares de detalhes importantes que uma mulher não pode passar sem: leques de pavão, biombos japoneses, meninos nus e pastorinhas decotadas; sem contar com a família de pugs de porcelana, com fitas azuis em volta do pescoço, que devem ter acrescentado cinquenta libras por ano ao aluguel. A propósito, perguntei, trêmula de medo, o valor do aluguel. "Trezentas libras por ano." Uma pluma teria me derrubado. Eu mal conseguia acreditar nos meus ouvidos e fiz a mulher repetir quinhentas vezes, para que não houvesse erro. Continua sendo um mistério para mim.

Com sua característica desconfiança, você deve estar imaginando que exista algum terrível cheiro inexplicável ou algum ruído misterioso assombrando a sala de visitas. Não há nada de errado com a casa, a mulher me garantiu, e não parecia estar contando histórias. Também já sei que, lembrando as cortinas cor-de-rosa, você irá insinuar que a última moradora era uma *demi-mondaine*. Nada disso. O último ocupante da casa foi um irrepreensível oficial indiano, já idoso, sem fígado e com uma esposa bem legítima. Não ficaram muito tempo na casa, é verdade, mas, de acordo com a governanta, ele era um velho hipocondríaco que não aguentava passar quinze dias no mesmo lugar. Portanto, deixe de lado o ceticismo, que é seu maior pecado, e dê graças a Santa Brígida, São Gangulfo ou Santa Catarina de Siena, ou seja lá qual for seu santo de devoção, por ter lhe propiciado um palácio com o preço de uma choupana e por ter lhe dado uma amiga tão valorosa quanto

Sua estimada,
ELIZABETH DE WYNT

P.S. — Lamento não estar na cidade para testemunhar seus arroubos iniciais, mas meu caro Artie está tão pálido e emaciado após a coqueluche que vou despachá-lo imediatamente para o litoral e, como não suporto deixar o menino longe das minhas vistas, serei obrigada a acompanhá-lo em seu exílio.

• • •

[2] Apolo Belvedere: estátua de mármore do deus Apolo, da autoria de Leocares, parte do acervo do Museu Pio-Clementino, no Vaticano. Srta. Biffin: Sarah Biffin (1784-1850), célebre pintora vitoriana nascida sem braços e com pernas vestigiais que media apenas 94 centímetros. [NT]

SRA. MONTRESOR PARA SRA. DE WYNT
Rua ——, nº 32, Mayfair, 14 de maio

Querida Bessy,
    Por que meu querido Artie não adiou sua convalescença de coqueluche até agosto? As crianças têm uma mania perversa de escolherem os momentos mais inoportunos para ficarem doentes. Já estamos instalados em nosso Paraíso; procuramos a serpente de cima a baixo, em cada buraco e cada canto, mas nem sinal de sua cauda. Quase tudo neste mundo é uma decepção, mas o número 32 da Rua —— Mayfair, não é. O mistério do aluguel permanece um mistério. Saí para o meu primeiro passeio na Row esta manhã; meu cavalo estava um pouco inquieto e desconfio que não sou mais tão intrépida como antes. Avistei uma multidão de conhecidos. Você se lembra de Florence Watson? Que tinha um cabelão ruivo no ano passado? Bem, o mesmo cabelão está preto como as asas de um corvo este ano! Fico boba como as pessoas conseguem se transformar em farsas ambulantes. Adela vem nos ver semana que vem; estou tão contente. Não suporto conduzir sozinha, e acho um horror uma jovem desacompanhada em uma carruagem, ou com apenas um cachorro ao lado. Enviamos nossos cartões uma quinzena antes de chegarmos e já recebemos uma enxurrada de visitas. Considerando que ficamos dois anos exilados da vida civilizada e que londrinos costumam ter memória fraca, acho que estamos indo muito bem. Ralph Gordon veio me ver no domingo; ele está no Regimento dos Hussardos agora. Virou um rapagão; atenciosíssimo e tão bonito! Bem o meu tipo: grande, pálido e sem bigodes! A maioria dos homens hoje em dia cisma em ser peluda como um *terrier*. Pretendo ser como uma mãe para ele. Os vestidos estão indecentemente menores, amplos e rodados; a predominância de saias curtas é alarmante. Sinto muito, mas tenho pavor. Fazem as mulheres altas parecerem varapaus e distorcem as mais baixas. Estão batendo na porta! Paz é uma palavra que bem poderia ser expurgada do dicionário de Londres.

Sua amiga,
CECILIA MONTRESOR

SRA. DE WYNT PARA SRA. MONTRESOR
The Lord Warden, Dover, 18 de maio

Querida Cecilia,
    Você perceberá que estou prestes a dedicar apenas uma reles folha de papel a esta carta. E não é por falta de tempo, Deus sabe! Tempo é o que não falta aqui, mas sofro de uma carência total de ideias. Minhas ideias brotam de fora, precisam de estímulos externos; não sou inteligente a ponto de gerá-las em mim. Minha vida aqui não é exatamente estimulante. Ou estou cavando areia com uma pá de madeira ou comendo camarão. São essas as minhas atividades; nos meus momentos de descanso, vou até o píer, para ver o barco vindo de Calais. Quando se está infeliz, nada mais reconfortante do que ver alguém ainda mais infeliz e, apesar de estar triste e entediada — relutante vegetal que sou —, o mar não me causa enjoo. Sempre fico mais animada depois de ver aquela procissão rabugenta e arrastada de concidadãos em azul, verde e amarelo passarem por mim. O vento aqui é constante; comparado com este, o que desceu com tamanha violência sobre a casa de Jó não passava de um zéfiro. Há colinas a ser escaladas que requerem perseverança mais audaz do que a exibida pelo general Wolfe em suas insignificantes planícies de Abraão. Há casas tinindo de tão brancas, estradas brancas reluzentes, alvos penhascos luzidios. Se soubessem o ódio pouco patriótico que sinto pelos penhascos brancos de Albion! Agora que já resmunguei por duas pequenas páginas — escritas com uma letra bem grande, para gastar mais papel —, enviarei meu melancólico bilhetinho. Como gostaria de poder entrar no envelope e me enviar de volta para minha querida, bela e imunda Londres. Nem Madame de Staël suspirou tanto por Paris no castelo de Coppet.

Sua desconsolada,
BESSY

• • •

SRA. MONTRESOR PARA SRA. DE WYNT
Rua ——, nº 32, Mayfair, 27 de maio

Ah, minha querida Bessy, como eu gostaria que estivéssemos longe desta casa pavorosa! Por favor, não me considere muito ingrata por dizer isso, depois de você ter se esforçado tanto para nos arranjar um Céu na Terra, como julgou ser este lugar.
    O que aconteceu, claro, não poderia ter sido previsto nem evitado por nenhum ser humano. Há cerca de uns dez dias, Benson (minha criada) veio

falar comigo, com uma cara de réu, e disse: "A senhora sabia que esta casa era assombrada?". Levei um susto: você sabe como sou covarde. Respondi: "Deus do céu! Não! Como assim?". "Bem, tenho quase certeza de que é", disse ela, e a expressão em seu semblante era tão animada quanto a de um agente funerário. Ela então me contou que a cozinheira tinha saído naquela manhã para fazer compras em um mercadinho do bairro e, quando informou ao vendedor o endereço para onde mandar as compras, ele comentou, com um sorriso muito peculiar: "Rua ——, 32? Hum. Vamos ver quanto tempo vão suportar; os últimos inquilinos ficaram só quinze dias". Diante da estranha conduta do sujeito, ela quis saber do que estava falando, mas ele se limitou a dizer: "Nada, não! É que as pessoas nunca ficam muito tempo hospedadas no número 32". Soubera de casos em que os moradores haviam chegado em um dia e partido no outro e, durante os últimos quatro anos, nunca conhecera quem ficasse o mês inteiro. Assustadíssima com essa informação, perguntou o motivo, mas ele não quis explicar; disse que, se não tinha descoberto por si mesma, seria muito melhor esquecer o assunto, uma vez que só serviria para deixá-la apavorada. Depois de muita insistência, conseguiu arrancar dele que a casa tinha uma reputação tão terrível que os donos não se incomodavam em alugá-la por uma pechincha. Você sabe que acredito piamente em fantasmas e que morro de medo dessas coisas. Acho que conseguiria confrontar com razoável bravura alguma coisa concreta, tangível, palpável; algo de carne e osso como eu; mas fico atordoada só de pensar em me ver face a face com os espíritos. Assim que Henry entrou, repeti correndo o relato da criada, mas ele fez pouco caso, riu de mim e perguntou se deveríamos abandonar a casa mais bonita de Londres, no auge da temporada, porque um merceeiro disse que era reduto de fantasmas. Argumentou que as coisas boas deste mundo em geral são malfaladas e que o sujeito devia ter um motivo para difamar a casa; provavelmente, algum amigo interessado na bela propriedade e no aluguel barato. Zombou tanto dos meus "medos infantis" que cheguei a ficar um pouco envergonhada, mas não menos apreensiva. Depois fui capturada pelo habitual frenesi dos compromissos sociais, durante os quais não temos tempo para pensar em nada além do momento presente. Adela estava para chegar ontem e, pela manhã, recebi nosso cesto semanal de flores, frutas e legumes. Sempre faço questão de arrumar os vasos de flores, pois os criados não têm bom gosto para os arranjos. Você conhece a paixão de Adela pelas flores; enquanto as organizava, ocorreu-me levar um buquê de rosas e resedas para decorar a penteadeira do seu quarto, como uma surpresa de boas--vindas. Ao descer, vi a arrumadeira — uma jovem camponesa de rostinho redondo — entrar no quarto que estava sendo preparada para Adela, com um par de lençóis sobre o braço. Subi as escadas bem devagar, porque o jarro de flores estava cheio e tive medo de derramar a água. Girei a maçaneta da porta do quarto e entrei, mantendo os olhos fixos nas flores, examinando se tinham resistido ao transporte e se alguma havia se perdido no caminho. De repente, senti um arrepio; assustada, sem saber ao certo o porquê, ergui os olhos. A moça estava parada ao lado da cama, inclinando-se um pouco para a frente com as mãos crispadas, rija, com o corpo todo retesado; seus olhos arregalados pareciam saltar das órbitas, petrificados em um olhar de indescritível horror; as faces e os lábios não estavam pálidos, mas lívidos como os de alguém que morreu sentindo uma dor lancinante. Quando a fitei, seus lábios se moveram, e uma terrível voz cavernosa, que não parecia em nada com a dela, disse: "Meu Deus, eu o vi!", e tombou no chão, como um tronco, com um baque pesado. Ouvindo o barulho, audível pelas típicas paredes e pisos finos de uma casa londrina, Benson acudiu às pressas. Conseguimos colocá-la na cama e tentamos reanimá-la esfregando os pés e as mãos e erguendo fortes sais na direção de suas narinas. Durante todo tempo, ficamos olhando para trás, com um vago terror gélido de vermos alguma aparição horrenda e disforme. Ela permaneceu inconsciente por duas longas horas. Nesse meio-tempo, Harry, que estava no clube, voltou para casa. Duas horas depois conseguimos trazê-la de volta, apenas para descobrirmos que estava completamente fora de si. Ficou tão violenta que somente o esforço conjunto de Harry e Phillips (nosso mordomo) foi capaz de segurá-la na cama. Chamamos um médico imediatamente, claro, e assim que ela se acalmou um pouco foi levada por ele para casa. Esteve aqui há pouco para informar que a moça está sob controle; não por ter recuperado a sanidade, mas por pura exaustão. Estamos completamente no escuro e não fazemos a menor ideia do que ela viu. Seus delírios são desconexos e ininteligíveis demais para nos oferecer alguma pista. Estou transtornada com esse terrível episódio, e você decerto há de me desculpar, querida, se parecer incoerente. Não preciso nem dizer que por nada neste mundo permitirei que Adela ocupe aquele quarto medonho. Toda vez que passo pela porta, estremeço e saio correndo.

Ao seu dispor, em grande aflição,
CECILIA

• • •

SRA. DE WYNT PARA SRA. MONTRESOR
The Lord Warden, Dover, 28 de maio

Minha querida Cecilia,

Acabo de receber sua carta; estou horrorizada! Mas ainda não fiquei convencida de que há algo de errado com a casa. Você sabe que eu me sinto uma espécie de madrinha dela e me julgo responsável por seu bom comportamento. Você não acha que a arrumadeira pode ter tido uma convulsão? Por que não? Eu mesma tenho um primo que sofre ataques desse tipo e fica exatamente como você descreveu: corpo todo rígido, olhos vidrados e fixos, pele lívida. Ou, não sendo uma convulsão, tem certeza de que ela não é sujeita a surtos de loucura? Por favor, procure saber e certifique-se de que não há casos de insanidade na família da moça. É tão comum nos dias de hoje que acho bem provável. Você sabe que não acredito em fantasmas. Tenho para mim que a maioria dos espíritos, se capturada, seria tão genuína quanto o fantasma de Cock Lane. Mas, mesmo admitindo a possibilidade, ou melhor, a existência inquestionável de fantasmas, você acha provável que exista algo tão assustador a ponto de enlouquecer uma pessoa sã de um instante para o outro? Algo que você, após três semanas morando na casa, não viu nem de relance? Pela sua hipótese, todos os moradores da casa, a esta altura, já estariam loucos. Suplico que não alimente um pânico que, é bem provável, pode acabar se revelando totalmente infundado. Ah, como eu gostaria de estar aí com você, para lhe chamar à razão! Faço votos que Artie se torne o melhor esteio para a velhice de uma mulher desde os primórdios da humanidade, à guisa de indenização por tudo que ele e sua coqueluche me fizeram sofrer. Escreva o quanto antes, por favor, e me conte como anda a pobre paciente. Oh, quisera ter as asas de uma pomba! Não sossegarei até ter notícias.

Ao seu dispor,
BESSY

• • •

SRA. MONTRESOR PARA SRA. DE WYNT
Bolton Street, nº 5, Piccadilly, 12 de junho

Querida Bessy,

Como pode ver, deixamos aquela casa terrível, odiosa e fatal. Como gostaria que tivéssemos escapado de lá antes! Ah, minha querida Bessy, nem que eu viva cem anos, voltarei a ser a mesma mulher. Deixe-me tentar organizar meu relato de modo coerente e contar a você o que aconteceu. Primeiro, em relação à arrumadeira: ela foi transferida para um manicômio, onde permanece no mesmo estado. Teve diversos intervalos de lucidez, durante os quais foi insistentemente questionada sobre o que viu; mesmo assim mantém um silêncio absoluto e irremediável e, quando abordam o assunto, apenas estremece, geme e esconde o rosto com as mãos. Há três dias fui visitá-la e, ao voltar, estava na sala descansando um pouco, antes de me arrumar para jantarmos. Conversava com Adela sobre a visita, quando Ralph Gordon entrou. Vinha nos visitar com frequência nos últimos dez dias, e Adela ruborizava e parecia em êxtase, pobrezinha, sempre que ele surgia. Vinha do parque, o nosso caro rapaz, e estava muito bonito. Parecia bem-disposto e mostrou-se tão cético quanto você em relação à origem fantasmagórica do ataque de Sarah. "Deixe-me vir aqui esta noite e dormir naquele quarto; por favor, sra. Montresor", pediu ele, mostrando-se entusiasmado. "Com a lâmpada a gás acesa e um atiçador de lareira, hei de exorcizar cada demônio que mostrar sua cara feia, mesmo que venha a encontrar

>   *'Sete pálidos fantasminhas
>   Sentadinhos numa cerca branquinha'"*

"Está falando sério?", indaguei, incrédula. "Como não? É claro que estou", garantiu ele, enfaticamente. "Eu adoraria. Bem, estamos combinados, então?" Adela ficou pálida. "Não", apressou-se em dizer, "por favor, não faça isso! Por que vai correr esse risco? E se você enlouquecer também?" Ele deu uma gargalhada e corou de prazer ao ver o interesse que ela demonstrava em sua segurança. "Não precisa ter medo", disse ele, "seria necessário mais do que um esquadrão inteiro de mortos, com o velho Satã à frente, para me enlouquecer." Estava tão sôfrego, insistente e falava com tanta seriedade que acabei cedendo, embora relutante, às suas súplicas. Os olhos azuis de Adela encheram-se de lágrimas, e ela saiu em disparada para a estufa e pôs-se a colher pétalas de flores para disfarçar o choro. Ralph, não obstante, conseguiu o que queria; era muito difícil negar-lhe qualquer coisa. Cancelamos todos os nossos compromissos naquela noite, e ele, os seus. Chegou por volta das dez horas, acompanhado por um amigo oficial, o capitão Burton, que estava ansioso para ver o resultado do experimento. "Deixe-me subir de uma vez", disse ele, animado. "Não lembro da última vez em que me senti tão bem; uma sensação nova é um luxo raro. Acenda o gás o mais forte que puder, dê-me um bom e firme atiçador e entregue à providência divina e a mim." Obedecemos às suas instruções. "Está tudo pronto", anunciou Henry, descendo as escadas depois de ter executado suas ordens, "o quarto está claro como o dia. Bem, boa sorte para você, meu amigo!" "Adeus, srta. Bruce", despediu-se Ralph, indo até Adela e tomando sua mão com um olhar meio zombeteiro e meio sentimental:

>   *"'Adeus, e se para sempre,
>   Para sempre a Deus,'*

estas são minhas últimas palavras, minha última confissão. Agora lembrem-se", prosseguiu ele, de pé ao lado da mesa e dirigindo-se a todos nós. "Se eu tocar uma vez, não entrem. Posso estar afobado e encostar na campainha sem querer; se eu tocar duas vezes, entrem." E assim ele subiu, pulando os degraus de três em três, e cantarolando. Quanto a nós, nos acomodamos na sala de estar em diferentes atitudes de expectativa, apurando os ouvidos buscando captar algum ruído. No início, tentamos conversar um pouco, mas não conseguimos manter nenhum assunto; nossas almas inteiras pareciam concentradas em nossos ouvidos. O tique-taque do relógio soava tão alto quanto um sino de igreja. Addy estava deitada no sofá, com seu rostinho pálido escondido nas almofadas. Aguardamos por exatamente uma hora, que nos pareceram dois anos; assim que o relógio começou a soar onze horas, a campainha ecoou aguda e estridente pela casa. "Vamos", disse Addy, precipitando-se em direção à porta. "Vamos", gritei, indo atrás dela. Mas o capitão Burton bloqueou a passagem e interceptou nosso avanço. "Não", disse, enfático, "vocês não devem ir. Lembre-se do que Gordon nos disse, para não entrarmos com um único toque de campainha. Eu o conheço bem, vai ficar irritado se descumprirmos suas instruções."

"Bobagem!", protestou Addy, impetuosa, "ele não teria tocado a campainha se não tivesse visto algo terrível; vamos, deixe-nos ir!", rogou ela, crispando as mãos. Mas ele se mostrou impassível, e fomos obrigadas a retornarmos aos nossos lugares. Mais dez minutos de suspense, praticamente insuportáveis; senti um nó na garganta, fiquei sem ar — dez minutos no relógio, mas mil séculos em nossos corações. Então a campainha soou outra vez: alta, repentina, estridente! Corremos todos para a porta. Acho que subimos em menos de um segundo. Addy foi na frente. Entramos no quarto quase juntas. Lá estava ele, no meio do quarto, rijo, petrificado — seu olhar queimou meu coração como um ferrete — com uma expressão de indescritível horror em seu audacioso rosto. Por um instante permaneceu imóvel; depois, estendendo os braços rígidos, gemeu com uma terrível voz cavernosa: "Meu Deus! Eu o vi!", e tombou morto. Sim, morto. Não em um desmaio ou uma síncope, mas morto. Em vão, tentamos ressuscitar aquele coração jovem e forte; só voltará no dia em que a terra e o mar devolverem os mortos que neles habitam. Mal consigo enxergar a página; as lágrimas embaçam meus olhos; era um rapaz tão querido! Não consigo escrever mais hoje.

De coração partido,
CECILIA

⋯

Esta é uma história verídica.

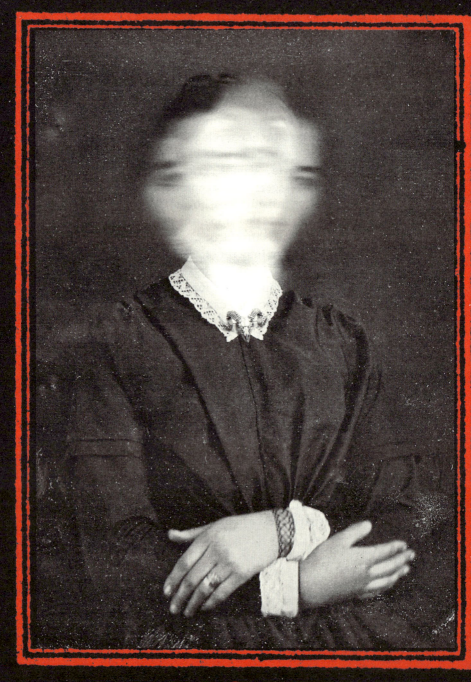

PHOTOGRAPHIC ARCHIVE CAMERA OBSCURA STUDIO

VITORIANAS MACABRAS

H.D. EVERETT

Henrietta Dorothy Everett
THEO DOUGLAS

A MISTERIOSA

1851-1923

- Sol Eclipsado -

Inglesa. Pouco se sabe sobre a vida da misteriosa Henrietta, que durante o período vitoriano publicou seus primeiros livros sob o pseudônimo Theo Douglas e só teve sua identidade verdadeira revelada em 1910. Sabe-se apenas que casou-se aos 18 anos com o advogado Isaac Edward Everett e que só começou sua carreira literária aos 44 anos. Seus romances e contos mesclam horror e uma protoficção científica, combinando os temas vitorianos do século XIX com toques modernos da alvorada do século XX. Elogiada por mestres do horror como M.R. James e H.P. Lovecraft — que reconheceu em seu ensaio *Supernatural Horror in Literature* o talento de Henrietta para produzir o que definiu como "terror espiritual" —, a autora acabou caindo no esquecimento com o passar dos anos. Morreu aos 72 anos, deixando uma herança para seu filho único.

235

A Maldição da Morta

Henrietta Dorothy Everett

― THE DEATH-MASK ―

— 1920 —

"Disse que continuava gostando de mim; confessou que gostava até mais do que antes, mas que não se casaria com um homem amaldiçoado."

 Viúvo tenta reconstruir a vida após a morte da mulher, mas uma terrível maldição impede que ele se case novamente.

"Sim, é o retrato da minha mulher. É considerado bastante fiel. Mas ela, é claro, parecia mais velha no fim da vida."

Enderby e eu nos dirigíamos à sala de fumar depois do jantar, e o retrato estava pendurado no patamar da escada. Tínhamos sido colegas na escola um quarto de século atrás e nos reencontrado mais tarde na faculdade; depois disso, eu vivera fora da Inglaterra por uma década. Ao regressar, ficara sabendo que meu amigo ficara viúvo havia quatro anos. Ainda bem, pensei comigo mesmo ao ouvir a notícia, pois não simpatizava muito com a ilustre Gloriana. O sentimento, ou falta de sentimento, provavelmente era mútuo: ela nunca fora muito simpática comigo, mas duvido que tenha sido com qualquer um dos amigos de solteiro do pobre Tom Enderby. O retrato era mesmo fiel. Tinha sido uma mulher bonita, com traços aquilinos e olhos frios. O artista fizera jus às suas feições — sobretudo aos olhos, que pareciam vigiar as idas e vindas de todos na casa onde morrera.

Fizemos apenas uma breve pausa diante do retrato antes de prosseguirmos. A sala de fumar ficava em um apartamento construído nos fundos da casa por um antigo proprietário, isolado por portas duplas para servir de quarto infantil. A sra. Enderby não tinha filhos e não suportava cheiro de tabaco. Assim sendo, o amplo cômodo foi destinado aos cachimbos e charutos de Tom e, caso os amigos dele quisessem fumar, era o único aposento em que ela permitia que o fizessem. Lembrei-me da sala e da regra, mas não estava preparado para encontrá-la ainda em uso. Esperava poder acender meu charuto depois do jantar sobre os pratos de sobremesa, agora que não tínhamos mais uma senhora presente.

Logo nos acomodamos em duas poltronas estofadas, diante de um bom fogo crepitando na lareira. Senti que Enderby respirou mais aliviado ao fechar as portas duplas, isolando a casa sombria e formal, a escadaria e o retrato. Mas não parecia bem; pairava sobre ele um inconfundível ar de desânimo. Acaso estaria sentindo falta de Gloriana? Talvez, após tantos anos de casado, tivesse passado a depender de uma mulher que cuidasse dele. Tais cuidados são de fato agradáveis quando se encontra uma boa mulher; mas eu com certeza não teria gostado de receber alguma demonstração de afeto da falecida sra. Enderby. E, caso estivesse realmente se sentindo só, não seria difícil encontrar um remédio para os seus males. Evelyn tinha duas irmãs bonitas, e poderíamos arranjar para que ficasse hospedado em nossa casa.

"Você precisa nos visitar", convidei, colocando a ideia em prática. "Quero lhe apresentar à minha mulher. Semana que vem?"

Seu rosto se iluminou de alegria.

"Eu adoraria", disse ele, entusiasmado. Mas logo veio a ressalva. A sombra tornou a pairar sobre ele e, suspirando, complementou: "Isto é, se eu conseguir sair daqui".

"Ora, e o que haveria de impedi-lo?"

"Pode não parecer um motivo legítimo, mas me acostumei a ficar aqui... para manter as coisas em ordem."

Sem olhar para mim, inclinou-se sobre o guarda-fogo para bater a cinza do charuto.

"Sabe, Tom, morar sozinho está deixando você muito para baixo. Por que não vende a casa, ou aluga assim como está, e não busca uma mudança completa?"

"Não posso vendê-la. Tenho apenas o usufruto, até minha morte. A casa era da minha esposa."

"Bem, mas imagino que não haja nenhum impedimento para alugá-la, não é mesmo? Se por acaso houver, você pode simplesmente fechar tudo e sair um pouco."

"Nenhum impedimento... legal." A ênfase foi sutil demais para chamar minha atenção, mas lembrei-me dela depois, em retrospecto.

"Então, meu caro, por que não? Vá viajar um pouco, ver o mundo. Mas, na minha opinião, a melhor coisa seria se casar novamente."

Ele sacudiu a cabeça, pesaroso.

"Sei que é um assunto delicado para tratar com um viúvo. Mas você guardou o mais respeitoso dos lutos. Quatro anos, já. Até mesmo um moralista ferrenho julgaria quatro anos um período satisfatório."

"Não é isso. Dick, eu estou... estou inclinado a lhe contar uma história bem esquisita." Dando vigorosas baforadas em seu charuto, ele contemplou as chamas do fogo.

"Vamos lá", encorajei. "Conte-me e depois lhe darei minha opinião a respeito. Você sabe que pode confiar em mim."

"Às vezes tenho a impressão de que, contando para alguém, talvez possa me sentir melhor. É esquisita a ponto de ser risível. Mas não tenho achado graça nenhuma."

Ele atirou a guimba do charuto na lareira e se virou para mim. Foi então que reparei como estava pálido, e que uma diáfana camada de suor brotava em seu rosto macerado.

"Eu pensava como você, Dick. Achava que seria mais feliz me casando novamente. Cheguei até a ficar noivo. Mas o noivado foi rompido e vou lhe contar o motivo.

"Antes de morrer, minha esposa ficou doente por um tempo, e vários médicos foram consultados. Eu só soube como era grave sua enfermidade quando não havia mais nada a ser feito. Só então eles me disseram que não havia mais esperança e que ela entrara em coma. Mas era possível, talvez até provável, que recuperasse a consciência antes de morrer e disseram-me que ficasse preparado para tal eventualidade.

"Você vai me tomar por covarde, mas confesso que temia esse retorno à consciência: rezava para que ela morresse dormindo. Sabia que minha esposa cultivava noções grandiosas sobre o laço matrimonial e, se tivesse a oportunidade de proferir suas últimas palavras, na certa me obrigaria a uma promessa. Não poderia recusar tal promessa em um momento como aquele, mas não queria ficar preso por um vínculo como esse. Você deve se lembrar que ela era mais velha do que eu. Estava prestes a ficar viúvo ainda jovem e, pela ordem natural das coisas, ainda teria muitos anos pela frente. Compreende?"

"Meu caro amigo, não creio que uma promessa feita em tais circunstâncias fosse deixá-lo atado a ela para sempre. Não me parece justo!"

"Espere, ouça. Estava eu sentado aqui, num estado lamentável como você pode imaginar, quando o médico veio me buscar para ir ter com ela. A sra. Enderby recobrara a consciência e mandara me chamar, mas o doutor implorou para que eu não a deixasse agitada de jeito nenhum, receando que a dor pudesse retornar. Quando entrei, ela estava estirada na cama como se já estivesse morta.

"'Tom', murmurou ela, 'disseram que estou morrendo e gostaria que me prometesse uma coisa.'

"Gemi por dentro. Está tudo acabado para mim, pensei. Mas ela prosseguiu.

"'Quando eu estiver morta, já no caixão, quero que cubra meu rosto com as suas mãos. Prometa-me que fará isso.'

"Não era, nem de longe, o que eu estava esperando. Obviamente, prometi.

"'Quero que cubra meu rosto com um lenço específico, que me é muito caro. Quando chegar a hora, abra o armário à direita da janela e irá encontrá-lo, na terceira gaveta, de cima para baixo. Não tem como confundir, pois é a única peça na gaveta.'

"Foram essas as exatas palavras que ela me disse, Dick, acredite se quiser. Depois, exalou um suspiro, fechou os olhos como se fosse dormir e não falou mais nada. Três ou quatro dias depois, vieram me chamar novamente, para saber se eu queria vê-la pela última vez, pois os agentes funerários estavam prestes a fechar o caixão.

"Embora muito relutante, senti que era minha obrigação. Ela parecia feita de cera e estava fria como gelo. Abri o armário e lá dentro, como ela dissera, encontrei um amplo lenço de excelente cambraia, guardado sozinho em uma das gavetas. Tinha um monograma bordado em suas quatro pontas e não era do estilo que ela costumava usar. Abri-o e o depus sobre seu rosto morto, e então aconteceu uma coisa extraordinária. Ele pareceu aderir aos seus traços, marcando nariz, boca, testa e olhos fechados, até se assemelhar a uma verdadeira máscara. No estado de nervos em que me encontrava, fui tomado de horror e, cobrindo o cadáver, saí às pressas do quarto. O caixão foi fechado naquela mesma noite.

"Bem, ela foi enterrada, e mandei erguer um monumento que todos julgaram de bom gosto. Como pode ver, não estava preso à nenhuma promessa de não me casar novamente e, embora soubesse qual teria sido seu desejo, não via motivos para me obrigar a cumpri-lo. Alguns meses mais tarde, uma família chamada Ashcroft se mudou para Leasowes, e tinham uma filha muito bonita.

"Fiquei encantado com Lucy Ashcroft desde a primeira vez em que a vi, e logo ficou claro que era correspondido. Era uma mocinha gentil e submissa, não do tipo altivo de mulher. Em nada parecida com..."

(Não fiz nenhum comentário, mas logo entendi que, nesse novo empreendimento matrimonial, Tom escolhera o oposto da falecida.)

"Achei que poderia ser feliz ao lado dela e comecei a gostar da moça; a gostar de verdade mesmo. A família era muito hospitaleira e me incentivava a ir até Leasowes, exortando que os visitasse sempre que quisesse. Não pareciam propensos a impor nenhum tipo de obstáculo à união. O relacionamento progrediu e, numa bela noite, decidi ir até lá me declarar. Tinha ido à cidade na véspera e voltara com uma aliança no bolso: um modelo um tanto extravagante, com dois corações entrelaçados, mas achei que Lucy fosse gostar e permitir que o colocasse em seu dedo. Arrumei-me com a maior elegância que pude e, diante do espelho, concluí que não era um homem de se jogar fora e que nem estava assim tão grisalho. Ah, Dick, pode achar graça: sei que agora estou.

"Escolhera um lenço limpo, atirando no chão o que carregara o dia todo no bolso. Não sei o que me fez olhar para o lenço embolado no chão, mas, assim que bati os olhos nele, fiquei como que hipnotizado. O lenço estava se mexendo, Dick, eu juro, mudando rapidamente de formato, inflando aqui e ali, como se carregado pelo vento, alargando-se e revelando os contornos de um rosto. E que imagem era aquela, senão a máscara mortuária de Gloriana, que eu cobrira no caixão onze meses antes!

"Dizer que estava paralisado de pânico transmite bem pouco o sentimento que me possuiu. Agarrei o lenço de cambraia e o atirei nas chamas; em questão de segundos, não passava de um lenço como qualquer outro em minhas mãos e, no momento seguinte, um tecido chamuscado na lareira. Não vi mais rosto nenhum."

"Claro que não", comentei. "Deve ter sido uma alucinação. Seu nervosismo fez com que fosse traído por uma mera ilusão de ótica."

"Fique certo de que repeti isso tudo para mim mesmo à exaustão. Desci e tentei me recompor com um drinque. Mas fui tomado por uma perturbadora estranheza e, naquela noite, não consegui fazer a corte. A recordação da máscara mortuária ainda estava vívida em minha mente, e teria se interposto entre os meus lábios e os de Lucy.

"O efeito, entretanto, passou. Em uns dois dias, recobrei a coragem e vi-me disposto a achar graça da minha tolice tanto quanto você agora. Pedi Lucy em casamento, e ela aceitou; coloquei o anel em seu dedo. O pai aprovou com sinceridade os termos que ofereci, e a mãe prometeu me aceitar como um filho. Durante as primeiras quarenta e oito horas, nenhuma nuvem ofuscou o azul reluzente do nosso céu.

"Fiz o pedido numa segunda-feira e na quarta-feira voltei para passar a noite com a família. Depois do jantar, eu e Lucy acabamos ficando sozinhos na sala de estar, que, por um entendimento tácito, me pareceu reservada para nós. Seja como for, estávamos a sós e, enquanto Lucy ocupava-se com sua costura, tive o privilégio de sentar ao seu lado no sofá, perto o bastante para observar os pontos minuciosos que ela bordava, fazendo surgir um desenho.

"Ela estava bordando um retalho de linho para servir como pano de prato; pretendia dar de presente a uma amiga e disse que estava ansiosa para terminar em dias para enviá-lo a tempo. Sua dedicação, porém, começou a me deixar impaciente, e eu queria que olhasse para mim enquanto conversávamos, bem como poder segurar sua mão. Estava fazendo planos para uma viagem que faríamos juntos depois da Páscoa, argumentando que oito semanas de preparativos eram suficientes para a mais previdente das noivas. Lucy era de fácil persuasão; logo colocou de lado o pano que bordava, apoiando-o na mesinha ao seu lado. Entrelacei meus dedos nos seus, mas ela desviou os olhos; sua timidez era encantadora.

"De repente, ela exclamou que o pano estava se mexendo sozinho, formando um rosto no bordado, e quis saber se eu também estava vendo a mesma coisa.

"Estava, sim, nitidamente. Era a máscara mortuária de Gloriana, surgindo tal como acontecera no meu lenço em casa: o nariz e o queixo salientes, a boca austera, o molde da testa, quase completo. Apoderei-me do pano e o atirei atrás do sofá. 'Parecia mesmo um rosto', admiti. 'Mas esqueça isso, minha querida, preste atenção em mim.' Não me recordo bem das minhas palavras, pois estava tomado de pavor. Lucy ficou amuada; queria se deter no fenômeno sobrenatural, e meu gesto impaciente a desagradou. Continuei falando sem parar, receando as pausas, mas o momento se perdera. Sentia que ela não estava mais interessada no que eu dizia; hesitava perante minhas insistências, e a perspectiva de uma lua-de-mel na Sicília já não mais lhe agradava. Logo depois ela insinuou que a mãe esperava que nos reuníssemos ao grupo na sala ao lado. Pediu, por gentileza, que eu pegasse sua costura — ainda com um ar de melindre.

"Dei a volta até as costas do sofá para apanhar o malfadado pedaço de linho; como ela também se virou na mesma direção, vimos no mesmo instante.

"Lá estava novamente o Rosto, rígido e severo; as pontas do pano estavam reviradas, completando o formato da cabeça. E isso não foi tudo. Um tecido branco improvisado surgira estendido ao lado do pano no chão, formando a figura completa, dura e esticada, como se pronta para a sepultura. O desespero de Lucy foi compreensível. Ela começou a gritar e não parou mais, até que a atônita família Ashcroft entrou em disparada pelo painel que dividia os dois aposentos, exigindo uma explicação para o escândalo.

"Naquele meio-tempo, eu jogara a silhueta no chão e a destruíra. A cabeça era formada com o bordado de Lucy, e o corpo, engenhosamente montado com uma volumosa toalha de banho, trazida de um dos quartos sem que se soubesse como ou quando. Defendi a inocência do pano e da toalha em minhas mãos, enquanto a família dardejava olhares indignados na minha direção, e Lucy soluçava nos braços da mãe. Tudo não passara de um disparate, admitiu ela, percebendo o ridículo da situação. Mas, na hora, lhe parecera pavoroso: parecia tanto com... com... Não conseguiu terminar a frase e, debulhando-se em lágrimas, ficou em silêncio.

"Por fim, a paz foi restaurada, mas era evidente que os Ashcroft duvidavam de mim. O pai, até então amável, mostrava-se ríspido e formal, e a sra. Ashcroft passara a me censurar por meio de indiretas. Informou-me que não suportava que lhe pregassem peças; disse que podia estar errada e que, sem dúvida, era uma mulher muito antiquada, mas que fora instruída desde cedo a considerar tais troças o cúmulo da falta de educação. Insinuou também que eu decerto não avaliara como Lucy era sensível e se assustava à toa. Esperava que, no futuro, brincadeiras daquele tipo não se repetissem.

"Brincadeiras, por Deus! Como se fosse plausível que eu, sozinho com a mulher que amava, fosse perder aquela hora preciosa montando vultos de cadáveres no chão! Lucy, por sua vez, deveria saber que uma acusação assim era absurda, visto que eu não saíra do seu lado por um único instante. Depois de se recompor, ela inclusive me defendeu, mas — a despeito das nossas explicações — o mistério permaneceu.

"Quanto ao futuro, me parecia temerário. Se o Poder conjurado contra nós fosse mesmo o que temia minha superstição, não restava nenhuma esperança, pois eu sabia que era implacável. O absurdo da situação não me escapou, assim como a você agora; mas coloque-se no meu lugar, Dick, e será obrigado a admitir que minha sina era terrível.

"Não estive com Lucy no dia seguinte, pois tinha me programado para ir à cidade novamente. Tínhamos, no entanto, combinado de nos encontrar para andar a cavalo na manhã de sexta-feira. Marcamos um horário para minha chegada a Leasowes, e posso lhe garantir que fui pontual. O cavalo dela já estava pronto, e o cavalariço o conduzia de um lado para o outro. Eu tinha acabado de desmontar quando ela surgiu nos degraus da varanda; notei, na mesma hora, uma expressão estranha em seu rosto, uma sisudez nos lábios habitualmente tão rubros, macios e beijáveis. Mas ela me deixou ajudá-la a montar e transmitiu um recado simpático de sua mãe, convidando-me para almoçar e pedindo que não atrasasse, pois uma amiga que tinha pernoitado com eles partiria logo depois.

"Acho que vai gostar de encontrá-la", disse Lucy, inclinando-se para acariciar o cavalo. "Ela o conhece muito bem. É a srta. Kingsworthy."

"Ora, essa srta. Kingsworthy foi colega de colégio de Gloriana e costumava nos visitar, de tempos em tempos. Eu não sabia que ela conhecia os Ashcroft, mas, como disse, eles tinham se mudado fazia pouco para a vizinhança. Não tive oportunidade de expressar contentamento ou contrariedade, pois Lucy saiu galopando na minha frente. Um bom tempo se passou até que ela puxasse as rédeas e retomasse nossa conversa. Estávamos descendo uma colina íngreme, com o cavalariço nos seguindo a uma distância discreta, longe o bastante para não escutar o que falávamos.

"Lucy estava encantadora a cavalo, por sinal. O chapéu masculino a assentava lindamente, assim como a roupa justa de montaria.

"'Tom', disse ela, e mais uma vez detectei uma expressão sisuda do seu rosto. 'Tom, a srta. Kingsworthy me disse que sua esposa não queria que você se casasse novamente e que o fez prometer que não faria isso. Ficou perplexa ao saber que estávamos noivos. É verdade?'

"Disse-lhe que não; que minha esposa jamais fizera pedido nenhum, e eu nunca me comprometera com tal promessa. Admiti que a falecida era contra segundos casamentos em alguns casos e que, talvez, tivesse comentado algo a respeito com Kingsworthy. Roguei então que não deixasse que uma enxerida se interpusesse entre nós.

"Julguei seu rosto mais desanuviado, mas ela ainda evitava me olhar. Respondeu:

"'Se é como você diz, é claro que não vou deixar. Eu sequer a teria escutado, não fosse por outra coisa. Tom, foi tenebroso o que vimos na noite de quarta-feira. E, por favor, não se zangue... mas perguntei à srta. Kingsworthy como era sua mulher, fisicamente. Não expliquei por que queria saber.'

"'Mas o que tem uma coisa a ver com a outra?', indaguei, fazendo-me de bobo. Mas, por dentro, eu sabia muito bem a resposta.

"'Ela me disse que a sra. Enderby era bonita, mas tinha traços bem marcados e uma expressão muito austera quando não estava sorrindo. Uma testa grande, um nariz romano e um queixo proeminente. Tom, o rosto no pano era exatamente assim. Você não reparou?'

"Neguei, é claro.

"'Minha cara, que coisa mais absurda! Notei que parecia um pouco com um rosto, mas logo o desfiz porque você estava assustada. Ora, Lucy, se você continuar assim, vai acabar numa sessão espírita.'

"'Não', respondeu ela, 'não quero ficar impressionada com essas tolices. Refleti sobre o assunto, e se foi só daquela vez, estou decidida a crer que tudo não passou de uma coincidência e tirar isso da cabeça. Mas, se acontecer de novo, se continuar acontecendo...' Ela estremeceu, empalidecendo. 'Ah, Tom, eu não vou suportar!'

"Era esse o ultimato. Disse que continuava gostando de mim; confessou que gostava até mais do que antes, só que não se casaria com um homem amaldiçoado. Bem, quem pode culpá-la por isso? Eu mesmo daria conselho semelhante a um amigo, mas, uma vez que se tratava da minha própria vida, sofri bastante.

"Minha história está quase terminando, não vou mais abusar da sua paciência. Restava-me apenas uma chance: que o poder de Gloriana, fosse qual fosse sua natureza e seus meios de atuação, tivessem se esgotado nas ocorrências anteriores. Agarrei-me a esse fiapo de esperança e fiz o que pude para preservar meu papel de noivo despreocupado, o tipo de companheiro que Lucy esperava que eu fosse, tentando me adequar aos seus humores, mas consciente de que meus esforços eram inúteis.

"O passeio demorou mais do que o previsto. O cavalo de Lucy perdeu uma ferradura e não foi possível trocar selas nem com o animal do cavalariço, nem com o meu, visto que nenhum dos dois fora treinado para isso. Fomos obrigados a fazer o percurso de volta bem devagar e só chegamos à casa por volta das duas da tarde. O almoço tinha terminado, e a sra. Ashcroft partira para levar a srta. Kingsworthy à estação, mas tinham deixado algumas fatias de carne aquecidas para nós, para serem servidas assim que voltássemos.

"Nos dirigimos sem demora para a sala de jantar, pois Lucy estava com fome. Retirou o chapéu e o colocou em uma mesinha lateral, comentando que estava tão apertado que lhe dera dor de cabeça. A comida não estava quente, e sim morna, mas Lucy comeu a contento e complementou seu repasto com a torta de frutas servida logo depois. Deus sabe que não era do meu feitio monitorar o que ela comia, mas aquele almoço foi um suplício do qual não pude me esquecer.

"Após ter nos servido, o criado se retirou e foi então que começou minha tormenta. A toalha da mesa pareceu ganhar vida justamente no canto entre nós dois, erguendo-se ondulante, como se sacudida pelo vento, embora a janela fechada impedisse a entrada de correntes de ar. Tentei fingir que não estava vendo; tentei conversar como se não estivesse tomado pelo mais profundo horror, segurando o tecido enfeitiçado com força incansável. Lucy enfim se levantou, anunciando que precisava trocar de roupa. Ocupado com a toalha, não me ocorreu olhar ao redor ou vigiar o que se passava no resto da sala. O chapéu sobre a mesinha caíra de lado e dera espaço para mais uma aparição do Rosto. Não sei ao certo a partir de qual material se formou; talvez um guardanapo, pois havia vários à nossa disposição. O tecido de linho moldou-se mais uma vez, reproduzindo de maneira impecável o rosto da morta — a única diferença é que, daquela vez, havia um sorriso macabro em seus lábios.

"Lucy deu um grito e desfaleceu em meus braços: os médicos chamados para acudi-la cortaram um dobrado para fazer com que recobrasse a consciência após o desmaio.

"Arrasado, permaneci por perto até garantir que ela passava bem e depois, num estado deplorável, voltei para casa. Na manhã seguinte, recebi um recado áspero da minha quase sogra, devolvendo a aliança e comunicando que o noivado estava desfeito.

"Bem, Dick, agora você sabe por que não posso me casar. O que tem a me dizer?"

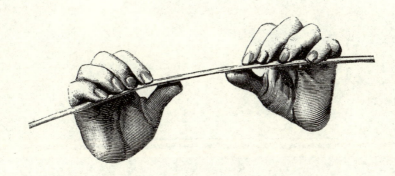

PHOTOGRAPHIC ARCHIVE · CAMERA OBSCURA STUDIO

VERNON LEE

Violet Page
SRTA. PAGE

A AUTÊNTICA

1856-1935

- *Sol em Libra* -

Inglesa. Escritora, dramaturga e ensaísta. Embora tenha consolidado sua carreira na Inglaterra, optou por morar na Itália, em uma *villa* em Florença. Lésbica e feminista, provocava as convenções vitorianas ao andar com trajes masculinos e manter seus relacionamentos às claras. Além de célebre por suas histórias de horror, a multitalentosa e poliglota Violet ficou famosa pelas suas contribuições teóricas à filosofia estética, publicando artigos sobre música, pintura e literatura. Pacifista e antimilitarista, opôs-se à Primeira Guerra Mundial e escreveu uma trilogia teatral de protesto chamada *Satanás, o Devastador*, considerada uma obra-prima vanguardista. Escreveu mais de 50 livros, entre contos, romances, peças e ensaios, alguns em parceria com sua companheira, Clementina "Kit" Anstruther-Thomson. Morreu em Florença, em 1935, aos 79 anos.

AMOR DURE

Vernon Lee

TRECHOS DO DIÁRIO DE
SPIRIDION TREPKA

— 1887 —

"Corri para casa, de cabelo em pé, com o corpo todo tremendo. Fiquei fora de mim por mais de uma hora. Seria uma ilusão? Estou perdendo o juízo? Ó Deus, Deus! Estou ficando louco?"

 Jovem historiador, obcecado por uma mulher italiana do século XVI, descobre que os mortos nem sempre descansam em paz.

PARTE I

Urbania, 20 de agosto de 1885.

Durante muitos anos, desejei conhecer a Itália, estar face a face com o passado; mas seria esta a Itália, seria este o passado? Poderia ter chorado — sim, chorado — de decepção quando caminhei pela primeira vez pelas ruas de Roma, com um convite para jantar na Embaixada Alemã no bolso e três ou quatro vândalos de Berlim ou Munique no meu encalço, me informando onde poderia tomar a melhor cerveja, degustar o melhor *sauerkraut* e tecendo comentários sobre os mais recentes artigos de Grimm e Mommsen.

Seria loucura? Ou hipocrisia? Não sou eu mesmo um produto da civilização setentrional moderna? Minha vinda à Itália não se deve a esse mesmo vandalismo científico contemporâneo, que me agraciou com uma bolsa e despesas de viagens pagas por ter escrito um livro exatamente igual a essas outras publicações atrozes sobre erudição e crítica da arte? Não estou aqui em Urbania com a concordância expressa de, em um determinado número de meses, produzir mais um desses livros? Acaso imaginavas, ó pobre Spiridion — polonês disfarçado de pedante alemão, doutor em filosofia, professor universitário, autor de um artigo premiado sobre os déspotas do século xv —, imaginavas que serias tu, com tuas cartas ministeriais e provas nos bolsos de teu professoral casaco preto, o eleito a visitar em espírito o passado?

Infelizmente, era verdade pura! Mas que eu possa me esquecer disso, pelo menos de tempos em tempos; como esqueci nesta tarde, enquanto os bois conduziam minha carroça lentamente por vales intermináveis, arrastando-a por colinas sem fim, com o ruído de cursos d'água invisíveis abaixo e tendo ao meu redor apenas os picos cinzentos e avermelhados, rumo à cidade de Urbania, olvidada pela humanidade, erguida e amuralhada no cume mais elevado dos Apeninos. Sigillo, Penna, Fossombrone, Mercatello, Montemurlo — cada nome desses vilarejos, citado pelo condutor da carroça, me trouxe a recordação de alguma batalha ou ato de traição de tempos remotos.

As robustas montanhas tapavam o sol poente, os vales eram cobertos pela sombra azulada da neblina com apenas uma alarmante faixa avermelhada atrás das torres e cúpulas da cidade, e o repique dos sinos da igreja adejava de Urbania precipício abaixo. A cada curva da estrada, tive a impressão de que toparia com uma tropa de cavaleiros com capacetes pontudos, escarpes com garras, armaduras reluzentes e galhardetes ondulando ao pôr do sol. E, há menos de duas horas, ao entrar na cidade ao anoitecer, vi-me percorrendo ruas desertas com parcas luzes esfumaçadas sob um templo ou em frente a uma banca de frutas e lumes esparsos clareando a escuridão de uma forja; passando sob as ameias e as torres do palácio... Ah, aquela era a Itália, aquele era o passado!

21 de agosto

E eis o presente! Quatro cartas de apresentação para entregar e ainda tive de suportar uma hora de conversa educada com o vice-prefeito, o administrador, o diretor dos Arquivos e o bom homem a quem meu amigo Max me recomendou para hospedagem...

22 a 27 de agosto

Passei a maior parte do dia nos Arquivos e, em boa parte desse tempo, o diretor quase me matou de tédio declamando *Os Comentários de Aeneas Sylvius* por quarenta e cinco minutos, sem fazer uma única pausa para respirar. Para escapar desse tipo de martírio (como acha que se sente um antigo cavalo de corrida sendo usado para conduzir um cabriolé? Se você consegue conceber seu pesar, saiba que é o mesmo de um polonês que se tornou professor prussiano), refugio-me em longas caminhadas pela cidade. Esta cidade é composta por um punhado de casas altas e sombrias amontoadas no topo de um alpe, longas vielas estreitas espraiando-se pelas encostas, como os escorregas que fazíamos nas colinas em nossos tempos de criança, ao redor da estupenda construção de tijolos vermelhos, com torres e muralhas, do palácio do duque Ottobuono, cujas janelas davam para o mar, uma espécie de redemoinho de melancólicas montanhas cinzentas. E seus habitantes: homens morenos e barbudos, como salteadores, envoltos em mantos verdes e montados em suas desgrenhadas mulas de carga; jovens fortes e cabisbaixos, perambulando como os *bravos* dos afrescos de Signorelli; meninos graciosos, como pequenos Rafaéis, com olhos como os dos touros e mulheres corpulentas, Madonas ou Santas Elizabetes, dependendo do caso, equilibrando-se com firmeza em seus tamancos e com jarros de latão na cabeça, a subir e descer por íngremes ladeiras mal iluminadas. Não interajo muito com essas pessoas; tenho medo de dissipar minhas ilusões. Em uma esquina, diante do belo pórtico de Francesco di Giorgio, há um grande anúncio azul e vermelho onde um anjo desce para coroar Elias Howe por suas máquinas de costura; os funcionários da vice-prefeitura, que jantam no mesmo lugar que eu, discutem aos gritos política, Minghetti, Cairoli, Túnis etc., e cantam trechos de *La Fille de Mme. Angot*, que suponho ter sido encenada aqui recentemente.

Prefiro me abster; conversar com os locais há de ser uma experiência perigosa. Com exceção, talvez, do meu bom senhorio, *signor* Notaro Porri, que é um camarada tão instruído quanto o diretor dos Arquivos e cheira muito menos rapé (ou quiçá limpa com mais frequência o casaco). Esqueci de anotar (e sinto que devo, na vã esperança de que algum dia esses fragmentos me ajudem — como um galho seco de oliveira ou uma lamparina toscana em minha mesa — a recordar, naquela odiosa Babilônia que é Berlim, os dias felizes da Itália) que estou hospedado na casa de um comerciante de antiguidades.

Minha janela dá para a rua principal, onde ergue-se uma pequena coluna com Mercúrio no topo em meio aos toldos e pórticos do mercado. Debruçando-me sobre cântaros lascados e vasos repletos de manjericão, cravos e calêndulas, posso apenas ver um canto da torre do palácio e o vago além-mar das colinas à distância. A casa, cujos fundos descem ravina abaixo, é uma construção irregular, esquisita e escura. Os quartos caiados ostentam em suas paredes quadros de Rafael, Francia e Perugino, que meu anfitrião costuma carregar até a estalagem principal sempre que está esperando algum desconhecido, e são decorados com velhas cadeiras entalhadas, sofás do Império, baús com detalhes em relevo dourado e armários com gastos retalhos de damasco e toalhas de altar bordadas que impregnam o ambiente com cheiro de incenso velho e mofo. O local é administrado pelas irmãs solteironas do *signor* Porri: sra. Sarafinabois, sra. Lodovica e sra. Adalgisa — as três Moiras personificadas, com direito a rocas e gatos pretos.

O sr. Asdrubale, como chamam meu senhorio, também é um notário. Lamenta o Governo Pontifício, tendo tido um primo caudatário de um cardeal, e acredita que, se você arrumar uma mesa de dois lugares, acender quatro velas confeccionadas com a gordura de homens mortos e realizar certos ritos sobre os quais prefere não ser muito preciso, é possível, na véspera do Natal e em datas semelhantes, convocar São Pascoal Bailão.

Segundo ele, o santo então escreverá os números premiados da loteria no fundo esfumaçado de um prato, caso a pessoa lhe estapeie as faces e recite três ave-marias. A dificuldade consiste em obter gordura dos mortos para as velas e em estapear o santo antes que ele desapareça.

"Não fosse por isso", diz o sr. Asdrubale, "o governo já teria acabado com a loteria há anos, rá, rá rá!"

9 de setembro

A história da Urbania não é de todo desprovida de romance, embora tal romance tenha sido (como sempre) desprezado por nossos pedantes eruditos. Mesmo antes de vir para cá, senti-me atraído pela misteriosa figura de uma mulher que despontava das maçantes páginas das histórias do local, relatadas por Gualterio e pelo padre de Sanctis. Trata-se de Medea, filha de Galeazzo IV Malatesta, senhor de Carpi, casada primeiro com Pierluigi Orsini, duque de Stimigliano, e depois com Guidalfonso II, duque de Urbania, antecessor do grão-duque Roberto II.

A história e o temperamento dessa mulher lembram os de Bianca Cappello e Lucrécia Bórgia. Nascida em 1556, foi prometida aos doze anos de idade a um primo, um Malatesta da família Rimini. Quando tal família sofreu um revés econômico, o compromisso foi desfeito e, um ano depois, ela ficou noiva de um membro da família Pico e casou-se com ele por procuração aos catorze anos. Mas essa união não satisfez nem sua ambição nem a de seu pai, e o casamento por procuração foi, sob algum pretexto, declarado nulo. Livre do matrimônio, encorajou a corte do duque de Stimigliano, um grande feudatário da família Orsini na Úmbria.

Mas o noivo, Giovanfrancesco Pico, opôs-se ao arranjo, apresentou sua súplica ao papa e tentou tomar à força a noiva, por quem estava loucamente apaixonado — de acordo com uma antiga crônica anônima, a moça era encantadora, vivaz e muito amável. Pico emboscou a liteira de Medea quando ela estava indo para uma das *villas* do pai e a arrastou para seu castelo perto de Mirandola, onde respeitosamente intensificou a corte, insistindo que tinha direito de considerá-la sua esposa. Mas a moça fugiu, usando uma corda de lençóis para alcançar o fosso do castelo, e Giovanfrancesco Pico foi encontrado apunhalado no peito pela mão de Madonna Medea da Carpi. Era um belo jovem de apenas dezoito anos de idade.

Descartado assim o noivo, o casamento foi declarado nulo pelo papa, e Medea da Carpi casou-se oficialmente com o duque de Stimigliano, indo viver em seus domínios, perto de Roma.

Dois anos depois, Pierluigi Orsini foi esfaqueado por um de seus criados no castelo de Stimigliano, perto de Orvieto. A suspeita recaiu sobre a viúva, sobretudo porque, imediatamente após o acontecido, ela fez com que o assassino fosse executado por dois criados em seus próprios aposentos; antes de morrer, no entanto, o criado declarou que ela o induzira a assassinar o patrão, prometendo-lhe seu amor. A situação ficou tão periclitante para Medea da Carpi que ela fugiu para Urbania e se atirou aos pés do duque Guidalfonso II, declarando que havia matado o criado apenas para proteger sua reputação, por ele difamada, e que não tinha a menor culpa pelo assassinato do marido. A deslumbrante beleza da viúva, na época com apenas dezenove anos, fez o duque de Urbania perder a cabeça. Demonstrando crença implícita em sua inocência, recusou-se a entregá-la aos Orsini, parentes do falecido marido, e ofereceu a ela magníficos aposentos na ala esquerda do palácio, dentre os quais o cômodo que ostentava uma famosa lareira ornada com cupidos de mármore em um piso azul. Guidalfonso caiu de amores por sua bela hóspede. Até então tímido e afeito à vida familiar, começou a negligenciar publicamente sua esposa, Maddalena Varano de Camerino, com quem, embora sem filhos, tinha até então vivido muito bem. Não apenas rechaçou com desdém as admoestações de seus conselheiros e de seu suserano, o papa, como chegou ao cúmulo de tomar medidas para repudiar a esposa, atribuindo-lhe defeitos imaginários. Não mais suportando tal tratamento, a duquesa Maddalena fugiu para o convento das irmãs descalças em Pesaro, onde definhou, enquanto Medea da Carpi reinava em seu lugar em Urbania, envolvendo o duque Guidalfonso em contendas tanto com os poderosos Orsinis, que continuaram a acusá-la do assassinato de Stimigliano, quanto com os Varanos, parentes da preterida duquesa Maddalena. Por fim, no ano de 1576, o duque de Urbania, tendo se tornado viúvo de repente, em circunstâncias deveras suspeitas, casou-se com Medea da Carpi dois dias após o falecimento de sua desafortunada esposa. Não tiveram filhos, mas o duque Guidalfonso, tomado de paixão pela nova duquesa, foi por ela convencido a destinar a herança do ducado (após um consentimento do papa, obtido com muita dificuldade) ao menino Bartolommeo, seu filho com Stimigliano. Os Orsini, no entanto, recusavam-se a reconhecê-lo como herdeiro, declarando-o filho de Giovanfrancesco Pico, com quem Medea fora casada por procuração e a quem, segundo ela, assassinara em defesa de sua honra. Essa investidura do ducado de Urbania a um estranho, bastardo ainda por cima, se dera às custas dos direitos legítimos do cardeal Roberto, irmão mais novo de Guidalfonso.

Em maio de 1579, o duque Guidalfonso morreu de repente, também em circunstâncias misteriosas. Medea tinha proibido o acesso aos aposentos do marido, temendo que, em seu leito de morte, o duque pudesse se arrepender e reintegrar os direitos de seu irmão. A duquesa ordenou de imediato que seu filho, Bartolommeo Orsini, fosse proclamado duque de Urbânia e ela própria regente; com a ajuda de dois ou três jovens inescrupulosos, em especial um certo capitão Oliverotto da Narni (que, de acordo com os boatos, era seu amante) assumiu o governo com vigor extraordinário e atroz, arregimentando um exército para marchar contra os Varano e os Orsini, que foram derrotados em Sigillo, e pôs-se a aniquilar sem piedade qualquer um que ousasse questionar a legalidade da sucessão. Enquanto isso, o cardeal Roberto, deixando de lado seus hábitos e votos eclesiásticos, percorreu Roma, Toscana, Veneza — indo até mesmo ao imperador e rei da Espanha — implorando ajuda contra o usurpador. Em poucos meses, conseguiu virar a maré contra o duque-regente; o papa declarou nula a investidura de Bartolommeo Orsini e promulgou a ascensão de Roberto II, duque de Urbânia e conde de Montemurlo; o grão-duque da Toscana e os venezianos secretamente lhe prometeram apoio, mas somente se Roberto fosse capaz de impor seus direitos à força. Aos poucos, Roberto foi conquistando o ducado, uma cidade após a outra, e Medea da Carpi se viu sitiada na cidadela montanhosa de Urbânia, como um escorpião acuado entre chamas. (O símile não é de minha autoria, pertence a Raffaello Gualterio, historiógrafo de Roberto II). Mas, ao contrário do escorpião, Medea se recusou a tirar sua própria vida. É extraordinário como, sem dinheiro ou aliados, tenha conseguido manter seus inimigos à distância por tanto tempo; Gualterio atribui tal façanha ao mesmo fatídico fascínio que levara Pico e Stimigliano à morte e que transformara o outrora honesto Guidalfonso em um vilão; um encanto tão poderoso que todos seus amantes preferiam morrer por ela, mesmo após terem sido tratados com ingratidão e destituídos por um rival; essa capacidade, Messer Raffaello Gualterio atribuía à uma conivência infernal.

Por fim, o ex-cardeal Roberto saiu vencedor e adentrou Urbânia triunfalmente em novembro de 1579. Sua ascensão foi marcada pela moderação e pela clemência. Nenhum homem foi executado, exceto Oliverotto da Narni, que partiu para cima do novo duque e tentou esfaqueá-lo quando ele chegou ao palácio. Foi morto pelos serviçais do duque, gritando, com suas últimas forças: "Orsini, Orsini! Medea, Medea! Longa vida ao duque Bartolommeo!" — apesar dos rumores de que a duquesa o teria tratado com ignomínia. O pequeno Bartolommeo foi enviado a Roma para ficar com os Orsini, e a duquesa foi respeitosamente confinada à ala esquerda do palácio.

Contam que ela, muito altiva, solicitou uma audiência com o novo duque. Ele, no entanto, apenas sacudiu a cabeça e, com seus trejeitos eclesiásticos, citou um verso sobre Ulisses e as sereias. De modo notável, continuou se recusando a vê-la, chegando a deixar seu quarto às pressas quando ela, furtiva, invadiu o local. Após alguns meses, descobriram uma conspiração para assassinar o duque Roberto, obviamente arquitetada por Medea. Mas um tal Marcantonio Frangipani, jovem romano, negou, mesmo sob a mais severa tortura, qualquer cumplicidade com ela; sendo assim, o duque Roberto, que não queria recorrer à violência, decidiu apenas transferir a duquesa de sua *villa* em Sant'Elmo para o convento das clarissas na cidade, onde passou a ser vigiada e observada de perto.

Parecia impossível que Medea fosse urdir mais intrigas, pois não via mais ninguém, nem mais podia receber visitas. Mesmo assim, ela conseguiu enviar uma carta com seu retrato para Prinzivalle degli Ordelaffi, um rapaz de apenas dezenove anos, da nobre família Romagnole, que estava prometido a uma das moças mais belas de Urbania. Ele prontamente rompeu seu noivado e, pouco depois, tentou atirar em Roberto com uma pistola, quando o duque estava ajoelhado na missa de Páscoa.

Dessa vez, o duque Roberto estava decidido a obter provas contra Medea. Prinzivalle degli Ordelaffi foi detido por alguns dias sem comida, submetido às mais violentas torturas e, por fim, condenado. Quando estava prestes a ser esfolado vivo com pinças em brasa e desmembrado por cavalos, disseram-lhe que poderia obter a graça de uma morte imediata se confessasse que a duquesa era sua cúmplice; enquanto isso, o confessor e as freiras do convento, que estavam no lugar da execução do lado de fora da Porta San Romano, pressionavam Medea a salvar o infeliz rapaz, cujos gritos chegavam até ela, e confessar sua própria culpa. Medea pediu permissão para ir até uma sacada, de onde podia ver Prinzivalle e ser vista por ele. Olhou-o com frieza, depois atirou seu lencinho bordado na pobre criatura destroçada. Ele pediu ao carrasco que o usasse para limpar sua boca, beijou-o e gritou que Medea era inocente. Então, depois de longas horas de tormento, morreu. Aquilo foi demais até mesmo para a paciência do duque Roberto. Ciente de que enquanto Medea vivesse sua vida estaria em constante perigo, mas não querendo provocar um escândalo (resquícios de sua natureza sacerdotal), ordenou que ela fosse estrangulada no convento e, o que é mais peculiar, insistiu que apenas mulheres — duas infanticidas cuja pena havia suspendido — fossem encarregadas da execução.

"Esse príncipe clemente", escreveu Don Arcangelo Zappi em sua biografia, publicada em 1725, "foi culpado de apenas um ato de crueldade, considerado mais odioso por ter sido cometido enquanto estava, antes de ser liberado de seus votos pelo papa, ainda sob seus sacros preceitos. Diz-se que, quando condenou à morte a infame Medea da Carpi, teve tanto receio de que os homens pudessem sucumbir aos seus formidáveis encantos que não só selecionou mulheres como algozes como se recusou a conceder-lhe um sacerdote ou monge, forçando-a assim a morrer sem absolvição e recusando-lhe o benefício de qualquer penitência porventura oculta em seu coração inflexível."

Essa é a história de Medea da Carpi, duquesa de Stimigliano Orsini e, posteriormente, esposa do duque Guidalfonso II de Urbania. Foi executada há duzentos e noventa e sete anos, em dezembro de 1582, com apenas vinte e sete anos de idade e tendo, ao longo de sua breve vida, causado a morte violenta de cinco de seus amantes, de Giovanfrancesco Pico a Prinzivalle degli Ordelaffi.

20 de setembro

A cidade está toda iluminada, em homenagem à tomada de Roma, há quinze anos. Com exceção do meu senhorio, sr. Asdrubale, que reprova os piemonteses, como ele os chama, todos aqui são *italianissimi*. Os papas os reprimiram muito desde que Urbania passou a ser controlada pela Santa Sé, em 1645.

28 de setembro

Há algum tempo procuro retratos da duquesa Medea. Imagino que a maioria tenha sido destruída pelo duque Roberto II, talvez temendo que, mesmo após a morte, a beleza nefasta da moça pudesse prejudicá-lo. Ainda assim, consegui encontrar uns três ou quatro — uma miniatura nos Arquivos, que dizem ser a que ela enviou ao pobre Prinzivalle degli Ordelaffi para conquistá-lo; um busto de mármore no depósito do palácio; uma pintura em uma grande composição, possivelmente de Baroccio, retratando Cleópatra aos pés de Augusto. O Augusto é uma imagem idealizada de Roberto II, com a cabeça redonda, o nariz um pouco torto, barba bem aparada e cicatriz, mas vestido como um romano. A Cleópatra me parece, apesar de seus trajes orientais e da peruca preta, feita para Medea da Carpi; está ajoelhada, exibindo o peito para o golpe do vencedor, mas buscando na realidade seduzi-lo, enquanto ele se afasta com um gesto canhestro de repúdio. Nenhum desses retratos parece muito bom, exceto a miniatura, que é de fato um trabalho primoroso; tomando-a junto com as impressões do busto, é possível reconstruir a beleza dessa terrível criatura. Seu tipo era o mais admirado pelo Renascimento tardio, imortalizado até certo ponto por Jean Goujon e os franceses. O rosto é oval, a testa ligeiramente arredondada, com cachos minúsculos, como lã de carneiro, de um tom ruivo brilhante; o nariz é um pouco aquilino em excesso, e as maçãs do rosto, um pouco baixas demais; os olhos cinzentos são grandes, proeminentes, sob sobrancelhas curvadas e pálpebras estreitas nos cantos; a boca, de contornos delicados e um vermelho radiante, é também um pouco estreita demais, com os lábios retesados sobre os dentes. As pálpebras e os lábios estreitos lhe rendem um refinamento peculiar e, ao mesmo tempo, um ar de mistério, uma sedução um tanto sinistra; parecem aceitar, mas não oferecer nada em troca. A boca, ostentando um beicinho infantil, parece capaz de morder ou chupar como uma sanguessuga. A pele é de alvura ofuscante, típica das beldades ruivas; a cabeça, com as madeixas encaracoladas trançadas com esmero e adornadas com pérolas, sustenta-se, como a da ninfa Aretusa, em um pescoço longo, flexível, gracioso como o de um cisne. Uma beleza peculiar, a princípio comum e artificial, voluptuosa, embora fria, mas que, quanto mais contemplada, mais perturba e assombra a mente. Em volta do pescoço da duquesa, havia uma corrente de ouro com pequenos losangos onde estava gravado o lema ou trocadilho (à moda das joias francesas da época), "*Amour Dure — Dure Amour*". A mesma frase está inscrita na cavidade do busto e, graças a ela, pude identificá-lo como o retrato de Medea. Costumo examinar com frequência esses retratos trágicos, imaginando como seria aquele rosto, que levou tantos homens à morte, quando falava, sorria e seduzia suas vítimas a amá-la até morrer. "*Amour Dure — Dure Amour*", diz o adorno; amor que dura, duro amor —, de fato um lema apropriado, quando pensamos na lealdade e na sina de seus amantes.

13 de outubro

Literalmente não tive tempo para escrever uma linha no meu diário nestes últimos dias. Tenho passado manhãs inteiras nos Arquivos e, à tarde, aproveito para fazer longas caminhadas neste agradável clima outonal (as colinas mais altas estão com os picos cobertos de neve). À noite, dedico-me à escrita daquele relato infernal sobre o Palácio de Urbania que o governo exige, apenas para me obrigar a trabalhar em algo inútil. Ainda não consegui escrever uma palavra do meu livro... A propósito, devo tomar nota de uma curiosa circunstância mencionada em um manuscrito anônimo sobre a vida do duque Roberto, com a qual deparei hoje. Quando sua estátua equestre — feita por Antonio Tassi, pupilo de Gianbologna — foi erguida na praça da Corte, ele ordenou em segredo que fosse confeccionada, segundo meu manuscrito anônimo, uma estatueta prateada de seu espírito guardião ou anjo — "*familiaris ejus angelus seu genius, quod a vulgo dicitur idolino*" —, ídolo que, depois de consagrado por astrólogos — "*ab astrologis quibusdam ritibus sacrato*" —, foi colocado na cavidade torácica da efígie feita por Tassi, para que, segundo o manuscrito, sua alma pudesse descansar até a ressurreição. É um trecho curioso e, para mim, um pouco intrigante; como a alma do duque Roberto poderia aguardar a ressurreição, quando, como católico, ele deveria crer que, tão logo separada do corpo, sua alma rumaria para o purgatório? Haverá alguma superstição semipagã da Renascença (estranhíssima, sem dúvida, em um homem que tinha sido cardeal) vinculando a alma a um espírito guardião capaz de ser compelido por ritos mágicos ("*ab astrologis sacrato*", como relata o manuscrito acerca do ídolo) a permanecer preso à terra, para que a alma pudesse repousar atrelada ao corpo até o Dia do Juízo Final? Confesso que essa história me deixou estupefato. Teria tal ídolo existido, ou será que ainda existe, no corpo da estátua de bronze de Tassi?

20 de outubro

Tenho estado com frequência com o filho do vice-prefeito: um rapaz simpático, com um rosto anêmico e um módico interesse pela história e arqueologia da Urbania, das quais é profundamente ignorante. Esse jovem, que morou em Siena e em Lucca antes de o pai ser promovido para cá, usa calças bem compridas e tão justas que mal consegue dobrar os joelhos, colarinho alto e monóculo e carrega sempre um par de luvas de pelica enfiadas no bolso da lapela. Fala sobre Urbania como Ovídio poderia ter discorrido sobre o Ponto e reclama (o tanto quanto pode) da barbárie dos jovens, dos oficiais que jantam onde estou hospedado e fazem uma bruta algazarra cantarolando como loucos, e dos nobres que conduzem carruagens, exibindo a garganta como damas em um baile. Esse sujeito costuma me divertir com os relatos de seus amores do passado, presente e futuro; na certa, me considera bem estranho por não ter nenhum romance para entretê-lo em troca; ele me aponta belas (e também não tão belas) criadas e costureiras enquanto andamos pela rua, exala longos suspiros ou canta em falsete atrás de cada mulher mais ou menos jovem que passa, e por fim me levou à casa da dona de seu coração, uma robusta condessa com espesso buço e a voz de uma vendedora de peixe; lá, segundo ele, encontrarei as mais seletas companhias em Urbania e belas mulheres — belas até demais, infelizmente! Deparei-me com três enormes aposentos mobiliados de forma apenas parcial, com assoalho de tijolos, lâmpadas de petróleo e pinturas pavorosas em paredes azuis e amarelas. Em meio a isso tudo, uma dúzia de senhoras e senhores que todas as noites sentavam-se em círculo, vociferando as mesmas notícias de um ano atrás; enquanto eu batia os dentes de frio, as moças mais jovens, em reluzentes vestidos amarelos e verdes, abanavam-se acaloradas ao lado de oficiais (cujos penteados os deixavam com a aparência de ouriços) que sussurravam galanteios por trás de seus leques. Era por aquelas mulheres que meu amigo esperava que eu me apaixonasse! Em vão, esperei o chá ou a ceia que não veio e depois corri para casa, decidido a abandonar o *beau monde* de Urbania.

É verdade que não tenho amores, embora meu amigo não acredite. Quando vim à Itália pela primeira vez, estava em busca de romance; suspirei, como Goethe em Roma, esperando que uma janela se abrisse e uma criatura magnífica aparecesse, *"welch mich versengend erquickt"*. Talvez seja porque Goethe era alemão, acostumado às *Fraus* teutônicas, e eu, afinal de contas, sou polonês, acostumado a algo muito diferente das *Fraus*; seja como for, apesar de todos meus esforços, nem em Roma, Florença ou Siena jamais encontrei uma mulher por quem me apaixonasse loucamente, fosse entre as damas da alta sociedade, tagarelando em péssimo francês, ou entre as pertencentes às classes mais baixas, sedutoras e frias como agiotas. Assim sendo, mantenho distância das mulheres italianas, com suas vozes estridentes e suas toaletes espalhafatosas.

Por ora, estou casado com a história, com o passado, com mulheres como Lucrécia Bórgia, Vittoria Accoramboni e Medea da Carpi; pode ser que um dia encontre uma grande paixão, alguém para quem bancar o Dom Quixote, como o polonês que sou; haverei de beber de seus sapatos e morrerei por ela de bom grado; mas não aqui! Poucas coisas me impressionam tanto quanto a decadência das mulheres italianas. O que aconteceu com a estirpe de Faustinas, Marozias, Biancas Cappellos? Onde descobrir hoje em dia (confesso que ela me assombra) outra Medea da Carpi? Se fosse possível encontrar uma mulher daquele excelso padrão de beleza e natureza tão terrível, mesmo que apenas em potencial, creio que poderia amá-la até o fim de meus dias, como qualquer Oliverotto da Narni, Frangipani ou Prinzivalle.

27 de outubro

Que belos sentimentos para um professor, um homem culto! Eu julgava infantis os jovens artistas de Roma porque faziam troças e gritavam à noite nas ruas, voltando do Caffè Greco ou da adega da Via Palombella; mas acaso não sou tão ou mais infantil do que eles — eu, o pobre diabo-melancólico, a quem chamavam Hamlet e Cavaleiro do Semblante Desolado?

5 de novembro

Não consigo parar de pensar em Medea da Carpi. Em minhas caminhadas, nas manhãs nos Arquivos, nas minhas noites solitárias, me pego pensando nessa mulher. Estarei me transformando em romancista, em vez de historiador? De qualquer modo, tenho a impressão de compreendê-la tão bem; muito melhor do que atestam os fatos. Primeiro, devemos colocar de lado todas esses pedantes conceitos modernos sobre certo e errado. Não existe certo e errado em um século marcado por violência e traição, muito menos para criaturas como Medea. Tente pregar certo e errado para uma tigresa, meu caro senhor! No entanto, há algo mais nobre neste mundo do que essa colossal felina, que parece feita de aço quando ataca e de veludo quando caminha, estendendo todo o seu corpo flexível, lambendo seu magnífico pelo ou cravando rijas garras em suas vítimas?

Sim; compreendo Medea. Imagine uma mulher de excepcional beleza, dotada de extraordinária coragem e confiança, uma mulher de muitos recursos e grande inteligência, criada por um pai que não passava de um principezinho insignificante, lendo sobre Tácito e Salústio e as histórias dos grandes Malatesta, de César Bórgia e outros semelhantes! Uma mulher cuja única paixão era a conquista, o império — imagine-a, na véspera de se casar com um homem poderoso como o duque de Stimigliano, ser tomada à força por um peixe pequeno como Pico, ser trancafiada em seu castelo ancestral de bandidagem e ter que aceitar o amor ardente do jovem néscio como medida de honra e necessidade! Tamanha violência a uma natureza como a dela é uma afronta abominável; se Pico escolheu abraçar uma mulher como essa, ciente do risco de ser trespassado por uma lâmina afiada de aço, ora, mereceu seu destino. Um jovem patife — ou, se preferir, um jovem herói — ter a empáfia de tratar uma mulher como Medea como se fosse uma camponesa! Medea casa-se com Orsini. Um casamento, note-se bem, entre um velho soldado de cinquenta anos e uma menina de dezesseis. Reflitamos sobre o significado disso: significa que essa mulher imperiosa desde cedo foi tratada como uma propriedade, sendo forçada a compreender que seu negócio era prover herdeiros e não conselhos ao duque; que não poderia questionar "por que isto ou aquilo", que deveria se humilhar perante os conselheiros do duque, seus capitães, suas amantes; que, à menor suspeita de rebeldia, estaria sujeita à palavras grosseiras e agressões; que, à menor desconfiança de infidelidade, seria estrangulada, deixada para morrer de fome ou atirada em uma masmorra. Suponhamos que ela soubesse que o marido tinha metido na cabeça que ela andava olhando muito para um certo homem, que um de seus tenentes ou uma de suas amantes tenha sussurrado que, afinal de contas, o menino Bartolommeo poderia ser um Pico e não um Orsini; que ela soubesse que era uma questão de atacar ou ser atacada? Ora, ela ataca, ou dá um jeito de conseguir alguém que faça isso em seu lugar. O preço? Uma promessa de amor, feita a um cavalariço, filho de um criado! Ora, o sujeito só poderia estar louco ou bêbado para acreditar que tal coisa fosse possível; sua própria crença em algo tão hediondo o torna digno da morte. E ele ainda ousa espalhar aos quatro ventos! Comportou-se de forma muito pior que Pico. Medea foi obrigada a defender sua honra uma segunda vez; se teve coragem de esfaquear Pico, decerto teria para esfaquear, ou mandar que esfaqueassem, aquele sujeito.

Perseguida pelos parentes do marido, refugia-se em Urbania. O duque, como os demais homens, se apaixona loucamente por Medea e negligencia sua esposa; podemos até dizer que a deixa de coração partido. A culpa é de Medea? Ela tem culpa se toda pedra que rola sob as rodas de sua carruagem é esmagada? Claro que não. Você acha que uma mulher como Medea nutria a menor má vontade contra a pobre e covarde duquesa Maddalena? Ora, ela devia ignorar sua existência. Supor que Medea foi uma mulher cruel é tão grotesco quanto tomá-la como uma imoral. Seu destino era, mais cedo ou mais tarde, triunfar sobre seus inimigos, transformar suas vitórias em derrotas na prática; seu dom mágico era escravizar todos os homens que cruzassem seu caminho; todos que a viam se apaixonavam por ela, tornavam-se seus escravizados; e a morte era o destino de todos. Todos os seus amantes, com exceção do duque Guidalfonso, tiveram um fim prematuro; não há nisso nenhuma injustiça. Possuir uma mulher como Medea era uma felicidade demasiada para um mortal; isso o levava a perder a cabeça, a esquecer até mesmo o que lhe devia; homem nenhum que arrogasse direitos sobre ela poderia sobreviver por muito tempo; era uma espécie de sacrilégio. Apenas a morte, a disposição de pagar por tal felicidade com a própria vida, poderia tornar um homem digno de ser seu amante; ele deveria estar disposto a amar, sofrer e morrer. Esse é o significado do seu lema: *"Amour Dure — Dure Amour"*. O amor de Medea da Carpi não podia ser extinto, mas o amante sim; era um amor constante e cruel.

11 de novembro

Minha impressão estava correta, e muito. Quanta alegria! Cheguei a bancar um jantar de cinco pratos na Trattoria La Stella d'Italia para o filho do vice-prefeito, por puro júbilo! Encontrei nos Arquivos (sem o conhecimento do diretor, é claro) um maço de cartas — cartas do duque Roberto sobre Medea da Carpi e cartas da própria Medea! Sim, a caligrafia da própria Medea — uma letra redonda, caprichada, cheia de abreviações, com um traço grego, como convém a uma princesa instruída que lia de Platão a Petrarca. As cartas em si não são importantes, meros rascunhos de transações comerciais a serem copiadas por sua secretária, durante o tempo em que governava o pobre e fraco Guidalfonso. Mas são cartas dela, e chego a imaginar que paira sobre esses pedaços de papel mofados o aroma do cabelo de uma mulher.

As poucas cartas do duque Roberto o revelam sob uma nova luz. Um padre ardiloso e frio, mas covarde. Estremecia só de pensar em Medea — *"la pessima Medea"* —, julgava-a pior do que sua homônima de Cólquida, como ele a chamava. Sua longa clemência se deveu apenas ao medo de atentar violentamente contra ela. Ele a temia quase como algo sobrenatural; teria adorado vê-la queimando na fogueira como bruxa. Depois de carta após carta relatando ao seu amigo romano, o cardeal Sanseverino, suas várias precauções enquanto ela era viva — que usava uma cota de malha sob o casaco; que só bebia leite de vacas ordenhadas em sua presença; que, com medo de venenos, dava pedaços de sua comida primeiro ao seu cão; que desconfiava das velas de cera, por causa do seu cheiro peculiar; que evitava cavalgar, por medo de assustarem seu cavalo e, num acidente, quebrar o pescoço —, revelou ao seu correspondente o medo, embora Medea já estivesse enterrada havia dois anos, de encontrar a alma dela após a morte. Em tom de gracejo, discorreu sobre o engenhoso aparato (inventado por seu astrólogo e um certo frei Gaudenzio, um capuchinho) com o qual garantiria a paz absoluta de sua alma até que a da malvada Medea fosse finalmente "acorrentada no inferno, entre os lagos de piche fervente e o gelo de Cainá descrito pelo bardo imortal " — velho pedante! Eis então a explicação da estatueta prateada — "*quod vulgo dicitur idolino*" — que ordenou que fosse soldada em sua efígie, feita por Tassi. Enquanto a imagem de sua alma estivesse presa à do corpo, ele haveria de repousar à espera do Juízo Final, convencido de que a alma de Medea seria devidamente castigada, enquanto a dele — homem honesto! — ascenderia em voo direto ao Paraíso. E pensar que, há duas semanas, julguei que esse homem fosse um herói! Ah! Meu bom duque Roberto, serás exposto em minha história e nenhuma quantidade de *idolinos* de prata o salvará de ser motivo de chacota!

15 de novembro

Estranho! O pateta do filho do vice-prefeito, que já me ouviu falar cem vezes de Medea da Carpi, de repente lembrou que, em seus tempos de menino em Urbania, teve uma ama que costumava ameaçá-lo com uma visita de Madonna Medea, que, segundo ela, cavalgava no céu montada em um bode preto. Minha duquesa Medea transformada em bicho-papão para meninos travessos!

20 de novembro

Estou ciceroneando um professor de história medieval da Baviera, mostrando-lhe a região. Entre outros lugares, fomos a Rocca Sant'Elmo, para visitarmos a antiga *villa* dos duques de Urbania, onde Medea esteve confinada entre a ascensão do duque Roberto e a conspiração de Marcantonio Frangipani (que resultou em sua expulsão para o convento fora da cidade). Uma longa escalada pelos desolados vales apeninos, incrivelmente soturnos, com seus esparsos arbustos de carvalho, seus canteiros de relva chamuscados pela geada, as derradeiras folhas amareladas dos choupos agitando-se com o vento frio da Tramontana, os topos das montanhas envoltos em densas nuvens cinzentas; se o vento continuar amanhã, vamos vê-los cercados de neve contra um gélido céu azulado. Sant'Elmo é um desafortunado vilarejo no topo da cordilheira dos Apeninos, onde a vegetação italiana já foi substituída pela do norte. Cavalga-se por quilômetros em meio a bosques de castanheiras desfolhadas, sentindo a fragrância de folhas encharcadas impregnando o ar, ouvindo o ruído do rio, turvo com as chuvas de outono, vindo do precipício mais abaixo; então, de repente, os bosques de castanheiras sem folhas são substituídos, como em Vallombrosa, por um cinturão de pinheiros negros e densos. Uma vez atravessado esse cinturão, alcança-se uma clareira de prados enregelados, com os rochedos dos picos cobertos pela neve recém-caída logo acima e no meio, em um outeiro, com um lariço retorcido de cada lado, descortina-se a *villa* ducal de Sant'Elmo, uma construção quadrada de pedra negra com um brasão de pedra, janelas gradeadas e um lance duplo de escadas à frente. Está arrendada para o proprietário dos bosques ao redor, que a usa para armazenar castanhas, lenha e carvão dos fornos vizinhos. Amarramos nossos cavalos nas argolas de ferro e entramos: uma velha com cabelos desgrenhados estava sozinha na casa. A *villa* é uma reles cabana de caça, construída por Ottobuono IV, o pai dos duques Guidalfonso e Roberto, por volta de 1530. Alguns dos cômodos foram outrora decorados com afrescos e revestidos com painéis cinzelados de carvalho, mas deles não restava mais nenhum vestígio. Sobrara apenas, em um dos aposentos mais espaçosos, uma ampla lareira de mármore, semelhante à do palácio de Urbania, primorosamente entalhada com cupidos num piso azul; um encantador menininho nu sustenta uma jarra de cada lado, uma contendo cravos, e a outra, rosas. Havia pilhas de lenhas por todo o cômodo.

    Voltamos tarde para casa, com meu companheiro bem mal-humorado com a inutilidade da expedição. Fomos pegos por uma tempestade de neve quando alcançamos as castanheiras. Contemplando a neve que caía suavemente, deixando o solo e os arbustos esbranquiçados, senti-me de novo em Posen; voltei a ser criança. Para o desgosto do meu companheiro, cantei e soltei brados de alegria. Esse detalhe, se relatado em Berlim, decerto não contará pontos a meu favor. Um historiador de vinte e quatro anos que sai gritando e cantarolando por aí, enquanto seu colega amaldiçoa a neve e as péssimas estradas! Passei a noite em claro, observando as chamas do meu fogo de lenha e pensando em Medea da Carpi confinada, no inverno, na solidão de Sant'Elmo, ouvindo o lamento dos pinheiros, o som do rio, a neve caindo ao redor; a quilômetros e quilômetros de distância de qualquer alma viva. Em minha imaginação, supunha ter visto tudo isso e fantasiava ser Marcantonio Frangipani, indo libertá-la — ou seria Prinzivalle degli Ordelaffi? Talvez tenha sido efeito da longa jornada, a rara sensação da neve no ar; ou, quem sabe, o ponche que meu colega professor insistiu em beber após o jantar.

23 de novembro

Graças a Deus, o professor bávaro finalmente foi embora! Os dias que passou aqui quase me levaram à loucura. Conversando sobre meu trabalho, compartilhei minhas opiniões sobre Medea da Carpi; com ar condescendente, limitou-se a comentar que aquelas eram as histórias convencionais em razão da tendência mitopoética (que imbecil!) do Renascimento; que a pesquisa acabaria por refutar sua maioria, assim como havia acontecido com as histórias sobre os Bórgias etc. e que, ademais, a mulher com quem fantasiava era psicológica e fisiologicamente impossível. Quisera que Medea pudesse declarar o mesmo de professores como ele e seus companheiros!

24 de novembro

Não tenho palavras para descrever a alegria de ter me livrado daquele imbecil; tinha ganas de esmurrá-lo cada vez em que abria a boca para se referir à dona dos meus pensamentos — pois é o que ela se tornou. E a besta ainda a chamava de *Metea*!

30 de novembro

Estou muito abalado com o que acaba de acontecer; começo a recear que aquele velho pedante pudesse estar certo ao dizer que não era bom para mim viver sozinho em um país estranho, que isso me deixaria mórbido. É ridículo que a mera descoberta casual do retrato de uma mulher morta há trezentos anos me provoque tamanha excitação. Tendo em vista o caso do meu tio Ladislau e outras suspeitas de insanidade em minha família, deveria me abster dessas euforias insensatas. O incidente, porém, foi de fato inquietante, diria mesmo dramático. Eu poderia jurar que conhecia todas as imagens aqui do palácio; especialmente as dela. Em todo o caso, hoje de manhã, quando estava saindo dos Arquivos, passei por um dos muitos cômodos pequenos e de formato irregular que compõem este curioso palácio, torreado como um castelo francês. Devo ter feito aquele caminho outras vezes, pois a vista pela janela me era familiar: um pedaço da torre redonda na frente, o cipreste do outro lado da ravina, o campanário mais à distância e uma nesga do horizonte do Monte Sant'Agata e da Leonessa, cobertos de neve, recortados contra o céu. Suponho que existam cômodos idênticos e que tenha entrado no errado; ou então talvez tenham aberto alguma persiana ou cortina.

Enquanto passava, uma belíssima moldura de espelho antigo, embutida na parede marrom e amarela, chamou minha atenção. Aproximei-me e, contemplando a moldura, olhei automaticamente também para o vidro. Sobressaltado, quase dei um grito (sorte a minha o professor de Munique estar bem longe de Urbania!). Vi outra imagem atrás da minha, uma figura perto do meu ombro, um rosto próximo ao meu; e essa figura, esse rosto, era dela! Medea da Carpi! Virei-me em um movimento abrupto, tão lívido, creio eu, quanto o fantasma que esperava ver. Na parede oposta ao espelho, um passo ou dois atrás de onde eu estava, havia um retrato. E que retrato! Bronzino jamais pintou algo tão grandioso. Contra um austero pano de fundo azul escuro, destaca-se a figura da duquesa (pois é Medea, a verdadeira Medea, mil vezes mais real, singular e poderosa do que nas outras representações), sentada ereta em uma cadeira de espaldar alto, como se sustentada pelo rijo brocado das saias e do peitilho, mais rígida ainda graças aos adornos de flores de prata bordadas e as fileiras de pérolas. O vestido, com sua combinação de prata e pérola, de um estranho vermelho baço, tinha a tonalidade incômoda de um extrato de papoulas e contrastava com a pele das mãos longas e estreitas com dedos afilados, com o pescoço longo, esguio, e o rosto, com a testa à mostra, branco e sólido como alabastro. O rosto é o mesmo dos outros retratos: a mesma testa arredondada, com os cachinhos ruivos que parecem velo; as mesmas sobrancelhas de impecável curvatura; as mesmas pálpebras, um pouco estreitas; os mesmos lábios, também finos, mas a pureza dos traços, o estonteante esplendor da pele e a intensidade no olhar tornam esse retrato imensamente superior a todos os outros.

Ela nos fita com olhar frio e altivo; não obstante, os lábios sorriem. Uma das mãos segura uma rosa vermelha; a outra, longa, estreita, delgada, brinca com um grosso cordão feito de seda, ouro e joias dependurado na cintura; em volta da garganta, branca como mármore, parcialmente oculto pelo apertado corpete vermelho-baço, vê-se um colar dourado, com seu lema em medalhões laqueados: "AMOUR DURE — DURE AMOUR".

Pensando bem, vejo que jamais poderia ter estado naquele cômodo antes; devo ter confundido a porta. Mas, embora a explicação seja simples, continuo, após várias horas, terrivelmente abalado. Se continuar neste estado de nervos, terei que ir para Roma no Natal, para tirar umas férias. Sinto como se algum perigo me rondasse aqui (será que estou febril?); no entanto, não sei de onde hei de tirar forças para me afastar deste local.

10 de dezembro

Fiz um esforço e aceitei o convite do filho do vice-prefeito para ver a produção de azeite em uma das *villas* da família, perto do litoral. A *villa*, ou fazenda, é uma antiga construção fortificada, erguendo-se em uma encosta entre oliveiras e pequenos arbustos de vimeiro, que parecem uma reluzente chama alaranjada. As azeitonas são espremidas em um imenso porão escuro, como uma prisão: na fraca claridade da luz do dia e da chama amarela e fumegante de resina queimando nos tachos, vemos graúdos touros brancos movendo-se em volta de uma imensa pedra de moinho; silhuetas indistintas trabalhando em polias e alavancas. Parecia, ao meu ver, uma cena da Inquisição. O *Cavaliere* regalou-me com seu melhor vinho, acompanhado por torradas. Aproveitei para passear à beira-mar; havia deixado Urbania envolta em nuvens de neve, mas, no litoral, o sol brilhava no céu; os raios solares, o mar e a agitação do pequeno porto no Adriático me fizeram bem. Voltei renovado para Urbania. Sr. Asdrubale, meu senhorio, arrastando chinelas entre seus baús dourados, sofás do Império, velhas xícaras, pires e quadros que ninguém vai comprar, parabenizou-me pela melhora em minha aparência. "Você trabalha demais", disse ele; "a juventude pede lazer, teatros, passeios, *amori* — haverá tempo de sobra para ser sério quando ficar careca", acrescentou, tirando seu ensebado chapéu vermelho. Sim, estou melhor! E, como resultado, vou retomar meu trabalho com prazer. Hei de suplantar todos eles, aqueles pernósticos em Berlim!

14 de dezembro

Acho que nunca me senti tão feliz com meu trabalho. Vejo-os todos com clareza — o astuto e covarde duque Roberto, a melancólica duquesa Maddalena, o fraco, exibido e afetado duque Guidalfonso e, acima de tudo, a esplêndida figura de Medea. Sinto-me o maior historiador de minha época e, ao mesmo tempo, um garoto de doze anos. Ontem nevou pela primeira vez na cidade, por umas boas duas horas. Quando parou, fui até a praça e ensinei os moleques a fazer um boneco de neve; boneco, não, uma boneca, que cismei em batizar de Medea. "*La pessima Medea!*", gritou um dos garotos, "a que voa montada num bode?" "Não, não", respondi; "era uma bela dama, duquesa de Urbania, a mulher mais linda que já existiu." Fiz-lhe uma coroa de ouropel e instruí os meninos a saudarem: "*Evviva, Medea!*". Mas um deles insistiu: "É uma bruxa! Deve ser queimada!". Então todos correram para buscar lenha e estopa; em um minuto, os diabinhos estridentes a derreteram.

15 de dezembro

Como sou idiota, e pensar que tenho vinte e quatro anos e sou conceituado no meio literário! Em minhas longas caminhadas, compus uma melodia (não sei de onde surgiu) que agora todo mundo está cantando e assoviando na rua, um poema em um italiano medonho, que começa com "Medea, mia dea", chamando-a em nome de seus vários amantes. Vivo cantarolando entre dentes: "Por que não sou Marcantonio? Ou Prinzivalle? Ou aquele de Narni? Ou o bom duque Alfonso? Para poder ser amado por ti, Medea, *mia dea*" etc. etc. Uma bela porcaria! Meu senhorio, creio eu, desconfia que Medea seja alguma senhora que conheci no meu passeio ao litoral. Tenho certeza de que a sra. Serafina, a sra. Lodovica e a sra. Adalgisa — as três Parcas ou Nornas, como as chamo — pensam a mesma coisa. Esta tarde, ao escurecer, enquanto arrumava meu quarto, sra. Lodovica disse: "O *Signorino* agora deu para cantar tão bonito!". Eu sequer tinha percebido que estava cantarolando: "*Vieni, Medea, mia dea*", enquanto a velha senhora se ocupava em preparar meu fogo. Parei na mesma hora; vou adquirir uma reputação e tanto! Isso vai acabar chegando a Roma e, de lá, a Berlim. A sra. Lodovica estava debruçada para fora da janela, puxando o gancho de ferro da candeia que marca a casa do sr. Asdrubale. Enquanto aparava o pavio da lâmpada antes de pendurá-la de novo, comentou com seu peculiar jeito pudico: "Não deveria ter parado de cantar, meu filho" (ela ora me chama de *Signor Professore*, ora emprega termos carinhosos como "*Nino*","*Viscere mie*" etc.), "não deveria mesmo, pois há uma moça lá fora que parou na rua para ouvi-lo".

Corri até a janela. Uma mulher, envolta em um xale preto, estava parada sob um arco, olhando para cima.

"Ora, ora! O *Signor Professore* tem uma admiradora", disse a sra. Lodovica.

"*Medea, mia dea*!", entoei o mais alto que pude, com o prazer pueril em desconcertar um passante inquisitivo. Ela se virou de repente para ir embora, acenando para mim; naquele exato momento, a sra. Lodovica colocou a lâmpada de volta. Um raio de luz iluminou o outro lado da rua. Sentindo um calafrio percorrer meu corpo, reconheci no rosto da mulher lá fora o de Medea da Carpi!

Sem dúvida, mais um de meus despautérios!

PARTE II

17 de dezembro

Receio que minha obsessão por Medea da Carpi tenha se tornado bem conhecida, graças às minhas tolas declarações e cançonetas idiotas. O filho do vice-prefeito, ou o assistente dos Arquivos, ou talvez algum conhecido das reuniões na casa da Condessa, está tentando me pregar uma peça! Mas olho aberto, ilustres senhoras e senhores, hei de dar o troco na mesma moeda! Imaginem o que senti quando, hoje pela manhã, encontrei em minha escrivaninha uma carta endereçada a mim com uma caligrafia curiosa, que me pareceu estranhamente familiar e que, após um momento, reconheci como a que vi nas cartas de Medea da Carpi nos Arquivos. Foi um choque terrível. Em seguida, imaginei que fosse um presente de alguém a par do meu interesse por Medea — uma carta genuína, na qual algum imbecil sobrescrevera meu endereço, em vez de colocar em um envelope. Mas estava endereçada a mim, escrita para mim e não era uma carta antiga. Era composta por apenas quatro linhas:

> *Para Spiridion,*
> *Uma pessoa que sabe de seu interesse por ela estará na Igreja de San Giovanni Decollato, mais tarde, às nove da noite. Procure, no corredor esquerdo, por uma dama usando um manto preto, com uma rosa na mão.*

Compreendi que era alvo de uma conspiração, vítima de uma farsa. Inspecionei a carta em detalhes. Fora escrita em papel idêntico ao do século XVI e imitava com extraordinária precisão a caligrafia de Medea da Carpi. Quem poderia ter feito aquilo? Pensei em todas as pessoas possíveis. O autor mais provável era o filho do vice-prefeito, talvez em conluio com sua amada, a condessa. Devem ter rasgado a página em branco de alguma carta antiga; mas é espantoso que tenham tido a astúcia de inventar uma farsa desta categoria e o talento para executar a falsificação. Não imaginava que fossem tão engenhosos. Como dar o troco? Ignorando a carta? Digno, mas enfadonho. Não, irei até a igreja; talvez alguém esteja lá, e serei eu a confundi-los. E, se não houver ninguém, vou me vangloriar pelo fracasso de sua imperfeita conspiração! Talvez seja alguma artimanha do Cavaliere Muzio para me levar à presença de uma moça que julga ser meu futuro *amore*. É bem provável. E eu pareceria muito tolo e professoral se recusasse tal convite; vale a pena conhecer uma dama que sabe forjar cartas do século XVI, pois tenho certeza de que o aparvalhado do Mezio jamais conseguiria. Eu vou! Está decidido! Darei o troco na mesma moeda! Já são cinco horas — como são longos os dias!

18 de dezembro

Estou louco? Ou existem fantasmas? A aventura da noite passada me abalou até as profundezas da minha alma.

Fui às nove, como solicitara a misteriosa carta. Fazia muito frio, e o ar estava encoberto de neblina e chuva congelada; não havia um comércio aberto, todas as janelas estavam cerradas, não se via uma alma; as vielas escuras, entre muros altos e sob elevados arcos, estavam ainda mais sombrias pelo contraste com a luz opaca de ocasionais lamparinas, com seu tremeluzente reflexo amarelado no chão molhado. San Giovanni Decollato é uma igreja pequena, ou melhor, uma capela, que até então sempre vi fechada (como muitas igrejas aqui, exceto nos grandes festivais); fica situada atrás do palácio ducal em uma ladeira, formando a bifurcação de duas íngremes ruas pavimentadas. Passei pelo local uma centena de vezes e mal notei a igrejinha, exceto pelo alto relevo de mármore sobre a porta, retratando a cabeça de São João Batista na bandeja, e as gaiolas de ferro nas proximidades, onde eram outrora expostas as cabeças de criminosos; o decapitado — ou, como eles o chamam aqui, degolado — João Batista, sendo aparentemente o patrono do machado.

Uma curta caminhada me conduziu da minha hospedagem até San Giovanni Decollato. Confesso que estava eufórico; ninguém tem vinte e quatro anos e é polonês impunemente. Ao chegar a uma espécie de pequeno mirante na bifurcação das duas ruas íngremes, notei, para minha surpresa, que as janelas da igreja não estavam acesas e que a porta estava trancada! Então era essa a peça que me pregaram; me tiraram de casa em uma noite fria, com chuva, para uma igreja fechada — e talvez há anos! Não sei o que poderia ter feito naquele momento de cólera; senti-me inclinado a arrombar a porta da igreja ou a arrancar o filho do vice-prefeito da cama (pois tinha certeza de que era ele o responsável por aquela chacota). Decidi pela última opção; estava me dirigindo à casa dele, caminhando pelo beco sombrio à esquerda da igreja, quando fui abruptamente surpreendido pelo som de um órgão bem próximo; um órgão, bem audível, além da voz de coralistas e o murmúrio de uma ladainha. Então a igreja não estava fechada, afinal! Refiz meus passos até o alto da rua. A escuridão era profunda, e o silêncio, absoluto. De repente, ouvi de novo o som do órgão e as vozes. Apurei os ouvidos; vinha da outra rua, a que ficava do lado direito. Acaso haveria outra porta? Atravessei o arco e desci na direção de onde pareciam vir os sons. Mas não encontrei nenhuma porta, nem alguma luz acesa; apenas os muros escuros e o chão molhado, com seus débeis reflexos amarelos de bruxuleantes lamparinas; de resto, silêncio completo. Estaquei por um instante e ouvi o canto; dessa vez, parecia vir, sem sombra de dúvida, da viela que eu acabara de deixar. Voltei — e nada. Indo e voltando, os sons pareciam me chamar para um lado e, logo em seguida, me convocarem para o outro.

Por fim, perdi a paciência; senti uma espécie de terror galopante, que apenas uma ação violenta poderia dissipar. Se os sons misteriosos não vinham da rua à direita, nem da rua à esquerda, só podiam vir da igreja. Ensandecido, subi às pressas os dois ou três degraus e me preparei para botar a porta abaixo com todas as minhas forças. Para minha surpresa, ela se abriu sem resistência. Quando entrei os sons da litania chegaram aos meus ouvidos mais altos do que antes. Parei por um momento entre a porta externa e o pesado reposteiro de couro. Abrindo-o, me esgueirei capela adentro. O altar resplandecia com velas e candelabros; decerto alguma celebração noturna relacionada ao Natal. A nave e os corredores estavam escuros e quase cheios. Fui abrindo caminho pelo lado direito até o altar. Quando meus olhos se acostumaram com a luz inesperada, comecei a olhar ao redor, com o coração aos pulos. A ideia de que tudo aquilo era uma farsa, montada para que eu encontrasse alguma conhecida do meu amigo Cavaliere, já me parecia pouco provável; olhei à minha volta. As pessoas estavam todas encobertas, os homens em amplas capas, e as mulheres em véus e mantos de lã. O ambiente estava na penumbra, e não consegui distinguir nada com muita nitidez, mas tive a impressão de que, sob as capas e os véus, usavam trajes extravagantes. Notei que o homem à minha frente ostentava meias amarelas sob a capa; uma das mulheres usava um corpete vermelho entrelaçado com fios dourados. Seriam camponeses de alguma região remota, vindos para as festividades natalinas, ou os habitantes de Urbania usavam trajes antiquados em homenagem ao Natal?

Enquanto refletia, meu olhar foi atraído pelo de uma mulher no corredor oposto, perto do altar, sob o fulgor de suas luzes. Estava coberta por trajes pretos, mas segurava, de forma conspícua, uma rosa vermelha — uma raridade naquela época do ano em um lugar como Urbania. Ela me viu e, aproximando-se ainda mais da luz, afrouxou seu pesado manto preto, exibindo um vestido vermelho-escuro, com filetes de prata e bordados dourados; ao virar o rosto para mim, o brilho intenso dos candelabros e das velas recaiu sobre ela. Era o rosto de Medea da Carpi! Corri pela nave, empurrando as pessoas para o lado; na verdade, tive a impressão de passar por corpos impalpáveis. Mas a dama se virou e caminhou depressa em direção à porta. Eu a segui de perto, mas estranhamente não consegui alcançá-la. Ao chegar ao reposteiro, ela olhou para trás. Estava a poucos passos de mim. Sim, era Medea. Medea em pessoa — sem erro, sem ilusão, sem truques; o rosto oval, os lábios esticados, as pálpebras estreitas no canto dos olhos, a encantadora pele de alabastro! Ela ergueu a cortina e saiu da igreja. Eu a segui; uma reles cortina nos separava. Vi a porta de madeira se fechar atrás dela.

Um passo à minha frente! Escancarei a porta; ela devia estar nos degraus, ao alcance do meu braço!

Parei do lado de fora da igreja. A rua estava deserta; havia apenas a calçada molhada e os reflexos amarelados nas poças. Fui tomado por um súbito frio, não consegui me mexer. Tentei entrar novamente na igreja, mas a porta estava fechada. Corri para casa, de cabelo em pé, com o corpo todo tremendo. Fiquei fora de mim por mais de uma hora. Teria sido uma ilusão? Estou perdendo o juízo? Ó Deus, Deus! Estou ficando louco?

19 de dezembro

Um dia radiante, ensolarado; toda a neve enlameada desapareceu da cidade, dos arbustos e das árvores. As montanhas cobertas de neve cintilam contra o resplandecente céu azul. O clima ideal para um domingo; todos os sinos repicam, anunciando a proximidade do Natal. Estão se preparando para uma espécie de feira na praça com a colunata, montando barracas repletas de algodão colorido e artigos de lã, xales e lenços vistosos, espelhos, fitas, lâmpadas de estanho; o aparato completo do mascate em "Conto de Inverno". Os açougues estão todos enfeitados com folhas e flores de papel, e há bandeirinhas e galhos espetados nos presuntos e queijos. Saí para ver a feira de gado; uma floresta de chifres entrelaçados, um oceano de mugidos e patas pisoteando o chão: centenas de robustos touros brancos, com chifres de um metro de comprimento e borlas vermelhas, aglomerados na pequena piazza d'armi sob as muralhas da cidade. Ora! Por que escrevo este lixo? De que adianta? Enquanto me forço a escrever sobre sinos, festividades natalinas e feiras de gado, uma ideia fixa continua a ressoar como um sino dentro de mim: Medea, Medea! Acaso realmente a vi, ou estou louco?

Duas horas depois

A igreja de San Giovanni Decollato — de acordo com meu senhorio — não é usada desde tempos imemoriais. Teria sido tudo uma alucinação ou um sonho — talvez um delírio onírico sonhado naquela noite? Fui até o local novamente. Lá estava ela, na bifurcação das duas vielas íngremes, com seu relevo da cabeça do Batista sobre a porta. A porta de fato não parece ter sido aberta por anos. Notei teias de aranha nas vidraças; realmente parece que, como diz o sr. Asdrubale, apenas ratos e aranhas ainda frequentam a missa. Ainda assim — ainda assim... Tenho uma lembrança tão nítida, uma consciência tão clara de tudo. Havia uma pintura da filha de Herodias dançando sobre o altar; lembro-me de seu turbante branco com um tufo escarlate de penas e a túnica azul de Herodes; lembro-me do candelabro central;

girava lentamente, e uma das velas de cera se dobrara ao meio pelo calor e a corrente de ar. Posso ter visto tudo isso em outro lugar e armazenado sem perceber em meu cérebro; as imagens podem ter surgido, de algum modo, em um sonho. Eu ouvi fisiologistas versando sobre o assunto. Vou voltar lá: se a igreja estiver fechada, então tudo não deve ter passado de um sonho, uma visão, produto do meu estado de nervos. Devo partir o quanto antes para Roma, para me consultar com um médico; tenho medo de enlouquecer. Mas, se por outro lado... Meu Deus! Não há outro lado nesse caso. Entretanto, se houvesse — eu teria de fato visto Medea e poderia vê-la novamente, falar com ela. Meu sangue ferve só de pensar, mas não de horror, e sim de... não sei do que chamá-lo. É um sentimento que me apavora, mas que é, ao mesmo tempo, arrebatador. Idiota! Uma ínfima, minúscula parte do meu cérebro deve estar fora de prumo — nada além disso!

20 de dezembro

Estive lá de novo; ouvi a música. Estive dentro da igreja, e a vi! Não posso mais duvidar dos meus sentidos. Por que deveria? Aqueles pedantes afirmam que os mortos estão mortos, que passado é passado. Que seja assim para eles; mas não para mim. Não para um homem que ama, que é consumido pelo amor de uma mulher. Uma mulher que, de fato — sim, deixe-me terminar a frase. Por que não haveria de existir fantasmas para aqueles que podem vê-los? Por que ela não poderia voltar à terra, se sabe que há aqui um homem que só pensa nela, que deseja apenas ela?

Uma alucinação? Ora, eu a vi, assim como vejo este papel em que escrevo; parada a poucos passos, na plena claridade do altar. Ouvi o farfalhar de suas saias, senti a fragrância de seus cabelos, ergui a cortina ainda trêmula pelo seu toque. Mais uma vez, a perdi. Mas desta vez, quando corri para a rua vazia, iluminada apenas pela lua, encontrei nos degraus da igreja uma rosa — a rosa que tinha visto em sua mão. Toquei-a, senti seu aroma; uma rosa de verdade, escarlate, recém-colhida. Coloquei na água quando voltei, depois de tê-la beijado sabe Deus quantas vezes. Deixei-a sobre o armário; decidi não a olhar por vinte e quatro horas, temendo que fosse uma ilusão. Mas preciso confirmar, preciso... Deus do céu! Que coisa horrível! Se tivesse encontrado um esqueleto, não teria sido pior! A rosa, que ontem à noite parecia recém-colhida, de coloração vibrante e perfumada, está marrom, seca — como uma flor armazenada há séculos entre as folhas de um livro — e virou pó entre meus dedos. Uma coisa tenebrosa! Mas por que tenebrosa, em nome de Deus? Não tinha consciência de que estou apaixonado por uma mulher morta há trezentos anos? Se quisesse rosas frescas, há pouco floridas, a condessa Fiammetta ou qualquer costureirinha em Urbania poderia tê-las me dado. E daí que a rosa virou pó? Se pudesse ter Medea em meus braços como segurei a flor com meus dedos, beijar seus lábios como beijei suas pétalas, não deveria me conformar se ela também virasse pó no momento seguinte — se eu mesmo evanescesse?

22 de dezembro, onze da noite

Eu a vi mais uma vez! Quase falei com ela. Ela me concedeu a promessa de seu amor! Ah, Spiridion! Você estava certo ao intuir que não fora feito para qualquer *amore* mundano. Na hora costumeira, dirigi-me para San Giovanni Decollato. Uma noite luminosa de inverno; as casas elevadas e os campanários destacando-se contra um esplêndido céu azulado, reluzindo como aço com miríades de estrelas; a lua ainda não tinha se erguido. Não havia luz nas janelas, mas, depois de um certo esforço, a porta se abriu e entrei na igreja. O altar, como sempre, estava bem iluminado. De repente me ocorreu que todos aqueles homens e mulheres ao meu redor, bem como os sacerdotes entoando cânticos e circulando em volta do altar, estavam mortos — que não existiam para mais ninguém, a não ser para mim. Encostei, como se por acidente, na mão do sujeito ao meu lado; estava fria como barro molhado. Ele se virou, mas não parecia capaz de me ver: seu rosto era cinza e seus olhos vidrados, fixos, como os de um cego ou de um cadáver. Senti que deveria sair depressa daquele lugar. Mas, naquele exato momento, meus olhos recaíram sobre Ela, que estava como de costume perto dos degraus do altar, envolta em um manto negro, banhada pelo clarão das chamas. Ela se virou; a luz iluminava seu rosto, suas feições delicadas, as pálpebras e os lábios estreitos, a pele de alabastro levemente tingida por um rosa pálido. Nossos olhos se encontraram.

Avancei pela nave até o local onde estava parada, perto dos degraus do altar; ela escapou, mas segui logo atrás. Uma ou duas vezes ela hesitou, e pensei que fosse conseguir alcançá-la; mas, novamente, quando cheguei à rua, nem um segundo depois de ela ter passado pela porta, já havia desaparecido. Nos degraus da igreja, jazia algo branco. Não era uma flor dessa vez, mas uma carta. Corri de volta para a igreja para poder lê-la; mas já estava trancada, como se não fosse aberta havia anos. Não consegui enxergar apenas com as chamas bruxuleantes das candeias — corri para casa, acendi minha lamparina, tirei a carta do peito. Tenho-a diante de mim. A caligrafia é dela; a mesma que encontrei nos Arquivos, a mesma da primeira carta:

Para Spiridion,

Que a tua coragem seja igual ao teu amor, e o teu amor será recompensado. Na véspera do Natal, pega um machado e uma serra; golpeia sem temor o corpo do cavaleiro de bronze exposto na Corte, no lado esquerdo, perto da cintura. Serra o corpo e em seu interior encontrarás a efígie prateada de um gênio alado. Remove-o, corta-o em uma centena de pedaços e lança-os em todas as direções, para que os ventos possam carregá-los para longe. Nessa noite, aquela que tu amas virá recompensar a tua fidelidade.

Na cera marrom, está o lema: "AMOUR DURE — DURE AMOUR".

23 de dezembro

Então é verdade! Eu estava destinado para algo magnífico neste mundo. Encontrei finalmente aquilo pelo qual minha alma ansiava. Ambição, amor à arte, amor à Itália, coisas que até então ocuparam meu espírito, deixando-me em estado constante de insatisfação, nada disso era meu verdadeiro destino. Buscava a vida, estava sedento por ela como um andarilho no deserto tem sede de um poço; mas nem a vida sensorial dos outros jovens nem a vida intelectual de outros homens jamais foram capazes de saciar essa sede. Seria vida para mim o amor de uma mulher morta? Escarnecemos o que escolhemos chamar de superstição do passado, esquecendo que nossa enaltecida ciência pode vir a parecer apenas mais uma superstição para os homens do futuro; mas por que o presente deveria estar certo, e o passado, errado? Os homens que pintaram quadros e construíram palácios há trezentos anos decerto possuíam fibras tão delicadas e raciocínio tão perspicaz quanto nós, que nos limitamos à produção de chita e à construção de locomotivas. Isso me ocorreu porque, calculando minha carta de nascimento com a ajuda de um livro antigo do sr. Asdrubale, descobri que meu horóscopo coincide perfeitamente com o de Medea da Carpi, tal qual registrado por um cronista. Seria essa a explicação? Não, não creio; a explicação está no que senti ao ler a história dessa mulher pela primeira vez, na primeira vez em que vi seu retrato; eu a amava, embora escamoteasse meu amor até para mim mesmo como mero interesse histórico. Interesse histórico, ora essa!

Consegui o machado e a serra. A serra, comprei de um pobre marceneiro, num vilarejo a alguns quilômetros daqui; ele custou a entender o que eu queria e acho que me tomou como louco; talvez eu seja. Mas, se a loucura é o caminho para felicidade, não me importo. O machado, encontrei em um depósito de madeira, onde cortam os colossais troncos dos pinheiros que alcançam alturas prodigiosas nos Apeninos de Sant'Elmo. Não tinha ninguém no local e não resisti à tentação; apanhei o machado, testei sua lâmina e o afanei.

Foi a primeira vez na vida em que agi como um ladrão; por que não fui a uma loja e comprei um machado? Não sei; não pude resistir à visão de sua lâmina reluzente. Estou prestes a cometer o que suponho ser um ato de vandalismo; decerto não tenho o direito de depredar uma propriedade da cidade de Urbania. Mas não desejo causar dano nem à estátua, nem à cidade; se pudesse engessar o bronze, eu o faria de bom grado. Mas devo obedecê-la; devo vingá-la; preciso destruir aquela imagem de prata que Roberto de Montemurlo mandou fazer e consagrar para que sua alma covarde pudesse repousar em paz, sem encontrar com a criatura que mais temia no mundo. Ah! Duque Roberto, você a obrigou a morrer sem confissão, inseriu a imagem da sua alma na imagem do seu corpo, achando que assim, enquanto ela sofria as torturas do Inferno, descansaria em paz até que sua alma imaculada pudesse voar direto para o Paraíso — você a temia até depois da morte e se achava muito inteligente por se preparar para todo tipo de emergência! Nem tanto, Sua Alteza Serena. Você também há de vagar após a morte e encontrar os mortos a quem prejudicou.

Que dia interminável! Mas vou vê-la esta noite.

Onze da noite

Não a vi; a igreja estava trancada; o encantamento chegara ao fim. Até amanhã, não a verei. Mas amanhã! Ah, Medea! Algum dos teus amantes te amou como eu?

Mais vinte e quatro horas até o momento da felicidade — o momento pelo qual sinto que esperei por toda a vida. E depois, o que virá? Sim, está cada vez mais claro, a cada minuto que passa: depois, nada mais. Todos que amaram Medea da Carpi, que a amaram e a serviram, morreram: Giovanfrancesco Pico, seu primeiro marido, que ela deixou esfaqueado no castelo de onde fugiu; Stimigliano, que morreu envenenado; o criado que lhe deu o veneno, executado por ordens dela; Oliverotto da Narni, Marcantonio Frangipani e o pobre rapaz de Ordelaffi, que nunca sequer fitara seu rosto e cuja única recompensa foi o lenço com o qual o carrasco enxugou o suor do seu rosto, quando já se tornara uma massa de membros quebrados e carne dilacerada — todos acabaram mortos, assim como também hei de morrer.

O amor de uma mulher como ela basta, e é fatal — "Amour Dure", como afirma seu lema. Também morrerei. E por que não? Acaso seria possível viver para amar outra mulher? Não, como suportar uma vida como essa depois da felicidade de amanhã? Impossível; os outros morreram, e eu também devo morrer. Sempre tive a sensação de que não viveria muito; uma cigana na Polônia certa vez me disse que uma das linhas da minha mão significava morte violenta. Poderia ter perecido em um duelo com algum colega ou em um acidente de trem. Não, não; minha morte não será assim! Morte — ela não está morta também? Tal pensamento descortina inusitados panoramas! Então todos os outros — Pico, o criado, Stimigliano, Oliverotto, Frangipani, Prinzivalle degli Ordelaffi — estarão lá? No entanto ela me amará mais — aquele que a amou depois de ela ter passado trezentos anos no túmulo!

24 de dezembro

Tomei todas as providências. Escaparei sorrateiramente às onze; o sr. Asdrubale e suas irmãs estarão em sono profundo. Eu os sondei; o medo de reumatismo os impede de comparecer à missa da meia-noite. Por sorte, não há igrejas daqui até a Corte; estarei bem longe de qualquer festividade natalina. Os aposentos do vice-prefeito ficam do outro lado do palácio; o resto da praça é ocupado pelos salões nobres, os arquivos, estábulos e cavalariças vazias do palácio. Ademais, serei expedito em minha tarefa.

Experimentei a serra em um maciço vaso de bronze que comprei do sr. Asdrubale; o bronze da estátua, oco e desgastado pela ferrugem (cheguei a notar alguns buracos), não resistirá, ainda mais depois de um golpe do machado afiado. Deixei meus papéis em ordem, em consideração ao governo que me enviou para cá. Lamento deixá-los sem sua *História de Urbania*. Para passar mais depressa o dia que parecia não ter fim e acalmar minha febril impaciência, acabo de fazer uma longa caminhada. Hoje foi o dia mais gelado até agora. O sol ardente não proporcionou nenhum calor e parecia apenas intensificar a impressão de frio, fazendo brilhar a neve nas montanhas e a bruma azulada que faiscava como aço. As poucas pessoas que se aventuraram na rua estavam agasalhadas até o nariz, e carregavam braseiros de barro sob suas capas; alongados pingentes de gelo pendiam da fonte com a estátua de Mercúrio, e era possível imaginar alcateias cruzando as matas e sitiando a cidade. Não sei por que, mas o frio me acalma — parece me transportar de volta à minha infância.

Subi as inclementes e íngremes vielas, escorregadias com a geada, tendo como pano de fundo as montanhas enevoadas contra o céu, e passei pelos degraus cobertos de buxos e louros da igreja, de onde vinha um leve aroma de incenso. Aquilo me trouxe — não sei por que — a lembrança, quase a sensação, dos Natais de outrora em Posen e Breslau, quando ainda criança perambulava pelas ruas largas, espiando pelas janelas onde já estavam começando a acender as velas das árvores de Natal e imaginando se, ao voltar para casa, também entraria em um esplendoroso aposento, resplandecendo de luzes, nozes douradas e contas de vidro. De onde venho, ao norte, já devem estar pendurando as últimas fieiras daquelas contas metálicas azuis e vermelhas; prendendo as últimas nozes douradas e prateadas nas árvores; acendendo as velas azuis e vermelhas, cuja cera derretida escorre pelos belos ramos verdes; as crianças esperando, com o coração palpitante atrás da porta, a notícia de que o Menino Jesus nasceu. E eu, pelo que estou esperando? Não sei; parece um sonho — tudo vago e insubstancial, como se o tempo tivesse parado e nada mais pudesse acontecer, como se meus próprios desejos e esperanças estivessem mortos, e eu mesmo, capturado para um indistinto reino onírico. Anseio pela noite ou temo sua chegada? A noite virá mesmo? Será que sinto algo, será que o mundo existe ao meu redor?

Sento-me e creio ver a rua em Posen, ampla e com as janelas iluminadas pelas luzes de Natal, com os galhos verdes dos pinheiros triscando as vidraças.

Véspera de Natal, meia-noite

Está feito. Saí sem fazer barulho. O sr. Asdrubale e suas irmãs estavam dormindo. Receei tê-los acordado, pois o machado caiu quando eu estava passando pela sala principal, onde meu senhorio guarda suas raridades à venda; bateu em uma velha armadura que ele andara consertando. Ouvi-o exclamar algo, meio sonolento; apaguei minha lamparina e me escondi nas escadas. Ele surgiu em seu robe, mas, como não viu ninguém, voltou para a cama. "Deve ter sido um gato!", disse. Fechei a porta da casa cuidadosamente. O céu anoitecera tempestuoso e, apesar da claridade da lua cheia, estava repleto de vapores cinzentos e amarelados; de vez em quando, a lua desaparecia por completo. Não havia uma alma na rua; as casas estreitas contemplavam o luar.

Não sei por que fiz o caminho mais demorado para a Corte, passando por uma ou duas igrejas, de onde provinha uma sutil centelha da missa. Fiquei tentado a entrar em uma delas, mas algo parecia me deter. Ouvi trechos do hino natalino. Senti que começava a esmorecer e apressei-me em direção à Corte. Quando passei pelo pórtico em San Francesco, ouvi passos atrás de mim; tive a impressão de estar sendo seguido. Detive-me, para dar passagem. Ao se aproximar, o vulto diminuiu seus passos. Passando bem perto de mim, murmurou: "Não vá: sou Giovanfrancesco Pico". Quando me virei, tinha desaparecido. Fui tomado por um arrepio gélido que me entorpeceu, mas continuei em frente, avançando depressa.

Atrás da abside da catedral, em uma viela estreita, avistei um homem encostado na parede. O luar o iluminava em cheio; julguei detectar sangue escorrendo por sua barba rala e pontiaguda. Apertei o passo; mas ele sussurrou quando passei: "Não a obedeça; volte para casa. Sou Marcantonio

Frangipani". Batendo os dentes de frio, corri pela rua estreita, com o brilho azulado da lua tingindo as paredes brancas.

Por fim, alcancei a Corte: a praça estava banhada pelo luar, as janelas do palácio pareciam bem iluminadas, e a estátua do duque Roberto, em seu esverdeado fulgor, dava a impressão de avançar na minha direção a cavalo. Adentrei as sombras. Precisava passar sob um arco. Uma figura surgiu de repente, como se oriunda de dentro da parede e, estendendo seu braço envolto em um manto, impediu minha passagem. Tentei avançar mesmo assim. Ele me agarrou pelo braço, com o peso de um bloco de gelo. "Não passarás!", gritou e, quando a lua tornou a despontar no céu, vi seu rosto lívido, envolto por um lenço bordado; parecia quase uma criança. "Não passarás!", repetiu. "Ela não será tua! É minha, somente minha! Sou Prinzivalle degli Ordelaffi." Senti seu gélido toque, mas com o braço livre desferi golpes alucinados com o machado que carregava sob o manto. A lâmina bateu na parede, retinindo contra a pedra. Ele havia desaparecido.

Apressei-me. Cumpri minha tarefa. Cortei o bronze; abri um corte profundo com a serra. Arranquei a imagem prateada e a cortei em inúmeros pedaços. Enquanto espalhava os derradeiros fragmentos, a lua foi subitamente encoberta; uma violenta rajada de vento uivou pela praça; foi como se a terra tremesse. Joguei o machado e a serra no chão e fugi de volta para casa. Senti-me perseguido, como se cercado por centenas de cavaleiros invisíveis.

Agora estou calmo. É meia-noite; daqui a pouco ela estará aqui! Paciência, meu coração! Ouço-o palpitar. Espero que ninguém acuse o pobre sr. Asdrubale. Escreverei uma carta às autoridades declarando sua inocência, caso algo aconteça. Uma hora! O relógio na torre do palácio acabou de soar... "Eu, Spiridion Trepka, por meio desta, declaro que, se algo acontecer comigo esta noite, ninguém além de mim deverá ser considerado..." Passos na escada! É ela! É ela! Finalmente, Medea, Medea! Ah! AMOUR DURE — DURE AMOUR!

• • •

NOTA: Aqui termina o diário do falecido Spiridion Trepka. Os principais jornais da província da Úmbria informaram ao público que, na manhã de Natal do ano de 1885, a estátua equestre de bronze de Roberto II foi encontrada terrivelmente depredada e que o professor Spiridion Trepka, de Posen, no Império Alemão, foi encontrado morto, com uma facada no coração, desferida por uma mão misteriosa.

PHOTOGRAPHIC ARCHIVE   CAMERA OBSCURA STUDIO

VITORIANAS MACABRAS

MAY SINCLAIR

Mary Amelia St. Clair
ST. CLAIR

A ANALÍTICA

1863-1946

- Sol em Virgem -

Inglesa. Romancista, contista, poeta, tradutora e crítica literária. Autodidata, May foi obrigada a largar seus estudos para ajudar a mãe a cuidar dos quatro irmãos, que sofriam de uma doença congênita fatal. Destacou-se como crítica e membro da Liga Sufragista de Autoras. Além do seu compromisso com uma das primeiras clínicas a oferecer treinamento psicanalítico na Inglaterra, tornou-se membro da Sociedade de Pesquisa de Fenômenos Psíquicos e Paranormais. Suas histórias macabras combinavam terror psicológico com tramas sobrenaturais. Agatha Christie a elegeu uma das melhores escritoras do gênero. May publicou 23 romances e dezenas de contos e poemas, além de artigos, ensaios, panfletos feministas. Só parou de escrever quando, já idosa, foi acometida pela doença de Parkinson. Morreu aos 83 anos.

Onde o Fogo Não Se Apaga

May Sinclair

Where Their Fire is Not Quenched

— 1923 —

"Você acha que o passado afeta o futuro. Nunca parou para pensar que o futuro pode afetar o passado?"

Depois de se envolver com um homem casado, mulher descobre o sabor amargo de um romance que dura para toda eternidade.

Não havia ninguém no pomar. Harriott Leigh abriu o portão de ferro com muito cuidado e adentrou o campo. Deslizou o trinco na fechadura sem fazer o menor ruído.

Do portão do pomar, expandia-se uma trilha até os degraus sob o sabugueiro. George Waring estava à sua espera.

Anos depois, sempre que se lembrava de George Waring, sentia o aroma doce e cálido das flores de sabugueiro. Anos depois, sempre que sentia o aroma das flores de sabugueiro, via George Waring, com seu rosto belo e delicado como o de um poeta ou músico, seus olhos azuis bem escuros e seu impecável cabelo castanho. Ele era tenente naval.

No dia anterior, ele a pedira em casamento, e ela aceitara. Mas seu pai não consentira, e ela estava indo dar a notícia e se despedir dele. Seu navio partia no dia seguinte.

Ele ficou impaciente e agitado. Não se conformava que algo pudesse arruinar a felicidade deles, que algo indesejável pudesse lhes acontecer.

"E agora?", indagou.

"Ele é terrível, George. Não vai consentir. Diz que somos muito jovens."

"Fiz vinte agosto passado", defendeu-se ele, ofendido.

"E eu vou fazer dezessete em setembro."

"Estamos em junho. Já estamos velhos, francamente. Quanto tempo ele quer nos fazer esperar?"

"Três anos."

"Três anos até podermos ficar noivos? Até lá, já estaremos mortos!"

Tentando lhe transmitir uma sensação de segurança, ela o abraçou. Ao se beijarem, o aroma doce e cálido das flores de sabugueiro se mesclou aos beijos. Permaneceram sob a árvore, enlaçados, juntos.

No relógio da aldeia bateram as sete horas, e o som se propagou pelos campos amarelos de mostarda. Ouviram um gongo soando dentro da casa.

"Preciso ir, meu querido", disse ela.

"Fique um pouco mais... cinco minutos."

Ele a apertou contra o peito. Durou cinco minutos — e mais cinco. Depois, saiu em disparada para a estação, enquanto Harriott voltava pelo campo, caminhando devagar e lutando contra as lágrimas.

"Em três meses, ele estará de volta", dizia para si mesma. "Consigo sobreviver a três meses."

Mas ele não voltou nunca mais. Havia algo de errado com os motores de seu navio, o *Alexandra*. Três semanas depois de partir, a embarcação afundou no Mediterrâneo, levando George consigo.

Harriott então pensou que não se importava mais em morrer. Sentia que morreria em breve, pois não podia viver sem ele.

Cinco anos se passaram.

Duas fileiras de faias se estendiam ao longo do parque, com uma ampla trilha esverdeada entre elas. Quando se chegava no meio do caminho, a senda se bifurcava formando uma cruz e, ao fim da ramificação à direita, havia um pavilhão de estuque branco com colunas e frontão de três pontas, como um templo grego. Ao fim da ramificação esquerda, ficava a entrada oeste do parque, com portões duplos e uma porta lateral.

Harriott, sentada em um banco de pedra na parte de trás do pavilhão, poderia ver Stephen Philpotts assim que ele entrasse pela porta lateral.

Ele tinha lhe pedido que o esperasse lá. Era o local que sempre escolhia para ler seus poemas em voz alta. Os poemas eram um pretexto. Ela sabia o que ele ia dizer. E qual seria sua resposta.

Havia sabugueiros em flor na parte de trás do pavilhão, o que fez Harriott se lembrar de George Waring. Pensou que George estava mais perto dela agora do que jamais poderia se fosse vivo. Se por ventura se casasse com Stephen, não estaria sendo infiel, porque o amava com outra parte de si. Stephen não tomaria o lugar de George. Ela amava Stephen com a alma, de um modo mais espiritual.

Ainda assim, seu corpo estremeceu quando a porta se abriu e o rapaz veio caminhando em sua direção, pela trilha sob as faias.

Ela o amava; amava sua silhueta esguia, seu jeito taciturno e sua palidez quase anêmica, o brilho intelectual reluzindo em seus olhos negros, o modo como afastava os cabelos escuros da testa, seu andar na ponta dos pés, como se suspenso por asas.

Quando Stephen se sentou ao seu lado, ela notou que as mãos dele tremiam. Sentiu que seu momento estava chegando; estava prestes a acontecer.

"Quis vê-la a sós porque preciso lhe dizer uma coisa. Não sei bem como começar..."

Ela entreabriu os lábios. Estava levemente ofegante.

"Já falei falei para você sobre Sybill Foster?"

"Na-não, Stephen. Acho que nunca a mencionou", gaguejou ela.

"Bem, não pretendia, até ter certeza. Só fiquei sabendo ontem."

"O quê?"

"Ora, que ela aceitou se casar comigo. Ah, Harriott, você não faz ideia do que é estar plenamente feliz!"

Ela fazia. Experimentara a sensação fazia poucos instantes, antes de ele contar do noivado. Ficou sentada ao lado dele, dura como uma pedra, escutando seu discurso apaixonado e ouvindo sua própria voz dizer que estava feliz por ele.

Dez anos se passaram.

Harriott Leigh estava na sala de estar de uma pequena casa em Maida Vale. Morava lá desde a morte do pai, dois anos antes.

Estava inquieta. Não despregava os olhos do relógio, para ver se já eram quatro horas, o horário que marcara com Oscar Wade. Não tinha certeza se ele viria, depois de tê-lo mandado embora na véspera.

Agora se perguntava por que, se o mandara embora no dia anterior, deixara que voltasse. Seus motivos não eram de todo claros. Se de fato falara sério, não deveria deixá-lo voltar. Nunca mais.

Explicara-se com o máximo de clareza. Conseguia se ver sentada bem ereta na cadeira, como se enlevada por uma fervorosa integridade, com ele à sua frente, de cabeça baixa, envergonhado e abatido; podia ouvir o tremor em sua voz enquanto repetia que não dava mais, que não aguentava mais, que ele precisava perceber que ela não estava mais suportando; que não, nada a faria mudar de ideia: não podia esquecer que ele tinha uma esposa, que devia pensar em Muriel.

Ao que ele respondeu, acalorado: "Isso não. Está mais do que terminado. Só moramos juntos para manter as aparências."

E ela, muito serena, com tremenda dignidade: "E é também pelas aparências, Oscar, que não devemos mais nos ver. Por favor, vá embora."

"Está falando sério?"

"Estou. Não devemos nos ver nunca mais."

E ele fora embora, envergonhado e abatido.

Conseguia vê-lo, preparando-se para receber o golpe. Sentiu pena dele. Admoestou-se, dizendo que tinha sido dura demais, sem necessidade. Por que não podiam se ver mais, agora que lhe impusera limites? Até então, nunca haviam conversado direito sobre o assunto. Podia pedir que ele esquecesse o que lhe dissera. Assim, podiam continuar a ser apenas amigos, como se nada tivesse acontecido.

O relógio marcou quatro horas. Quatro e meia. Cinco. Tinha terminado seu chá e não esperava mais que ele fosse vir quando, um pouco antes das seis, Oscar apareceu.

Chegou como das outras vezes, com seu andar contido, deliberado e atento, seu ar confiante que sugeria certa arrogância contida, erguendo seus largos ombros. Tinha cerca de quarenta anos, era corpulento e alto, com o tronco estreito e o pescoço curto. Era bonito, com traços retos e delicados que se assentavam com harmonia no rosto quadrado e com o tom corado de suas faces. As pontas do bem aparado bigode castanho-avermelhado encobriam seu lábio superior. Os olhos ávidos, também castanho-avermelhados, faiscavam como os de um animal.

Gostava de pensar nele quando não o tinha por perto, mas, sempre que o via, sentia um leve choque. Fisicamente, estava muito longe do seu ideal de beleza. Bem diferente de George Waring e Stephen Philpotts.

Ele se sentou de frente para ela.

Fez-se um silêncio constrangedor, quebrado por Oscar Wade.

"Bem, Harriott, você disse que eu podia vir." Ele parecia estar transferindo a responsabilidade para ela. "Imagino que tenha me perdoado", supôs.

"Sim, Oscar, eu o perdoei."

Ele disse que ela deveria demonstrar que estava tudo bem, saindo para jantar naquela noite.

Não conseguiu pensar em uma desculpa para recusar o convite. Aceitou.

Ele a levou a um restaurante no Soho. Oscar Wade comia bem, de modo quase extravagante, demorando-se com deleite em cada prato. Ela apreciava seu apetite. Não tinha nenhum vício.

Ao fim do jantar, adivinhou o que devia estar se passando pela mente dele, a julgar pelo rubor de suas faces e seu silêncio envergonhado. Mas, ao levá-la de volta para casa, despediu-se no portão. Pensara melhor, mudara de ideia.

Ela não sabia se sentia alívio ou decepção. Bancara a virtuosa exaltada e se orgulhara de si mesma, mas sua alegria foi desaparecendo nas semanas seguintes. Desistira de Oscar Wade porque não o queria tanto assim; agora o desejava furiosa e perversamente, só porque o deixara. Embora estivesse muito longe de seu ideal, não conseguia mais viver sem ele.

Jantaram juntos diversas vezes, até ela passar a conhecer o restaurante Schnebler's de cor: as paredes brancas com ornamentos dourados; o acabamento imitando folhas de ouro no topo das colunas brancas; os macios tapetes turcos, azuis e vermelhos; as grandes almofadas de veludo carmesim que grudavam nas suas saias; o brilho da prata e do cristal, reluzindo nos inúmeros círculos brancos das mesas. E os rostos dos clientes: corados, pálidos, rosados, morenos, lívidos e pálidos, distorcidos e exaltados; as bocas retorcidas enquanto comiam; as lâmpadas que os iluminavam, o reflexo das cortinas vermelhas onduladas. Tudo cintilando em um ar espesso, manchado pela iluminação vermelha como o vinho tinge a água.

E o rosto de Oscar, afogueado após a refeição. Quando se afastava da mesa e pensava em silêncio, ela sempre sabia o que se passava pela cabeça dele. Suas pesadas pálpebras se erguiam, e era possível sentir seus olhos fixos nela, refletindo, ponderando.

Ela sabia onde tudo aquilo ia acabar. Pensou em George Waring, em Stephen Philpotts e em sua vida, usurpada. Não tinha escolhido Oscar, não o queria tanto assim; mas, agora que ele se impusera em sua vida, não podia se dar ao luxo de deixá-lo. Desde a morte de George, nenhum homem a amara, nenhum outro homem jamais a amaria. E teve pena dele ao lembrar de sua expressão quando o mandara ir embora, envergonhado e abatido.

Sabia, antes mesmo dele, onde iam parar. Só não quando, onde e como aconteceria. Isso estava nas mãos de Oscar.

Aconteceu ao fim de uma das noites, quando jantaram em uma sala privativa. Ele tinha dito que não suportava o calor e o barulho do restaurante.

Ela foi na frente e subiu uma escada íngreme revestida com carpete vermelho até uma porta branca no segundo andar.

De tempos em tempos, repetiam a aventura furtiva e clandestina. Às vezes, ela o encontrava direto no quarto sobre o Schnebler's. Outras vezes, quando sua criada estava fora, ela o recebia em sua casa em Maida Vale. Mas era perigoso demais para se arriscarem com frequência.

Oscar dizia experimentar uma felicidade indescritível. Harriott não estava assim tão certa. Era amor, o amor que jamais provara antes, com o qual tanto sonhara, faminta e sedenta por amor — no entanto, agora que o tinha, não estava satisfeita. Esperava sempre algo mais, algum êxtase místico e celestial que parecia estar prestes a chegar, mas nunca vinha de fato. Havia algo em Oscar que a repelia. No entanto, como o tomara como seu amante, não podia admitir que ele era um pouco grosseiro, vulgar. Tentava ignorar, fingia que não reparava. Para se justificar, concentrava-se em suas qualidades: sua generosidade, sua força, a capacidade que demonstrou ao constituir seu escritório de engenharia. Ela o fez levá-la no seu trabalho e mostrar seus grandes dínamos. Ele lhe emprestou os livros que lia. Mas, sempre que tentava conversar, ele deixava claro que não era para isso que ela estava lá.

"Minha filha, não temos tempo para isto", dizia ele. "Não podemos desperdiçar nossos momentos preciosos."

Ela insistia. "Então temos um problema. Deveríamos ao menos poder conversar um com o outro."

Ele ficava irritado. "As mulheres nunca param para pensar que os homens conversam tudo que querem com os outros homens. Nosso único problema são estes encontros corridos. Deveríamos morar juntos. É a única solução. Eu moraria com você, mas não quero arruinar a vida de Muriel e fazê-la infeliz."

"Mas você não disse que ela não se importava com você?"

"Minha querida, ela pode não se importar mais comigo, mas se importa com a casa, com a posição social, com as crianças. Você está se esquecendo dos meus filhos."

Sim. Ela se esquecera das crianças. E de Muriel. Deixara de ver Oscar como um homem casado, com filhos, com uma casa.

Ele tinha um plano. Sua sogra estava vindo para ficar com Muriel em outubro, e ele daria um jeito de escapar. Iria a Paris, onde Harriott encontraria com ele. Diria que estava viajando a negócios. Não era de todo mentira; tinha negócios em Paris.

Reservou suítes em um hotel na Rue de Rivoli. Passaram duas semanas lá.

Durante três dias, Oscar esteve perdidamente apaixonado por Harriott, e Harriott por ele. Deitada na cama, ela acendia a luz só para olhar para ele adormecido ao seu lado. O sono o tornava belo e inocente; atenuava sua vulgaridade, deixando sua boca mais suave e ocultando seus olhos.

Em seis dias, a coisa começou a mudar de figura. Ao fim do décimo dia, Harriott, retornando de Montmartre com Oscar, desatou a chorar. Quando ele perguntou o que estava acontecendo, ela respondeu que o Hotel Saint Pierre era horroroso e estava lhe dando nos nervos. Com muita paciência, Oscar explicou que aquele estado era apenas uma reação de cansaço após tanta euforia. Ela se esforçou para crer que estava infeliz porque seu amor era mais puro e espiritual do que o de Oscar, mas, no fundo, sabia muito bem que seu choro era de puro tédio. Estava apaixonada por Oscar, mas ele a entediava. Oscar estava apaixonado por ela, que o entediava também. Na convivência íntima, dia após dia, cada um descobriu que o outro era insuportavelmente maçante.

Ao fim da segunda semana, começou a duvidar que sequer o amara um dia.

A paixão reacendeu um pouco depois que regressaram a Londres. Livres da pressão absurda que Paris lhes impusera, convenceram-se de que seus temperamentos românticos eram mais bem talhados para a velha rotina de aventuras casuais.

Então, aos poucos, adveio em ambos uma sensação de perigo. Viviam com medo constante, ponderando as chances de serem descobertos. Eles se atormentavam, e atormentavam um ao outro, imaginando possibilidades que jamais teriam considerado no frisson do início. Era como se estivessem começando a se questionar se, afinal, compensava correr tantos riscos por tão pouco. Oscar ainda jurava que, se fosse livre, se casaria com ela. Fazia questão de deixar claro que, apesar de tudo, suas intenções eram louváveis. Mas ela se perguntava: será que me casaria com ele? O casamento seria como reviver o Hotel Saint Pierre, só que sem a menor possibilidade de fuga. Mas, se não se casaria com ele, estaria mesmo apaixonada? Esse era o teste. Talvez fosse uma sorte ele não ser livre. Dizia para si mesma então que tais dúvidas eram mórbidas e que não fazia sentido pensar no que faria se ele largasse a mulher.

Certa noite, Oscar foi vê-la. Apareceu para dizer que Muriel estava doente.

"É grave?"

"Receio que sim. É pleurisia, pode evoluir para pneumonia. Vamos saber melhor nos próximos dias."

Um pavor intenso acometeu Harriott. Muriel podia morrer de pleurisia e, caso Muriel falecesse, teria que se casar com Oscar. Ele a olhou de um jeito estranho, como se adivinhasse seus pensamentos, e ela pôde ver que o outro também estava pensando a mesma coisa — e igualmente apavorado.

Muriel ficou boa, mas o susto fez com que tomassem consciência do perigo. A vida de Muriel tornou-se extremamente preciosa para ambos; ela os resguardava da união permanente que tanto temiam, mas não teriam coragem de rejeitar.

Após a conscientização, veio o rompimento.

A atitude partiu de Oscar, numa noite em que estavam na casa dela.

"Harriott", disse ele, "estou pensando seriamente em sossegar."

"Como assim, sossegar?"

"Em me reconciliar de vez com Muriel, coitada... Nunca lhe ocorreu que este nosso caso não pode durar para sempre?"

"Você não quer continuar?"

"Não quero perpetuar uma farsa. Pelo amor de Deus, sejamos francos. Se já acabou, está acabado. Vamos terminar de um modo decente."

"Entendi. Você quer se livrar de mim."

"Você está colocando palavras horrendas na minha boca."

"E existe alguma outra forma de falar que não seja horrenda? Nossa história inteira é horrenda. Imaginei que estivesse satisfeito, agora que nos transformou no que tanto queria. Quando já não tenho mais nenhum ideal, nenhuma ilusão, depois que você destruiu tudo o que não lhe convinha."

"O que não me convinha?"

"A parte boa, a parte decente. O amor que eu queria."

"A minha parte pelo menos foi real. Melhor e mais decente do que esse invólucro podre que você criou. Você foi hipócrita, Harriott, coisa que nunca fui. Continuará a ser hipócrita agora, se disser que não foi feliz comigo."

"E nunca fui mesmo. Nem por um segundo. Estava sempre faltando alguma coisa. Algo que você não me dava. E que, talvez, não conseguisse dar."

"Sim, não me envolvi espiritualmente o bastante", zombou ele.

"Não mesmo. E acabei ficando igual a você."

"Você, de fato, sempre se mostrou muito espiritualizada depois que satisfazia suas vontades."

"Minhas vontades?", indignou-se ela. "Faça-me o favor..."

"Se você ao menos entendesse a natureza das suas vontades."

"Minhas vontades...", repetiu ela, amargurada.

"Ora", disse ele, "sejamos honestos, sim? Encaremos os fatos. Fui louco por você, e você foi louca por mim. Cansamos um do outro e acabou. Mas você podia ao menos reconhecer que nos divertimos enquanto durou."

"Nos divertimos?"

"Eu me diverti bastante."

"Imagino que sim, porque para você amor é isso. Você reduz tudo que é elevado e nobre a isso, até não restar mais nada para nós. Você reduziu nosso amor a isso."

Vinte anos se passaram.

Oscar morreu primeiro, três anos após o rompimento. Foi uma morte repentina, após um ataque de apoplexia.

A morte dele foi um enorme alívio para Harriott. Era impossível sentir-se plenamente segura enquanto ele ainda estava vivo. Mas, com ele morto, não havia uma alma que conhecesse seu segredo.

Ainda assim, no primeiro momento de choque, Harriott chegou a pensar que depois da morte Oscar estaria mais perto dela do que nunca. Esquecera-se como desejara distância dele quando vivo. E, muito antes de os vinte anos terem se passado, convencera-se de que ele nunca estivera de fato perto. Era inacreditável que tivesse sequer conhecido alguém como Oscar Wade. Quanto ao caso que tiveram, não conseguia pensar em Harriott Leigh como o tipo de mulher a quem isso pudesse ter acontecido. O Schnebler's e o Hotel Saint Pierre deixaram de figurar entre as imagens proeminentes de seu passado. Suas memórias, caso ela se permitisse recordá-las, teriam contrastado terrivelmente com a reputação de santidade que adquirira com o passar dos anos.

Pois Harriott, aos cinquenta e dois anos, era amiga e assistente do reverendo Clement Farmer, vigário da igreja St. Mary the Virgin, em Maida Vale. Trabalhava como diaconisa na paróquia, usando um uniforme que era quase um hábito religioso: capa, touca e véu, crucifixo e rosário e um perene sorriso de beata. Era também secretária do Lar para Moças Desencaminhadas de Maida Vale e Kilburn.

Seus momentos de enlevo se davam quando Clement Farmer, uma versão mais magra e austera de Stephen Philpotts, saía da sacristia usando batina e sobrepeliz rendada, subia no púlpito, parava diante do altar e erguia os braços para abençoar os fiéis; seus momentos de êxtase estavam reservados para quando recebia a hóstia sagrada de suas mãos. Desfrutava momentos de mansa felicidade quando a porta do gabinete dele se fechava durante a comunhão. Todos esses momentos eram impregnados por uma santidade solene.

Mas foram insignificantes, se comparados ao momento da sua morte.

Estava cochilando em sua cama toda branca, sob o crucifixo preto com o Cristo de marfim. As vasilhas e frascos de remédios tinham sido removidos da sua mesinha de cabeceira, preparada para os últimos ritos. O padre percorria o quarto em silêncio, arrumando as velas, o Livro de Orações e a hóstia. Puxou então uma cadeira para perto da cama dela e a observou, esperando que despertasse.

Ela acordou de forma súbita. Olhou-o fixamente. Teve um lampejo de lucidez. Estava morrendo, e sua morte a tornava de suprema importância para Clement Farmer.

"Preparada?", perguntou ele.

"Ainda não. Acho que estou com medo. Ajude-me a perder o medo."

Ele se levantou e acendeu as duas velas no altar. Removeu o crucifixo da parede e o colocou em sua cama.

Ela suspirou. Não era aquilo que queria.

"Agora não terá mais medo."

"Não tenho medo do além. É só uma questão de se acostumar. Mas receio que seja horrível no início."

"Nossas primeiras experiências dependem muito do que estamos pensando em nossa hora derradeira."

"A hora derradeira será minha confissão", disse ela.

"E depois você receberá o Sacramento. Então concentrará seus pensamentos em Deus, seu Redentor... Está preparada para se confessar agora, irmã? Está tudo pronto."

Sua mente retornou ao passado, e encontrou Oscar Wade lá. Ponderou: deveria confessar a ele sobre Oscar Wade? Por um momento, acreditou ser possível; no momento seguinte, soube que não conseguiria. Não teria coragem. Ademais, não era necessário. Ele não fazia parte de sua vida fazia vinte anos. Não. Não confessaria sobre Oscar Wade. Tinha outros pecados.

Fez uma criteriosa seleção.

"Fui muito apegada à beleza deste mundo... Não fui caridosa como deveria com minhas pobres meninas. Por causa da minha profunda aversão aos seus pecados... Perdi muito tempo pensando em... pessoas que amei, quando deveria ter concentrado meus pensamentos em Deus."

Recebeu o Sacramento em seguida.

"Agora", disse ele, "não há mais nada a temer."

"Não temerei... se o senhor segurar minha mão."

Ele atendeu a seu pedido. Ela permaneceu de mãos dadas com o padre por um longo tempo, de olhos fechados. Então ele a ouviu murmurando algo e se inclinou para ouvi-la melhor.

"Então isso é morrer. Pensei que seria horrível. Mas é maravilhoso... Maravilhoso."

A mão do padre afrouxou, como se estivesse diante de algum milagre. Ela proferiu um débil protesto.

"Não solte minha mão."

Ele tornou a segurar a mão dela com força

"Tente pensar em Deus", disse ele. "Siga olhando para o crucifixo."

"Se eu olhar", murmurou ela, "o senhor continua segurando minha mão?"

"Não vou soltar."

Ele segurou a mão dela até os últimos espasmos.

Ela permaneceu por algumas horas no quarto onde tudo isso se passou. O aspecto do local era ao mesmo tempo familiar e estranho, e um tanto repugnante. O altar, o crucifixo e as velas acesas sugeriam uma experiência medonha, de cujos detalhes não conseguia se lembrar. Lembrava-se de que tinha alguma conexão com o cadáver coberto sobre a cama; mas não sabia exatamente qual, nem associou o cadáver a si mesma. Quando a enfermeira entrou e removeu o lençol, viu que era o corpo de uma mulher de meia-idade. Seu corpo atual era o de uma jovem de trinta e dois anos.

Sua mente não tinha nem passado nem futuro, nenhuma lembrança distinta e coerente, e não sabia o que faria em seguida.

De repente, o quarto começou a se desintegrar diante dos seus olhos, a se desfazer em feixes de assoalho, mobília e teto, que mudavam de lugar e, em seu turbilhão, eram lançados em diferentes planos. Inclinavam-se em todos os ângulos possíveis, se cruzando e se sobrepondo em uma mescla transparente de perspectivas deslocadas, como reflexos em um interior visto por trás de um espelho.

A cama e o cadáver coberto desapareceram de suas vistas. Viu-se parada à porta, que ainda permanecia no mesmo lugar.

Ela a abriu e se viu na rua, do lado de fora de um prédio de tijolos de um cinza-amarelado e de arenito, com uma alta torre de ardósia. Seus pensamentos se encaixaram com um clique palpável de reconhecimento. Estava diante da igreja de St. Mary the Virgin, em Maida Vale. Podia ouvir o som do órgão. Abriu a porta e entrou.

Tinha retornado a um espaço e tempo específicos e recuperado uma área limitada de sua memória coerente. Lembrava-se das fileiras de bancos de madeira de pinho, com seus picos e estruturas góticas; as paredes e colunas de pedra com relevos marrons; os halos suspensos de luz ao longo dos corredores da nave; o altar com as velas acesas e a reluzente cruz de bronze polido. De alguma forma, tudo aquilo era permanente e real, ajustado à imagem que agora a possuía.

Sabia por que estava ali. A missa chegara ao fim. Os cantores tinham deixado o coro, e o sacristão movimentava-se pelo altar, apagando as velas. Ela caminhou pelo corredor central até um assento que conhecia sob o púlpito. Ajoelhou-se e cobriu o rosto com as mãos. Espiando por entre os dedos, pôde ver a porta da sacristia à sua esquerda, ao fim da nave lateral. Observou-a com atenção.

Lá em cima, o organista concluiu o recessional com suave vagar, detendo-se por fim em dois vibrantes acordes.

A porta da sacristia se abriu, e Clement Farmer apareceu no altar, trajando sua batina preta. Passou por ela, bem perto do banco onde estava ajoelhada. Deteve o passo. Estava esperando por ela. Tinha algo a lhe dizer.

Ela se levantou e prosseguiu em sua direção. Ele continuava esperando, mas não se moveu para lhe dar passagem. Ela se aproximou, ficando mais perto do que jamais estivera dele, tão perto que suas feições ficaram embaçadas. Harriott recuou a cabeça, espremendo os olhos para enxergar melhor, e se viu olhando para o rosto de Oscar Wade.

Estava imóvel, assustadoramente imóvel, e muito próximo dela, impedindo que passasse.

Ela se afastou, dando um passo para trás, mas ele a seguiu, erguendo os ombros. Inclinou-se para a frente, com os olhos fixos nela. Harriott abriu a boca para gritar, mas não saiu nenhum som.

Tinha medo de se mexer, receando que ele fizesse o mesmo. Aqueles ombros erguidos lhe apavoravam.

Uma por uma, extinguiram-se as luzes das naves laterais. Em seguida, as da nave central. Se não conseguisse escapar, ficaria presa na igreja com ele, naquela aterradora escuridão.

Virando-se, avançou na direção norte, tateando no escuro, apoiando-se no suporte para missais à frente dos bancos. Quando olhou para trás, Oscar Wade tinha desaparecido.

Lembrou-se então que Oscar Wade estava morto. Sendo assim, não fora ele que vira, e sim seu fantasma. Estava morto. Morto havia dezessete anos. Estava livre dele para sempre.

Quando saiu e alcançou os degraus externos da igreja, viu que não estava mais na mesma rua. Não era a rua da qual se lembrava. A calçada parecia mais alta, e a via era toda coberta por uma fileira de arcos. Era uma longa galeria com reluzentes vitrines de um lado e, do outro, altas colunas cinzentas a separavam da rua.

Estava caminhando pela parte coberta da Rue de Rivoli. À sua frente, projetava-se a aresta de uma imensa pilastra cinza. Era a varanda do Hotel Saint Pierre. As portas giratórias de vidro se abriram para recebê-la;

ela atravessou o átrio cinza e abafado sob os arcos, que conhecia bem. Conhecia a lustrosa baia de mogno onde ficava o porteiro à sua esquerda e o também lustroso balcão de recepção de mogno à sua direita; avançou direto para a escadaria revestida com carpete cinza; subiu os degraus intermináveis que contornavam o poço do elevador, passou por suas portas pantográficas e alcançou o patamar do qual se recordava vividamente, seguindo por um longo corredor cinzento, iluminado pela claridade de uma janela em uma de suas extremidades.

Só então se deu conta do horror que o lugar lhe inspirava. Não se lembrava mais da igreja de St Mary, desconhecia seu curso pregresso. Tempo e espaço se concentravam apenas no local presente.

Lembrou que tinha de virar à esquerda, sempre à esquerda. Havia algo lá; no fim dos corredores, depois da janela. Se pegasse o caminho inverso, conseguiria escapar.

Chegou ao fim do corredor. Deparou apenas com uma parede. Foi levada de volta ao corredor depois do patamar da escada, que virava à esquerda.

Ao dobrar o corredor, na altura da janela, viu outro caminho cinzento à sua direita e, mais uma vez à direita, virou onde a luz noturna banhava a superfície de uma mesinha suspensa.

Esse terceiro corredor era escuro, clandestino e sórdido. Ela conhecia as paredes imundas e a porta retorcida no final. Havia um feixe pontiagudo de luz no topo. Pôde ver o número na porta: 107.

Tinha acontecido algo naquele quarto. Se ela entrasse, aconteceria novamente.

Oscar Wade estava no quarto, esperando por ela atrás da porta fechada. Sentiu a presença dele se mexendo lá dentro. Inclinou-se para a frente, aproximando a orelha do buraco da fechadura e tentou escutar. Ouviu seus passos contidos, deliberados e atentos. Pareciam estar vindo da cama para a porta.

Ela se virou e saiu correndo; seus joelhos cederam, sentiu-se afundar. Erguendo-se, saiu em disparada pelos longos corredores cinzentos e pelas escadas, veloz e cega, como uma presa caçada buscando abrigo, ouvindo os passos dele em seu encalço.

Foi tragada pelas portas giratórias e catapultada de volta à rua.

A natureza bizarra do seu estado era esta: a ausência de tempo. Lembrava-se vagamente de que existia uma coisa chamada tempo, mas havia se esquecido de como era. Tinha consciência das coisas que estavam acontecendo e das que estavam prestes a acontecer; determinava-as pelo lugar que ocupavam e media sua duração pelo espaço que atravessava.

Pensou: se ao menos pudesse voltar a um lugar onde isso não aconteceu. Voltar para uma época mais distante...

Viu-se então caminhando por uma estrada branca entre amplas fronteiras de relva. À direita e à esquerda, despontavam as silhuetas das colinas, curva após curva, cintilando em uma névoa diáfana.

A estrada descia para um vale verdejante. Estendia-se em direção à ponte encurvada sobre o rio. À distância, avistou as torres gêmeas da casinha cinza erguendo-se sobre o elevado muro do jardim. O portão alto de ferro ficava logo em frente, entre as colunas de pedra arredondadas no topo.

Viu-se em um aposento amplo, com teto rebaixado e cortinas cerradas. Estava diante de uma cama espaçosa; era o leito do seu pai. O cadáver que jazia no meio da cama, coberto por um lençol branco, era dele.

A silhueta do lençol decaía dos hirtos dedos dos pés às canelas e do nariz saliente ao queixo.

Ergueu o lençol e dobrou-o sobre o peito do homem morto. O rosto revelado era o de Oscar Wade, sereno e suavizado na inocência do sono, a candura suprema da morte. Olhou para ele, fascinada, com uma alegria fria e impiedosa.

Oscar estava morto.

Lembrou que ele costumava se deitar assim ao lado dela no quarto do Hotel Saint Pierre, de costas com as mãos cruzadas na cintura, a boca entreaberta, o peito largo subindo e descendo. Se estava morto, isso jamais aconteceria novamente. Ela estaria segura.

O rosto do morto a assustava; estava prestes a cobri-lo quando detectou o peito arfando em um oscilar ritmado. Quando o cobriu, as mãos por baixo do lençol começaram a se debater, e as pontas dos dedos surgiram na beira do pano, forçando-o para baixo. A boca se abriu, os olhos também; ele a fitava com uma expressão de sofrimento e horror.

Então o corpo se ergueu e sentou-se na cama, sem desviar os olhos dela. Permaneceram imóveis por um instante, paralisados de pavor.

De repente, ela se virou e saiu correndo para fora do quarto, para longe da casa.

Ficou parada diante do portão, olhando a estrada de cima a baixo, sem saber para onde ir para fugir dele. Se virasse à direita, passando pela ponte, subindo a colina e atravessando os campos, daria direto nos arcos da Rue de Rivoli, onde os corredores cinzentos do hotel a esperavam. À esquerda, entraria no vilarejo.

Quanto mais distante no tempo e no espaço, mais segura estaria, longe do alcance de Oscar. Diante do leito de morte de seu pai, vira-se jovem, mas não o bastante. Precisava regressar a um local onde estivesse ainda mais nova, para o parque e a trilha verdejante sob as faias, com o pavilhão branco após a bifurcação. Sabia como encontrar o caminho. Na extremidade do vilarejo, a estrada se expandia para todas as direções, oferecendo acesso a todas as entradas do parque; o portão sul não estava muito longe, e podia encontrá-lo ao fim de uma viela estreita.

Atravessou o vilarejo às pressas, passando pelos celeiros da fazenda dos Goodyer, pelos armazéns, pela fachada amarela e o letreiro azul do "Queen's Head", pelo posto dos correios, com sua janela escura cintilando sob as vinheiras, pela igreja e os teixos no cemitério, onde o portão sul formava uma delicada trama negra em meio à relva verde.

Tudo isso lhe parecia insubstancial, como se protegido por trás de uma camada de ar que revestia a paisagem como vidro fino. Os cenários se desdobraram e, flutuando, passaram chispando por ela; em vez da estrada e da entrada do parque, deparou com uma rua londrina com fachadas encardidas e, em vez do portão sul, viu-se diante das portas giratórias de vidro do restaurante Schnebler's.

As portas se abriram, e ela entrou. A cena a atingiu com o brutal impacto da realidade: as paredes brancas com ornamentos dourados, as colunas brancas e seus acabamentos imitando folhas de ouro, os imaculados círculos brancos das mesas, os rostos afogueados dos clientes, movendo-se como autômatos.

Uma compulsão irresistível a impulsionou até uma mesa de canto, onde um homem estava sentado sozinho. Usava um guardanapo que encobria a boca, o queixo e o peito, e ela não reconheceu o rosto parcialmente coberto sobre o recorte do pano. Quando o guardanapo caiu, viu que era Oscar Wade. Fora atraída em sua direção à sua revelia, sem forças para resistir; sentou-se ao lado dele, que se inclinou sobre a mesa para se aproximar de Harriott; ela pôde sentir o calor do seu rosto vermelho e farto; quando ele abriu a boca, seu rouco sussurro tinha cheiro de vinho:

"Eu sabia que você viria."

Ela comeu e bebeu com ele em silêncio, mastigando devagar e dando pequenos goles, tentando adiar ao máximo o abominável momento em que o jantar chegaria ao fim.

Terminada a refeição, levantaram-se e ficaram parados, um diante do outro. O corpo maciço de Oscar parecia bloquear a passagem; era quase possível sentir a vibração de sua força.

"Venha", disse ele. "Venha."

Ela foi andando na frente, vagarosa, deslizando pelo labirinto das mesas, ouvindo atrás de si os passos contidos, deliberados e atentos de Oscar. A escada íngreme revestida com carpete vermelho surgiu à sua frente.

Ela tentou desviar seu rumo, mas ele a puxou de volta.

"Você sabe o caminho", disse ele.

No topo da escada, avistou a porta branca do quarto que conhecia. Conhecia as janelas esguias ladeadas por cortinas de musselina; o espelho de moldura dourada sobre a lareira, que devolvia um reflexo grotesco da cabeça e dos ombros de Oscar entre dois bebês de porcelana com membros rechonchudos e guirlandas a cobrirem o sexo; a mancha no carpete pardo ao lado da mesa; o surrado e infame sofá atrás do biombo.

Andaram de um lado para outro pelo quarto, como animais em uma jaula, inquietos, hostis, evitando um ao outro.

Por fim, sossegaram, ele perto da janela, e ela da porta, com a extensão do quarto se interpondo entre os dois.

"Não adianta ficar fugindo deste jeito", disse ele. "Não tem outro desfecho possível... para o que fizemos."

"Mas nós terminamos tudo."

"Terminamos lá, mas não aqui."

"Terminamos de vez. Foi um término definitivo."

"Não foi, não. Temos que começar tudo de novo. E continuar, para todo o sempre."

"Não, isso não. Qualquer coisa, menos isso."

"Não existe opção."

"Não é possível. Não vamos conseguir. Você não lembra como estávamos entediados?"

"Se lembro! Acha que eu voltaria a encostar em você por livre e espontânea vontade? Mas é para isso que estamos aqui. Somos obrigados, não tem jeito."

"Não. Isso não. Vou sair daqui agora."

Ela se virou para abrir a porta.

"Não vai conseguir", disse ele. "A porta está trancada."

"Oscar, por que você trancou a porta?"

"Sempre trancávamos. Não se lembra?"

Virando-se novamente para a porta, ela sacudiu a maçaneta; depois, pôs-se a esmurrar a superfície de madeira.

"Não vai adiantar nada, Harriott. Se você sair agora, vai ter que acabar voltando para cá de qualquer jeito. Pode conseguir adiar por uma hora ou mais, porém o que é uma hora em comparação com a eternidade?"

"Eternidade?"

"É o que estamos vivendo aqui."

"Deixe para falar sobre eternidade quando estivermos mortos! Aiiii!"

Uma força invisível empurrou-os na direção um do outro pelo quarto, arrastando-os lentamente como bailarinos em uma dança monstruosa e terrível, as cabeças caídas para trás e os rostos virados, repelindo com repugnância o contato iminente. Seus braços se erguiam devagar, pesados de tamanha relutância diante do toque intolerável; esticavam-se no doloroso repuxo, como se carregassem um fardo colossal.

Seus pés, fincados no chão, foram arrastados à força.

De forma inesperada, os joelhos de Harriott cederam, ela fechou os olhos e sentiu todo seu ser se prostrar diante dele em meio às trevas e ao terror.

Estava tudo terminado. Conseguira escapar, estava voltando muitos e muitos anos, para o caminho verdejante do parque, entre as faias, onde Oscar jamais pisara, onde jamais a encontraria. Quando atravessou o portão sul, sua memória tornou-se jovem e pura. Esqueceu-se da Rue de Rivoli e do Hotel Saint Pierre; esqueceu-se do restaurante Schnebler's e do quartinho no andar de cima. Era jovem de novo. Era Harriott Leigh indo esperar Stephen Philpots no pavilhão oposto ao portão oeste. Podia sentir seu corpo esguio avançando depressa sobre a relva entre as fileiras monumentais de árvores. Podia sentir o frescor de sua juventude.

Alcançou o meio do caminho, onde se bifurcava para a esquerda e para a direita, formando uma cruz. Ao fim da ramificação à direita o templo grego, com seu frontão e suas colunas, reluzia contra o verde do bosque.

Estava sentada no banco costumeiro, atrás do pavilhão, vigiando a porta lateral para ver Stephen chegar.

Viu a porta sendo empurrada; ele veio andando em sua direção, leve e jovem, deslizando pelas árvores com seu andar na ponta dos pés. Ela se levantou para recebê-lo. Gritou:

"Stephen!"

Tinha visto Stephen entrar no parque. Tinha visto Stephen se aproximando. Mas o homem parado à sua frente entre as colunas do pavilhão era Oscar Wade.

Viu-se então caminhando sozinha pela trilha que se expandia do portão do pomar até os degraus, muitos e muitos anos antes, de volta à época em que o jovem George Waring esperava por ela sob o sabugueiro. Era possível detectar o aroma das flores pairando sobre o campo. Sentia em seus lábios e em seu corpo todo a doce e inocente euforia da mocidade.

"George, oh, George!"

Enquanto avançava pela trilha, vira George de longe. Mas o homem que esperava por ela sob o sabugueiro era Oscar Wade.

"Eu já disse que não adianta fugir, Harriott. Todos os caminhos levarão você de volta para mim. Você irá me encontrar todas as vezes."

"Mas como foi que você veio parar aqui?"

"Do mesmo jeito que fui até o pavilhão. E ao quarto do seu pai, em seu leito de morte. Porque eu estava lá. Estou em todas as suas lembranças."

"Minhas memórias são tão inocentes. Como você pôde tomar o lugar de papai, de Stephen, de George Waring?"

"Porque, em vida, eu tomei o lugar de todos eles."

"Jamais! Meu amor por eles era inocente."

"O seu amor por mim foi parte disso. Você acha que o passado afeta o futuro. Nunca parou para pensar que o futuro pode afetar o passado? Mesmo na sua inocência, havia a semente do pecado. Você foi quem estava destinada a ser."

"Vou sair daqui", disse ela.

"Desta vez, vou com você."

Os degraus, o sabugueiro e o campo passaram flutuando diante dos seus olhos. Estava se dirigindo para as faias no parque, rumo ao portão sul e o vilarejo, esgueirando-se pelo lado direito, rente às árvores. Tinha consciência de que Oscar Wade a seguia pelo lado esquerdo, acompanhando-a passo a passo, árvore a árvore. De repente, o chão sob seus pés se transformou em asfalto cinza, e surgiram grandes colunas igualmente cinzentas do seu lado direito. Estavam caminhando lado a lado pela Rue de Rivoli, em direção ao hotel.

Viram-se sentados na beira da cama, sobre os lençóis sujos. Os braços tombavam, pesados e frouxos; viravam a cabeça para não se olharem. A paixão os esmagava com o insuportável e inescapável tédio da eternidade.

"Oscar... quanto tempo vai durar isso?"

"Não sei. Não sei se isso é um momento da eternidade ou a eternidade de um momento."

"Mas uma hora vai ter que chegar ao fim", ponderou ela. "A vida não dura para sempre. Uma hora, vamos morrer."

"Vamos morrer? Já estamos mortos. Você ainda não entendeu? Não sabe onde está? Isto é a morte. Estamos mortos, Harriott. Estamos no inferno."

"Inferno mesmo. Não consigo imaginar nada pior do que isto."

"Nem é o pior. Ainda não estamos mortos-mortos; por enquanto, ainda temos vida suficiente para sairmos correndo e fugirmos um do outro, ainda conseguimos escapar para outras lembranças. Mas quando você regressar para a memória mais antiga de todas e não houver nada além dela... Quando a única lembrança for a de nós dois juntos...

"No último dos infernos, não vamos mais conseguir fugir, não teremos mais estradas, corredores, portas abertas. Não precisaremos sequer procurar um ao outro.

"Na morte derradeira, ficaremos trancados neste quarto, com a porta trancada, a sós. Vamos ficar deitados aqui juntos para todo sempre, tão unidos que nem mesmo Deus conseguirá nos separar. Seremos uma só carne e uma só alma, um único pecado a se repetir para sempre; a alma repelindo a carne, a carne repelindo a alma; nós dois nos repelindo mutuamente."

"Por quê? Por quê?", indagou ela, em desespero.

"Porque é a única coisa que nos resta. Não era esse o amor que você queria?"

A escuridão voraz engoliu tudo e fez o quarto desaparecer. Ela estava caminhando pela trilha de um jardim, entre floxes, delfins e tremoceiros. Eram mais altos do que ela, as flores balançavam na altura da sua cabeça. Ela se agarrava nos caules e não tinha forças para quebrá-los. Era pequenina.

Pensou consigo mesma que estava segura. Tinha voltado para quando ainda era bem criança; mantinha a inocência imaculada da infância. Pequena, menor que os delfins, incauta e inocente, sem memórias — segura.

A trilha a conduziu por uma sebe até um gramado que chegava a brilhar de tão verde. No meio havia um lago, raso e redondo, cercado por pedrinhas e ornado com pequenas flores amarelas, brancas e roxas. Na água marrom-esverdeada, nadavam peixinhos dourados. Sabia que estaria segura quando visse o peixe nadando em sua direção. O mais velho, com listras brancas, seria o primeiro a aparecer, erguendo as narinas e fazendo bolhas na superfície da água.

Nos fundos do gramado, havia uma cerca viva que dava acesso a um caminho mais largo, que atravessava o pomar. Sabia o que encontraria lá: sua mãe estava no pomar. Ela a pegaria no colo para brincar com as esferas rijas e rubras das maçãs que pendiam da árvore. Alcançara a lembrança mais antiga de todas; não havia nada antes disso.

Veria em seguida um portão de ferro, no muro do pomar. E ele se abriria para um campo.

Mas havia algo diferente, algo que a deixou assustada. Uma porta cinzenta, no lugar do portão de ferro.

Ela a abriu e deparou com o último corredor do Hotel Saint Pierre.

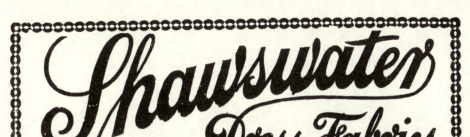

Shawswater Dress Fabrics

MAKE SMART Cycling, Golfing, Fishing, Shooting, and "Every-Day" Costumes.

THE DRESS GOODS FOR THE SEASON.

These high-class fabrics neither cockle nor shrink. They are unaffected by weather or climatic influences of any kind, and their colours are guaranteed fast dyed. While always retaining a most stylish appearance, they will stand any amount of wear and tear and, in choiceness of design, are absolutely unrivalled. LADIES should send to us for Patterns, which are sent on approval Post Free to any address. We have an immense variety in the newest styles, and cut pieces to any length required. The Shawswater Dress Fabrics are also most suitable for Gentlemen and Children's wear.

FLEMING, REID & CO., THE WORSTED MILLS,
SPINNERS & MANUFACTURERS. Greenock, N.B.

PHOTOGRAPHIC ARCHIVE   CAMERA OBSCURA STUDIO

VITORIANAS MACABRAS

RAINHA VITÓRIA

Alexandrina Victoria
AVÓ DA EUROPA

A VIÚVA DE WINDSOR

1819-1901

- Sol em Gêmeos -

Inglesa. Rainha do Reino Unido, Imperatriz da Índia, primeira monarca a publicar um livro, ilustrado por ela, que se tornou *best-seller*. Filha da princesa alemã Victoria com o príncipe Edward, um do filhos do rei George III, Vitória perdeu o pai quando tinha apenas oito meses. Foi criada em um regime repressivo pela mãe no Palácio de Kensington e teve uma infância solitária, privada da companhia de outras crianças. Por estar em quinto lugar na linha de sucessão, era considerada um nome pouco provável para ascender ao trono. No entanto, quando seu tio, o Rei William IV, morreu sem deixar filhos legítimos, Vitória tornou-se rainha em 1837, com apenas 18 anos. Casou-se aos 21 com seu primo, o príncipe alemão Albert de Saxe-Coburg-Gotha.

Teve nove filhos e 35 netos, embora não suportasse ficar grávida e não tivesse paciência com crianças. Intensa, temperamental e excêntrica, foi apaixonada pelo marido a ponto de ressentir a companhia dos filhos, que a impediam de desfrutar a intimidade conjugal e a serenidade idílica que tanto almejava. Quando Albert morreu aos 42 anos, a dor foi profunda. O luto tradicionalmente durava dois anos; Vitória vestiu-se de preto pelas quatro décadas remanescentes de sua vida, exacerbando a obsessão oitocentista pela morte e o culto aos mortos. Durante quarenta anos, preservou os aposentos do marido, obrigando os criados a cuidarem de Albert como se ele ainda estivesse vivo. A viuvez permitiu uma autonomia sem precedentes e, livre para encontrar sua própria identidade, Vitória chocou a todos com suas decisões. Abandonou o Palácio de Buckingham, se refugiou em suas residências na Escócia e na Ilha de Wight, absteve-se de seus compromissos monárquicos e formou uma parceria inusitada com um de seus empregados, o escocês John Brown. Brown, que a tratava sem nenhuma mesura e com extrema franqueza, tornou-se o companheiro mais leal e dedicado da Rainha. Ignorando a censura de seus filhos, as admoestações de sua *entourage* e o deboche dos súditos (que a apelidaram de "Sra. Brown"), Vitória manteve Brown ao seu lado até a morte dele, em 1883. Na ocasião, Vitória exigiu que erguessem uma estátua de Brown em sua residência escocesa: a efígie formava um triângulo com estátuas já existentes da Rainha e de Albert. Vitória planejou ainda uma outra espécie de homenagem póstuma e chegou a rascunhar uma biografia de Brown, mas a ideia da rainha biografando um de seus empregados causou tamanho pânico entre conselheiros e familiares que ela acabou sendo dissuadida do projeto e o manuscrito foi queimado. Em seus últimos anos, outra polêmica: após se tornar Imperadora

da Índia, Vitória recebeu um servo indiano que acabou sendo incorporado à corte como seu professor de hindustani e urdu. O jovem Abdul Karim, a quem chamava de "Munshi" (mestre), tornou-se companhia indispensável da Rainha, para o horror de seus filhos, netos e membros da corte real. Revoltada com a perseguição contra Abdul, Vitória acusou-os de racismo. Ao mostrar-se enfaticamente contra preconceitos sociais, étnicos e raciais, Vitória mais uma vez opôs-se às convenções da época — e permaneceu dona de si até o fim de seus dias. Sofrendo de reumatismo e quase cega com catarata, retirou-se para sua casa na Ilha de Wight, onde morreu em 22 de janeiro de 1901, aos 81 anos. Vitória escreveu diários durante quase setenta anos e deixou um volume colossal de cartas. Infelizmente, preocupados com as confidências indiscretas da mãe, seus filhos destruíram parte considerável dos relatos. Também deportaram Munshi de volta para Índia e extinguiram evidências de sua amizade com a Rainha. A tentativa de apagar os vestígios da mulher por trás da monarca, no entanto, não foi bem-sucedida. Centenas de diários sobreviveram, bem como incontáveis cartas — incluindo a preciosa correspondência de Vitória com sua filha mais velha, Vicky, que se tornou Imperatriz da Alemanha e Rainha da Prússia. Em seus relatos íntimos, temos acesso à genialidade, à doçura e à sensibilidade da Rainha, mas também ao seu lado mais egoísta, tirânico, cruel e monstruoso. Tão monumental quanto a era que leva o seu nome, Vitória soube inspirar admiração e temor, tanto na seara íntima quanto no âmbito público e, apesar de 64 anos de altos e baixos em sua popularidade, encerrou o reinado reverenciada pelos súditos. Ao mesmo tempo soberana e carente, conservadora e subversiva, tradicional e revolucionária, lúgubre e vivaz, a Rainha Vitória foi um paradoxo — e a mais emblemática das Vitorianas Macabras.

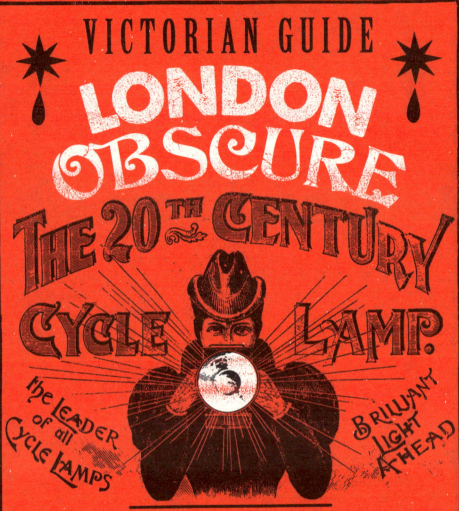

No século xix, Londres resplandecia como a joia fulgurante da Europa, mas também sofria com as epidemias de cólera, o miasma pútrido do Tâmisa, as crianças abandonadas, os sanguinolentos açougueiros que abatiam animais na rua e os mais apavorantes e misteriosos assassinatos.

Longe do esplendor dos palácios, a vida dos súditos da Rainha Vitória podia ser cruel. Depois de um dia inteiro procurando trabalho, os que não tinham onde morar se recolhiam em abrigos insalubres e superlotados, onde se pagava um *penny* para ficar sentado a noite toda em um banco de madeira. Aqueles que eram vencidos pelo sono precisavam desembolsar um *penny* adicional para o inacreditável upgrade dos chamados *"two-penny hangover"*, onde uma corda era colocada na frente do banco, para que a pessoa pudesse se inclinar e dormir. Os que conseguiam trabalho, corriam o risco de adoecer no desempenho de suas funções. Chapeleiros se contaminavam com mercúrio, fabricantes de palitos de fósforo desenvolviam necrose da mandíbula; nas fábricas de algodão, operárias desenvolviam tuberculose; costureiras e bordadeiras, devido à parca iluminação, ficavam cegas.

Entre ricos e pobres, a alimentação era um perigo constante, uma vez que os vitorianos faziam uso indiscriminado de ingredientes como arsênico, chumbo, estricnina... Padeiros colocavam giz para deixar o pão mais branco e leiteiros usavam ácido bórico para conservar o leite por mais tempo. Mulheres que queriam se embelezar e andar na moda, arriscavam ainda mais: vitorianas usavam amônia para uniformizar o tom da pele, pingavam beladona nos olhos para dilatar as pupilas e sulfeto de mercúrio para tingir suavemente os lábios.

Além dos esportes e entretenimentos convencionais, como críquete, festas e idas à ópera, os vitorianos gostavam de algumas diversões bem peculiares, como brigas de cães contra ratos, *freak shows*, demonstrações de mesmerismo, *séances*... O momento era propício para experimentações e novidades. Madame Tussaud abriu seu museu de cera em Londres em 1835; sua "Câmara dos Horrores" (assim batizada pela revista *Punch*) fez sucesso ao longo do período. Embora as festas onde vitorianos ricos desenrolavam múmias enquanto degustavam acepipes seja lenda urbana, vitorianos ricos *de fato* exportavam múmias, mas elas eram esmiuçadas em contextos mais acadêmicos. A obsessão pelo Egito permeou todo o período e se fez presente na pintura, na arquitetura, na moda e na literatura. Lançado na mesma época de *Drácula*, o romance de temática egípcia *The Beetle*, de Richard Marsh, chegou a ser mais popular do que a obra de Bram Stoker em 1897.

O horror esteve em alta na Era Vitoriana, presente tanto nos folhetinescos *penny dreadfuls* quanto nos contos e romances. As histórias de fantasmas eram sucesso absoluto, levando até mesmo escritores que não tinham tradição no gênero a incluírem elementos sobrenaturais em suas tramas. A safra finissecular foi particularmente farta, com a revitalização do gótico alcançando seu ápice e as narrativas de medo conquistando ainda mais leitores.

Em seu estudo sobre a Era Vitoriana, o autor Matthew Sweet conclui: "a maioria dos prazeres que desfrutamos atualmente foram desfrutados primeiro pelos vitorianos"[1]. É bem verdade que temos com eles mais afinidades do que imaginamos, mas o que dizer de supostos prazeres que, de tão estranhos, mal nos parecem dignos de fruição? Para entender um pouco mais os medos e deleites dos vitorianos, precisamos penetrar na Londres da Rainha Vitória, onde, por trás do progresso e da opulência do Império, encontramos uma outra realidade de miséria, doença, exploração, crime e muitas, mas *muitas* bizarrices. A seguir, convido-os a percorrer esta Londres do passado, uma cidade fascinante e aterradora, que prosperava rica em contrastes, transformações... e monstros.

[1] SWEET, Matthew. *Inventing the Victorians*. Nova York: St. Martin's Press, 2001.

VICTORIAN GUIDE
LONDON OBSCURE
RAT-BAITING: LUTAS DE CÃES & RATOS

Imaginem a cena: em um local soturno, senhores distintos reuniam-se em torno de fossos sangrentos, onde dois cães lutavam contra uma centena de ratos, aos gritos da plateia. Feitas as apostas, os espectadores torciam pelo cão escolhido, esperando que abocanhasse, lacerasse e triturasse com os dentes o maior número de roedores. A história londrina de esportes sangrentos envolvendo animais é um compêndio de horrores, que inclui brigas de cães contra touros, ursos e até tigres. As primeiras vitórias da proteção animal ocorreram em meados do século XIX, mas o vício perverso em observar animais matando uns aos outros perdurou em Londres até o século XX. Alguns destes locais se tornaram pubs respeitáveis e existem até os dias de hoje — mas é possível termos uma pista dos esportes que abrigaram pelos seus nomes. O nome do pub *The Dog and The Duck*, por exemplo, oferece uma pista de sua encarnação passada: nos tempos de Vitória, era conhecido pelas brigas clandestinas de cães contra patos.

RATTING—"THE GRAHAM ARMS," GRAHAM STREET.
[*From a Photograph.*]

SOMOS ABERRAÇÕES

Os chamados "shows de aberrações" surgiram no século XVII, mas alcançaram o auge da popularidade no período vitoriano, tanto nos Estados Unidos, quanto na Inglaterra. Tachando pejorativamente de "aberração" tudo que não era convencional, os espetáculos eram compostos por indivíduos cujo peso ou estatura diferia do padrão, pessoas com deficiências físicas, má-formação genética ou tumores e até mesmo indivíduos saudáveis, mas que pertenciam à outra cor que não a branca.

O *freak* mais célebre da Londres vitoriana foi Joseph Merrick, o Homem Elefante (1862-1890). Ele nasceu sem nenhuma deformidade, mas por volta dos três anos começou a desenvolver tumores pelo corpo. Contava-se que sua mãe, quando grávida, teria se assustado com um elefante e seria esta a causa da misteriosa doença de Merrick. Após a morte da mãe, o pai se casou novamente e obrigou Merrick a trabalhar. No entanto, a progressão da doença o impediu de desempenhar suas funções. Após sofrer em uma casa de trabalho, acabou em um *freak show*, onde era exibido como Homem Elefante. Certo dia, chamou a atenção do médico Frederick Treves, do London Hospital, que o persuadiu a fazer alguns exames. A amizade entre os dois mudaria a vida de Merrick que, após alguns anos, ganhou dependências especiais no hospital, tornando-se residente vitalício. Educado, inteligente e criativo, Merrick conquistou não apenas a simpatia das enfermeiras e médicos, mas também a de artistas e membros da alta sociedade, que iam visitá-lo. Duas ocasiões foram particularmente felizes: sua primeira ida ao teatro e a visita da Princesa Alexandra, nora da Rainha Vitória. Merrick morreu em 1890, com apenas 27 anos. O peso da sua cabeça, que media 91 centímetros de circunferência, provocou uma fratura fatal no pescoço (motivo pelo qual costumava dormir sentado). Sua história foi retratada por David Lynch no filme *O Homem Elefante* (1980).

Embora Merrick tenha encontrado refúgio e simpatia, a maioria dos *freaks* não teve semelhante destino. Explorados pelos patrões e condenados à existências sofridas de humilhação e crueldade, permanecem lembrança da monstruosa desumanidade dos ditos "normais".

VICTORIAN GUIDE

 DEMONSTRAÇÕES MESMÉRICAS

O médico Franz Anton Mesmer tornou-se famoso no século XVIII ao aperfeiçoar e difundir sua crença de "magnetismo animal", postulando que era possível, pelo calor corporal das mãos, colocar um indivíduo em um estado de transe. Durante este estado, uma pessoa seria capaz de obedecer ordens e se tornaria até mesmo insensível a dor. De acordo com Mesmer, o transe facilitaria o fluxo de energia no campo enérgico do paciente, aliviando e curando doenças.

Na Inglaterra vitoriana, o médico e professor John Elliotson (um dos fundadores do University College London) encantou-se pelo mesmerismo e, após sofrer muitas críticas, desligou-se da instituição onde trabalhava para abrir, em 1849, um hospital para aplicar suas técnicas. Recebeu o endosso de muitas personalidades renomadas, como o escritor Charles Dickens. Na esteira da popularidade de Elliotson, logo surgiram outros supostos médicos oferecendo demonstrações abertas ao público. Este anúncio no jornal, por exemplo, convida os leitores a uma demonstração: *Às terças, quartas, quintas e aos sábados à noite, o Dr. Darling e o sr. Stone darão uma série de palestras, acompanhadas por experimentos extraordinários em pessoas na plateia dispostas a participar. Estas pessoas, mesmo despertas, serão privadas de suas capacidades de fala, visão e audição, tendo movimentos voluntários e sensações controladas. Vão esquecer seus próprios nomes e declarar que água tem gosto de vinagre, leite ou conhaque. Início às 20 horas; portas abrem 19:30 e, para impedir interrupção, serão fechadas às 20:30* (*London Daily News*, 3 de abril de 1851). O caráter científico do mesmerismo revestiu-se assim com ares cênicos, tornando-se uma performance de salão sob medida para o gosto vitoriano por entretenimentos inusitados.

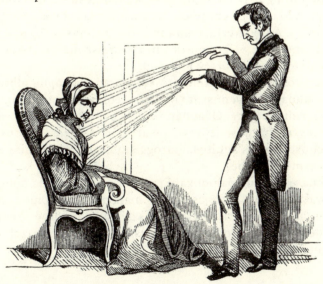

DORES E SEGREDOS

A atmosfera clandestina e licenciosa das casas de ópio capturou a imaginação dos vitorianos e serviu de cenário para célebres personagens literários, como Sherlock Holmes e Dorian Gray. Mas o consumo de ópio na Londres vitoriana também tem um complexo fulcro histórico. De 1839 a 1860, ocorreram as chamadas Guerras do Ópio, episódios que demonstram as cruéis estratégias de dominação do Império Britânico. Os ingleses consumiam produtos chineses, como chá, porcelana e seda mas, em contrapartida, os chineses não tinham muito interesse nos produtos britânicos. Para criar uma demanda, comerciantes ingleses passaram a traficar ópio da Índia para a China, oferecendo o entorpecente derivado da papoula aos chineses com intuito de provocar dependência química.

A China queria erradicar o comércio de ópio, mas os ingleses insistiam na exportação ilícita da droga para o território chinês. Em 1839, os chineses destruíram o carregamento de ópio em Cantão, dando início à primeira Guerra do Ópio. Este primeiro conflito só terminaria em 1842, após a assinatura do Tratado de Nanquim, no qual a China prometia, entre outras coisas, abrir cinco portos para o comércio do Império Britânico e ceder Hong Kong para os ingleses. A segunda Guerra do Ópio ocorreu em 1856, quando oficiais chineses violaram o Tratado ao revistarem um navio britânico. A Inglaterra, contando com o apoio da França, venceu o conflito novamente e exigiu que a China abrisse mais onze portos e legalizasse o ópio, o que ocorreu em 1860.

Os vitorianos foram consumidores inveterados de ópio, sobretudo sob a forma do láudano (uma mistura de álcool com ópio) que podia ser comprada sem receita médica. O láudano servia para tudo: dor de cabeça, insônia, cólicas, resfriados, depressão e até para soluços. O consumo não estava circunscrito aos adultos: a droga era usada livremente em crianças e até mesmo em bebês.

Como quase tudo na paradoxal Era Vitoriana, o uso do ópio era visto como imoral e abusivo entre as classes mais pobres e como mero "hábito" entre as classes mais ricas. Nas casas de ópio, dândis e operários desfrutavam de horas lânguidas e indolentes, anestesiando mazelas com seu entorpecente favorito.

VICTORIAN GUIDE

HOSPÍCIOS

CONDENADAS AO SILÊNCIO

Quando foi inaugurado no século XIII, o Bethlem Royal Hospital jamais poderia imaginar que uma corruptela do seu nome, *bedlam*, constaria nos dicionários do século XXI como sinônimo de pandemônio. Mas os bastidores de alguns hospícios londrinos têm, de fato, um quê de diabólico — e foram ainda mais tenebrosos na Era Vitoriana.

Mulheres que contrariavam a família ou os maridos podiam ser inadvertidamente internadas em hospícios. A despeito de uma medida legal em 1853 para regular a admissão aos hospícios, muitas mulheres (de todas as esferas sociais) continuaram a ser internadas contra sua vontade e pelos motivos mais absurdos. Entre os "sintomas" que justificavam internação, além de ansiedade, preocupação e melancolia, estão: "problema feminino imaginário", "interesse por política", "ciúmes", "delírio religioso" e, é claro, "histeria". Há registros de mulheres internadas porque eram "bagunceiras" e, entre as mais pobres, uma foi trancada no hospício por ter roubado dois cobertores. Uma vez internadas, as mulheres suportavam ingestão forçada de drogas e tratamentos cruéis e, em casos extremos, eram submetidas a cirurgias como a trepanação (abertura de um buraco no crânio com uma broca).

A alvorada do novo século trouxe maior humanização ao tratamento dos doentes mentais, mas o pesadelo dos hospícios oitocentistas permanece uma mácula na história da instituição.

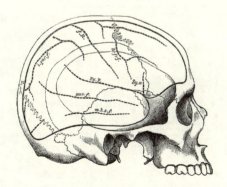 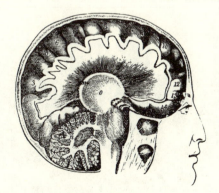

THE ILLUSTRATED POLICE NEWS

LAW COURTS AND WEEKLY RECORD

No. 1,122.   SATURDAY, AUGUST 15, 1885.   Price One Penny.

IN PURSUIT OF A BURGLAR — HACKNEY.   STEALING CABBAGES — WOOLWICH.   SERIOUS ASSAULT AT YEOVIL.   SHOCKING GUN FATALITY NEAR TIVERTON.

MURDER OF A WOMAN — SHEFFIELD.

SUICIDE OF DR O'CONNOR AT ST GEORGES IN THE EAST.

SHOCKING ACCIDENT — NORTHAMPTON.   ALLEGED ROBBERY ON A THAMES STEAMBOAT — EXTRAORDINARY SCENE.   SHOCKING DEATH OF A GIRL IN KING'S.

VICTORIAN GUIDE

✶ WHITECHAPEL: ✶

RUAS DE SANGUE E MISTÉRIO

Nenhum lugar na Londres vitoriana pode ter sido mais macabro do que Whitechapel em meados de outubro de 1888. O assassino conhecido como Jack, o Estripador já fizera quatro de suas cinco vítimas: Mary Ann "Polly" Nichols em 31 de agosto, Annie Chapman em 8 de setembro e Elizabeth Stride e Catherine Eddowes na mesma noite de 30 de setembro. A imprensa não falava em outra coisa, a vizinhança estava aterrorizada e, a cada esquina, uma vítima incauta poderia se deparar com o terrível assassino. Imagine cruzar as ruas sombrias de madrugada, ouvindo ruídos estranhos e julgando ouvir passos lentos, mas determinados, avançando em seu encalço?

As mulheres da região — sobretudo as que trabalhavam como prostitutas — sabiam que estavam na mira de um assassino sádico que matava, desfigurava e estripava suas vítimas. Testemunhas oculares próximas às cenas dos crimes anteriores o descreviam como um homem branco, na casa dos 30 anos de idade, com aproximadamente 1,65 de altura, que usava um bigode. A identidade de Jack, o Estripador nunca foi descoberta, mas, ao longo dos séculos, incontáveis nomes foram incluídos na interminável lista de suspeitos — incluindo o neto da Rainha Vitória (Príncipe Albert Victor) e seu médico (William Gull).

Provavelmente, a única pessoa que soube a identidade do assassino foi sua derradeira vítima, Mary Jane Kelly, morta em seu quarto em 9 de novembro. Como não havia sinais de entrada forçada, especula-se que ela o tenha deixado entrar de bom grado. Seria Jack um suposto cliente, levado por Mary Jane até seus aposentos? Ou seria alguém conhecido da moça; alguém supostamente confiável, que acabou por ceifar sua vida em um horrendo espetáculo de sangue? Jamais saberemos.

Hoje em dia, a área guarda pouca semelhança com a Whitechapel do passado — mas dizem que suas ruas ainda sussurram segredos vitorianos para aqueles que ousam percorrê-las depois da meia-noite.

VICTORIAN GUIDE

 # RIO TÂMISA

Quem contempla as águas do Tâmisa nos dias de hoje, enquanto cruza uma das pontes londrinas e admira a paisagem da cidade ao seu redor, não imagina que nos tempos vitorianos o rio era um antro de imundície, doença e morte. No verão de 1858, um episódio de poluição no rio ficou historicamente conhecido como O Grande Fedor: o calor exacerbou as mazelas do sistema precário de esgoto e disposição de dejetos e transformou o rio em uma podridão malcheirosa. O aumento da população urbana, o acúmulo de excrementos e o hábito de atirar lixo no rio (incluindo o oriundo de abatedouros e açougues) fazia do Tâmisa um antro fétido de poluição. Após o Grande Fedor (durante o qual até as sessões no Parlamento precisaram ser interrompidas), o engenheiro Joseph Bazalgette propôs uma nova solução e o sistema de esgotos foi revitalizado. Mas décadas depois, o Tâmisa voltou a ser uma parada macabra, devido a uma tenebrosa onda de crimes bizarros que ficaram conhecidos como Os Assassinatos do Torso.

O primeiro incidente foi a descoberta de um torso de mulher, embrulhado em uma trouxa de pano, nas águas do Tâmisa em maio de 1887. Durante o mês de maio e de junho, o restante do corpo começou a surgir em diversas áreas do rio, até que pôde ser quase reconstruído por completo, com a exceção da cabeça e do peito. Sem nenhuma pista, a polícia concluiu apenas que o criminoso devia possuir algum conhecimento médico, a julgar pela perícia do desmembramento.

Em setembro, um braço de mulher apareceu no rio e, seguindo o mesmo padrão do episódio anterior, outros pedaços do corpo começaram a ser encontrados: primeiro o torso, depois o outro braço.

O horror parecia ter chegado ao fim, mas no ano seguinte, o criminoso voltou a atacar. Um torso de mulher foi encontrado no rio em 4 de junho de 1888 e, nos dias subsequentes, surgiram diversas partes do corpo espalhadas pela cidade: uma perna esquerda, a parte inferior do abdômen, o fígado, o pescoço, os ombros, o pé direito, um pedaço da perna direita, a perna esquerda com o pé, o braço esquerdo com a mão, as nádegas e a pélvis, a coxa direita e, finalmente, o braço direito com a mão. Um dos pedaços, estranhamente, foi deixado no portão da casa de Sir Percy Florence Shelley, filho de Mary Shelley. Mesmo sem cabeça, desta vez foi possível identificar a vítima. Era uma prostituta chamada Elizabeth Jackson, que estava grávida de sete meses. O bebê foi cortado do ventre e também arremessado nas águas turvas do Tâmisa. Os legistas identificaram marcas de violência na pele, mas não conseguiram determinar a causa da morte, nem obter alguma pista sobre a identidade do assassino. Obviamente, com Jack, o Estripador à solta, muitas pessoas julgaram ser ele a mente doentia por trás dos desmembramentos. O último torso foi encontrado justamente em Whitechapel, em 10 de setembro de 1889. Ninguém jamais descobriu o autor dos crimes.

VICTORIAN GUIDE

✻ NOVA SCOTIA GARDENS: ✻
COVIL DOS LADRÕES DE CORPOS

Na Londres vitoriana, a demanda de cadáveres para estudantes de medicina era suprimida pelos corpos de criminosos enforcados nas prisões da cidade. No entanto, a diminuição das execuções fez surgir uma nova profissão: os ladrões de corpos. Desenterrando cadáveres, eles os vendiam às faculdades para serem dissecados pelos alunos de anatomia. Cientes de que seus entes queridos podiam ser roubados, familiares reforçaram a segurança dos túmulos, dificultando o trabalho dos ladrões de corpos. A solução? Em vez de roubar cadáveres, *produzir* cadáveres, matando vítimas para vender seus corpos.

Em Shoreditch, nas cercanias da Igreja de St. Leonard, o número 3 da área conhecida como Nova Scotia Gardens abrigou uma das mais aterrorizantes gangues de ladrões de corpos londrinos, os chamados *London Burkers*.[2] O grupo era formado por John Bishop, Thomas Williams, Michael Shields e James May. Eles aliciavam suas vítimas em bares e as levavam para a casa em Nova Scotia Gardens, onde eram drogadas e assassinadas. Não se sabe ao certo quantas pessoas mataram, mas durante dez anos, venderam mais de mil cadáveres. A carreira sangrenta dos *London Burkers* chegou ao fim quando Bishop e Williams tentaram vender o corpo de um menino de 14 anos para um hospital, mas o médico percebeu que o adolescente sequer fora enterrado. A polícia foi acionada e os assassinos foram presos. Condenados, Bishop e Williams confessaram os crimes, afirmando que os outros dois membros não participavam dos assassinatos. Foram enforcados em dezembro de 1831 na prisão de Newgate. Seus corpos foram gentilmente cedidos para os alunos de anatomia.

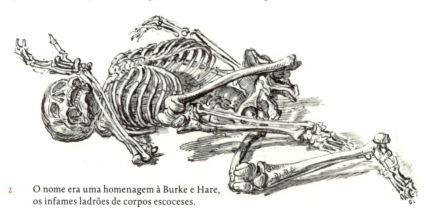

[2] O nome era uma homenagem à Burke e Hare, os infames ladrões de corpos escoceses.

VICTORIAN GUIDE
 # CEMITÉRIO HIGHGATE

O esplendoroso cemitério londrino foi inaugurado em 1839, como parte de um projeto de construção de sete cemitérios de luxo na cidade, chamados "Os Magníficos Sete". A beleza natural da área, aliada à suntuosidade de sua arquitetura, transformou Highgate em um dos cenários mais emblemáticos da Era Vitoriana — um período, como já sabemos, em que as pessoas eram obcecadas com a morte. O famoso cemitério foi o repouso final de diversos vitorianos ilustres, como George Eliot e Karl Marx, e palco de muitas histórias insólitas. Talvez uma das mais dramáticas e inexplicáveis seja a do pintor pré-rafaelita Dante Gabriel Rossetti e sua esposa, Elizabeth Siddal.

Os dois eram jovens, talentosos e apaixonados. Dante, pintor e poeta, foi um dos artistas fundadores da Irmandade Pré-Rafaelita em 1848; Elizabeth, pintora e poeta, acabou também ficando famosa como modelo. Quando posou para a célebre pintura *Ofélia* (1852), de John Everett Millais, passou dias imersa em uma banheira, completamente vestida, emulando Ofélia morta. Como estavam no inverno, Millais aquecia a água colocando lamparinas por baixo da banheira. Certo dia, as lamparinas se apagaram e, absorto em sua criação artística, o pintor nem percebeu. Elizabeth não se mexeu por horas — e saiu de lá com uma pneumonia.

Dante e Elizabeth se casaram em 1860, mas infelizmente a felicidade conjugal durou pouco. Seus problemas de saúde se agravaram e, após uma gravidez complicada, o bebê do casal nasceu morto. Deprimida e viciada em láudano, Elizabeth morreu de overdose em 1862, grávida do segundo filho. Foi enterrada em Highgate e Dante, desconsolado com a perda de sua amada, depositou em seu caixão um caderno com poemas de amor escritos para ela.

Sete anos depois, arrependido do gesto intempestivo e vislumbrando a possibilidade de publicação, Dante solicitou permissão para exumar Elizabeth e resgatar seus poemas. A exumação foi feita na calada da noite, para não atrair curiosos. Dante não teve coragem de ir e foi representado pelo seu agente literário, Charles Howell. Mas, para a surpresa e o horror dos presentes, o cadáver não estava em nada deteriorado. Segundo Howell, a morta estava mais bela do que nunca, com as faces coradas e os lábios rubros; seus cabelos vermelhos preenchiam o caixão em cachos sedosos e brilhantes. Quando a história se espalhou, muitos ficaram convencidos que Elizabeth era uma vampira. Relatos não confirmados insistem que esta história teria inspirado Bram Stoker a criar o personagem de Lucy Westenra em *Drácula* (1897). O túmulo de Elizabeth continua atraindo curiosos até os dias de hoje e é um dos destinos mais populares dos visitantes em Highgate.

VICTORIAN GUIDE

 # BABY FARMS:

ASSASSINAS DE BEBÊS

Além dos perigos intrínsecos à gravidez e a alta taxa de mortalidade infantil, vitorianas que engravidavam sem estarem legalmente casadas enfrentavam outro temor: os riscos de um estigma social que, muitas vezes, equivalia à morte. Algumas receavam perder seus empregos e terem de recorrer à uma casa de trabalho (*workhouse*); outras temiam ser expulsas de casa por suas próprias famílias. Em uma época em que as mulheres não dispunham de métodos contraceptivos, a gravidez não-planejada era comum e recorrente e, uma vez grávidas, elas se viam tentadas a procurar as chamadas *baby farms*, locais onde podiam deixar os bebês recém-nascidos para que fossem criados até serem encaminhados para adoção. A *baby farm* não era uma agência de adoção, muito menos contava com profissionais treinados; era um esquema de abrigo no qual os bebês eram deixados aos cuidados de uma *baby farmer* em troca de dinheiro, para que fossem futuramente negociados para outras famílias. Neste contexto, surgiu um dos personagens mais assustadores da Era Vitoriana: a assassina de bebês. Mulheres perversas que mantinham uma fachada acolhedora e se dispunham a cuidar dos filhos alheios por uma quantia de dinheiro, mas que, assim que as mães viravam as costas, drogavam, maltratavam e matavam os bebês a sangue-frio.

Uma das mais infames foi Margaret Waters, que geria uma *baby farm* em Londres. Viúva e na casa dos trinta anos, Margaret começou a colocar anúncios nos jornais oferecendo seus serviços como cuidadora de bebês e intermediária em processos de adoção. Dizia conhecer casais ricos interessados em adotar uma criança e cobrava para ajudar na negociação. Margaret recebia então os bebês, os drogava com láudano e os deixava morrer de inanição. Depois, embrulhava os corpos em papel e jogava na rua. Investigada pela polícia a partir de uma denúncia, foi detida e acusada de infanticídio. Tendo confessado seus crimes, foi condenada à morte na forca e executava em 11 de outubro de 1870. Estima-se que tenha matado pelo menos dezenove bebês.

A história de Amelia Elizabeth Dyer, uma das mais monstruosas assassinas em série do século XIX, é ainda mais atroz. Amelia estrangulava os bebês deixados em sua custódia, para lucrar com o dinheiro de mães desesperadas. Suspeita-se que tenha matado centenas de crianças, depois embrulhando--as e atirando os corpos no rio Tâmisa. Foi condenada e executada na prisão londrina de Newgate, em 1896. No ano seguinte, com o *Infant Life Protection Act* as leis ficaram mais rígidas para impedir que criminosas como Margaret e Amelia continuassem seus hediondos esquemas de assassinatos de bebês.

VICTORIAN GUIDE
WORKHOUSES
CASAS DA CRUELDADE

As *workhouses* estão entre os lugares mais sinistros e tristes da Era Vitoriana. Feitas para receberem pessoas em estado máximo de miséria, as casas de trabalho ofereciam acomodação, comida e tratamento médico em troca de trabalhos árduos. Embora tenham sido criadas originalmente no século XIV para dar suporte aos pobres, o alto índice de desemprego no século XIX mudou o perfil da instituição, tornando as *workhouses* tão temerárias e inóspitas que os pobres preferiam se sujeitar a qualquer tipo de emprego a terem que recorrer a elas.

Ao entrar, pais eram separados de seus filhos e maridos, de suas mulheres. Segregados em alas distintas, os destituídos eram divididos por idade, estado de saúde e capacidade laboral. Tinham que usar um uniforme, como em um presídio, e trabalhavam sem cessar, da hora em que acordavam até a hora em que iam dormir. As refeições eram frugais e escassas, o ambiente era desprovido do mínimo conforto e o tratamento a eles dispensado pelos funcionários, brutal. Os castigos iam desde o confisco das refeições até confinamento forçado. Os trabalhadores podiam ir embora quando quisessem (em geral, era necessário dar um aviso prévio de pelo menos três horas), mas quando chegavam a procurar a *workhouse* como último recurso, era porque a vida nas ruas tinha se mostrado insustentável. Alguns saíam em busca de novas oportunidades — a maioria voltava, às vezes até no mesmo dia.

Arriscando sua saúde mental e física, laborando em condições bárbaras e despidos de sua dignidade humana, muitos adoeciam e acabavam morrendo. Até o seu fim, em 1948, as *workhouses* contabilizaram mais de cinco milhões de mortos. Algumas instalações ainda existem nos dias de hoje, assombradas por uma multidão de inconsoláveis fantasmas.

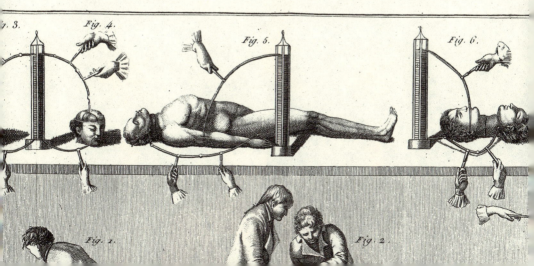

CINE

MACABRA

VICTORIAN MOVIES

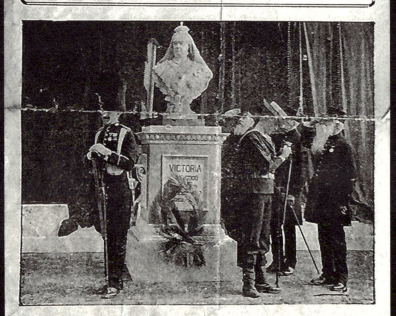

SIXTY YEARS A QUEEN. 1913
Filme mudo dirigido por Bert Haldane
Com Louie Henri (Rainha Vitória) e Roy Travers (Príncipe Albert)

VICTORIA THE GREAT, 1937
Dirigido por Herbert Wilcox
Com Anna Neagle (Rainha Vitória) e Anton Walbrook (Príncipe Albert)

VITORIANAS MACABRAS

SIXTY GLORIOUS YEARS, 1938
Continuação de *Victoria the Great*, também dirigida por Herbert Wilcox
Com Anna Neagle (Rainha Vitória) e Anton Walbrook (Príncipe Albert)

VITORIANAS MACABRAS

O GAROTO E A RAINHA (*THE MUDLARK*), 1950
Dirigido por Jean Negulesco
Com Irene Dunne (Rainha Vitória), Alec Guinness (Disraeli) e Andrew Ray

VITORIANAS MACABRAS

A JOVEM RAINHA VITÓRIA (THE YOUNG VICTORIA), 2009
Dirigido por Jean-Marc Vallée
Com Emily Blunt (Rainha Vitória) e Rupert Friend (Príncipe Albert)

VITORIANAS MACABRAS

Her Majesty Mrs. Brown

SUA MAJESTADE, MRS. BROWN (*MRS. BROWN*), 1998
Dirigido por John Madden
Com Judi Dench (Rainha Vitória) e Billy Connolly (John Brown)

VITORIANAS MACABRAS

DO ACLAMADO REALIZADOR DE
A RAINHA E FILOMENA

A AMIZADE MAIS
IMPROVÁVEL DA HISTÓRIA

VENCEDORA DE UM OSCAR
JUDI DENCH   ALI FAZAL

VITÓRIA & ABDUL

BASEADO NUMA EXTRAORDINÁRIA HISTÓRIA VERÍDICA

BREVEMENTE

VITÓRIA E ABDUL (*VICTORIA & ABDUL*), 2017
Dirigido por Stephen Frears
Com Judi Dench (Rainha Vitória) e Ali Fazal (Abdul Karim)

VITÓRIA E ALBERT (*VICTORIA & ALBERT*), 2001
Dirigida por John Erman
Com Victoria Hamilton (Rainha Vitória) e Jonathan Firth (Príncipe Albert)

VITORIANAS MACABRAS

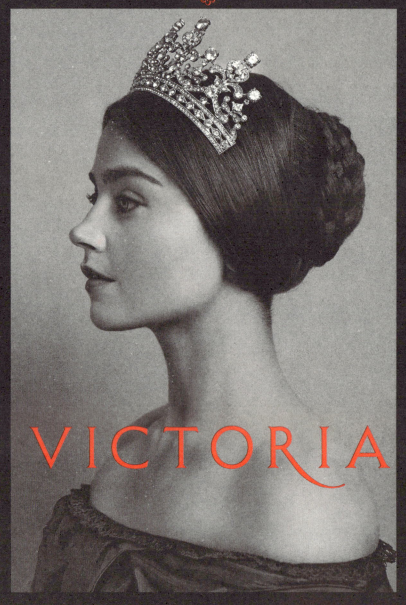

VICTORIA (*VICTORIA*), 2016 – AINDA NO AR EM 2019
Criada por Daisy Goodwin
Com Jenna Coleman (Rainha Vitória) e Tom Hughes (Príncipe Albert)

A SENHORA DA LÂMPADA (THE LADY WITH A LAMP), 1951
Dirigido por Herbert Wilcox
Com Anna Neagle, Michael Wilding e Felix Aylmer

O HOMEM ELEFANTE (*THE ELEPHANT MAN*), 1980
Dirigido por David Lynch
Com John Hurt, Anthony Hopkins e Anne Bancroft

Effie Gray

The scandalous love story that inspired the major film

SUZANNE FAGENCE COOPER

EFFIE GRAY: UMA PAIXÃO REPRIMIDA (*EFFIE GRAY*), 2014
Dirigido por Richard Laxton
Com Dakota Fanning e Emma Thompson

VITORIANAS ℳ MACABRAS

WUTHERING HEIGHTS

O MORRO DOS VENTOS UIVANTES (*WUTHERING HEIGHTS*), 2011
Do romance de Emily Brontë | Dirigida por Coky Giedroyc
Com Charlotte Ridley e Tom Hardy

VITORIANAS MACABRAS

THE WOMAN IN WHITE

A MULHER DE BRANCO (*THE WOMAN IN WHITE*), 2018
Do romance de Wilkie Collins | Dirigida por Carl Tibbetts
Com Jessie Buckley, Olivia Vinall e Ben Hardy

VITORIANAS MACABRAS

VANITY FAIR

VANITY FAIR (*VANITY FAIR*), 2018
Do romance de William Makepeace Thacheray | Criada por Gwyneth Hughes
Com Olivia Cooke, Claudia Jesse e Tom Bateman

VITORIANAS MACABRAS

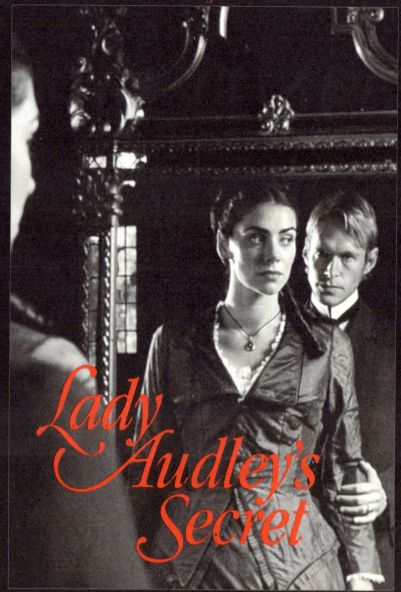

O SEGREDO DE LADY AUDLEY (*LADY AUDLEY'S SECRET*), 2000
Do romance de Mary Elizabeth Braddon | Dirigido por Betsan Morris Evans
Com Neve McIntosh e Steven Mackintosh

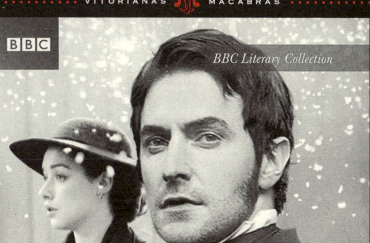

NORTH & South

by Elizabeth Gaskell

"...packed with passion, tension, class warfare and smoldering sexual energy"
THE HOLLYWOOD REPORTER

NORTE & SUL (*NORTH & SOUTH*), 2004
Do romance de Elizabeth Gaskell | Dirigida por Brian Percival
Com Daniela Denby-Ashe e Richard Armitage

VITORIANAS MACABRAS

Cranford
by Elizabeth Gaskell

"...*an instant classic*"
THE HOLLYWOOD REPORTER

CRANFORD (CRANFORD), 2007
Do romance de Elizabeth Gaskell | Dirigida por Simon Curtis
Com Judi Dench, Julia McKenzie e Imelda Staunton

VITORIANAS MACABRAS

JANE EYRE (*JANE EYRE*), 1996
Do romance de Charlotte Brontë | Dirigido por Franco Zeffirelli
Com Charlotte Gainsbourg (Jane Eyre) e William Hurt (Edward Rochester)

VITORIANAS MACABRAS

JANE EYRE

JANE EYRE (*JANE EYRE*), 2006
Do romance de Charlotte Brontë | Dirigida por Suzanna White
Com Ruth Wilson (Jane Eyre) e Toby Stephens (Edward Rochester)

VITORIANAS MACABRAS

The Phantom Coach

O COCHE FANTASMA (*THE PHANTOM COACH: A SHADOW GHOST STORY*), 2010
Animação com marionetes feita por Richard Mansfield

VITORIANAS MACABRAS

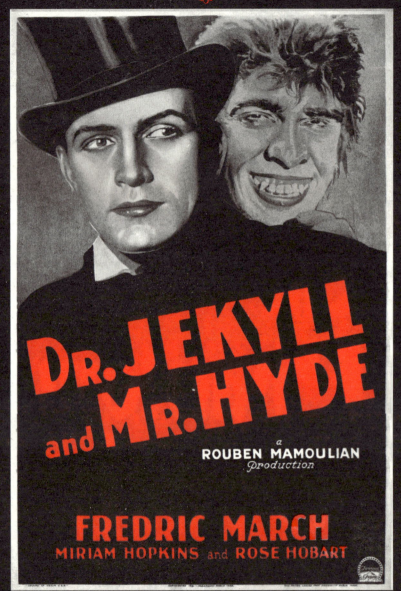

O MÉDICO E O MONSTRO (*DR. JEKYLL AND MR. HYDE*), 1931
Baseado no romance de Robert Louis Stevenson | Dirigido por Rouben Mamoulian
Com Fredric March e Miriam Hopkins

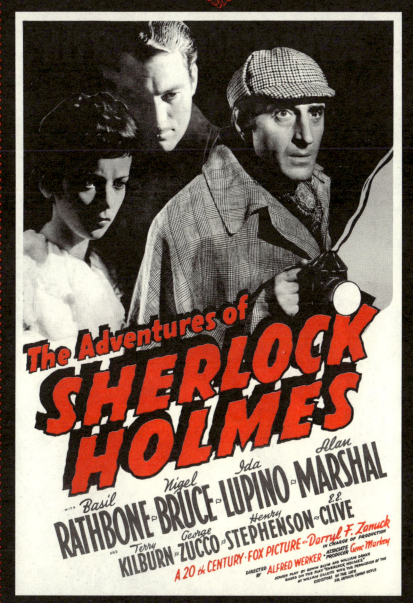

AS AVENTURAS DE SHERLOCK HOLMES (*THE ADVENTURES OF SHERLOCK HOLMES*), 1939

Baseado na obra de Sir Arthur Conan Doyle | Dirigido por Alfred L. Werker
Com Basil Rathbone e Nigel Bruce

À MEIA LUZ (GASLIGHT), 1944
Baseado na peça de Patrick Hamilton (1938) | Dirigido por George Cukor
Com Ingrid Bergman, Charles Boyer e Joseph Cotten

VITORIANAS MACABRAS

THE PICTURE OF DORIAN GRAY

O RETRATO DE DORIAN GRAY
(THE PICTURE OF DORIAN GRAY), 1945
Baseado no romance de Oscar Wilde | Dirigido por Albert Lewin
Com Hurd Hatfield, Lowell Gilmore, George Sanders e Angela Lansbury

VITORIANAS MACABRAS

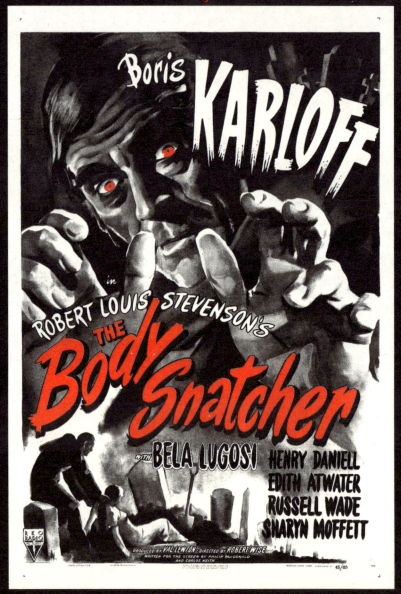

O TÚMULO VAZIO (*THE BODY SNATCHER*), 1945
Baseado no conto de Robert Louis Stevenson | Dirigido por Robert Wise
Com Boris Karloff, Bela Lugosi e Henry Daniell

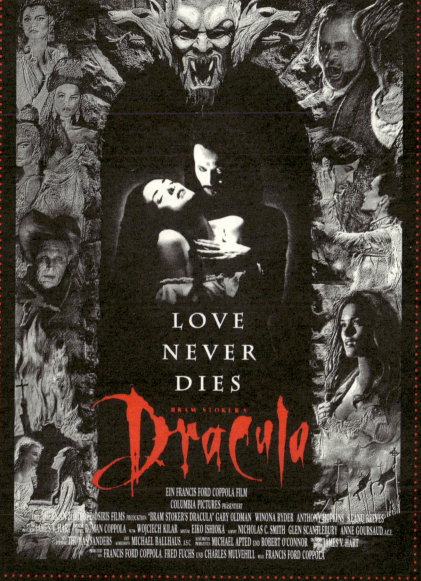

DRÁCULA DE BRAM STOKER (*BRAM STOKER'S DRACULA*), 1992
Baseado no romance de Bram Stoker | Dirigido por Francis Ford Coppola
Com Gary Oldman, Winona Ryder, Sadie Frost, Keanu Reeves e Anthony Hopkins

VITORIANAS MACABRAS

O SEGREDO DE MARY REILLY (*MARY REILLY*), 1996
Baseado no romance de Valerie Martin e nos personagens criados
por Robert Louis Stevenson | Dirigido por Stephen Frears
Com Julia Roberts, John Malkovich e Glenn Close

VITORIANAS  MACABRAS

DO INFERNO (FROM HELL), 2001
Baseado na obra de Alan Moore e Eddie Campbell | Dirigido pelos Irmãos Hughes
Com Johnny Depp, Heather Graham e Ian Holm

VITORIANAS MACABRAS

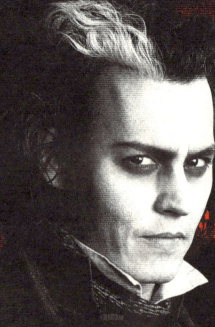

SWEENEY TODD (*SWEENEY TODD: THE DEMON BARBER OF FLEET STREET*), 2007
Baseado no *penny dreadful* vitoriano *The String of Pearls* | Dirigido por Tim Burton
Com Johnny Depp e Helena Bonham Carter

VITORIANAS MACABRAS

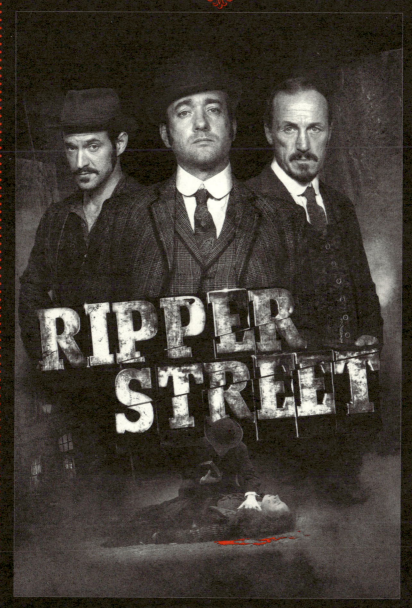

RIPPER STREET (*RIPPER STREET*), 2012-2016
Criada por Richard Warlow
Com Matthew Macfadyen, Jerome Flynn, Adam Rothenberg,
MyAnna Buring e Charlene McKenna

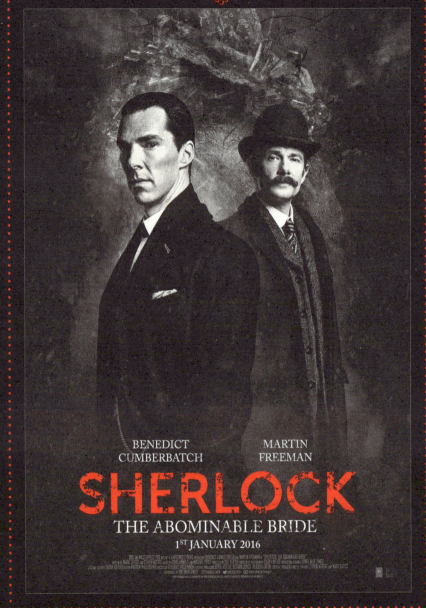

THE ABOMINABLE BRIDE (*THE ABOMINABLE BRIDE*), 2016
Episódio da série Sherlock (2010 – 2017) | Criada por Mark Gatiss e Steven Moffat
Com Benedict Cumberbatch e Martin Freeman

VITORIANAS MACABRAS

JOSH HARTNETT TIMOTHY DALTON and EVA GREEN

PENNY DREADFUL

MAY 3 SHOWTIME

PENNY DREADFUL (*PENNY DREADFUL*). 2014-2016
Criada por John Logan
Com Eva Green, Josh Harnett, Billie Piper, Rory Kinear,
Harry Treadaway e Timothy Dalton

LOVE, BOOKS *and* GOATS
FAMILY ALBUM

VITORIANAS MACABRAS

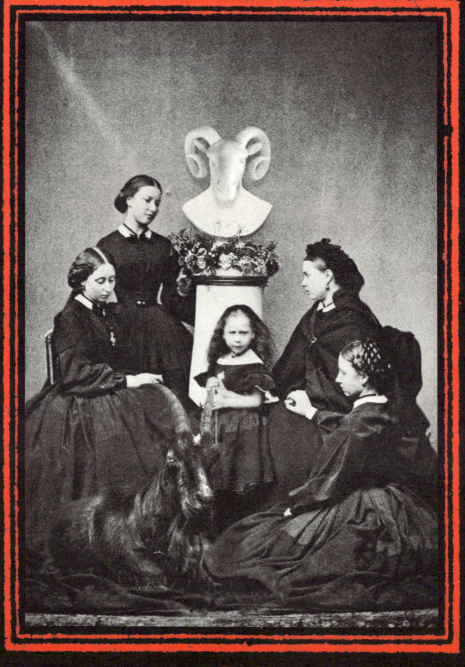

VICTORIAN FAMILY

RITOS DE PASSAGEM

ETERNOS FANTASMAS

Viver é a coisa mais rara do mundo.
A maioria das pessoas só existe.

Oscar Wilde

1854-1900

A literatura de horror vitoriana, que hoje nos parece tão macabra, estava na época inserida em um contexto que, em termos de morbidez, rivalizava com a ficção. A morte, que ocupava boa parte dos pensamentos dos vivos, era tratada como um acontecimento de proporções magistrais, que reverberava não só na intimidade do núcleo familiar, como impactava a tessitura coletiva da organização social.

Embora o assombro perante a morte não fosse de modo algum prerrogativa dos vitorianos, seus ritos fúnebres ainda são lembrados com destaque entre os mais célebres e intrigantes da história moderna ocidental. A própria menção do termo "vitoriano" evoca imagens sombrias, da enlutada Rainha Vitória às assustadoras fotografias que seus contemporâneos mandavam tirar de seus mortos, à guisa de tributo póstumo e recordação perene. As fotos, que hoje nos parecem inapelavelmente mórbidas, faziam parte de um complexo conjunto de rituais que visavam proteger àqueles tocados pelo espectro da morte, ofertando-lhes anteparo emocional e resguardo espiritual. Nutrindo simultâneo fascínio e horror pela morte, os vitorianos observavam costumes peculiares que foram absorvidos e incorporados aos alicerces da ficção de horror, oferecendo base para narrativas sobrenaturais com cadáveres reanimados, vampiros e fantasmas vingativos.

Hoje em dia, grande parte dos óbitos, seja por enfermidade ou acidente, se dá em hospitais. No século XIX, porém, era comum e frequente que as pessoas morressem no ambiente doméstico, muitas vezes em seus próprios leitos. Uma vez confirmada a morte, era costume parar os relógios da casa, bem como cobrir todos os seus espelhos. Tais providências visavam imortalizar o instante derradeiro e concentrar todas as atenções dos presentes no morto, mas também salvaguardar os vivos. O advento do óbito implicava em dois desconfortos. O primeiro era uma sensação de que a morte estava à espreita, rondando silenciosa pelos cantos da casa. O segundo era a crença de que o morto, inconformado com sua partida, quisesse permanecer na companhia dos vivos como espectro ou — o que parecia ainda mais temível — tentasse levar seus entes queridos consigo para o além. E se a alma do falecido ficasse presa no espelho aguardando as sombras noturnas para escapar furtiva? E se alguém da família, por descuido de vaidade, se olhasse no espelho e fosse marcado para ser o próximo a morrer? Diante de tantos temores, era preciso não apenas velar e sepultar o morto de modo honroso e definitivo, como cuidar para que ele não encontrasse meios e oportunidades para buscar àqueles que deixou em vida. Surgiam assim medidas de proteção para impedir que o falecido retornasse, como o costume de remover o corpo da casa sempre pelos pés, para evitar que visse de onde estava saindo e, aprendendo o caminho, pudesse retornar. O próprio costume dos trajes pretos para o luto remonta à crença supersticiosa de que, evitando roupas claras, os enlutados pudessem se tornar menos conspícuos e não serem seguidos por espíritos em busca de luz.

Não só os familiares vestiam-se com trajes pretos, mas a casa também entrava de luto — até mesmo as maçanetas das portas eram ornadas com crepe preto, para que desavisados não interrompessem a solenidade pesarosa da família com visitas inoportunas. Em *Totem e Tabu*, Sigmund Freud pontua que a violação de um tabu transforma em tabu o próprio infrator. Perante o tabu da morte, os vitorianos se empenhavam na obediência rigorosa de tais costumes, receando qualquer infração. Ora, se a morte era algo a ser temido, consequentemente este temor se deslocava do acontecimento para sua vítima e o morto se transformava em uma criatura perigosa — bem como qualquer vivo que não seguisse à risca os rituais de proteção e purificação. O morto, neste sentido, tornava-se um vetor de contágio e todo aquele que se abstivesse de observar os ritos apotropaicos, poderia ser por ele contaminado. As histórias de vampiro, por exemplo, exploram o pavor do morto renascido que perpetua sua existência alimentando-se dos vivos, "transmitindo" assim sua condição vampírica. No mesmo ensaio, Freud pontua que a percepção do morto como entidade maligna é uma projeção dos sentimentos ambivalentes que os vivos nutriam em relação aos falecidos; o fantasma vingativo é assim explicado como expressão do deslocamento de uma culpa consciente ou do alívio inconsciente dos vivos. Assim, seja receando ter de algum modo contribuído para a morte de um ente querido ou penitenciando-se pelo alívio experimentado com a advento de sua morte (comum em casos de longas enfermidades, por exemplo), o enlutado imaginava ter falhado com o morto, que certamente viria do além para prestar contas e exigir reparação. Este temor psicológico funciona como arcabouço para boa parte da ficção de horror que explora acontecimentos sobrenaturais e fantasmagóricos.

Outro medo real espelhado nas histórias de horror dizia respeito ao pânico de ser enterrado ainda vivo. Como a medicina na época não dispunha dos recursos que possuímos hoje, algumas enfermidades podiam emular as condições do óbito e com ele serem confundidas. Era costume velar o morto por alguns dias, para garantir que estava de fato morto. Antes do sepultamento, as famílias recolhiam lembranças do falecido, como mechas de cabelo, a serem guardadas como relíquias. Os mais abastados contratavam fotógrafos para eternizar seus mortos, que eram dispostos para posar como se ainda estivessem vivos, muitas vezes entre os familiares, segurando seus objetos favoritos, como livros e diários. Em caso de óbitos infantis, não era incomum solicitar a confecção de bonecas, feitas à semelhança da criança morta e muitas vezes mantidas pelos pais no berço do bebê morto. Por fim, os mais precavidos deixavam disposições para que fossem enterrados em caixões com um mecanismo interno que acionava um sino na sepultura, para avisar que o enterrado não estava morto e precisava ser socorrido.

Os cortejos fúnebres eram majestosos e sinistros. A sobriedade dos presentes era garantida pela contratação de lamentadores profissionais, que equilibravam com maestria a circunspecção necessária perante a morte com a tristeza obrigatória dos velórios e sepultamentos. O choro, desde que comedido e extremamente discreto, era bem-vindo: alguns familiares distribuíam até mesmo pequenos frascos para recolher as lágrimas dos presentes. O peculiar souvenir compunha o inventário de lembranças do morto, a serem preservadas pela família como verdadeira herança sentimental.

Com altas taxas de mortalidade e curta expectativa de vida, os vitorianos preocupavam-se com a morte antes, durante e depois de seu advento. Preocupados com o enterro, economizavam desde jovens e alternavam o sonho de repousarem em um suntuoso e digno mausoléu com os pesadelos de serem sepultados vivos, terem seus espíritos aprisionados ou até mesmo regressarem à vida como zumbis. Supersticiosos, executavam seus ritos fúnebres com zelo obsessivo. E adeptos da filosofia do *memento mori* ("lembre-se que você vai morrer"), perpetuavam a morte com seus lutos intermináveis, suas fotografias mórbidas, suas bonecas de bebês mortos, suas joias com mechas de cabelo dos falecidos, suas visitas aos cemitérios.

Embora tenha passado metade de sua vida trajando luto, a Rainha Vitória deixou instruções para que fosse enterrada de branco, banindo também qualquer tecido de cor preta de seu funeral. Se, de acordo com a superstição, cores claras atraem espíritos, ao sair de cena a macabra Vitória escancarou o portal dos mortos, deixando atrás de si um rastro eterno de sombras e assombrações.

VITORIANAS MACABRAS

VITORIANAS MACABRAS

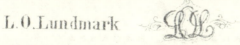

VITORIANAS MACABRAS

VITORIANAS MACABRAS

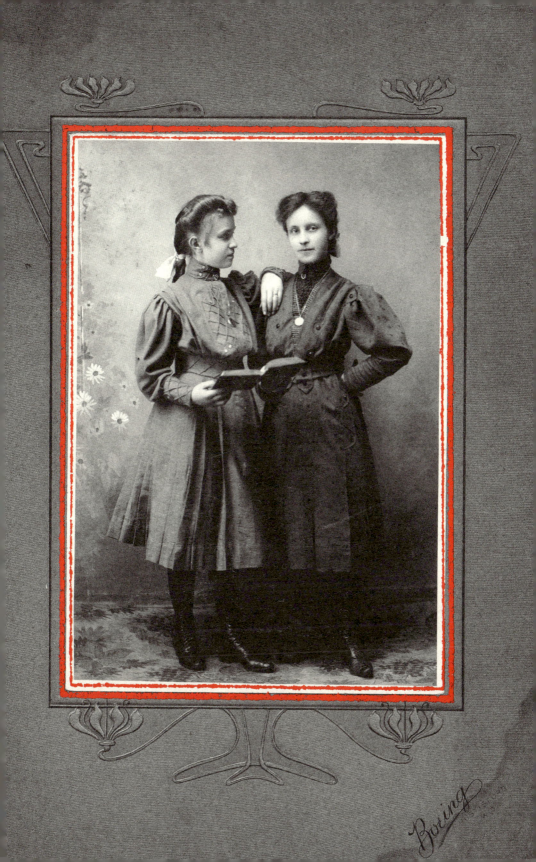

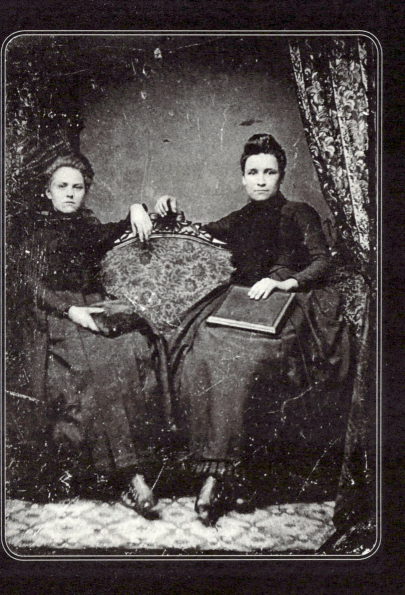

Photographer, Nos. 224 and 226 S. E. Cor. Olive and Fourth Sts.,

Uma boa colheita não é apenas mérito do solo e da semente. O plantio há de ser impregnado por uma aura encantada e na força das mãos que empunham o arado, precisa existir um certo mistério. Nossa safra de verão é resultado de um processo coletivo de magia e labuta, onde o mesmo sangue que cintila na ceifa sob o luar respinga no papel sedento as palavras de um novo credo.

Em nome da família Macabra, agradecemos a cada uma de nossas autoras, alimentos vivos entregues em oblação neste volume. Muito obrigada aos nossos sonhadores Reverendo e Pastora, sem os quais nossa fazenda seria um deserto de obras e bençãos.

Nosso agradecimento especial à Dona Julia, pelas palavras que ramificam e os galhos firmes onde pousam cabras e poentes.

IRMÃ M.H.
primeira colheita • verão de 2020

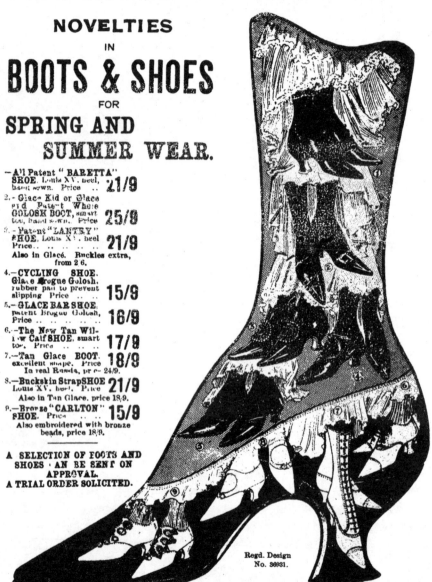

VICTORIAN BOOTS & SHOES

NOVELTIES IN
BOOTS & SHOES
FOR
SPRING AND SUMMER WEAR.

1. —All Patent "BARETTA" SHOE. Louis XV. heel, hand sewn. Price .. **21/9**
2. —Glacé Kid or Glacé and Patent Whole GOLOSH BOOT, smart toe, hand sewn. Price **25/9**
3. —Patent "LANTRY" SHOE. Louis XV. heel Price.. .. .. **21/9** Also in Glacé. Buckles extra, from 2 6.
4. —CYCLING SHOE. Glacé Brogue Golosh, rubber pad to prevent slipping Price .. **15/9**
5. —GLACE BAR SHOE. patent Brogue Golosh, Price **16/9**
6. —The New Tan Willow Calf SHOE, smart toe. Price .. **17/9**
7. —Tan Glacé BOOT. excellent shape. Price **18/9** In real Russia, price 24/9.
8. —Buckskin Strap SHOE **21/9** Louis XV. heel. Price Also in Tan Glacé. price 18/9.
9. —Bronze "CARLTON" SHOE. Price **15/9** Also embroidered with bronze beads, price 18/9.

A SELECTION OF BOOTS AND SHOES CAN BE SENT ON APPROVAL.
A TRIAL ORDER SOLICITED.

Regd. Design No. 36931.

DICKINS & JONES, REGENT STREET, LONDON, W.

IT STANDS AT THE HEAD.

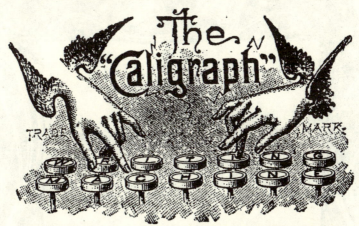

Sole Agent for the United Kingdom.
92, Queen-street, Cheapside, London.

MINI BIO • VITORIANA

A irmã MARCIA HELOISA é doutora em literatura, tradutora e pesquisadora apaixonada pelo horror. Seu fascínio pela Era Vitoriana a conduziu ainda jovem a Londres, onde estabeleceu pacto vitalício com a cidade. A mesma pesquisa acadêmica que a fez regressar às terras britânicas no encalço de Drácula, a guiou por uma viagem ao passado, repleta de monstros esquecidos e histórias sinistras. Após mergulhar na vida e obra de grandes autores masculinos do século XIX, atualmente dedica-se ao resgate da literatura de horror produzida por mulheres. Este volume é o primeiro resultado de seu empenho, junto com nossas fazendas literárias, DarkSide e Macabra, de escancarar o portal do reino dos mortos e abrir passagem para que mais autoras nos inspirem com seus contos assustadores e suas vidas extraordinárias.

For Tender Feet

Persons subject to tender feet will find instant relief by bathing in Condy's Fluid (diluted). It takes away the tired feeling and gives a delightful freshness and energy, which cannot be obtained in any other way. Of all Chemists, 8 oz. 1/-, 20 oz. 2/-. Full bathing directions (free) from Condy's Fluid Works, Turnmill Street, London, E.C. Insist on having "Condy's Fluid."

Use "Condy's Fluid."

CANTATA MORTIS

ORAÇÃO LÚGUBRE da FAZENDA

Fiéis herdeiros das sombras
É chegado o momento
Sigam seus instintos
Abracem o sobrenatural
Aqui terão casa e família
Alimento para mente e alma
Saudamos a nossa existência
O amor e o medo
A vida e a morte
Nesse ritual de iniciação
O Horror é o nosso canto
A sétima arte, o nosso portal
Somos adoradores da mórbida
beleza de existir e transformar
Somos o novo rebanho
A vida é Macabra

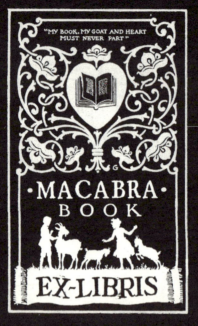